大河盡頭

【上卷】

溯流

李永平 著

目次

序論／大河的盡頭，就是源頭

王德威

生命的源頭……不就是一堆石頭、性和死亡。

一九六二年仲夏，婆羅洲沙勞越，一個名叫永的華裔少年加入一場卡布雅斯河探險。大河蒼莽，日頭炎炎，永在船上遇到探險家兼沙勞越博物館館長安德魯・辛蒲森爵士。永對探險隊的目標——聖山峇都帝坂，土著達雅克人心目中生命的源頭——充滿好奇，辛蒲森爵士卻淡淡回答，「生命的源頭，永，不就是一堆石頭、性和死亡。」

這段對話在以後的航程裡要以最奇詭的方式印證。李永平的新作《大河盡頭（上卷：溯流）》寫的就是永溯河而上，直面生命源頭——或盡頭——的經驗。李沿用了正宗古典寫實敘事的主題，像是大河行旅、叢林探險，還有少年啟蒙等，但他鋪陳這些主題的背景才更引人注目。婆羅洲雄踞東南亞島群中心，是世界第三大島，面積是台灣的二十倍，島上雨林密布，物種繁盛，歷史文化背景尤其複雜。永所來自的沙勞越位於婆羅洲北部，其時仍是英國殖民地，日後則是馬來西亞的一部分，而永所要進入的卡布雅斯河則位於婆羅洲西部，原屬荷蘭殖民地，二次大戰後成為印尼的加里曼丹省的地標。

婆羅洲與中國的淵源可以上溯到公元第五世紀，十八世紀以來成為華人移民的重要目的地。到了十九世紀二〇年代，來此墾殖的僑民已經有數十萬之眾。然而比起東南亞其他的地區，像馬來半島、新加坡、爪哇，或蘇門答臘，婆羅洲給我們的印象，至少在中國新文學的傳統裡，毋寧是模糊的。這是一塊徐志摩的遊蹤、許地山的故事，或郁達夫的傳奇所未曾觸及的地方。

這樣的現象在當代台灣文學裡有了大改變。兩位來自婆羅洲、落籍台灣的作者，李永平和張貴興，分別以精采的筆觸為他們的家鄉造像。李永平一鳴驚人的〈拉子婦〉、〈圍城的母親〉就是以他成長的所在地為背景。張貴興多年來的寫作則更凸顯他的原鄉情懷。《群象》寫馬來西亞華人左翼運動的興亡史，《賽蓮之歌》寫華裔少年的赤道情懷，《猴杯》寫雨林內外殖民與移民的衝突與滄桑，都曾經廣得好評。在這樣的脈絡裡讀《大河盡頭（上卷：溯流）》，我們才更感受到婆羅洲的風土人情可以如此磅礡豐富，難怪要讓作家魂牽夢縈。

對於李永平而言，《大河盡頭（上卷：溯流）》裡的婆羅洲卻是他寫作四十多年後才到達的歸宿。這其中的迂迴途徑，已經是個耐人尋味的故事。李永平來自沙勞越首府古晉，一九六七年赴台灣求學。誠如他日後所言，他的成長反映了一輩海外華裔文學青年的渴望與悵惘。他曾經迫不及待的離開僑居地，追求中華文化的原鄉。但婆羅洲和神州之間的距離何其遙遠，他必須假道台灣，那海外的「文化復興基地」，汲取他的家國想像。他如此的一心一意，以至日後島上政治的風雲變幻也難奈他何，因為在漢語文字中，他找到了安身立命的空間。

一九八六年李永平推出《吉陵春秋》，糅合了中國鄉土風格和南洋異國情調，是他對文字——以及創作身分——的重要實驗。九〇年代的兩本長篇《海東青》、《朱鴒漫遊仙境》則是向台灣致敬的作品。這兩本小說道盡世紀末台北的繁華春色，而以一個小女孩必然的墮落作為核心。李盡情揮灑他對文字的迷戀，書寫一則既清純又頹廢的情色寓言。中國文字的夾纏猥靡和文字中國的情深款款形成巨大落差。在過與不及之間，這兩本作品不宜僅以文字奇觀對待，也應該讓我們深思欲望書寫和國族想像間的複雜關係。[1]

而漫遊「海東」多年後，新世紀的李永平重新發現了婆羅洲。自〈拉子婦〉、〈圍城的母親〉以來，這座廣袤的島嶼已經在他的文字世界中睽違久矣。驀然回首，李永平終於了解當年迫不及待離開的地方，才真正是他創作靈感的源頭。於是有了《雨雪霏霏》。這本小說集以短篇形式寫出了李永平童年的經驗，有殖民政治的魅影，也有懵懂成長的悲歡，饒富抒情意味，甚至可以當作五〇年代東南亞華人社群的虛構方志看待。但《海東青》之後的李永平嗜文字成癖，短篇形式已經難以包容他那樣的風格。另一方面，李的原鄉想像早已超過簡單的鄉土文學架構；他的尋根故事需要一個比古晉、吉陵，比海東更廣大的場景來搬演。

《大河盡頭（上卷：溯流）》以婆羅洲為背景，但故事發生在島嶼西部，印尼管轄的卡布雅斯河流域。這對生長在英屬沙勞越的李永平其實是個陌生的地方，何況一般讀者。事實上，十八世紀華人已經在西婆羅洲的海岸地帶形成聚落。一七七七年，客家人羅芳伯甚至曾建立「蘭芳共和國」，直到百年後荷蘭殖民勢力侵入才覆亡。當今的印尼政府厲行排華政策已有多年，即使如此，中國的語言文化的影響仍然無所不在。但一離開沿海城鎮，西婆羅洲立刻被原始雨林吞沒。縱橫其間的是印尼第一大河卡布雅斯河和它無數支流。「就在大河的盡頭，天際，赤道那顆大日頭下，蒼茫雨林中，拔地而起，陰森森赤條條聳立著開天闢地時布龍神遺落的一塊巨石——峇都帝坂。」描寫東南亞的華文文學再難找到這樣的場景，凸現文明與蠻荒，原鄉與異鄉，移民、殖民，與原住民間的衝擊，也因此，李永平為他「想像的鄉愁」搭出了華麗的舞台。

《大河盡頭（上卷：溯流）》是李永平寫作計畫的上卷，但以氣勢和情節而言，已經可以當作一本完整的小說閱讀。小說中，十五歲的永被父親送到西婆羅洲克莉絲汀•房龍小姐的橡膠園農莊作客。房龍小姐是荷蘭殖民者的後裔，和永的父親關係曖昧。在房龍小姐的邀請下，永加入了一群白人組成的大河探險團。這群人三教九流，操著德、法、義、葡萄牙腔英語，他們打算溯河而上，闖進達雅克人的聖山。但一旦啟航，他們彷彿受到大河的詛咒，開始放浪形骸，船上岸上，不知伊於胡底。與此同時，怪事開始發生，神出鬼沒的土著戰士，四下飄蕩的民答那峨的怨女幽魂，在在讓人不安。

永是這個探險團唯一的華裔。他孤僻敏感，卻對白人成人的世界充滿好奇。為他做媒介的正是房龍小姐。這位年紀已經不小的小姐風韻猶存，有著不可告人的過去，她對永忽近忽遠，使出說不盡的風流招數。就在種種誘惑中，永踏上從男孩到男人的過渡儀式。

熟悉殖民、後殖民論述，外加離散寫作的讀者很可以按圖索驥，為這本小說做出制式結論。東方和西方，異國情調和地方色彩，殖民者的霸權和被殖民者的嘲仿，情欲啟蒙和「原初的激情」（primitive passions），[2]種種對照都派得上用場。的確，李永平在他視為「原鄉」的島嶼上寫出了個異鄉故事。永從沙勞越經海道來到卡布雅斯河口的人城坤甸，已經是跨越邊界的旅行。在大河上，他見證了國族的、文化的、欲望的界線如何隨著滔滔河水混淆雜糅，形成致命誘惑。而在寫作的場景上，李永平由島北端的馬華背景跨越到島西端的印華背景。他批判十九世紀以來西方殖民冒險小說的窠臼，同時也絕不吝於誇張南洋敘述的傳統。一方面是毛姆（Somerset Maugham）到吉卜林（Rudyard Kipling）式的蠻荒獵奇，一方面是康拉德（Joseph Conrad）到奈波爾（V. S. Naipaul）「黑暗之心」的自剖，李的操作如此嫻熟，甚至不乏自嘲的場面。

但《大河盡頭（上卷：溯流）》之所以可讀，應不僅止於李永平的南洋採風或是（後）殖民寓言。我們更注意到他將欲望文字化，以及文字欲望化的傾向。這樣的傾向早在《吉陵春秋》裡已經浮現，而以《海東青》集其大成。方塊字所託出的情天欲海如此魅惑糾纏，每每讓李永平不能自已，相對的，欲望的終極表現也可以化為「密戲圖」般的文字符號。兩者之間的代換重重疊疊，形成李永平小說最大特色。是在這樣的關係中，尋常定義下的歷史已經被架空為一種風格，一種擬態。李的中國如是（《吉陵春秋》），台灣如是（《海東青》），他的婆羅洲也應該如是吧？而架空的歷史又透露出作家什麼樣的歷史情懷呢？

在最近的訪談中，李透露他已經多年沒有回到婆羅洲，《大河盡頭》完成前也不打算回去，以免影響當年的印象。[3]這番表白幾乎和他對中國——他精神的原鄉——的臆想如出一轍。讓時間停駐，記憶結晶，歷史經驗的陷落彷彿只能以絕美的文字和修辭來彌補。在同一訪談中，李表示寧願做個十九世紀的寫實主義小說的追隨者。但我仍要說，李強烈的風格化書寫其實將他推向一個現代主義者的位置。他的歷史永遠有著時差斷裂；他的原鄉總是想當然耳卻又似是而非。如果我們真要談李永平的「離散」書寫情境，應當自此始。

《大河盡頭（上卷：溯流）》的寫作因此充滿弔詭意義。顧名思義，李永平有意藉他的分身永溯流而上，叩問原鄉甚至生命原初的意義。燠熱的赤道，神祕的大河，情欲的誘惑濃得化不開。那叢叢的原始雨林不妨就是女體的延伸，而還有什麼比那座赤條條聳立的聖山更明白暗示男性欲望？另一方面，永的旅行也航向文字的叢林，他的啟蒙不只是種族意識和情欲的啟蒙，更是文學想像的啟蒙。冒險歸來的永想必有了不能已於言者的衝動，他必須一再書寫，好呈現那不可說的震撼於萬一。不錯，「生命的源頭……不就是一堆石頭、性和死」。」但是如何陳述那生命的物質性，還有賦予那生死循環、欲望明滅以意義，卻是作家一輩子的宿命。

《大河盡頭（上卷：溯流）》裡的探險隊在中國農曆的鬼月踏上航程。除了永和房龍小姐外，李永平創造了不少人物，有北歐的孿生兄弟，英格蘭的英文教師，紐西蘭基督城的斯文小姐等。平心而論，這仍不是李的力道所在。他更有心得的是以文字堆疊出匪夷所思的色欲場景。永初到的坤甸位於卡布雅斯河出海口，是個華夷夾雜的殖民城市。各色人等熙來攘往，喧鬧嘈雜中自有一股頹靡的誘惑力流竄其間。看過《海東青》的讀者要會心一笑了，因為坤甸出落得就像是個具體而微的海東，一座婆羅洲上的索多瑪城。少年永在坤甸和房龍小姐初會，充滿暗示意義。房龍可能是永父親的情人，她有如母親般的呵護情人的兒子。但隨著故事發展，她成為永的情欲對象。她的吸引力可是致命的；而我們記得「坤甸」在馬來傳說中原指的是吸血女鬼。

坤甸啟航後的另一個大站桑高鎮位居叢林邊緣，白天看來荒涼萎靡，但到了晚上「驀地迸出千顆萬顆無數顆人頭，男女老少洶湧翻滾，壅塞一街」，「有如卡江子夜怒潮，嘩喇澎湃，朝向鎮外白骨墩紅毛城上水紅紅的一鉤初升月，滾滾流淌入鎮心，一臉好奇、畏懼，參訪那座燈火高燒檀煙氤氳神祕兮兮的支那大廟。」一場淫蕩詭譎的嘉年華會即將開始。而大河最後一個城鎮新唐是伐木業最新據點，轟轟的「新神魔科馬子變戲法」般的將「婆羅洲心臟莽莽叢林」化為「一幢巨大紅色迷宮」。在這座幾乎超現實城市裡，資本主義與殖民主義攜手繼續蹂躪婆羅洲的原始資源。但也是在這裡，舊殖民勢力的最後繼承人房龍小姐要面對她最痛苦的往事。

除了這三座鬼魅也似的城市外，李永平的筆鋒觸及房龍小姐的橡膠莊園，詭異的船上社會，還有叢林裡達雅克族的長屋，以及叢林聚落甘榜伊丹。長屋之夜無疑是全書最精采的一章。探險團的成員，土著部落，還有巡遊大河上下，來自澳洲的老律師澳西叔叔等人有了一夕狂歡。老酋長的紋身和戰舞，探險團的縱酒狂喧，澳西叔叔千變萬化的魔術，讓李永平巴洛克式風格發揮殆盡。澳西叔叔和藹可親，談笑之間變出多少小玩意讓部落兒童如醉如癡。但夜闌人靜後，奧西叔叔把自己變了個人：他是個戀童癖。小女孩伊曼傳來的「血」、「痛」、「嬰兒啼哭般」的聲音湊巧被永聽到，「石破天驚，淒慘哪，從此這兩個伊班字就變成一種陰魂式的咒語，驅之不去。」

這是《大河盡頭（上卷：溯流）》最脆弱，也最詭祕，的核心了。女性的摧殘與淪落一向是李永平小說的執念。由早期〈圍城的母親〉中的母親到中期《吉陵春秋》的少婦，再到《海東青》的小女孩朱鴒，李永平為他心愛的女性所築起的防線節節後退。由小女孩所象徵的清純世界注定墮落。作為作者，李永平有著萬千不忍。就像《雨雪霏霏》一樣，他呼喚朱鴒作為他的繆思，但朱鴒只能引誘他進入生命最不堪的情景。循環在不忍和不堪，救贖和墮落之間，李永平的欲望敘事一發不可收拾。他必須一再吟詠，重複又重複，是為了回到天地洪荒、創世交合的起源場景？還是延宕那最後完全沉落到死亡深淵的必然？

我認為《大河盡頭》可以看作李永平回顧來時之路，為自己也為讀者所寫下的「前傳」；他日後的作品理應在這裡找到開端。但《大河盡頭》不也是李永平憑著後見之明，總結往事的作品？大河之旅到底帶著他到生命的源頭？還是盡頭？在《大河盡頭（上卷：溯流）》的結尾，探險隊告別最後一個城鎮，進入叢林深處。故事還有待繼續：探險隊到底會抵達聖山麼？永和房龍小姐的關係會有什麼樣的發展？以現有的情節看來，旅程的終點，一個少年作家崛起，他將離開婆羅洲到台灣去，並且在那裡展開他的文學探險。創作四十年，李永平寫出了一本既好看也令人看好的作品。《大河盡頭（上卷：溯流）》的下半部因此尤其令人期待。

1 王德威，〈原鄉想像，浪子文學——李永平的小說〉，《後遺民寫作》（台北：麥田，二〇〇七），頁二四五—五九。

2 這當然是周蕾的觀念，見Rey Chow, *Primitive Passions: Visuality, Sexuality, Ethnography, and Contemporary Chinese Cinema* (New York: Columbia University Press, 1995)。

3 詹閔旭，〈大河的旅程——李永平談小說〉，《印刻文學生活誌》四卷一〇期（二〇〇八年六月），頁一七五—八三。

獻給

Maggie——守護這趟大河之旅和這本書的寧芙

上卷

溯流

序曲　花束縦谷

招魂——朱鴒，歸來！

昔我往矣……今我來思。

倏忽，咱倆暌違已三年，丫頭別來無恙？

妳還記得台北天空乍然飄起的那片綺麗的雨雪嗎？古早、古早曾經汎漫燕趙大地，漭漭滄滄，那天晌午好似變魔術一般，當我們在台北市一間小學門口結緣時，驀地裡，悄沒聲，紛紛灑落在熱烘烘鬧市街頭的那一場雨雪？

妳眯起眼睛，指著那坐落在回歸線上東海中的台北城，笑道：瞧，雨雪霏霏四牡騑騑。於是就在那天晌晚，我們大小兩個展開了一趟奇幻迷離的台北旅程。

妳，丫頭，一個名叫「朱鴒」那時才八歲的小女生，揹個大紅書囊，秋日穿得一身土黃卡其長袖上衣和黑布小裙，朔風中，聳著一頭蓬草樣焦黃髮絲，睜住兩隻烏亮眼瞳子，趿著一雙破球鞋，拖拖沓沓，亦步亦趨只顧追隨我，穿梭在那滿城飛雪裡，迎向北台灣淡水河口觀音山頭的落日，從古亭國小出發，踩著人行道上的方格子紅磚，走下長長一條羅斯福路，踢躂，踢躂踢，來到了壽而康川菜館，歇歇腳打個尖，叫店家現殺現烹一尾生猛的肥大鯉魚（我的恩師，湖南大漢顏元叔教授，生平最愛品嘗的壽而康豆瓣鯉魚喔），丫頭，妳邊吃魚邊噙著淚，怔怔地聽我講述一則發生在南洋的悲慘童年往事，聽完故事吃完飯又揹起書包，伸出妳那隻油膩的手爪子，爬梳了梳妳脖子上那刀削般齊耳的一把短髮絲，踢躂踢走出店門，繼續與我行走。雨雪霏霏，婆羅洲赤道地平線上一輪火紅的日頭下，台北市滿城一蕊一蕾四下綻放的七彩霓虹燈中，妳迎著荒冷的朔風，邊走邊聽故事，似懂似不懂，時而質疑我的南洋童年，時而皺起眉頭繃住臉孔，悶聲不響，只顧低頭走自己的路……就這樣咱兩個一路從城南走到了城西，淡水河畔，那一窩燈火妖紅鬼影幢幢人頭飄忽、繾綣纏綿哼哼唧唧、哀聲四起的寶斗里盤絲洞……踢躂踢哩躂啦，妳趿著兩隻破球鞋一口氣行走個把鐘頭，腳都起水泡啦。拜託，我們在華西街夜市逛一逛吧。於是我就找一家海產店，邀妳在臨街檯子旁坐下來，喝生啤酒，一邊觀看隔壁蛇店老闆殺蛇宰鱉，活斬龜頭，血淋淋操刀弄棍指指點點，嚇唬那一夥摟著台灣女子的小腰肢、腆著大肚膛、呆呆圍聚在蛇店門口伸長脖子窺望的阿凸仔米國人，一邊扯起嗓門，比手畫腳口沫橫飛亢奮地向妳訴說，沙共游擊隊在婆羅洲雨林出生入死的事蹟。兩大杯啤酒下肚，故事也講完了，我一把揪住妳的髮根，拖著妳，丫頭，走出華西街國際觀光夜市，登上河堤，觀音山頭一瓢月光下，白雪雪滿江九月芒翻飛呼嘯聲中，揹著妳，一步一蹭蹬，只管沿著烏臭的新店溪跋涉，溯流而上，探索山中一窩活水源頭，尋訪那群棲息在黑水潭底，而傳聞中絕滅已久的台灣純種原生魚——庵仔魚……

庵仔魚。妳聽！潑剌剌一聲迸響，晨曦中只見千百隻銀白的魚，撲突撲突鼓脹著紅灩灩的肚腩，成雙成對互相追逐著，交纏著，輪番竄出黑水潭，迎向天邊一枚殘月，喝醉酒般迸迸濺濺癲癲狂狂自顧自捉對兒戲耍起來啦。

丫頭終於記起來了？這可不是一趟奇幻至極的旅程、千古難逢的際遇麼？一個秋日傍晚，台北市驟然飄起那場古老的北方雨雪，咱兩個，一大一小一男一女來自天南地北，邂逅於這座東海的孤城，於是結起伴來，踢躂迌迌，朝向海峽波濤半瓢月，竟然就在那城開不夜的台北街頭相偕遊逛到天明。丫頭甩著髮，趿著鞋，拱起肩膀揹著妳那只沉甸甸的大紅書囊，頂著荒冷的風，只管緊緊跟隨我，一路央我講述我在婆羅洲的童年——我怎會不知道，丫頭，妳心裡真正想聽的是熱帶叢林版的天方夜譚，阿拉丁、辛巴達水手之類新奇有趣、充滿魔幻冒險情節的故事呢？可是不知怎的，故事剛開始雖還有點好玩，但每次一講到我的傷心處，那則童年往事就會被我扭曲成變調的夢囈般的〈懺情錄〉，淒楚、陰森、殘忍，連我自己聽了都禁不住毛骨悚然，渾不似丫頭妳期盼的有趣童年，但妳始終按捺住性子，並沒向我提出抗議，只默默垂下頭來躑躅在我身後，任由我向妳吐露一件件埋藏心底多年的罪過和祕密，聽到後來，丫頭心腸軟了，撲簌簌流下淚來啦，竟扮演起母姊的角色——而妳只是個八歲大的小學女生——溫言撫慰我、開導我，月光下蒼白著一張小臉子，耐心地讓我訴說完我成長過程中那一樁樁，喔，難以啟齒，卻又不能不一吐為快的悔恨和懊惱。

台北夜遊，至今已三年了，而今妳也消失了三年。朱鴒，別來無恙否？念甚——真的很想念，終日牽腸掛肚，否則我今天隻身寄寓在花東縱谷這一座十億台幣打造的美麗新校園，半夜驚醒，也就不會霍地起身，呆呆坐在書桌前，面對居南邨窗外月下的嵯峨大山，心中忽然酸楚，眼圈紅啦，於是抓起一支原子筆，以筆代香，再攤開一疊稿紙權充紙錢，朝向中央山脈北端台北城那一簇無比燦爛荒冷的紅塵燈火，月下開始呼喊丫頭，招丫頭妳的魂——

魂兮——

丫頭終於聽到了？記得了？那一夜在台北霓虹街頭給妳講完十二則婆羅洲童年故事，天也亮嘍，我長長伸個懶腰，揉揉我那兩顆血絲斑斕的眼珠，扠著腰，望著一輪紅日頭從東海波濤中翻湧而出，直想扯起喉嚨，仰天狂嘯一番，因為那壓在我胸冂的千斤石擔，今晚被妳這小小姑娘一手卸落了，我那緊繃好多好多年的心，倏然一鬆，我竟狠起心腸來以最冷酷的方式報答妳，我最忠實最體恤、最聰慧善解人意的聽者——我又給鬼迷住心竅了啦，就像當年我們七兄弟姊妹突然集體抓狂，爭先恐後咬牙切齒，紛紛拿起石頭，活活砸死我們家那隻忠誠的老狗⋯⋯丫頭哇，三年前那晚我對妳做出了一件極冷血、極不可饒恕的事：咱倆一大一小互相扶持，歷經一夜跋涉終於走到了河溪上游，這趟溯源之旅完成了，妳親手把我這個浪子給帶回家了，我便把妳留在終點站，將妳放逐到那一窟陰冷幽深千年不見天日的黑水潭，頭也不回，自個揚長而去啦。放逐妳，這個素昧平生、與我有緣在台北街頭相聚一夜的小學女生，朱鴒。我心裡原本盤算，這麼一來，我就可以永遠擺脫心中那隻獸，可以一了百了把那幅貼在我們李家大門口幾十年的妖禳符咒，給揭掉嘍，可是，萬萬沒料到，丫頭妳這一走我整個人反又失落了啦，我的心頓失依託，三年後，從台北市飄蕩到東台灣的鄉野，從東吳大學逃遁到東華大學——我一度甚至懷疑自己得了失語症，終日懨懨，懶怠開口，只因為我已經習慣對妳講話，絮絮叨叨呢呢喃喃，透過講故事的方式，向妳這個陌生卻又覺得十分熟稔、彷彿前世結緣過的小姑娘，毫無顧忌地陳訴心事……三年前那晚，陪伴我走了一趟溯源之旅，丫頭，妳終於把我帶回到了家門口，可近鄉情怯哪，我，這個老遊子，還需要妳伴我走這最後一程，帶我跨過家門口那道門檻。所以今夜中宵夢醒，坐在花東縱谷一盞檯燈下，對著窗外那守望在奇萊山巔、笑吟吟、三年前曾經俯瞰我們一大一小兩個人跋涉在觀音山下黑水河中的月娘，我終於鼓起勇氣，厚著臉皮召喚妳：魂兮歸來，朱鴒。

十月的新店溪，潭水冷冽，妳莫在潭底留連太久。我深知妳的性情，即便被囚禁在一座暗無天日的水牢，縱使形體早已化為一條魂魄，可妳這個好動的丫頭兒呀依舊會圓睜著妳那兩隻清澄的充滿好奇的眼瞳，張開雙臂扭動腰肢，長髮漫漫（三年了，水底下沒人幫妳剪頭髮，妳那刀削般、西瓜皮式的齊耳短髮如今已留長了吧），好不逍遙快意，自管游弋在那黑水潭中，喜孜孜地探索潭底的世界，東張西望，試圖尋找它守護多年，終能不讓人類知曉的重大祕密。告訴我，妳可曾找著了她們？我們上回一路溯溪一路察訪的台灣原生魚，那每年六月春夏之交，西北雨季，新店溪水暴漲時節，成群結隊鼓著她們腹部那一毬一毬紅噗噗圓滾滾的卵巢，浩浩蕩蕩逆流而上，直來到水源頭，集體產卵的母庵仔魚——她們果真如學界所斷言的早已滅絕了嗎？或者，她們之中是否有極少數的一群，鬼使神差，僥倖逃過了當年海東漁郎們使用氰酸鉀，鬼鬼祟祟半夜摸黑進行的大規模、種族清洗式的集體捕殺？如今，這會兒，她們是否正偷偷棲息在黑水潭底那巨大的老樹根窟窿中，悄悄生殖、繁衍，耐心地等待有朝一日——終於盼到了河清之日溪畔又見楊柳依依——破潭而出，百尾千尾萬尾成雙成對驟然洶湧上水面，發狂似地�嚶啵啵，再度飛騰交歡在觀音山頭一輪皓月下，逗弄那群笑齤齤吐著血痰、鬼卒般團團蹲伏在黑水潭邊窺伺的漁郎——就像當年，民國五十六年，我剛來台灣讀大學時，有天晚上跟隨學長夜遊，在新店溪上親眼看到的那一幕月下群鬼亂舞，水中群魚狂歡，壯盛得令人禁不住流下熱淚的場景？

朱鴒，妳必得信守承諾……

嘻，扯淡！我有對你做過任何承諾嗎？

我不管，妳一定要從潭底世界遊罷歸來，向我報告妳在那兒的見聞。

妳切莫忘記那天清晨日出時，徹夜的行程終了，我扠著腰，站在溪上那片嘩喇喇迎風狂嘯的芒草中，眼睜睜，看著丫頭妳，搖甩起妳腦袋瓜上那一蓬子浪遊一夜沾滿風塵的枯黃髮絲，揹起紅書囊，拂拂身上那件土黃卡其上衣，繫緊腰下那條黑布小裙，桀驁地，昂揚起一張水白臉子，迎向晨曦邊唱兒歌——妹妹揹著洋娃娃，走進花園去看花——邊回頭乜斜起妳一隻眼睛狡黠地瞅著我，滿臉笑，打赤腳踩著溪床上那堆亂石，一步蹭蹬著一步，自管走進水源頭一窟黑水中尋訪庵仔魚姊妹們去了……

從新店溪回來，我迫不及待，拾起紙筆將這一夜在迢迢路上隨性給妳講的十二個故事，摘要抄錄下來，爾後再做一番必要的潤飾整理鋪陳，輯成一本小書，給它取個頗為正點、符合學界品味的名字《雨雪霏霏：婆羅洲童年記事》，雖然也算了結一樁心願，但不知怎的心中卻始終覺得不踏實。朱鴒，那晚妳在北台灣一條溪的盡頭，黑水潭中，尋找到了妳的家園和妳的姊妹，可是我呢，妳那個陌路相逢、有緣作夥一夜的旅伴——我，昔我往矣今我來思，自甘放逐二三十年的浪子兼遊子，完成了這趟新店溪之旅，經歷了一場宛如古希臘「卡薩爾西斯」式的清滌焠煉，果真能回到心靈的家園，回到我心目中永恆的歌手，齊豫，用她靈魂的顫音所詠唱的那個「夢田」麼？

每個人心裡一畝　一畝田
每個人心裡一個　一個夢
一顆啊　一顆種子

是我心裡的一畝田
用它來種什麼　用它來種什麼——

丫頭妳的耳朵最靈敏，妳聽到了沒？就是這樣的幾句最樸實、最單調的歌詞，反反覆覆沒完沒了，在齊豫吟唱下變成一篇荒老蒼涼的咒語，陰魂不散，自新店溪歸來後就一直縈迴在我耳鼓中，嚶嚶嗡嗡揮之不去，好像那奧德賽海上女妖的召喚，一聲淒厲一聲，叫我莫再延宕，莫再逗留，趕快回到卡布雅斯河上游，天際，那一座草木不生、光禿禿兀自矗立在暗無天日原始叢林中一輪赤道豔陽下的石頭山。峇都帝坂。叢林的守護者，獵人頭戰士達雅克人心目中與天地同生的聖山。他們說那是大河的盡頭，生命的源頭。

每個人心裡一畝　一畝田
每個人心裡一個　一個夢

機緣湊巧，自十五歲那年的暑假，它，峇都帝坂，成了我心中私淑的（除妳之外從沒跟別人講過的）一畝夢田。丫頭，瞧妳聽著聽著兩隻眼睛忽然機靈靈一轉，妳心裡好想知道，這座石頭山究竟在哪裡，對不？在黑水潭底幽錮三年，妳依舊那麼好奇，一如當初我在古亭國小門口遇見妳時，妳乜著眼，睨住我這個來自南洋的浪子，頭上腳下打量個透，兩道目光森冷森冷，直欲看穿人家藏匿在心底的祕密似的。老實講，那時，我還真被妳一雙眼睛盯得心裡直發毛……好啦，我不賣關子，妳打開一張世界大地圖吧，看那赤道之上，東經一百十五度與緯線零度之交，南中國海之南、爪哇海之北，偌大的一片熱帶水域不是橫亙著一個島嗎？這島，妳莫看它形狀古錐，胖嘟嘟，活像一隻懷著一窩胎兒蹲伏在地上的母狗，滿臉慈藹福福泰泰，它卻是世界排名第三的大陸島，南海碩果僅存的雨林，自古的瘴癘之地，不知埋葬過多少歐洲傳教士、阿拉伯商賈、荷蘭官吏和眷屬、日本皇軍和營妓、美國嬉痞浪人和華僑豬仔礦工的骸骨。這島有多大？長一千三百公里，寬一千公里，百分之八十的面積覆蓋著密不通風、熱霧瀰漫的雨林，氤氤氳氳，終年蒸騰在赤道那一輪火紅的太陽下——丫頭，這已經夠壯觀了吧？可慢著，島上還有六大河系——拉讓江、巴蘭河、加央河、瑪哈干河、巴里托河、卡布雅斯河——發源自島中央的加拉畢高地，好似一隻龐大的八爪魚，四下輻射伸張，順著山勢奔流而下進入內陸叢林，倏地，蛻變為千百條黃蛇，在雨林中鑽進鑽出，穿梭過那星羅棋布一窪又一窪連綿不絕的沼澤，來到海岸沖積平原，匯成六條大川，變成六隻黃色巨蟒，砰砰濺濺一路翻騰嘶吼著分頭闖入爪哇海、西里伯斯海、蘇祿海、南中國海。這六大河系之首，便是號稱印度尼西亞第一大河的卡布雅斯，長一千一百四十三公里，流經面積廣大的西加里曼丹省，華僑管它叫卡江，達雅克人乾脆稱它「大河」。就在大河的盡頭，天際，赤道那顆大日頭下，蒼莽雨林中，拔地而起，陰森森赤條條聳立著開天闢地時布龍神遺落的一塊巨石——峇都帝坂。

十五歲那年夏天，在一樁詭譎的因緣安排下，我有機會在這座雄踞南海中央的大陸島，從事一趟卡江之旅。說它詭譎，只因為當初神差鬼使，我誤打誤撞上了那艘船。丫頭，咱倆在台北街頭浪遊那晚，我給妳講過一個童年故事，說我父親年輕時喜歡飄流，南洋大熱天，他終年穿著他那套漂白夏季西裝，頭戴一頂米黃草帽，手提一口黑漆皮箱，進出島上的英國與荷蘭地界，風塵僕僕，不知在幹什麼勾當，後來竟做起走私黃金的營生，著實發了點財。我頂記得，我三歲那年的春節，大年除夕我父親帶著滿臉鬍渣子半夜從外地趕回來，一踏進家門就把我從床上叫醒，笑嘻嘻站在床頭，解開大衣鈕釦，讓我瞧一眼他腰間迸亮迸亮纏繞著的三四十根金條……但夜路走多了總會遇到鬼，有一次摸黑穿過英荷邊界，他終於失手，被荷蘭警察逮著，押到荷屬西婆羅洲首府坤甸，打入大牢，後來透過一個荷蘭女子克莉絲汀娜·房龍，買通典獄長，才得以脫身，鬼趕樣一身清潔溜溜逃回英屬北婆羅洲，從此雌伏，蹲在家裡不再飄流。長大後我聽他的事業夥伴黃汝碧叔叔說，那時出得獄來，我父親走投無路，便厚著面皮向那荷蘭女子商借三千盾當作路費，否則準會客死坤甸城。直到今天，我還搞不清我父親和房龍小姐的轇轕，只隱約感覺到有點曖昧，似乎有點不可告人，讓我那苦守在家的母親受了委屈……但這件事我不想弄明白。反正，那個時代英荷邊境龍蛇雜處，各路人馬各色人種蠅集，覬覦西婆地區的金礦，於是蘇丹王國的小京城，坤甸，一夕之間變成冒險家的樂園、叢林中的銷金窟，啥事都可能發生。妳知道嗎，我們的客家鄉親，梅縣人羅芳伯曾在那兒建立一個共和國，號稱「蘭芳大統制」，自封「大唐客長」，統領卡江下游幾十座金礦和數萬華工，真個聲威赫赫，荷蘭人莫可奈何，直到羅芳伯死後，荷蘭兵才乘隙突襲，將蘭芳共和國消滅。這固然是史實，但跟我要講的故事無關，終歸閒話一句，表過不提。反正十五歲那年我初中畢業，考上名校古晉中學高中部，為了犒賞我，父親讓我去坤甸，在克絲婷姑姑家的房龍農莊住個把月。雖然一開始——亦許為了我母親的緣故吧——我對那荷蘭女子殊無好感，甚至有點惡感，但樂得乘此機會，離家一陣子獨自在外度個暑假，況且，我從未去過西婆羅洲，儘管它與我居住的北婆羅洲沙勞越邦只隔一條山脈，而我父親，那個垂垂老矣、飽受痛風折磨的浪子，當年便是在這個地界進進出出，幹他那荒誕的營生。於是無可無不可，在他老人家親手打點下，我，十五歲，初次離家的少年，穿上父親慎而重之從箱底取出的那襲窖藏多年、壓得十分服貼平整、依舊漂白如故的夏季西裝，手裡拎著他那口黑漆皮箱，內衣袋中揣著他託我交付那洋婆子的三萬盾現鈔（以及一包密封的不知名物事），七月下旬，一個晴朗的早晨，從沙勞越邦首府古晉出發嘍，搭乘大海船，頂著滾燙的大日頭，穿過赤道線，越過南中國海與爪哇海之間那片沸騰的水域，朝向南極星，航向卡布雅斯河口那座城，坤甸。可丫頭哇我做夢也不曾料到，後來證明，這趟坤甸之旅只是前奏，一段短短的序曲而已。它的功用在於開啟另一趟更荒誕、迷幻，更匪夷所思，以至於今我刻骨銘心終生思念克絲婷這洋婆子的航程……

喔，神祕的卡江之旅。

就是呀！丫頭聰明，一聽就明白。

於是那年暑假你在克絲婷姑姑帶領下，從坤甸出發，沿著婆羅洲第一大河，卡布雅斯河，一路溯流而上，航向大河盡頭達雅克人的聖山，峇都帝坂。

我早就說過，別人的心只有一個竅，而朱鴒妳這小丫頭兒的心卻生了七、八個竅，機靈得緊，自從新店溪別後，三年來叫我怎能不日日思念妳，牽掛妳，可如今妳獨自個悠遊在那不見天日的黑水潭底，自得其樂流連忘返。

咦？你有沒有發現？你那年暑假的卡江之旅，跟我們上次的新店溪之旅有個共同點哦。

同樣是溯流而上……

抵達水源頭……

尋找……

一件失落的東西！

人生真奇妙。我一生最奇特、最重要的兩次旅程，就在一雙巧手（丫頭，是妳的手喔）撥弄下莫名其妙、天衣無縫地給連接了起來。朱鴒，這究竟是怎樣的一樁緣法呢？

嘻嘻，上帝的安排自有美意。

妳莫嘻皮笑臉，我是跟妳講真的。不過，當初展開卡江之旅，我倒沒意識到自己是在尋找一件什麼東西，就像妳，朱鴒，一個小學女生偶然與我結識街頭，迷迷糊糊伴隨我，漫遊夜台北，兩個人一大一小沿著一條腥臭的黑水河，邊走邊講故事，尋尋覓覓直到旅程快接近終點，心中才靈光乍現，恍然大悟：原來，咱們這一夜跋涉，溯溪而上，竟是在尋找傳聞中早已滅絕多年的台灣原生魚，庵仔魚。

這就是探險旅程好玩的地方呀，哥哥！你想，你若一開始就知道你去尋找一件什麼東西，那不就像到市場買菜，或像上學讀書一樣無趣嗎？那不就不是迌迌了嗎？你記得我在古亭國小門口，水泥地上，用粉筆寫給你看的兩個方塊字「迌迌」？這是最美麗、最奇妙的冒險呀。只是你十五歲那年的卡江之旅，比後來我們的新店溪之旅更神祕陰森，路途更長，時間更久，花了你一個暑假，這樣的旅程中肯定隱藏著一件更奇特、更有意思的東西。當初你穿著父親的舊西裝，提著父親的黑漆皮箱——嘻！你那個模樣一定很滑稽——獨自搭船到坤甸，出門時難道真的一點預感都沒有嗎？

沒。那時我心裡只想離家出門在外度一個暑假，玩玩，散心。

那就好玩了！這個行程聽起來有點意思哦。我真想也走它一趟呢。

當初到了坤甸，糊里糊塗，就在克莉絲汀娜・房龍小姐帶領下，我跟隨一群陌生的白人男女，乘坐達雅克人的長舟，沿著卡布雅斯河一路逆流而上，穿透層層雨林，航行一千一百公里進入婆羅洲心臟。大夥哼嗨唉喲，推著船，闖過一灘又一灘怪石密布水花飛濺的漩渦急流，直抵大河盡頭的石頭山，峇都帝坂。那時我真的不知道，甚至抵達終點時也沒察覺——我只是個十五歲的懵懂少年啊——這趟航程究竟代表什麼意義，在大河盡頭我又會找到什麼東西，發現什麼人生祕密。我只是感覺好爽，心中很痛快，因為我完成了一趟同儕們沒有機會經歷、心裡準會羨慕得要死的冒險旅程……就像妳，朱鴒丫頭，這會兒豎起兩隻耳朵，睜著一雙水靈靈充滿好奇和疑問的眼睛，凝神屏氣，準備聆聽我講述卡江之旅，可妳心裡壓根也不曉得，這樁經驗，這則乍聽起來緊張刺激、曲折離奇、洋溢著異國情調和熱帶風情的探險故事，裡面到底藏著什麼東西，而找到它之後對妳一生會產生怎樣的影響……朱鴒，就讓我們再結緣一次，再度結伴出門迢迢闖蕩去！喂，出發嘍。現在就讓我們沿著那條黃色巨蟒般的大河，共同展開這趟貫穿南海原始森林的少年暑假之旅，讓咱兩個肩並肩一起經歷、一起見聞、一起感受、一起探索和發現這個穿渡祕境，直抵天盡頭、大河盡頭的航程，然後拜託妳再度把我給帶回家——真正的家，我剛才向妳訴說的我內心中那畝夢田。

一顆啊　一顆種子
是我心裡的一畝田

用它來種什麼　用它來種什麼
種桃種李種春風　開盡梨花春又來
那是我心裡　一畝　一畝田

丫頭，妳聽！在這台灣東端的花東縱谷，夜深人靜，蟲聲唧唧，占地二百五十公頃的偌大校園燈火零星，整排宿舍暗沉沉，只我一人不眠，獨自個呆呆坐在書桌旁一盞燈下，讓齊豫那邈古蒼涼的歌聲，招魂般反反覆覆，不住迴盪在我耳際，心中只顧追索多年前那一個月的旅程——逐日的逐個小時的追索，分分秒秒地重溫——往事紛至沓來，於是撿起紙筆，發願似地不住書寫，一字一思念，召喚妳。魂兮歸來，切莫在新店溪上一窟窿黑水中逗留太久喔！妳看窗外一瓢清光，整夜映照我，可不知什麼時候就幻化成一鉤暗淡的下弦月，披上一幅青紗，悄沒聲，隱沒到阿美族的聖山黑色奇萊的背後去了。往東，海岸山脈草木蔥蘢，驀地裡迸出簇簇金光，一輪紅日從太平洋中升起來啦。昔我往矣，楊柳依依。丫頭拜託妳再度伴隨我走一趟迢迢之旅，叢林中烈日下，讓咱倆追隨那條黃色巨蟒一路溯流而上……一如三年前，妳這個八歲大的與我偶然邂逅街頭的小小女生，帶領我進入台北那繁燈似錦、海市蜃樓般的世界。妳，朱鴒，就像一隻領路鳥——就像我十五歲那年卡江之旅一路上不時遇到的那一個個守護河船的小天使：小蒼鷺、婆羅洲魚狗、磯鷸、黑冠翡翠鳥。這些棲居婆羅洲內陸叢林的水鳥，小不點兒，總是顫顫巍巍孤蹲在河畔一根伸向河心的樹枝上，靜靜守望往來的商旅。眼一亮，她看見我們的船陷入險境，便颼地從樹上直撲下來，飛到船頭前方，不聲不響，引領我們穿過滾滾洪流，渡過處處險灘，直來到約莫五百碼之外，她的疆域邊緣，才悄然折返，棲停回自己那根樹枝上，將引路的任務移交給守候在下一段水域的領航員，那另一隻嬌小玲瓏、孤零零、骨碌骨碌圓睜著眼瞳子蹲在水邊樹枝上的翠鳥或小魚鷹……朱鴒，對我而言，妳不也是一隻領路鳥麼？妳看妳的名字——

鴒——

多麼奇妙，字裡不就蘊含著一隻——

領路鳥。

對了，就這三個美麗的方塊字組合成一個更美麗奇妙的方塊字：鴒。紅領路鳥，朱鴒。

咦？這我倒沒想過哦。但我不要做小鳥，我願意化成一個無聲無息的影子，一條哀怨淒美的幽魂，濕淋淋從水中倏地冒出來，飄飄嫋嫋一路追隨你這個老想回家的浪子，悶聲不響日日夜夜糾纏你，陪伴你，直到大河盡頭那座光禿禿鬼氣森森的石頭山，才悄然折返，獨個兒回到新店溪上游黑水潭底，我自己的家，跟我那群庵仔魚姊妹們重聚廝守。嘻嘻。走！咱兩個這就上路吧，一起出發前往卡布雅斯河口那座城，坤甸。

六月二十九　爪哇海上

航向大河口的城

鬼氣森森，北緯零度線上的太陽斗大的一輪高吊天頂，雪一般死白。熱！我趴在山口洋號客貨輪甲板那風吹日曬鐵鏽斑斑的欄杆上，好久好久，瞇著眼睛歪著頭，半睡半醒，聆聽海水中窸窣窸窣催眠似地一陣緊似一陣的神祕聲響，兩隻眼皮漸漸下沉，不知不覺就合攏起來，霎時只覺得海天無比寥闊，萬籟俱滅，整個宇宙只剩我一人飄流在茫茫公海上，偶爾，三不五時，忽聽得頭頂上一聲春雷綻響，烈日下駕駛艙中傳出荷蘭老船長洪亮的吆喝，緊跟著，只停歇半晌，夢囈似地傳來那華人大副有氣無力的應答：

——嗳嗳，長官。

遠處海平線上，另一艘輪船鳴起了汽笛，嗚呦嗚呦，穿透過正午時分渾渾濛濛籠罩海面的燦爛天光，鬼哭般飄忽傳來。我心中陡然一驚，直直豎起耳朵。船舷外，那陣陣划水聲窸窣窸窣潑刺刺，越響越急。我撐開眼皮，只聽得劈啵一聲，一隻花海蛇竄上了水面，伸出一顆油光水亮碗公般大的圓錐頭顱，張開血盆大口，妖妖嬈嬈吞吐著她那根紅涎涎的舌芯子，猛地一個翻身，睜開兩粒火眼，牢牢盯梢上了我們這艘每週往返新加坡、古晉、坤甸三城之間，載貨兼載客的老舊輪船。我，十五歲的少年，生平第一次乘船出海，前往一個陌生的城市會晤一個來路不明的洋姑媽，懷裡揣著一捆嶄新的現鈔，三萬盾印尼幣，以及一包密封的不知什麼禮物……這會兒，人在旅途中，窩在甲板上幾百袋四下堆放的水泥和麵粉之間，獨自個，面對無邊無際一片空茫的海水，心中一片蕭索，啥也不去想它，只顧凝起眼睛，呆呆瞅著船舷外這條十公尺長、渾身鱗甲五彩斑斕似蛇非蛇的長蟲。妳看她一逕昂揚著碩大的花斑頭顱，翻騰游弋赤道海域中，倏忽隱沒倏忽浮現，麗日下燐光閃閃，好久只管追躡我們這艘山口洋號客貨輪，緊緊依傍著船身，潑剌潑剌亦步亦趨，與我們等速前進。

船頭船尾疊起的成堆貨物間，沒聲沒息影影簇簇，頂著大日頭，痀瘻著身子，四下蹲著從古晉城採購歸來的達雅克人，男男女女，叮叮噹噹晃盪著耳脖下懸吊的一雙大銅環，雕像般，文風不動，齊齊仰起他們那張黥紋斑斑的咖啡色臉膛，寸步不離，守著腳跟前那幾隻裝滿砂糖、印度菸草、英國罐頭、澳洲威士忌和台灣製各式塑膠器皿的籐簍。打一登船，我就看見他們躥到日影裡，往火燙的甲板上一蹲，豎起雙臂，托住乾癟的下巴，晨曦中睜著兩粒血絲閃爍的眼瞳，愣怔怔眺望天空中不知什麼東西，一臉木然，各想各的心事。甲板底下幽暗陰森的頭等艙中一窩人影毛狨狨，一窩人頭閃忽竄動。那夥白人男女穿著清涼夏裝，光肩露臂披頭散髮，端著水晶杯，啜著孟買杜松子酒，圍聚在天花板那支嘎嘰嘎嘰抖索不停的老舊電風扇下，或坐或躺，或捉對兒摟抱狎玩。剝啄！只聽得一記洪亮的接吻，夾著陣陣笑語和三兩聲詛咒，不時穿透出那一排敞開的舷窗，淫浪地，傳到甲板上漫天陽光下來。

海中那條燐火長蟲依舊伴隨我們的船，劈啵劈啵昂首甩尾，顧盼睥睨，窸窣窸窣吞吐著鮮紅舌芯子，以海龍王之姿獨行，巡弋南中國海與爪哇海之間這片廣大水域，一如遠古洪荒時代，一如六百年前，當永樂皇朝統轄赤道南北的海疆時……

赤道。陽光。大海。

潑剌剌窸窣窸窣潑剌剌，日頭白花花，我倚著船舷，瞇起眼睛豎起耳朵傾聽，捉摸大海蛇那催眠也似一濺一潑反反覆覆沒完沒了的划水聲，不覺眼皮又是一沉，整個人趴到欄杆上，垂下頭來又打起了盹。瞑矇之中，我看到明帝國艦隊千艘樓船首尾相啣，魚貫前進，悄沒聲，穿過自古水怪出沒的這條海上交通孔道。艨艟巨艦桅檣如林，風潑潑鼓起千張帆，迎向印度洋水平線上一輪金光萬丈波濤洶湧的太陽，嘩喇嘩喇排海行進。丫頭，妳看！三保太監佇立旗艦塔樓，袍袂飄飄，滿面風霜，凝視冉冉下沉的南天落日。三保身旁侍立著年輕的都尉田壆，一身錦衣，手握劍柄，也睜著一雙鷹眼凝視落日。紅灩灩海上漫天彩霞映照下，瞧，高聳的桅杆頂端張牙舞爪，獵獵飛颺著一條錦繡的金龍……刷喇刷喇，大海蛇兀自跟蹤我們的輪船，蹦蹦濺濺翻騰在船舵捲起的波浪中，忽然童心大起，只管追趕著自己的尾巴，團團兜著圈子，自顧自在大海上戲耍起來，好不快活。我使勁撐開眼皮觀看一會，頭一歪又睏著了。睡夢中一眨眼，我又看到那群白袍白頭巾鷹鉤鼻的中東商賈，大腹便便攜帶非洲小變童，搭乘阿拉伯單桅帆船，揚起白色大三角帆，順著貿易風顛顛簸簸渡洋而來，出現在這片水域，一路閃躲那划著舢舨蜂擁而出、攔截馬六甲海峽舟旅的馬來海盜，悄悄駛往香料群島，收購胡椒、丁香和肉豆蔻，順便捕捉幾隻熱帶珍禽，諸如喋喋吸蜜鸚鵡和大白葵鸚鵡，進獻鄂圖曼后妃，供她們賞玩，藉以排遣後宮的閒悶日子。那時，丫頭，天方夜譚的時代，這片陽光普照煙波浩渺的赤道水域白帆點點，但見成群海妖呼朋引伴，飜舞戲水，四處洋溢著辛巴達水手的浪漫冒險風情，可曾幾何時，海中綻響起隆隆的火砲聲，島上的椰林起了大火，鬼哭狼號，馬來人的甘榜村落與達雅克人的靈山長屋熊熊燃燒，自開天闢地以來，那水天一色、一碧如洗的海域，霎時幻變成猩紅的血水，一漩渦一漩渦四下盪漾開去，瞬間瀰漫偌大的南海……傍晚時分海岸村落炊煙四起，我，一個十五歲初中剛畢業的支那少年，奉父命，前往島嶼另一端拜見洋姑媽，這會兒正趴在山口洋號欄杆上，獨自漂流於這片水域中，潑剌嘩喇喇，只管跟隨船舷外那條大花海蛇搖啊搖盪啊盪，夢遊似地，汗流浹背，迎著落日攀登上婆羅洲第一高峰中國寡婦山，佇立巔頂，抖簌簌舉起一隻手掌遮住眉心，放眼眺望。丫頭，我看見黑魆魆成百艘歐洲鐵甲船，一窩子鬼魅也似，幽然浮現在西方天際一蕾子血紅太陽下，影影簇簇，載著一隊隊毛瑟槍兵，以及千百箱彈藥、輿圖典籍、印度女奴和杜松子酒，外帶幾個身披黑道袍手持鐵十字架的白臉紅毛傳教士，有如成群大海怪，嗚吼、嗚吼，噴吐著一蓬一蓬鬼魅般的黑霧，遮天蔽地破海東來，驅走阿拉伯單桅帆船，撞翻馬來舢舨，登上每座島嶼，在群島間展開殺戮、掠奪和文明啟迪，就在雞飛狗跳大人奔逃小娃兒啼哭聲中，不旋踵，這幾個歐洲旮旯小邦，嚇！竟爾在世界大洋上建立了橫跨赤道的龐大海上殖民帝國，奉天父之名，君臨南海，宰治數千萬棕色子民，兩三百年間，在孜孜不倦諄諄善誘的啟蒙教化過程中，順便遺留下無數父不詳的混種兒女……

——南偏東二十五度！

頂頭，駕駛艙中那荷蘭老船長猛一聲吆喝。

華人舵工肅然應答：

——嗳嗳，長官。

我從大汗淋漓的迷夢中霍地醒來，結束這趟奇幻南海歷史之旅，使勁揉揉眼睛，伸了個長長的懶腰，憑著欄杆往舷外一望，只見偌大一輪冉冉下沉的殷紅落日，凝血般，驟然停駐在半空中，陰森森懸吊在赤道海平線上，待沉不沉。好久，它只管盪漾在煙波彩霞中，潑照著那一群群展開幽黑雙翼，淒厲地，伸出尖喙子，滑翔在河口紅樹林上空尋覓死魚充飢的赤道猛禽，神鳥婆羅門鳶。

海上升起炊煙柴火，三兩縷，飄飄嫋嫋。

百來艘馬來漁舟卸下了他們那滿綴補靪的風帆，恣意漂流波浪中，等待收網，有幾個少年漁郎耐不住飢腸轆轆，索性蹲在船頭，架起炭爐子，生火烤起牛猛的大海蝦來啦。

赤道的夕陽，越下沉，形體變得越碩大渾圓，丫頭，瞧，那一團琰琰焚燒的火球浮盪在蒼茫波濤中，轉眼就要沉沒入印度洋去了。嗚——嗚——我們的船終於響起汽笛，減速轉向駛往卡布雅斯河口。前方只見八九艘銀色簇新遠洋輪船映照著落日，金光燦爛四下散開，一動不動無聲無息，寄泊在爪哇海北端黃濤滾滾的坤甸灣。姬路丸。佐佐木丸。宮本丸。好幾十幅鮮豔的丸紅旗縩縩綷綷，佻撻地，迎著黃昏椰林吹拂起的薰風，只顧招飄飛舞。

心念一動，我豎起耳朵凝聽。

船舷外寂沉沉，那一陣緊似一陣魔咒般窸窣窸窣潑剌剌的划水聲，神出鬼沒亦步亦趨，追躡我們的船一整個下午，這會兒忽然停息了。海上的不知名神祕客，那條十公尺長、紅涎涎不住吞吐著舌芯子、亙古飄忽出沒逡巡赤道水域的斑斕長蟲，神龍見首不見尾，倏來，倏去，如今早已消失無蹤。

不知怎的，我心裡只覺得悵然若失，好久依依不捨，只顧垂著頭，俯身船舷欄杆外，愣睜睜搜望那一片不知何時已經染黃的碧藍海水。旅客們，我們抵達坤甸嘍！頂頭驀地綻響起荷蘭船長那聲若洪鐘的呼喝。從聲音聽起來，他老人家此刻心情挺好。我回頭一望。船頭船尾，那群打一登船就蹲坐甲板上，泥塑木雕似地，呆呆托起下巴，仰起一張油棕色刺青臉膛各自想心事的達雅克人，這會兒彷彿大夢初醒，紛紛活轉過來，揉揉血絲眼，望望天際那一丸子瘀血般的落日，骨碌骨碌清起喉嚨，呸，呸，啐吐出一蕊一蕊血花樣燦爛的檳榔渣，霍地撐起膝頭，拎起腳跟前的籐簍子，揹到腦瓜子後，攜帶著從古晉城採辦回來的雜貨和日用品——沙拉油、味之素、香菸威士忌西藥以及一堆不知什麼名堂和用途的塑膠器皿——一夥人打赤腳，趑趑趔趔踩著火燙的鋼板，魚貫走向舨梯口。霎時，那原本死寂一片的甲板又活絡起來，變成一座長屋市集，嘰嘰咕咕連珠炮般四下乍響起話語聲，間歇冒出一陣莫名的爆笑。抵達坤甸嘍，回家嘍。那一雙雙枯黑眼塘子骨溜溜不住轉動，四顧睥睨，好不威風。我倚著船舷欄杆，望著這群老達雅克人夕陽下一條條痀瘻的身影，心中猛一凜，禁不住悄悄打個哆嗦：當年這群才二十出頭的小夥子，肯定當過獵人頭戰士，每回出草總要收割幾顆白人或支那人的頭顱，血淋淋滴答滴答一路拎回長屋，一蘽一蘽吊掛在屋簷下風乾，供長屋婦孺或訪客觀賞，以展示武勇，或者——克絲婷姑姑後來告訴我——向外人昭告，神祕的峇都帝坂山靈「峇里旦那」對擅闖禁地者的無情懲罰。這麼一想，我背脊有點發冷，可我心裡卻也感到莫名的亢奮，彷佛突然被餵食春藥似的，因為不知怎的，我心中忽然冒出一個不祥的卻挺美妙的預感：往後這段日子，在坤甸城，或在婆羅洲內陸叢林那條黃色巨蟒般的大河邊，某座長屋中，我將再與這群老達雅克獵人頭戰士邂逅。果真重逢，從而——我期盼著——引發出一段驚心動魄、陰森詭祕或荒誕有趣的情節，甚至，退而求其次，一則毛姆式的異國浪漫冒險傳奇，給這趟煩悶的暑假之旅，增添些許值得回味的記憶，丫頭，妳說，這豈不是美妙的機緣一樁呢？

公海中搖啊搖晃啊晃，頂著大日頭航行六個小時，我們的船，山口洋號客貨輪，不知什麼時候就穿越了地球腰部那條橫線。日西沉，海上暮色滄茫，漫天婆羅門鳶黑魆魆一群群剞啊——剞啊——剞啊——不住盤旋叫囂俯視下，我們一腳跨過緯度零度線，堂堂穿過赤道邁入南半球。

海水早已染成金黃。驀一看，我還以為那是夕陽的倒影幻變成億萬條小金蛇，狂舞在碧波中呢。多麼絢麗浪漫、多麼毛姆的熱帶港灣落日！可定睛一瞧，我才發現原來是叢林大河挾著萬噸泥沙，流經婆羅洲心臟，呼號著，鑽過那綿延一千公里的雨林，橫衝直撞來到坤甸灣，倏地放慢步伐，黃濤滾滾入海。

站衛兵似地，河口海岸線上只見成排椰子樹挺著腰桿，望著海佇立夕陽下。樹梢頭升起炊煙，一籠子一籠子，凝聚在滿天潑血般的落霞中，嫋嫋不散，只顧繚繞著港汊內那三兩間臨水搭建的高腳屋。黃昏甘榜四下不見人影，晚風中蹦蹦濺濺，隱約傳來孩兒們打著赤腳，奔走在泥巴窩裡爭相捕捉螃蟹的嬉鬧聲。晚禱時辰，清真寺的阿訇披上白袍戴上白帽，白鬍飄飄，登上了叫拜塔，朝向西天伸展雙臂，拔尖嗓子吟哦起來，石破天驚一聲聲悠長深沉的召喚驟然響起：依——夏——阿——拉——聽從真主的旨意，嗚哇——歸鴉滿村子聒噪。透過幾十只擴音喇叭，誦經聲漫天價響，貫穿層層椰林重重暮靄，蒼涼荒古，不斷傳送到我們船上。好久，只聽得那陣陣召喚隨著海濤四面八方洄漩開來，一聲只顧追逐一聲，越過印度洋，穿過回歸線，直欲盪漾到西方天際那一顆懸吊在海平線上載浮載沉的紅日頭下……

嗚——嗚，山口洋號拉起汽笛，駛入卡布雅斯河口，在兩岸那莽莽蒼蒼的紅樹林夾峙之下，迎著滾滾黃濤，穿行在一條狹隘水道中。一路上我們的船小心翼翼，閃躲著那一艘艘運載巨大的婆羅洲原木，浩浩蕩蕩出海，跨過赤道，駛往北半球扶桑之地的丸字號輪船。颼地，不時擦肩而過。落紅點點，碧雲天一丸子血似餘暉映照中，我們的船朝向紅樹林盡頭，彩霞深處，那一城火燒火燎灰漠漠四下飄嬝起的炊煙，昂首前進，嗚——嗚。

坤甸在望。

六月二十九傍晚　鬼月前夕

坤甸城

她，就站在碼頭上，等著我。

我實在說不上第一眼看見她時那一霎我心裡的感覺，丫頭，可事隔多年，如今身在數千里外的異地，獨坐花東縱谷一盞檯燈下，握著筆，面對一疊稿紙（還有妳，丫頭，守護神一般守在我身畔，默默聽我訴說，引領我回到少年時代那段奇異之旅，讓我可以安心地、真誠地、毫無顧忌地講述這個故事的朱鴒！），我依然可以清清楚楚、無比鮮明地看見到她，這個洋婆子，趿著兩隻皎白的、只趿著一雙涼鞋的腳，高䠷䠷站在水邊，鼓起胸脯迎向大河口的落日，噘著她那兩蕾子滴血也似猩紅的嘴唇，將一隻手掌舉到額頭，久久，絞起眉心，朝那暮色瀰漫空窿空窿數百艘駁船來回穿梭的江心，只顧怔怔眺望。滿城霞彩潑照下，只見她那一頭火紅髮絲，汗蓬蓬飄拂在肩頭。就這副模樣，她，一個三十八歲歐洲女子，獨自出現在坤甸碼頭，佇立在那一群群黑鰍鰍打赤膊佝僂著身子馱運貨物的爪哇苦力之間，滿臉焦急，守望著河口，乍然看到山口洋號進港，登時舒開眉心，伸手只一抹，擦掉了額頭上綴著的十來顆晶瑩的汗珠，踢躂起涼鞋，邁步走到棧橋上來，笑吟吟接我下船。

——我是你父親的老朋友克莉絲汀娜•房龍。你叫我克絲婷就好。哈囉，歡迎你來到嶄新的印度尼西亞共和國，西加里曼丹省省會，坤甸。希度普墨迪卡！獨立萬歲。

——我叫永。謝謝妳邀請我來坤甸度假，房龍小姐。我父親有幾件東西託我交給妳。

——你的父親，他好嗎？

——很好。他不再流浪了。

——他現在做什麼事？

——經營一間工廠，製造肥皂，平常在家裡陪伴我的母親。

——哦，是這樣嗎？我為你的母親感到高興呢。你坐了一整天的船，應該累了。我們現在就坐車回家休息好不好，永？

——好的，房龍小姐——克絲婷。

——我保證你將會有一個非常難忘、值得回味一生的暑假！

這就是我和克莉絲汀娜•房龍——我日後永遠的克絲婷姑姑——初次見面的場景。自我介紹、互相寒暄完畢，她忽然皺起眉頭來，覷住落日瞅著我的臉龐凝視約莫兩秒，彷彿想到了什麼，微微一笑。她那兩瓣老是噘得高高、好像小姑娘賭氣似的嘴唇，終於咧開啦，綻露兩排門牙，夕陽下好不皎潔。可一轉身，引領我走出碼頭時，她又抿住嘴唇，甩起她那一肩汗湫湫的赤髮鬃，趿起涼鞋自顧自邁步前行……後來在房龍農莊住了兩天，我發現這個荷蘭女子有個奇特的習性：時不時，沒來由地，她就把她那雙豐盈的嘴唇猛一噘，咬牙切齒，緊緊抿著，尤其是每天傍晚獨自抱著胳臂，迎著風仰起臉龐，站在門廊上眺望婆羅洲叢林炊煙落日，怔怔想著心事時……這個癖好，跟她的二戰經驗有關嗎？這趟坤甸之旅，行前我向黃汝碧叔叔辭行——丫頭記得嗎？我父親那個老夥伴——他吞吞吐吐鬼笑鬼笑告訴我：太平洋戰爭爆發，沒多久，荷屬東印度群島就淪陷了，房龍小姐來不及逃回荷蘭，被日軍抓去，關在一座專門收容白種女人的特種集中營……被送到那個地方的女人，悽慘喔，只要待上兩年，子宮準會被輪番捅破，永遠不能生孩子……幸好房龍小姐只待了半年就遇到貴人，那就是你父親嘍！老李利用生意上的關係，透過一個日本少佐叫池田的，把房龍小姐弄出來……這段祕辛當時我不感興趣，這會兒跟這苦命女子見了面，為了某種緣故我不想向她探聽，索性讓它成為心中永遠的謎團，但我一輩子記得，那天黃昏，坤甸碼頭上，房龍小姐跂著腳站在水邊眺望江面、噘著嘴、絞著眉心、滿臉焦急等待山口洋號進港的孤獨身影。夕照晚風中——丫頭，這就是宿命哪——她那一肩不住飄撩飛蕩的火紅髮絲，還有，她凝望我時的奇異眼神，日後竟變成我永遠的夢魘，陰魂不散，只管糾纏我，追躡我，不時從深沉的睡夢中跳躥出來，揪住我的心，指責我，哄誘我，催逼我回到少年的懵懂時代，重新依傍在克絲婷姑姑身邊，兩個人再共度一個夏季，搭乘達雅克人的長舟沿著卡布雅斯河再次溯流而上，穿過千里雨林，直抵河源的石頭山，然後……然後就在她百般誘導下體驗生命的極致，在那光禿禿草木不生的山巔，放縱地品嘗那無比辛酸、十分甜美的人生滋味。

說來奇妙，丫頭，可那時卻也讓我覺得非常不安：就在棧橋上相見的一瞬間，我已經感受到我們倆（我和這個來路可疑的荷蘭女子、我母親口中的番鬼婆）之間，存在著一份詭祕的契約，甚或某種親暱的心靈交流，而我母親，我那滿腹委屈、盼我替她主持公道的親娘，卻被排斥在外，這——丫頭哇，妳盡可罵我——使我心中升起一股莫名的羞慚，甚至罪疚，於是我繃住臉孔硬裝出一副冷漠的神色，整整身上那件寬大得滑稽、濕漉漉、早已被汗水浸透的漂白夏季西裝，悶聲不響，拎起我父親那口黑漆皮箱，趑趑趄趄，行走在房龍小姐那迎風飄拂的裙襬後，一雙眼睛盯住她那兩隻豐美的臀子，亦步亦趨跟隨她，穿梭在一群群苦力與一堆堆水泥、麵粉和南北貨之間，默默走向碼頭門口，在她攙扶下，攀登上她那輛高頭大馬停放在港務局門旁的天藍色路寶吉普車，轟然一聲，絕塵而去。

出得了坤甸河港碼頭，滿天落霞挾著一城飛煙，熱辣辣鬧鬨鬨，照面直撲過來。眼一花，哈——啾！我打了個噴嚏，好半晌才睜開眼睛觀賞西婆羅洲首府的街景，只覺似曾相識，恍惚間好像又回到古晉，那個位於英屬北婆羅洲，我出生長大，從小就一心只想逃離的城市。坤甸！眼前又是一座典型的、西方人在東方建造、刻意弄得充滿熱帶情調、又髒又亂以便供白種人尋幽獵奇的殖民地城鎮，對我來說，實在沒啥看頭。丫頭，妳看：河畔水泥堤上同樣有一座大巴剎，臭烘烘，幾百家攤子售賣各種魚貨、野菜和肉品（只是這兒不許公開賣豬肉）；巴剎對街同樣有一長排磚造、白粉刷的三層樓店鋪，日曬雨打牆癌斑斑，騎樓下密密麻麻玎玲瑲瑯吊掛著各式鍋盆、籐簍、玩具和金屬器皿（只是店鋪建築形式有所不同，從「英國／馬來殖民地式」變成「荷蘭／東印度群島式」，但老實講，我看不出這兩者有啥區別，除了前者似乎比較精緻而有秩序之外）；偌大一條中央大街，亂糟糟挨擠著那叫賣的、採買的、拖曳著腳步閒閒穿梭車陣中看熱鬧的各色人種（只是膚色變得更多樣，從蒼白和土黃到深棕和黧黑，應有盡有）；街頭巷尾迷霧般四下飄漫起南洋咖哩、峇拉煎生蝦醬和椰子油香（只是不知何故，氣味聞起來更辛辣刺鼻）；城頭天際，放眼望去，就只看見一座宏偉的清真寺矗立在滿城灰撲撲的屋瓦之上，碩大的穹窿圓頂映著夕陽，金光燦爛忽現忽隱，在這向晚時分，好似阿拉丁的海上迷宮，只顧浮盪在城中家家戶戶升起的炊煙中。

晚禱聲嫋嫋傳來。

依夏阿拉……聽從真主的旨意……

一街靜蕩蕩。人們雖沒放下手上的活兒，將雙膝落地，匍匐在地上祈禱，依舊一如平時只管忙著各自的營生，但都壓低嗓門，躡手躡腳。克絲婷掌著方向盤，挺直腰桿高坐吉普車駕駛座上，噘著嘴，大剌剌地揿著喇叭迂迴穿梭行駛在人堆裡，汗湫湫一臉子暮色蒼茫，不知在想著什麼心事。我倚著敞開的車窗，把一隻手支住下巴，迎著黃昏捲起的滿城燥風，百無聊賴，自管發起呆來，望著城中四處飛颺起的簇新紅白印尼國旗，不知怎麼，心裡一直惦著守望在家的母親。這會兒，向晚時分，她是不是像往常一樣，獨自在廚房裡做活，邊想心事邊等待丈夫和她那個才十五歲、瘦巴巴、第一次出遠門的兒子歸來，念著想著，忽然就絞起眉心，騰出一隻手抓起她肩上那把枯黃髮絲，往腦勺後面只一撥，咬咬牙，嘆口氣，幽幽唱起那首她反覆唱了十多年，日復一日，只要心裡有事就會哼唱老半天的童謠：

小白菜呀
天地荒呀
兩三歲呀
死了爹呀

克絲婷彷彿聽傻了，好久只顧乜斜起眼睛，打眼角裡狐疑地睨著我，聽我咿咿呀呀學我媽的聲調，中邪似的一逕倚著車窗搖頭晃腦，翻來覆去吟唱那四句歌詞。暮色越沉越紅，街上店家紛紛亮起了燈，店堂中只見三兩顆人頭飄忽，騎樓下條條人影竄動。城頭，蒼穹下，清真寺的金色圓頂終於隱沒在血一般濃的赤道落霞中，悠遠荒古，那聲聲響徹西天的黃昏召喚，戛然停歇了。滿城囂聲四起。叫賣聲、吆喝笑罵聲、各式車輛咆哮聲倏地又在街上混響成一團。克絲婷幽幽嘆息兩聲，彷彿從深沉的睡夢中醒來。她甩甩頭髮，伸手只一挑，撥開額頭上那兩三綹汗蓬蓬的髮鬈子，努起兩片嘴唇，朝向車窗外一指。

——永，你看，普南人！

我順著她那滴血也似一蕾子猩紅的食指尖，定睛望去。鬧市街頭，只見一群婆羅洲土著排列成長長一縱隊，男女老少約莫五十個，打赤腳，揹著籐簍穿著花衣裳，幽靈般悄沒聲，避開夕陽，魚貫行走在臨街那排店鋪騎樓下的陰影裡。

——你看，他們的皮膚忒白，跟婆羅洲其他土著深棕的膚色不一樣。你知道為什麼嗎，永？因為普南人世世代代居住在卡布雅斯河上游的內陸叢林，在綠色巨傘遮蓋下，終年不見天日。神祕的普南人，森林的遊獵者。聽說以前他們從不曾在太陽下暴露超過五分鐘，印尼獨立後，由於政府的鼓勵和教導，他們才偶爾到外面市鎮來，從事簡單的交易。前不久我帶領莊園兩個工頭到內陸收購蟒蛇皮，跟普南人相處十天，留下一段非常奇特、非常美好的回憶……快看，永，隊伍中那個脖子後面拖著一條漂亮的豬尾巴的女孩子，皮膚生得多細緻、多白淨，好像一個搪瓷娃娃——

夕陽潑照下，果然，一個十五六歲的普南少女，俏麗地，拖著一根及腰的麻花大辮子，額頭上綁著花布帶，把籐簍子紮在腦勺後，趿著涼鞋，行走在綿長的隊伍中，一抬頭，看見迎面駛來一輛高頭大馬、倏地停到街邊的吉普車，呆了呆，煞住腳步，揚起她那張雪樣皎白的臉龐，睜著一雙漆黑瞳子，怔怔凝視半晌，才轉過臉，拖著辮子揹著簕簍又追跟上她那群族人，沿著長長一條陰暗的騎樓繼續行走。心念一動，我忽然想起三年前，我在古晉城聖保祿小學讀六年級時，有個週末欣逢英女皇華誕，學校放長假，龐征鴻神父率領應屆畢業生到成邦江上游叢林健行。那天晌午，行走在林中小徑上，遇見一群普南人，男女老少三十幾個揹著簕簍，一縱隊魚貫行來。隊伍末端，踽踽獨行著一個約莫十二歲的姑娘，一路走一路甩啊甩，不住搖盪著腦勺子後面那雙小花辮。小小一個丫頭兒，渾身汗湫湫，將那米桶般大的簕簍用紅布條綁在腦後，沉甸甸地馱在背上，打赤腳，跟隨她的父母親，以及叔伯嬸娘堂兄弟姊妹們，從成邦江鎮上採購日用品回來，正朝叢林深處的部落行進。兩隊人馬，山徑上迎面相逢，紛紛抬起頭來互瞄兩三眼。不知怎的我卻愣睜著眼睛，一眨不眨，只顧呆呆瞅望那普南少女。她揚起姣白的瓜子臉兒，挑起眉梢，林中，疏落的陽光下只見她臉上那兩叢子幽黑的睫毛眨啊眨，只管狡黠地眱著我，滿眼睛漾亮著謎似的笑意，好不古怪。一秒一秒，隨著我那蝸牛般的腳步，噗，噗，我清清楚楚聽到自己的心跳聲。終於，兩下裡打了個照面，擦肩而過。約莫過了兩分鐘，我聽到身後忽然傳來噗哧一聲清笑，回頭望去，林木掩映中看見那群普南人馱著簕簍，行走到山徑轉彎處，悄悄一轉身，全隊就倏地消失了。霎時，那雙小花辮就被莽莽蒼蒼浩瀚無邊的原始森林給吞沒，從此——也許一輩子——再也看不見她。好久好久，我兩隻腳杵在山道旁，動彈不得，而我一逕愣愣伸出脖子，呆呆豎起一隻耳朵，試圖捕捉樹叢深處窸窸窣窣不斷綻響起的腳步聲，恍惚間，只覺得自己那顆心悠悠盪盪，夢遊似地，只管追隨她那條飄零的細小身影，沿著叢林中的河流，進入婆羅洲的心臟……

——嗨，永，醒來！他們已經走掉了啦，你還呆呆望著她幹什麼呀？

霍地驚醒，我揉開眼皮，看了看坐在身旁笑嘻嘻睨著我的克絲婷，猛一甩腦袋，回頭望去，果然看見那一家子魚貫行走在騎樓下陰影裡的普南人，揹著高聳的籐簍，裝載著滿滿的雜貨，穿梭在那玎玲瑺瑯滿店簷吊掛的鋁鍋、手提包、洋傘、玻璃器皿、塑膠玩具和各種日用品之間，一縱隊魅影也似悄沒聲，漸行漸遠，終於隱沒在鬧烘烘暮色迷茫的坤甸街頭。

日沉沉，街上人影雜沓人頭閃忽，我只顧揉著眼睛，探頭車窗外，依稀望見那一根烏油油麻花大辮子，辮梢紮著一綹猩紅絲線，晃啊晃，在這晚炊時分，兀自飄蕩在滿城人家熱騰騰燹起的漫天油煙中，倏現，倏隱。

我回過頭來，看見克絲婷雙手揝住方向盤，挺起腰桿子坐在吉普車駕駛座上，噘著嘴，乜著眼睛正瞅著我，啥都沒說，可滿臉漾亮著古怪的笑意，彷彿是嘲謔，卻又似乎帶著幾分體諒和理解。我趕緊別開臉，望向車窗外。那群馱著籐簍逡巡坤甸街頭的森林遊獵民族，光天化日下早就消失無蹤。克絲婷睓著我的臉又端詳了好半晌，嘴裡只管自言自語，不知嘟囔什麼，忽然，嘴一咧格格笑兩聲，反手抓起她胸前那把濕答答的赤髮絲，一把撥到肩後，順手擦擦胸窩中冒出的汗珠，砰地發動引擎，使勁撳兩下喇叭，趕走那堆圍聚在吉普車旁滿臉好奇不住朝車內窺望的閒人，將車子開出巴剎街，加速馳向城郊。

出得城來，眼一花，車前擋風玻璃上霍然出現一顆碩大無倫的日頭，紅通通，緊貼在地平線上，炯炯地直逼我們眼前。霞光潑灑下，只見坤甸城外一畦畦水田插上了新秧，綠亮綠亮一路綿延到天邊叢林腳下。炊煙漠漠，田中不見人影，三五間高腳屋掩映在椰樹叢中，只聽得刀鏟聲四起，柴火畢剝響，隨風送來陣陣椰漿米飯香和——啊，丫頭，我魂縈夢繫，如今深更半夜獨坐在東台灣山谷中一盞燈下追憶似水年華，一想起它來，就忍不住吞下兩大泡口水的——峇拉煎蝦醬香，舉世獨一無二、蒼蠅最愛、我從小吃到大從不嫌它骯髒的馬來特產。如今坐在克絲婷的吉普車上，我聽見自己的肚子猛然鼓譟兩聲。轂轆轂轆。她似乎也聽到了，但只笑了笑，那雙海樣湛藍的眼瞳子只顧怔怔覷著落日，直視正前方，好像在想什麼心事似的。我又吞下兩大泡口水，索性把頭伸到車窗外，迎著海風，抓起衣領使勁抖著。

——熱！

——比古晉還熱嗎？

——熱多了。

——現在是七月下旬，對不？八月是婆羅洲全年氣溫最高的月份，對不？而我們這會兒人在哪裡呢？就在零緯度赤道線上呀，恰好跟太陽成一直線。永，你看那是什麼？

克絲婷抬起下巴朝車窗外努了努嘴，驟然停下車子。公路旁椰林中，馬來甘榜村莊一鴳一嬝炊煙繚繞下，幽然浮現出一座黑鐵塔，硬幫幫直插入天空，烏油油豎立在綠汪汪一片水田裡。塔頂，龜頭樣，拱著一顆碩大的不知哪種金屬打造的地球儀，一支鐵箭直貫穿球心，指向西天一輪太陽，發射出萬道金光，閃照著水田盡頭那一座暗沉沉不見天日的原始森林。赤道線上，血似落霞潑照著一尊黑鐵塔，好不壯烈。塔下只見一堆頭顱聳動，汗潸潸，幾百個扶桑觀光客聚集，在一幅妖嬌丸紅旗幟招引下，倏地哈腰，整肅儀容繞行塔身，進行一番巡禮。南洋八月大熱天，這夥人個個西裝革履，落日下昂起一張張紅醭醭酒氣沖天的蒼黃臉孔，伸出一隻隻春筍樣裸白白、長年不見天日的手臂，瞻仰那塔尖，指指點點驚嘆不已。鎂光燈四下閃射，卡嚓卡嚓，雪花般綻放不停，直逗得那群黑壓壓棲息椰樹梢頭、炯炯俯視鐵塔的神鳥婆羅門鳶，眼花撩亂不得安寧，紛紛睜起火紅眼珠，鼓起幽黑翅膀，刳——刳，嚴厲地發出一聲聲怪叫。

——想不想下車看看，永？

——不想。

——這座赤道紀念塔是坤甸的地標喔。一九二八年，荷蘭皇家學院天文遠征考察隊興建這座碑。這在當時世界天文界，可是一大盛事！永，你不感興趣？

——沒興趣。

——從這裡往東走，就是荷印時期蘇丹王族的領地，你們客家人稱它「王府肚」。你知道嗎？坤甸市五十萬人口，有百分之四十是華僑，潮州人和客家人各占一半，所以你在市場上聽到的要嘛潮州方言要嘛客家話。永，你們在家裡講客家話吧？不太講？平常都講華語和英語？難怪你英語說得很好……有個很有名的客家人，羅芳伯，你應該聽說過吧？你的歷史老師好像有提過他，但是你不太確定？兩百年前他被蘇丹封為西婆羅洲王，他自稱唐人大統領，在坤甸建立一個國家叫蘭芳共和國，非常強盛，但他死後就被荷蘭人——我的祖先，嘻嘻對不起——消滅了。坤甸老埠頭有一座漂亮的祠堂，紀念這位蘭芳共和國大統領羅芳伯，永，你想不想去看看？不想，噯。那我們到王府肚逛逛吧。那兒有一座美麗的皇宮，是坤甸王朝的建立者、蘇丹夏立夫・阿都拉曼・艾爾卡德里在十八世紀建造的，可以媲美泰姬瑪哈陵呢，隔壁的梅斯吉德・賈密清真寺，造型非常奇特，像一座黑色的圓頂金字塔……你都不感興趣嗎？永。看來我這個導遊並不很稱職哦。那我們去吃晚飯，好不好？我帶你去老埠頭支那街廣東餐館吃螃蟹粉絲煲。卡布雅斯河蟹很有名，永，以前你父親最喜歡吃。你坐了一天的船，應該餓了，這一路上我聽見你的肚子咕嚕咕嚕直叫個不停，好可憐喔，永……

絮絮叨叨，克絲婷一邊開車一邊只顧講話逗我開心，說著說著忽然噗哧一聲，撇著嘴，忍住笑，雙手握住方向盤歪過頭來深深看了我一眼。落日餘暉照射下，火紅紅滿頭髮絲飄舞中，只見她那張赤褐臉膛汗湫湫，漾亮著十幾粒被赤道太陽曝曬出的小雀斑，米粒樣，俏皮地，散布在她那尖翹的鼻翼兩旁。丫頭，那時我怔怔瞅著她，心裡好想伸出一隻手指，輕輕悄悄，撥掉她眉心綴著的兩顆汗珠，可是，心頭猛一抖，整個心窩卻一下子收縮起來，那隻手終於沒伸出。為什麼呢？如今坐在花東縱谷一盞燈下回憶這一幕，我看見妳，朱鴒丫頭，縈繞我身旁，睜著妳那兩隻水樣清靈的眼瞳，瞪著我，質問我。唉，因為我在她深邃湛藍的眼眸中看到一件我嚮往、我渴望但卻又讓我心悸、缺乏勇氣接受的東西。母愛。一種奇異的母子或姊弟之情。我衷心期望是後者。丫頭，我這話是憑良心講，雖然我不知道緣故。一個身世飄零、年華老去的荷蘭女子，對一個陌生的十五歲支那少年，產生莫名的情愫……妳說這不是一種很詭譎——很危險的轇轕嗎？所以，丫頭，我這個小懦夫那時只管呆呆瞅著克絲婷的臉龐，遲疑了好半晌，終究沒伸手。克絲婷凝住眼睛，望著我等待著。偏巧在這節骨眼上，我的肚子轂轆響起來。眼一燦，克絲婷哈哈笑起來，霍地坐直了身子，掉轉車頭，朝南進發，一路猛踩油門發飆似地飛馳在鄉間公路上，驅開一頭頭徜徉路心的水牛，行駛了約莫三公里，她才長長噓出一口氣，索性大開車窗，把臉高高揚起，任由她那滿頭滿臉火紅的赤髮鬃狂飛在海風中。此後一路進城，她就只管噘著嘴咬著牙，愣愣凝視正前方，不再理睬我，自顧自想起心事來，滿臉子的冷肅。我蜷起身子瑟縮在一旁，只敢打眼角裡瞄望她，瞅著瞅著忽然心中猛一抽痛，悄悄把臉轉向車窗外，瞇起眼睛悄悄打起盹來，好久只聽得耳邊坤甸灣海風呼颾、呼颾價響。走馬燈樣，颼颼，赤道濱海鄉野景色一幅一幅飛閃過車窗口：水田椰林倒影、炊煙縷縷繚繞甘榜村莊、小河夕照、歸鴉陣陣劃破火紅的天際、浮腳屋馬來水上人家猩紅暮色中金黃星火點點……

——你知道嗎，永？我這一生永遠都不會有自己的孩子了。太平洋戰爭期間，我被日軍俘虜，在一座可怕的集中營住過半年……

心一抖，我悄悄打了個寒噤，背脊上竄出好一片涼汗來，因為我忽然想到，剛才在赤道紀念碑遇見的那群中年日本觀光客，莫非當過二戰軍人，如今戰後十七年，又糾集在一塊，結夥重返戰場憑弔巡禮，說不準，裡頭還有幾個是當年克莉絲汀娜・房龍小姐的恩客呢……

——永，我今年三十八歲，流落在坤甸，獨個兒守著一座死寂的橡膠園過日子……

克絲婷只顧喃喃自語，一邊開車一邊望著天空不停訴說。那聲調沉沉、瘂瘂的，在這赤道黃昏漫天歸鴉呱呱噪叫聲中，乍聽起來，就好像子夜夢魘裡發出的一聲聲嘆息。我死命咬住牙根，縮起肩窩，狠狠打出了兩三個冷哆嗦，不敢答腔。

——現在印尼獨立了，我也該回家鄉啦，可荷蘭對我來說很遙遠，很陌生……

說著，克絲婷驀地轉過頭來，望著我，粲然一笑。夕陽下我看見她眼窩裡閃爍著一團淚光。她眨眨眼睛，又霍地回過頭去，猛一甩汗湫湫的髮梢，伸出嘴唇，朝向夜幕低垂華燈初上的坤甸城，努了一努嘴。

——你看，支那街到啦。永，我們終於可以下車了，吃一客熱騰騰香噴噴的廣式螃蟹粉絲煲，飽餐一頓嘍。我在集中營那段悲慘的日子，最想念的就是卡布雅斯河蟹……咦，你還沒回答我，永，你喜歡不喜歡吃螃蟹？

我遲疑了半天終於伸出了手，抖簌簌，探了過去，放在她那緊緊揝著方向盤的手上，沒吭聲，只使勁搓兩下，輕輕拍一拍，咧開嘴巴對她羞澀地笑了笑。手一顫，克絲婷呆了呆，吃吃笑兩聲，猛一撥頭臉上那風潑潑四下飛蕩的亂髮絲，腳一蹬，踩動油門，驅動她那輛悍馬吉普車，喜孜孜馳進坤甸老埠頭霓虹叢中。我坐直身子，伸出手臂長長伸個懶腰，揉揉眼皮子，抬頭眺望，只見暮靄四合，大河口那顆紅日頭巍巍懸吊在海平線上，載浮載沉，熊熊燹燒了一整個黃昏，砰然，終於沉落，隱沒在無邊無際蒼茫煙波中。

城心，一股火光驀地竄升，挾著片片紙灰乘著海風嘩喇嘩喇迎面撲來！

老埠頭滿街火燒火燎，嗶嗶剝剝，彷彿發生一場大火，將西天那一抹殘霞燻染得越發猩紅了。車子駛入支那街，飛煙中但見人影四處飄忽奔竄，屋簷下人頭藁藁，滿坑滿谷聳動。長長的一條老街，家家店鋪在門口焚燒金紙，騎樓下一黑鐵鍋連接一黑鐵鍋，櫛比鱗次，火光搖曳，從街口紅洶洶一路延燒到街尾，越燒越是興旺猛烈。從埠頭口瞭望過去，兩路火舌好似兩條發情的蛟龍，渾身著火，只顧互相追逐交纏，癲癲狂狂遊舞坤甸城心，穿越十條橫街來到埠頭尾，梅斯吉德・賈密大清真寺，雙雙鑽入它那一穹窿黑色圓頂下的巨大陰影裡，倏忽，消失無蹤。初更時分，落紅斑斑一片漆黑的婆羅洲夜空下，漫城火舌毯毯，競相從那千百口黑鐵鍋中升起，迎著爪哇海風濤，千百蓬吞吐不停，潑照城心幾百幅飄揚街頭的簇新紅白雙色印尼旗。金箔紙灰撒落滿地，吃風一吹，嘩喇喇一攤捲起一攤直撲進車窗口，停駐在克絲婷滿肩披散的髮絲上，亮晶晶。稍一踟躕，我終於悄悄伸出手來，撥了撥克絲婷肩頭的髮梢，撿起上面沾著的灰燼，抬頭眺望，漫天煙霧中，依稀看見一枚小小的月牙兒，眉樣纖細，不知什麼時候就露臉了，悄沒聲，懸掛在清真寺後方椰樹梢頭，幽靈似的飄忽出沒，俯瞰坤甸城的熊熊燈火。我昂頭眺望那鉤新月，心中一動，忽然想到了什麼，回頭望望克絲婷，卻看見她雙手緊緊搭著方向盤，鐓，鐓，不時撳兩下喇叭，橫衝直闖穿梭行駛在老埠頭滿坑燈火人潮，幢幢鬼影之中，大剌剌高坐吉普車駕駛座上，哼著歌兒，四下顧盼睥睨，興致勃勃觀賞唐人街風情，那副神態委實有點輕佻。

——你知道今天是什麼日子嗎，永？

——七月三十日。

——那是西曆。我問你陰曆，中國曆。

——不知道。

——六月二十九，永，每年開鬼門的日子。今晚午夜十二點正，閻羅王就要打開地獄之門嘍，放群鬼出來玩耍，嘻嘻。

——鬼月啊！難怪天氣這麼熱。

——陰曆七月正好是陽曆八月，婆羅洲全年氣溫最高的月份，赤道上熱死人，連鬼都受不了嘍，紛紛從陰間跑出來納涼，尋找食物和樂子。永，你早不早晚不晚，偏偏選擇這個月來坤甸度假，說不定，會在婆羅洲叢林中碰到一群妖魔鬼怪或者，嘻嘻，遇見一群像鬼、但比鬼更醜惡更可怕的人……

我沒答理她，只顧望著街心火光深處，檀煙繚繞中，那座飛簷高翹黑鴉鴉人頭攢動的大廟。篤篤噹噹，梵唱聲驟然升起，滿殿鐘磬木魚敲擊中只見一支燈篙，孤零零瘦楞楞，豎立在山門口，迎向大河口颳進的海風，弓著腰，不住招飆呼喚。我呆呆望著它，不知怎的渾身一顫，悄悄打個哆嗦，伸手撥開眼前那片煙塵，凝起眼睛一看，發現這盞替亡魂指示路途的燈，其實只是一株新近砍下的青竹，約莫四層樓高，頂端窸窸窣窣，搖曳著一叢青嫩竹葉，掩映一只斗大的金黃油紙燈籠，上面用紅漆寫著八個大字，驀一看好像八朵牡丹花，一蕊蕊綻放在夜晚的坤甸城頭，忽隱忽現倏明倏滅，不住迎風晃盪：

召。引。南。海。遊。子。孤。魂。

克絲婷仰起她那張水白臉龐，汗矇矇，眨巴著眼睛眺望一會，回過頭來，伸手猛一撩她肩上那一蓬亮晶晶沾滿金紙灰的髮梢，甩兩甩，一把掃撥到耳脖後。

——永，這八個中國字是什麼意思？

——沒什麼意思。鬼話。

——你不願講，我也猜得出來。無家可歸的餓鬼們聽著：我們準備了豐富的食物，請各位前來飽餐一頓。永，你別以為我無知哦。我知道這間寺廟叫大伯公廟，大伯公是客家人的守護神。每年鬼月，廟口賽豬公，那是你們客家人的傳統習俗，比賽結果，最大最肥的公豬被封為神豬，宰殺了分給餓鬼們享用。喂，你看那群公豬給養得多肥壯，嘖嘖嘖，每隻總有五百公斤重吧，嗯，永？

克絲婷從車窗口伸出手臂，眼睜睜，指著廟口那群肥頭大耳、披紅掛綵的畜生，好半天只管抿著嘴吃吃笑個不住。我只乜起眼睛，看了一眼。山門下，花燈蕾蕾人頭攢動的廟前廣場上，閱兵也似，七八十隻大豬公浩浩蕩蕩一字排開，白姣姣赤身露體，臉頰上濃濃搽抹著兩片胭紅，骨碌骨碌，只顧轉動著兩粒小眼珠，高高噘起碩大的嘴巴，懶洋洋趴在一長條鋪著大紅布的供桌上，任由人家評頭品足，論斤稱兩。克絲婷索性熄掉引擎，高坐吉普車上觀賞神豬，嘖嘖驚嘆不已。

——我說，永，你們中國人真神奇，有辦法把豬飼養得那麼肥胖。

——這是閹過的公豬，天天餵牠好料才養得那麼肥，克絲婷！太監豬，妳品嘗過嗎？又肥又嫩又沒有騷味喔。妳也許不知道這群公豬是從丹麥引進的優生品種。妳瞧，他們的皮膚忒白，全身沒一根雜毛，而中國豬可是黑皮黑毛，乾巴巴瘦瘠瘠的哩。

——嘿，永，你怎麼突然生氣了呢？我說錯什麼嗎？我只是逗你玩呀。你很敏感哦。

我把臉摔開，沒再答理克絲婷，自顧自繃著臉，望著大伯公廟對面那長長一排店鋪，只見一群阿婆，南洋三伏天，依舊穿著密實的唐裝衫褲，弓著身子，鑽出店門，率領正在放暑假的孫輩們一齊跪到屋簷下來，將手裡拈的三炷長香高高舉到眉心，赤道一鉤新月下，紛紛聳起滿頭華髮，一臉誠敬地朝向北方的天空頂禮膜拜，嘴裡念念有詞：天公伯，請你老人家低下些頭來，聽我禱告……滿街客家話和潮州話，羼雜著馬來話和洋涇濱英語，從這群唐山阿婆嘴裡吐出來，呢呢喃喃搖籃曲似地，在這坤甸城老埠頭的支那街，混響成一片，為婆羅洲的仲夏之夜增添一節奇詭、迷魅、卻也美妙動聽的樂章。我倚著車窗，一時聽得癡了。隔著一座大山，在婆羅洲北部的古晉城，我家阿婆——我的老祖母——這會兒想必也在家門口的供桌擺上了一只五味碗，裡頭裝著五樣祭品：豬肉、雞肉、鴨肉、魚肉和各色蔬菜。老人家頂著滿頭花白，傴僂著身子，率領我的兄弟姊妹們一字排開跪在屋簷下，焚香祭拜天公和祖先，以及各路孤魂野鬼。今年鬼月，不知哪一種因緣促使下，我來到坤甸城，如今坐在一個名叫克莉絲汀娜・房龍（小名克絲婷）的三十八歲荷蘭女子駕駛的一輛天藍吉普車上，優哉游哉，穿行在婆羅洲最古老的唐人街，放眼瞭望，看見家家門口供著一個五味碗，同樣一只大碗公、同樣的五種熟食，但這些供品擺在零緯度赤道線上，讓火毒的太陽蒸曬了一整天，早就敗壞了，刺鼻的餿味羼著唐人街特有的各種氣息，滿城瀰漫開來，嚶嚶嗡嗡，隨著一窩窩在廟口豬公們身上不停打轉的紅頭蒼蠅，直撲進車窗口。猛一嗆，我收縮起鼻尖，接連打出好幾個噴嚏來，悄悄伸手把車窗給搖上。好半天，克絲婷不聲不響只顧斜眼看我，忽然眼一柔，微微牽動嘴角，笑了笑，也伸手搖上她那一側的車窗。

唐人街鬧烘烘熱騰騰五味雜陳的鬼節氣氛，霎時，全都被阻隔在吉普車外，車廂變成一個細小、密封的空間，自成一個天地，而在這個萬籟俱寂無比寧謐的天地中，就只有克莉絲汀娜・房龍和我，支那少年永。

車窗外，燈火弦月映照一街廟會人潮，鬼影幢幢，在滿城搖曳吞吐的叢叢火舌中不住竄動，四下飄忽。我闔起了眼睛，挨過身子往克絲婷身邊靠過去，碰觸到她沁涼汗濕的肌膚，那一霎，我只覺心頭猛一窒，恍惚了好半晌才回過神來，忍不住偷偷聳出鼻尖，抖簌簌吸嗅她身上散發出的一股幽幽的略帶辛酸的汗味。我摀住心窩，悄悄嗆出兩口氣，索性蜷縮起身子，依偎著克絲婷的身子，昏昏沉沉打起盹來，汗酸中依稀聞到一蓬子女人香，好像是麗仕香皂味，羼著一股莫名的餿掉了的乳酪香，蓊蓊鬱鬱，不斷從她體內幽祕處滲出，漫漾在狹小的車廂裡。丫頭，對一個初中剛畢業、初懂人事、初次接觸除母親之外的成年女子、年方十五的少年來說，這可是一場甜蜜的夢魘喔！我打開心窩，餓鬼般盡情吸食，恣意吞噬，讓自己整個人沉溺在克莉絲汀娜・房龍的氣味中，霎時間彷彿睡著了，而且睡得還挺沉熟挺安穩。坤甸城頭一枚新月下，滿街雜遝的喧囂魅影，漸漸遠去了，終至完全消失，沉落，整個的被吞沒進克絲婷胴體內那無比深邃豐沃的宇宙中……

丫頭，我好想從此不醒，我只想瑟縮著身子，永遠憩息在她那個幽闇滋潤的洞穴，可是偏偏就在這當口，我不爭氣的肚子又叫鬧起來，轂轆轂轆。克絲婷哈哈一笑，從方向盤上騰出一隻手，敲敲我的後腦勺，把我叫醒，噘起嘴巴朝前方一努，叫我看看街角那間雕欄畫棟燈火高燒的中國餐館。我使勁揉開了眼皮，定睛一望，看見一幢唐人街式仿唐宮殿建築，金碧輝煌，赫然浮現在街頭煙霧中，飛簷高翹，神祕兮兮掛著十盞牡丹燈籠，迎風兜盪不停，玎玲璫瑯，映照著朱紅門楣上高懸的一塊黑檀木鑲金大匾：羊城酒樓。筆走龍蛇，頗氣派的四個金漆大字。陣陣廣東燒臘香，油滋滋從簷口溢出，穿透大伯公廟山門下那隨著夜深越燒越旺的鬼月焰火，直送到我鼻端上，害我忍不住轂轆兩聲，又吞下兩泡口水。我趕緊坐直身子，假裝伸個懶腰。克絲婷歪過頭來睨著我打量半晌，撇著嘴，忍住笑，伸手撩起髮梢往肩膀後只一掃，猛然踩動油門，揿著喇叭，闖開那成堆拈著香枝挨擠在廟口觀賞神豬的香客，二話不說，朝向羊城酒樓直飆過去，正待泊下車子，忽然眼一燦，笑咪咪望著對街那排店鋪，努起嘴巴，叫我瞧。

一縱隊普南人，男女老幼四、五十個光著腳丫子，背脊上馱著裝滿日用品的籐簍，躡手躡腳，不聲不響，穿梭行走在騎樓下那一鐵鍋連接一鐵鍋熊熊焚燒的金紙之間，跳跳躥躥閃閃躲躲，好似一群迷路的歸魂，只顧愣睜著眼睛，朝向大伯公廟門口高高豎起的一支燈篙，悠悠魚貫前進。滿街火舌搖曳吞吐，紅潑潑，閃照著那四、五十張木無表情的水白臉孔。

——記得嗎，永？我們遇見過他們。

——今天黃昏在碼頭巴剎，我剛抵達坤甸時。

——對，就是他們。這群普南人一家大小從河上游叢林走出來，到市鎮上採購日用品，這會兒還在逛街呢，只是，奇怪……

克絲婷忽然回過頭來看我一眼，欲言又止，街燈下一臉疑惑、惋惜。

——只是……那個女孩子不見了。

——妳說誰？

——永，你忘了？那個行走在隊伍中間，額頭上紮著花布帶，脖子後拖著一根黑辮子，揹著一只雕花的黃籐簍，邊走路邊望著你的普南少女呀。

我霍地搖下車窗，把頭直直伸出窗外，舉起手來一把掃撥掉眼前那片煙霧，凝起眼睛，往那長長一列趑趄行走在煙火叢中、飄飄忽忽、逐漸隱沒的普南人隊伍，好半天只顧癡癡地搜尋那一枚怯生生、細高䠷兒、俏麗地甩盪著一根烏油麻花大辮子的身影。

——克絲婷，妳知道嗎？

——知道什麼？

——我以前遇見過她。

——是嗎？

——三年前，我讀小學六年級，校長龐神父帶我們全班男同學進入沙勞越內陸，健行一星期。那時她還小，十三歲吧，揹著一個大籐簍，跟隨她的家人和親戚行走在叢林裡，邊走還邊笑著東張西望呢。脖子後兩根小辮子，甩啊甩，一臉天真爛漫的模樣兒。就在一條狹窄的山徑上，我和她迎面相逢，抬起頭來互相只瞄了一眼，擦肩而過……

——以後你會再遇見她的，永，也許在卡布雅斯河上游的普南部落，也許……你知道嗎？很多普南少女被義大利神父帶出叢林，送進坤甸女修道院讀書，接受教育，所以，說不定哪一天，你會在坤甸天主堂跟她不期而遇呢……

——嘿嘿，三年後也許我會和她重逢，在耶加達印尼政府新建的紡織工廠，或在阿姆斯特丹的古老紅燈區。

我回過頭來瞅著克絲婷，冷笑兩聲。街燈下，我的臉色肯定很嚇人，因為克絲婷一看到我那張臉，肩膀猛一聳，抖了抖，就像撞見鬼似的。她嘆口氣，從方向盤上拿下一隻手來放在我的膝蓋上，輕輕拍兩下。我懶得再答理她，自顧自把頭伸出車窗，迎向那一濤濤嘩喇喇挾著滿街紙錢灰洶湧而入的煙塵，拚命掃著，嗆著，繼續往焰火叢中搜尋那根曾經飄蕩在沙勞越叢林，三年後，今天傍晚，忽地出現在坤甸碼頭巴剎街，而今，才過了兩三個鐘頭，鬼月前夕，就驟然消失無蹤的烏油麻花辮子。

不聲不響，克絲婷枯坐一旁，耐心地等了好久才柔柔嘆息兩聲，終於伸出手來，搖上我那一側的車窗，剎那間，又把那滿城的鬼夜喧囂，颼地，阻隔在她那輛悍馬吉普車外。

——不要再尋找那根辮子了，永，今晚你找不到她了。你們中國人不是講「緣」嗎？這個字我很喜歡，唸起來真好聽，圓圓滿滿的，很溫柔很嘹亮。我現在忽然有一種奇妙的預感，總有一天你和她必然會再相逢，說不定就在今年暑假呢。這次，上帝不是安排你從事這趟坤甸之旅嗎？上帝的安排自有美意，我們要相信祂。別張望了。我們到羊城酒樓吃晚餐，永，好不好？你的肚子咕嚕咕嚕叫了兩個小時嘍。

——可是，現在我不餓了。

——廣式螃蟹粉絲煲，很好吃。

——吃不下。

——好，那我們回家吃晚餐，但我只會煮義大利麵。

——我就愛吃番茄汁拌通心粉。

——很好，我們回家。

克絲婷沒再吭聲，挺直起腰桿子使勁把髮梢往肩後只一甩，揚起臉龐，發動引擎，放縱她那輛灰燼滿身的吉普車，闖開廟口人堆，一路撳著喇叭，顛顛盪盪奔馳下老埠頭入夜時分人聲鼎沸的支那街，朝向城郊的馬來甘榜直直往南行駛。漫城煙飛中豁然一亮，丫頭，看，黑滔滔黃滾滾，我活到十五歲看到的最大一條河，嘩喇嘩喇迸亮迸亮，奔流在婆羅洲夜空下，壯闊地顯露在我們眼前。滿天星靨靨，不住睞啊睞。一股野大的河風迎面颳來，直欲捲起我們的車子。我索性打開車窗，敞開襯衫襟口，仰起臉龐迎向風濤，大口大口呼吸河上沁涼的空氣。吸著嗅著，搜索了好久，滿江充塞的各種氣味中，我終於聞到這條大河從婆羅洲內陸原始森林挾帶下來的千年黃泥巴，很臭，可又十分清新和實在。不知什麼緣故，丫頭，真的，那一剎那我竟感動得直想流下眼淚。

河上狂風一陣追逐一陣，爭相撲進我們的車子，呼颼呼颼，不住撥弄克絲婷的頭髮，時不時，颼地撩起她的裙襬，捲起她的衣襟。克絲婷只顧睜著眼睛怔怔望著前方，雙手緊緊揝住方向盤，踩足油門，把車子直直飆過了河上的大橋。

——克絲婷，把車子停下來好嗎？

——好的，永，你想看看卡布雅斯河？

我和克絲婷並肩站在橋頭上。

一枚月牙兒，雪似的皎潔，吊掛在大河上游叢林頂端那一穹窿水晶樣漆黑的天空中，悄沒聲。我呆呆眺望一會，忽然想到了什麼，回頭看看克絲婷。

——今天是陰曆六月二十九日。

——怎麼？

——今晚怎麼會有月亮？

——哦？怎麼沒有？

——新月都是在初四或初五才出現呀。

克絲婷抿著嘴，沒回答，月下一臉子漾亮著謎樣的笑，帶著幾分促狹和逗弄，那副神色，彷彿知道什麼祕密，卻偏偏不告訴我——至少現在還不打算跟我講。橋下，河水西流。滾滾黃浪翻騰中只見千盞蓮花水燈漂盪，一蕊一蕊，閃爍著燭火，紅幽幽悄沒聲，蜿蜒穿梭過馬來甘榜水上人家那一幢幢飄揚著紅白旌旗的浮腳屋，濺濺潑潑，在成群戲水孩兒追逐、捕捉之下順流朝向河口漂去，搭載一個個無主的孤魂轉世投胎，或遠渡重洋回歸故里。回頭一眺望，我看見城心一篷火光中，梅斯吉德•賈密清真寺那巨大的黑色圓頂，炯亮炯亮雄踞天際城頭。鬼門關開啟在即，坤甸城一城焰火燃燒得越發旺盛，魅影幢幢，火舌四下竄動飄忽，大伯公廟的金黃燈籠豎立在滿坑滾滾人頭堆中，孤零零瘦楞楞，迎向河口颳進的海風，一整晚不住招颻晃蕩，倏明，倏滅。

裙袂飄飄，克絲婷把兩隻胳臂交叉環抱在胸前，揚起臉龐，汗湫湫聳起胸脯，站在橋頭風口上，讓河風吹拂她肩上那一毬毬被赤道太陽曝曬成磚紅色的髮鬈子，好久好久，瞇起眼睛噘著嘴，眺望大河上游那一枚飄忽的水月，呆呆地，不知又想起什麼心事來。心一抖，我轉身走進她胸懷中，悄悄伸手扯了扯她的衣袖。

——我們回家吧，克絲婷。

克絲婷驟然回頭看了看我，眉心一舒，笑了，乜著眼，瞅著我身上那件寬大得出奇的、風潑潑不住擺盪的雪白夏季西裝，眼上眼下打量半天，噗哧一笑，伸手捉住我的衣領子使勁抖了五六下，拂一拂，幫我把衣襟給扣上，隨即一轉身，甩甩她那滿頭蓬飛的赤髮絲，趿著涼鞋迎風走到大橋中央，跂著腳，伸出一隻手臂，昂起她那雙豐潤的乳房，遙遙指住大河盡頭黑魆魆群山中那一瓢雪白的月光，沉聲說：

——永，我對著月亮許諾你一件事：今年暑假，我將陪伴你進入婆羅洲內陸，搭乘長舟穿過層層叢林，一路溯流而上，親手把你帶到卡布雅斯河源頭，親眼看著你，一個十五歲、生平第一次獨自離家出遠門的少年，正式展開你的人生之旅。完成了這段千里航程，我，克莉絲汀娜·房龍，就算盡到了我對你父親的責任，也算償還了他一份恩情。好，我們現在可以上車回家了，永。

七月初一　初識克絲婷

房龍莊園的一天

破曉 普安・克莉絲汀娜

清早的橡膠園好似一口大鋁鍋，悶蒸了一夜，霍地，被揭開鍋蓋，滿鍋熱水氣登時騰冒上來，蓬蓬勃勃四下瀰漫開去，籠罩住這整個園子。天色待亮不亮。這時園中只見幾十條人影竄動遊走，個個弓起背脊，手裡握著尖刀，不斷來回穿梭在那一排排、一株株高聳如鬼卒的橡膠樹之間，夢遊般，躡手躡腳，沉靜得叫人心裡直打疙瘩。霧中燈火點點，眨啊眨，隨著那幾十條人影四處飄移，像一群流螢，給破曉時分這片暗沉的膠林，詭祕地帶來些許輕快活潑的律動。靜。無邊無際沒聲沒息的寂靜。丫頭，在北婆羅洲古晉城，我雖然見識過橡膠園，也住過橡膠園，可從沒體會到晨早的膠林原是這般安靜，偶爾，非常偶爾，妳才會聽到噠的一聲，一顆櫻桃般大的露珠忽然從頭頂枝葉間墜下來，直直降落在妳腳跟前，迸地，綻開一蘂子皎潔的水星。有一兩次我看著它，惡作劇似地，啪噠，不偏不斜，正好滴落在克絲婷腰上那把亂蓬蓬、四下怒張、清早起床還沒工夫梳理的髮梢頭，瞬間，融化成一灘露水，穿透過她的晨褸，濕答答黏附在她胸罩的釦帶上，乍看好像一團汗漬。

好久，克絲婷都沒吭出一聲。妳看她只管低著頭，自顧自扭擺著腰肢走在前頭，心事重重地一步一踟躕，腳上兩隻紅涼鞋輪番踩著膠林小徑上的枯葉，卡嚓卡嚓。昨晚半夜醒來，往窗外望去，我看見她獨個站在屋前那條長長的空洞洞的迴廊上，披頭散髮，環抱著兩隻胳臂，攏起身上那條鵝黃雪紡睡袍，緊緊裹住她的胸脯，風中揚起臉來，凝著瞳子，嘴角勾著一抹謎樣的冷笑，怔怔瞅望椰樹梢頭那枚月亮，出了神，不知又在想她的什麼心事。但今天大早，她把我弄醒，帶著命令的口氣叫我陪伴她到膠林走走。她說，一個外國女子獨身在坤甸，經營八百英畝橡膠園，若不盯緊，誰知這幫鬼靈精、樂天知命的爪哇工人背著她——慷慨仁慈的普安・克莉絲汀娜——又會想出什麼樣的花招來偷懶。所以，這會兒我趿著一雙碩大的男拖鞋，半闔著眼皮，亦步亦趨，跟隨在她屁股後頭，陪伴她巡查房龍家族傳承了四代的莊園，監看工人割膠。林中晨風驟起，嘩喇嘩喇捲起落葉，沿著園內上百條小徑一路狂掃下去，勃然，撩起克絲婷的晨褸。我煞住腳，本能地往後退出兩步，縮住鼻尖。一股氣味濃濃稠稠朝向我的臉孔直撲過來，驀一聞，好像一塊陳年乾乳酪（就是妳最討厭、打死都不肯咬一口、說聞起來像死屍的荷蘭「起司」）曝曬在赤道大日頭下，蒸發出一種奇異的味道，有點腐敗嗆鼻，卻又那麼的誘惑，叫人忍不住硬著頭皮湊上嘴巴，狠狠咬它兩口，細細咀嚼幾下，屏著氣品嘗它那獨一無二的說不出名堂的滋味……對了，丫頭，就是這樣的一股幽祕的氣味，隨著清早的膠林風，從我眼前這個三十八歲白種女子身上那件水紅晨褸的下襬，汗湫湫蓊蓊鬱鬱，一陣一陣不住飄颺傳送出來，逗弄著我的鼻尖。恍惚中我想起今早被她叫起床，走過她的臥室到屋後去盥洗，從半掩的房門中，一瞥間，看到裡面那張龐大、堅實、陰闇有如棺槨的歐式宮廷睡床，以及——我偷偷揉著眼睛瞧了兩三眼——床上鋪著的那條幽深的雙人紅鳧絨被。驀地裡，我聞到一叢濃郁的氣息，甜甜的，羼混著一股陳年汗酸，彷彿一場不醒的放蕩的夢，在赤道線上、碩大無倫的太陽下這座悶熱難耐的橡膠園，日日夜夜，年復一年，伴隨著克莉絲汀娜•房龍小姐那遊魂般在閨房內來回走動的身影，一嬝一嬝，穿透虛掩的房門縫，不住流瀉出來……

——永，醒來！你在夢遊嗎？差點撞上路旁那棵芒果樹。

克絲婷回過頭來瞅著我，咧嘴一笑，搖搖頭，隨即伸手遮住嘴巴悄悄打個大呵欠。晨曦潑照她的臉龐。那一瞬，我發現她的臉色十分蒼白，兩隻眼瞳子灰茫茫，映著天光，失神地閃爍著血絲。昨晚她果然沒睡好，弦月下獨自個趿著涼鞋，拖著她身上那條鵝黃雪紡睡袍，屋裡屋外只顧來回逡巡，走動了大半夜，踢躂，踢躂踢。

丫頭，破曉嘍！晨霧一下子消散。曙光中一座巨大的橡膠園赫然顯現在我們眼前。

妳看天空下那成百排好幾萬棵高聳的亞馬遜橡膠樹，蔥蔥蘢蘢，在露水中浸潤了一夜，天亮了，一棵棵生氣勃勃，只管抖索著渾身露珠兒，筆直地，佇立在婆羅洲西岸卡布雅斯河三角洲平野上，驀一看，好像一整個軍團的士兵列隊參加校閱，嚴整的隊伍一路排列到壯闊的校場盡頭，四下鴉雀無聲。好大一座膠林！我在古晉看過的橡膠園，規模最大的不過兩百英畝，房龍莊園的四分之一而已。這會兒身在膠林深處，依傍著克絲婷，踮著腳放眼瞭望，看見那亭亭蓋蓋綿延不絕的綠蔭下，露水叢中，幾百顆頭顱汗濟濟面目黧黑，四處閃忽、竄動。一群爪哇工人打赤膊，手裡揝著尖刀，弓起腰桿急疾穿行林中，每走到一棵橡膠樹旁就停下腳步，刉——擦——往那刀痕斑斑的樹身上操刀一割，身手十分利落，彷彿一群鬼卒夜叉，馬來人敬畏的叢林精靈「峇里沙冷」，凌晨糾集在森林，光著身子舉行某種血祭儀式。滿園子刀光閃爍飛迸，刉擦刉擦。滴答滴答，晨曦中只見一條條皎白的乳汁，潺潺地，從新割的刀痕滲冒出來，有如千百隻巨大的白蚯蚓，沿著樹身蜿蜒流淌，滴落進膠杯中，等另一批工人前來收集，一桶桶送到園中的燻房，壓製成膠片，燻晾乾了，成捆成捆打包裝船遠渡重洋運送到阿姆斯特丹，製造成輪胎，奔馳在歐洲的公路上……

克絲婷抱著膀子趿著涼鞋，漫步行走在膠林小徑上，時不時挑起眉梢，睜一睜眼，監看她手下的割膠工人做活，隨即又低頭望著自己的腳尖，踢躂踢躂，邊走邊舉手遮住嘴巴悄悄打個呵欠。刀聲霍霍，催眠般此落彼起，連綿不絕，刀光中只見幾百顆黝黑人頭四下飄忽不定。太陽出來了。天光白雪雪，滲透我們頭頂那羅傘似的一簇一簇樹梢，沙沙價響，直潑進膠林裡來。林中空氣一下子變得十分悶熱潮濕，窒人欲息。沸沸揚揚，膠園底下那口巨大的蒸鍋又燒起一鍋滾水。陰曆七月初一，鬼月天氣，大早就熱得叫人打心裡忍不住詛咒天公。蹭蹬蹬，我踩著泥巴路上的碎石頭，亦步亦趨緊緊跟在克絲婷屁股後頭，邊走邊打瞌睡，眼睛半睜不睜地，只顧盯著她腳尖上那隻皎白的、鵪鶉蛋般大的拇趾頭，還有——丫頭，妳看到沒——她趾甲上塗著的一蕾子殷紅如血、勾人心魂的蔻丹，和那一顆巧不巧，正好滴落在她拇趾頭上，只管停駐在那兒，好久好久都不肯消融的晶瑩露珠……

路旁雜草叢中倏地冒出一顆花白小頭顱，一臉露水迎著晨曦，把嘴一咧，綻放出兩支黃黃尖尖的老鼠牙，笑齤齤操著馬來語，朝向克絲婷必恭必敬哈腰請安。

——史拉末巴吉！普安・克莉絲汀娜。

猛抬頭，如夢初醒，克絲婷慌忙伸手抓起身上那條晨褸的襟口，往胸前匆匆一攏，邁步迎上前。兩個人就在小徑上面對面站住了。克絲婷抱著胳臂，板起臉孔等著。賊眼溜溜，老頭兒卻只顧擠弄他那兩粒血絲眼珠，睨著我，滿臉詭祕的諂笑，好久才回身踮起腳跟，端整起臉容，把他那張蒼黃臉孔挨湊到克絲婷耳畔，舉手遮住自己的嘴巴，向她講起悄悄話來。我站在十幾步外，假裝觀賞膠林晨景。這老傢伙模樣看來是個工頭，華人，六十來歲，操得一口流利的印尼馬來話，帶著濃濃的邦戛（西婆羅洲）客家腔。我豎起耳朵努力聽了半天，只捕捉到幾個字眼：伯爾阿納（生孩子）……阿納血蘭尼（歐亞混血兒）……達勇（巫師）……伊布・梅尼帖基・阿納（母親給孩子餵奶）……說到興頭上那老頭兒忽然嘟起嘴巴，朝著天光，呸地吐出一團黃黃的菸痰，兩粒眼瞳子滴溜溜一轉，又往我臉上斜睨了兩眼，回頭瞅著克絲婷吃吃笑起來：帖帖克尼雅・比薩爾（她的乳房很大喔）。克絲婷不聲不響只管抱著膀子抿住嘴唇，聆聽工頭的報告，越聽臉色越凝重。老頭兒踮著腳，往克絲婷身旁一挨，附耳又嘟噥了一長串悄悄話，忽然拔高嗓門，伸出手臂回頭指著膠林深處樹梢頭那一籠嫋嫋升起的炊煙，霍地整肅起臉容，厲聲說：阿納伊度・蘇達馬蒂（那個孩子已經死了）。身子猛一顫，克絲婷咬著牙閉上眼睛悄悄打出了兩個哆嗦，臉煞白。她舉手制止工頭說下去，低頭沉吟半晌，臉一揚，甩甩肩上濕漉漉沾滿露水的髮梢，攏起晨褸襟口，使勁把腰帶束緊，挺起胸脯回頭朝我招招手。

旭日初上，滿園露珠滴答，一行三人沿著小徑魚貫前行，迎著那一群群腰繫紗籠，手提鐵桶，吱吱喳喳趕早前來收集橡膠乳的爪哇女工，一路擦肩而過，此起彼落互相打招呼，朝向膠林中的甘榜聚落走去。

——史拉末巴吉！普安・克莉絲汀娜。

——哈囉，葛迪絲葛迪絲莎蘭姆！姑娘們好。

老頭兒一路只管扭過頭來眼上眼下打量我，滿瞳子的疑惑、好奇。他忽然嘆口氣，望了望披著晨褸快步行走在前頭的克絲婷，豎起拇指對我說：普安・克莉絲汀娜，歐郎擺夷！克莉絲汀娜夫人是個大善人。我沒答理他，因為我討厭這個老華人一副小眉小眼、逢人就哈腰笑的德性，殷勤得叫人心裡直發毛，於是我走開兩步，緊跟在克絲婷身旁。身形一閃，老頭兒又挨了過來，噘起嘴巴湊到我耳邊悄聲問道：伊雅・伊布安凱・阿瓦？她是你的養母嗎？沒等我回答，老傢伙就蹦地閃到一旁，滾動著眼珠狐疑地望望克絲婷，回頭又瞅瞅我，那兩粒血絲瞳子映著晨早的天光，狡黠一亮，好像明白了什麼似的，打鼻子裡哼出一聲：唔。不聲不響，克絲婷驟然伸出手來捉住我的手腕，牽著我，命令我跟她一起走在前頭。老頭兒深深哈個腰，拿下那半根夾在耳朵上的羅各捲菸，把火點上，自顧自悠悠吞吐起來，邊走還邊扭頭端詳我，賊笑嘻嘻，一逕點著頭。

也不知走了多久，膠林深處終於出現一小塊空地，露水萋萋，兩三條粉紅紗籠濕答答，迎風飄撩，晾曬在一根竹竿上。雜草窩裡栽著幾十棵木瓜樹，果實纍纍，朝陽下一坨一坨黃澄澄，環繞著空地中央小小一間高腳鐵皮屋。這晨早時分，四下悄沒人影，屋頂上只見一縷炊煙升起，盤旋在樹梢頭，無聲無息。屋裡有個年輕女人搖著小兒床在唱歌：

英瑪・伊薩——嗳——伊薩
曼巴喲・卡德・兮・安丹……

樹影沙沙，我豎起耳朵仔細一聽。原來她唱的是馬來民謠，舂米歌。我在古晉馬來甘榜民答那峨人婚禮上聽過，好好聽。豔陽下村中廣場上，一群穿著各色紗籠，打扮得花枝一般的馬來姑娘手裡握著杵子，對著新郎和新娘，邊舂米邊唱歌，歌聲中充滿喜樂，而今，丫頭妳聽，同樣的曲調從小屋中年輕女人嘴裡流轉出來，一下子變得好幽怨、好淒楚，帶著小母親特有的溫柔，好像在對夭折的娃兒唱最後一首搖籃曲，或輓歌。

古瑪士・蘇・葛蘇喂・丹
英瑪・伊薩——噯——伊薩……

克絲婷揝住我的手，硬生生拖住我的腳步，把我牽引到屋外一棵老大的橡膠樹下，命令我坐下來乖乖等她。我看著克絲婷攏起晨褸襟口，整整頭髮，在工頭哈腰引領下邁步走入木瓜園中去了，就在樹根上坐下來，乖乖等她。樹梢的曙色漸漸明亮起來。日頭完全露臉了。四下眺望，只見林中驀地浮現出好幾十條紗籠花裙，東一朵西一簇，繽紛搖盪天光下，飄忽樹影間。那群爪哇女工邊幹活邊扯起嗓門，清脆地，隔著偌大的一個空間，聊起家常來，吱吱喳喳好似一窩快樂的麻雀。我坐在大樹下，背靠著樹身，讓整個人沉浸在陽光中，耳邊只管聆聽那一聲纏綿一聲，淒淒涼涼不斷從小屋窗口流轉出來的搖籃曲，不知怎的就想起了母親，想起她平日最愛唱的那首兒歌——小白菜喲天地荒喲，兩三歲死了爹喲……心一沉，不知不覺就闔上眼皮，蜷縮起身子，雙手抱住膝頭，倒臥在老樹根窟窿裡，沒多久就睡著了。

丫頭，就在這當口，我做了個怪夢，夢見克絲婷教我開吉普車。白晃晃一顆赤道大日頭下，汗潸潸，兩個人廝摟著挨擠在駕駛座裡，一起掌握方向盤，兩雙手緊緊交纏，又笑又鬧瘋瘋狂狂碰碰撞撞，奔馳在橡膠園周邊水田中小路上，盤旋一圈又一圈，風潑潑騰雲駕霧似地好久好久只管不住兜轉，再也停歇不下來。英瑪·伊薩——嗳——伊薩……沙貢·喀德·笛的曼巴喲……克絲婷把頭伸出敞開的吉普車頂篷只顧格格笑。嘩喇嘩喇，一頭赤髮駢映著坤甸的斗大落日，火紅紅，飛撩在那不斷從海口捲進來，一濤一濤橫掃過卡布雅斯河大三角洲的狂風中。伊薩爾紗籠·吉耶克科……英瑪·伊薩——嗳——伊薩……一條花色紗籠悠悠漂盪在卡布雅斯河滾滾黃浪裡，滿城火舌搖曳中，一鉤新月指引下，逆流而上，紅灩灩載浮載沉忽現忽隱……

哈勳！我打個大噴嚏，睜開眼睛，看見克絲婷俯身站在我面前，手裡拈著一根豬籠草，瞇笑嘻嘻只管逗弄我的鼻子。日正當中。大把大把的陽光從樹梢直潑進膠林中來，整個園子白燦燦，悄沒人聲，那群爪哇姑娘收集完膠汁，早就下工了。搖籃曲停歇了。林中小屋忽然就變得死寂一片，只剩下那兩三條粉紅紗籠，半乾半濕，依舊飄舞在屋前曬場竹竿上。

天光下只見克絲婷滿頭蓬鬆，一臉灰敗，整個人好像驟然衰老十年。好一會兒她只顧弓著腰，俯身瞅望我，兩隻奶子白精精冒出了好幾條蚯蚓樣的青筋，就在我眼前，晃啊晃，沉甸甸地垂落在她那鬆開的晨褸襟口。一股子汗酸挾著濃濃的陳年乳酪香，從她胸窩深處迸發出來，蓊蓊鬱鬱直撲我的鼻端。我感到一陣暈眩，本能地縮住鼻尖，咬著牙偷偷打個哆嗦，垂下眼皮來。克絲婷笑了笑，抓起腰帶把襟口束緊了，一轉身，雙手扶著膝頭，慢慢在我身旁樹根上坐下來。兩個人就這樣肩並肩，靜靜坐在中午的橡膠林中，聽著蟬聲各想各的心事。忽然，身子一顫，克絲婷捋起衣袖舉起左手，就在天光下端詳起來。我這才發現她膀子上有五六條鮮紅的爪痕，看來是新抓出的，正要問她究竟怎麼回事，她卻豎起食指，回身按住我的嘴唇，瞪著我搖搖頭：「噓！」我沒敢再問她，悄悄探出一隻手，輕輕放在她那條膀子上只管揉著。克絲婷沉沉嘆口氣，身子一歪，把她那張蒼白的臉龐汗湫湫地，貼靠到我肩膀上來，好久依偎著我，呆呆坐著想她的心事。霍地，她坐直身子，反手抓起她那滿頭滿臉蓬亂的髮絲，一古腦兒掃撥到耳脖後，隨即整整身上衣裳，伸出手來，往我肩胛上猛一按，支撐著膝蓋顫顫巍巍站起了身，回頭乜起眼睛，望著我咧嘴笑了笑。

——永，我很累，扶我回家吧！我好想、好想躺在自己的床上沉沉睡個覺。

正午　英瑪・伊薩——嗳——伊薩

赤道的中午，整座林子狂風驟雨般迸響起蟬聲。不知多少隻蟬兒，這當口糾集在橡膠園裡，拔尖嗓子聲嘶力竭競相鼓譟，那一濤一濤的知了——知了——知了——不斷從樹梢下濃蔭中洶湧而出，鋪天蓋地四面八方撲來，霎時間，淹沒了這幢坐落在房龍農莊中央小山崗上居高臨下，挺氣派，挺優雅，可有點破落味道的荷屬東印度式孟加拉平房。

坤甸八月，陰曆鬼月，日頭火燒。

我索性打起赤膊，只穿條小短褲仰天躺在迴廊吊床上納涼，手搖一柄椰葉扇，試圖捕捉住海風，可那風有一陣沒一陣從大河口吹來，穿渡過三角洲的濕地，翻越過層層膠林，抵達房龍農莊時早已氣若游絲，喘啊喘，只帶來一股熱騰騰臭烘烘的沼氣，瀰漫在燦爛天光中。迴廊外，四下不見人影。那群平日做活喜歡聒噪的爪哇女傭全都脫掉了外衫，身上只繫條紗籠，裹住兩隻乳房，躲到僕人屋，躺在涼蓆上睏午覺去了。偌大的莊宅空洞洞，只剩下農莊的建立者，普安・克莉絲汀娜的曾祖父，都安・克里斯朵夫・房龍上校一人，高坐在客廳壁爐上那幅巨大的油畫中，穿著戎裝，翹著兩撇赭紅八字鬍，冷森森睜起兩隻海藍眼眸，顧盼睥睨，兀自守望這座占地八百英畝的橡膠園。我，來自古晉的華人少年，十五歲，由於冥冥中某種力量的安排，暑假來到坤甸，準備從事一趟大河之旅，這會兒寄住在上校的農莊，趁著午休沒人看見，光著上身，仰躺在那長長一條懸掛著百來盆胡姬花，淅淅瀝瀝，不停滴答著水珠的迴廊上，咿呀咿呀搖盪著吊床，百無聊賴，好久，只能和房龍上校四眼相看，一起豎起耳朵，屏著氣，聆聽那一漩渦又一漩渦不斷從膠林中迸發出來，在這正午時刻，隨著暑氣急速上升，噪鬧得越發淒厲起勁的蟬鳴：知了——知了——知了——

麗日中天，屋裡暗沉沉，窗戶全都拉上了簾子，遮擋那刺眼的陽光，一屋死寂中只聽見陣陣鼾聲，齁——齁——急促地從女主人的房間傳送出來。透過虛掩的房門口，影幢幢，我隱約看得見臥室裡那張壯闊陰闇、有如棺槨的歐洲宮廷大床，重重帷幕中，鋪著好大一條㲨絨被，血樣的猩紅。丫頭，這是整座莊園最神祕最幽深旖旎的所在！農莊女主人、房龍上校的第四代繼承人克莉絲汀娜•房龍小姐的閨房。門洞裡一燈迷濛。她睡得不太安穩，一逕皺著眉頭咬著牙，把一隻手伸進毯子裡綷綷綷綷不知摸索著什麼，睡夢中不住翻身，踢腿，嘴裡時而嘰哩咕嚕時而哼哼唧唧，好像操著馬來話，責罵手下的工頭，又好像在用荷蘭文呻吟，啜泣。我躺在門廊旁的吊床上，豎起耳朵，凝神諦聽了半天，只聽得自己一顆心突突跳不住，耳根臊紅上來，忍不住也伸手，摀住褲襠抖簌簌跟隨她的節奏扭動身子……忽然，磔磔一咬牙，克絲婷趴在床上弓起腰背拱起臀子，蒙著頭，倏地顫抖兩下，霎時間好像瘧疾發作了，只見她那條汗湫湫裸白白的身子簌落落——簌落落——只顧痙攣起來，好久才停歇。隔了半晌，她伸腳猛一踹，把身上那條小毯子一古腦兒踢到床外，接著我就聽到她嘆息。

——喀——唷。

丫頭啊，這一聲嘆息，光天化日大太陽下聽來，叫人忍不住從心底打個寒噤：妳聽，那聲口沉沉膩膩，哽噎著，直似夢魘中從淤塞的靈魂深處，嚶嚶唔唔，掙扎了老半天，終於迸發出來的一聲無可奈何的吶喊。我蜷縮著身子，雙手抱住膝頭，把自己整個人窩藏在小小的吊床裡，像個受驚的孩童，格格格直打牙戰，不時偷偷睜開眼睛瞄望她那顆蒼白，滾圓，兀自伸出床外抽搐一兩下的腳踝子。好久，我心裡只管回味著、琢磨著克絲婷的這一聲嘆息。屋外濤濤蟬聲彷彿停歇了，麗日當空，整座橡膠園頓時沉寂下來。我忽然又想起小時候——記得嗎？丫頭，那晚我們結伴夜遊，在燈火高燒遊人如織的台北街頭，我給妳講過的這個故事——我七八歲那年，一家人跟隨父親來到古晉郊外荒山小村栽種胡椒，住在蛇窩裡。一晚我突然發燒，母親把我帶到她房裡跟她睡，半夜驚醒，我翻個身，冷不防我父親一巴掌火辣辣摑到我臉上：「轉過去！不許看。」嘎吱嘎吱嘎嘎吱吱，一整晚我母親的床搖船似地顛盪個不停。我乖乖轉過身去，把頭臉蒙在被窩裡，渾身打起擺子，抖簌簌直到天亮都沒停歇。那當口天地荒喲，我聽見我母親哽哽噎噎發出一聲嘆息，聲調同樣深沉，同樣無奈和不安，就像這會兒，我顫抖著身子躺在房龍農莊迴廊吊床上，直直豎起兩隻耳朵，透過那扇半掩的房門，驀地，在克莉絲汀娜•房龍小姐幽深的臥室裡那棺槨似的豪華大床上聽到的……

太陽終於越過中天，開始西斜了，整座莊園兀自靜盪盪的，那群爪哇女傭半身裹著紗籠，一排，仰天躺在涼蓆上，抱著兩隻汗濕的奶子，這會兒還只管睡她們的懶覺呢。齁——齁嗬嗬——只聽得鼾聲一陣緊似一陣，悠悠地不斷從莊宅底下的僕人屋傳上來。膠林中萬千隻蟬兒嘶叫了半天，忽地一齊噤聲，歇口氣，隨即又鼓起胸腔扯起嗓門爭相吶喊起來。北方天空，紅潑潑，陡然大亮。我坐直身子伸長脖子眺望，看見坤甸城中火燒火燎，白幡招颺，這晌午時分起了好一場大火。煙霧一城瀰漫。七月初一鬼門開。老埠頭唐人街家家戶戶燒金紙，千盆萬盆火舌搖舞陽光中，劈啪劈啪迸發出片片紙灰，金光閃閃，穿透河畔插著的一叢叢雪白招魂旗，越渡卡布雅斯河，滔滔南下，乘著海風直飄送到三角洲上的房龍農莊。鬼月煙火，越燒越旺。一群神鳥婆羅門鳶彷彿受到驚嚇，紛紛從河畔沼澤竄出，漫天火光飛濺中，迎著烈日，死命撲打翅膀，呱噪著，在坤甸城頭颼颼滑翔五六圈，猛一聲梟叫，黑鱷鱷一片沒頭沒腦朝向大河口的紅樹林翻飛過去。

膠林中，人影一閃。

我揉揉眼皮定睛望去。

人影消失。只過了半晌，林子邊緣花木叢中伸出一張臉孔來，探頭探腦，朝向山崗上的莊宅窺望。兩粒烏黑眼珠骨碌骨碌只顧轉動，半天一眨不眨。我又擦擦眼睛仔細一看，只見那女人披頭散髮，裸著身子，只在腰上紮一條粉紅紗籠，高高撐起胸前兩坨子肥碩的咖啡色乳房，懷裡濕答答的，寶貝似地不知抱著個什麼東西，用一條黃色小被褥緊緊包裹著。我躺在迴廊吊床上，望著她。兩下裡打了個照面。她斜睨著我，端詳一會忽然昂起頭來，騰出一隻手，猛抓起她那兩顆黑珍珠似的乳頭上覆蓋的兩束枯黃髮絲，狠狠撩到肩膀後，甩兩下，眼瞳子炯炯一睜，望著房龍莊宅扯開喉嚨曼聲唱起搖籃曲：英瑪・伊薩——噯——伊薩／曼巴喲・瓦喀兮・帕蓋矣／英瑪・伊薩——噯——伊薩／坎嫩坎達特・巴巴喀喃／英瑪・伊薩——噯——伊薩……

膠林中那兩隻烏黑眸子綴滿斑斑血絲，邊唱，邊盯著我瞧，好似兩撮鬼火，幽幽閃忽在赤道晌午燦爛的陽光下。

屋裡屋外，我們倆對望著。

我怔怔瞅著她的眼睛聽她唱歌，英瑪・伊薩——噯——伊薩，聽著瞅著，彷彿受了催眠似地，不知不覺眼皮一沉，就睡著了，也不曉得過了多久，忽然鼻端一涼，恍惚中聞到一股濃冽的卻挺清爽宜人的氣息，好像是牙膏味，又好像是沐浴乳香，叫人忍不住聳出鼻尖深深吸嗅幾口。我挑起眼皮猛一看，發現克絲婷已穿戴整齊，把滿肩水亮的髮鬈子綰起來紮成一毬，壓在頭上那頂白草帽下，這會兒正俯著身子站在迴廊吊床旁，背對著陽光，齜著一口好白牙，笑嘻嘻，把嘴唇湊到我耳朵上一邊呵氣一邊叫喚：醒來醒來，永，太陽快下山了！我趕忙睜開眼睛朝向山崗下的膠林望去。日影斜斜，蟬聲依舊聒噪不休，但那個咖啡色半裸女人不見了，她那勾人心魂的歌聲也停息了。我霍地坐直身子，揉著眼睛四下搜望。克絲婷伸出一根指頭，在我眼前晃兩下。

——別找了，永！我已經把她打發走啦。

——這個女人是誰？眼神很可怕。

——她的名字叫英瑪・阿依曼，民答那峨人，十八歲的大姑娘，不知怎麼跟隨五個美國嬉痞一路從菲律賓、泰國、馬來半島浪遊到婆羅洲，一天晚上，嬉痞忽然跑掉了，丟下她一個人挺著個大肚子在坤甸橡膠園打工。剛才她唱的搖籃曲，春米歌，就是她家鄉的民謠。沒啥事，別再提她了。起床！我教你開車。你不是一直想開我那輛吉普車嗎？我怎麼知道呢？今天早晨你在橡膠園睡覺講夢話呀，嘴裡直嚷著踩油門踩油門，飆到五十哩、五十五哩、六十哩了！哎呀馬路中央有一大坨水牛糞，克莉絲汀娜姑媽，糟了，來不及踩煞車啦……咦？剛才睡午覺你又在做什麼奇怪的夢呀，永？

滿臉疑惑，克絲婷皺起眉頭，勾過一隻眼睛，看了看我那光溜溜只繫著條小短褲的下身，板起臉孔端詳好半晌，嗤的一聲笑出來，搖搖頭，彎腰撿起地上的衣服往吊床上一拋，哈哈大笑步下門廊，迎著大河口那顆西斜的日頭，自顧自翩躚著腳步，踢躂著涼鞋，搖盪起她腰下那條緊裹住兩隻豐圓臀子的白短裙，朝向車棚走去了，一路只管哼著歌兒：新婚那天夜晚，我和我的愛相擁床上——

晌午　荷蘭低低的地

新婚那天夜晚
我和我的愛相擁床上
海軍拉伕隊來到床前呼喝：
起床，起床，小夥子
跟隨我們搭乘戰艦前往
荷蘭那低低的地！

永，好不好聽？這首古老的民謠是我唯一會唱的英文歌，平日，我獨自駕駛吉普車在橡膠園漫遊，就喜歡唱這首歌，邊哼邊欣賞婆羅洲美麗如血的晚霞，心中思念我的祖國。你真的覺得好聽？那我就唱給你聽：起床起床，小夥子／跟隨我們搭乘戰艦，前往荷蘭那低低的地／可荷蘭是個寒冷的國度／雖然遍地金錢／多得像春天開的鬱金香／但我還沒來得及攢夠錢衣錦還鄉／我的愛就已從我身邊被偷走……放鬆，永，把你的兩隻手放鬆，莫像掐死敵人那樣緊緊抓住方向盤，要像摟抱女人般輕輕地、溫柔地握住她的腰。記得，對待車子就像對待女人，萬萬不可粗魯喔。除了你的母親，這輩子你還沒抱過女人吧？瞧你剛才抱我的時候雙手直發抖，好像瘧疾發作似的——唔，這樣握住方向盤就對了，很好，永，現在把眼睛望著正前方，不要死死瞪著，然後將你的右腳輕輕放在油門上一點一點的踩，你看，車子沿著馬路平平穩穩直直駛下去了啦。開車不難嘛。記住：放鬆。我現在可要鬆開我的手嘍，讓你自己試著操縱方向盤，莫慌莫慌，你的克莉絲汀娜姑媽就坐在駕駛座旁的位子上，一路看護你，隨時會接手，駕馭這輛野馬般亂蹦亂跳的吉普車，不讓你受到絲毫傷害，否則怎麼對得起你的父親？現在，你可以稍稍用力踩一下油門了，不要急，慢慢加速，讓車子沿著我們橡膠園外圍這條筆直的石子路行駛下去。唉，永，今天下午天氣多美好！太陽黃澄澄一顆，像一枚碩大的、熟透的橘子掛在椰樹梢頭。海風一陣陣從爪哇海吹來，帶著甜甜的稻米香，跨過赤道，長驅直入婆羅洲大河口，嘩喇嘩喇，越過海岸平原上一座座隱藏在椰林中的甘榜村莊，暖洋洋，直吹送到房龍農莊上，鑽進吉普車窗，呼颼呼颼捲起我的一頭紅髮……我的愛／已從我身邊被偷走／就在新婚那天夜晚……永你說人生究竟有多奇妙？我，克莉絲汀娜・房龍，流落在印度尼西亞共和國西加里曼丹省坤甸市的荷蘭女子，這天，主曆一九六一年七月三十一日，陰曆鬼月，太陽火燒，在卡布雅斯河一望無際蒼翠欲滴的三角洲平野上，指導我的異教徒姪子，永，十五歲的中國少年，學習駕駛吉普車，邊教開車邊唱古老的英國民謠〈荷蘭低低的地〉給他聆聽，好讓他放鬆身心。

新婚那天夜晚
我的愛就已從我身邊被偷走
留下我獨個兒流浪在
荷蘭那低低的地
荷蘭那低——低——低的地！

你問我荷蘭是個怎樣的國家？木鞋、風車、鬱金香——這是你在明信片上看到的荷蘭，可我這個純種荷蘭人，來自法蘭德斯古老的房龍家族，對這些代表荷蘭的象徵，印象卻很模糊，因為，在我三十八年生命中只在五歲那年跟隨祖父母回鄉一次，就記得荷蘭氣候寒冷，整座城鎮濕答答，天空陰陰的，一連好幾個禮拜看不到太陽，那年冬天，我記得我吃了很多發霉的老起司和肥大的德國香腸，此外就只記得荷蘭那低、低、低、一直降落到天盡頭的烏雲下大海中，突然消失不見的陸地……嘿，永，慢著點！你已經加速到四十五哩了啦，快放開油門，踩煞車，莫撞上那頭正在步過馬路的水牛。你看，那個馬來小男孩打赤膊，太陽下渾身黑不溜湫，翹起屁股，蹲著，倒騎在水牛背上，咧開嘴巴笑嘻嘻露出兩排雪白的小門牙，模樣多逗趣呀。安波伊！傑里達比那爾•阿納伊度！聽見我的招呼，他轉過脖子睜大眼睛朝向我們望過來了，兩隻漆黑瞳子背著陽光，亮閃閃：莎蘭姆，普安•克莉絲汀娜。咦？

他向我打招呼了。你看他把兩隻手伸進腰上掛的竹簍子裡，掏著撈著，捉出兩條剛從水田裡抓到的大泥鰍，用一根蘆葦串起來，高高拎在手上，活蹦亂跳，朝向我們不住地搖晃兜轉。永，他要把今天的漁獲送給我呢，你開車上前去接吧。特里瑪卡謝，阿納傑里達！他齜著小白牙笑起來啦，向我們揚揚手，兜轉過身子猛一聲吆喝，把他胯下的水牛驅趕過馬路，直直走進水田中去了，還不時回過頭來眨巴著眼睛望著我們笑呢。永，怎麼辦，我已經愛上這個漂亮的馬來小男孩了。沙雅帖拉賈度欽塔・喀巴達・阿納贊迪克伊尼！可就在新婚那天夜晚／我的愛就已從我身邊被偷走……永，你嫉妒了麼？怎麼悶聲不響，緊緊繃著臉孔抿住嘴唇，兩隻眼睛死死瞪著車窗前方？放鬆一點嘛！大男人怎麼可以這樣小氣？你說你沒生氣，只是專心開車？你既然那麼喜歡開車，克絲婷姑媽就放手讓你自己操縱嘍。你很聰明，只學半個小時就敢自己操作，開車上路。嘻嘻，一個十五歲的中國少年駕駛一輛英國路寶吉普，載著個紅髮藍眼、年近四十的荷蘭女子，喝醉酒似的顛顛簸簸、搖搖盪盪奔馳在遼闊的婆羅洲田野一條泥巴路上——多麼奇異的一幅景象呀。永，你說人生有趣不有趣，荒誕不荒誕？你現在不想對這個問題發表意見？只想好好開車？很好，那我們索性打開車子頂篷，敞開全部車窗，迎向大河口灌進來的濤濤海風，環繞著克里斯朵夫・房龍上校建立的大莊園，痛痛快快兜個十圈，不，兜二十圈三十圈吧，好讓我手下的男女工人全都有機會觀賞這幅奇景，哈哈，見識一下我的支那姪兒——來自古晉的永——的飛車技術。

日落了，黃昏終於來臨啦，蟬聲也停止啦。婆羅洲一年到頭從大清早就豔陽高照，一整天炎熱潮濕，整座島就像一隻密封的大蒸鍋，但上帝仁慈，每天總會賜給我們一個美妙的時刻：黃昏。你看金黃的陽光穿透過膠林，斜斜投射下來，好似千萬隻螢火蟲，突然間聚集在膠園裡，眨亮眨亮地閃照著橡膠樹下那一張張烏油油綴滿汗珠的臉孔。我的工人準備收工，回家吃晚餐了。瞧，他們紛紛舉手笑嘻嘻朝你揮舞。女工們全都跑到路邊來了，望著你，豎起大拇指，咯咯咯直笑得花枝亂顫：支那少年郎駕駛吉普，載我們的普安•克莉絲汀娜夫人兜風，在橡膠園裡狂飆！拉翁莫拉翁，登干摩多卡爾！喂永，你已經加速到七十五哩了，繞著房龍農莊兜了十多圈了，今天下午玩夠了吧？該停車歇歇啦。小心，阿瓦士！一群放學回家的伊斯蘭中學女生迎面走過來了。多嬌媚動人的一幅熱帶風情圖。你看這群十五六歲的印尼姑娘，銅棕色的皮膚亮晶晶，兩隻眼睛黑漆漆，上身穿一件喀巴雅白長衫，下身繫一條紅紗籠，頭上披一襲素巾，夕陽下椰林中一片紅白招展，咭咭咯咯談笑著從田間小路走過來，迎著晚風，髮絲飄飄，一路搖曳她們那苗條的小腰肢：普安•克莉絲汀娜，莎蘭姆！這起大丫頭，嘴裡向我打招呼問好，兩隻眼睛卻不住朝你瞟啊瞟。喂，永，別一直閉著嘴巴，只管臭著一張臉嘛。漫長的炎熱的一天終於結束，這會兒大夥都趕著回家，準備跳進河裡痛痛快快洗個澡，享用一頓晚餐。看到沒？從我們吉普車上望出去，遼闊的三角洲水田四處升起炊煙，一圈圈飄舞在紅太陽下，環繞著椰樹叢中每一座甘榜莊子。聽到沒？村中家家戶戶廚房裡生起柴火，畢畢剝剝的聲音迴盪在田野間——多美妙的一首赤道黃昏交響曲！嗅到沒？荷葉咖哩米飯、炭烤馬交魚、峇拉煎蝦醬爆炒空心菜……陣陣香氣隨著柴煙，從那一間間高腳屋的簷口流溢出來，乘著晚風，伴著清真寺綻響起的晚禱，熱騰騰，直飄送到大河口，坤甸灣，渾黃波濤中幾千艘滿載晚霞返航的漁船上……每天到了黃昏，我在農莊上就會聞到這股氣味，聽到這場悲愴古老的晚禱，依夏阿拉——嗚哇——一波一波追逐著坤甸城頭黑壓壓不住盤旋啼叫的婆羅門鳶，好久好久，迴響在西方海平線上那火紅紅、彷彿突然燒起一把大火的赤道天空下。這時，我就會從午覺中醒來，駕駛吉普車獨自出門遊逛，打開車篷，弄散頭髮，甩掉心中一切煩憂，發瘋似地奔馳在卡布雅斯河口一輪美麗得就像浸血聖餅的太陽下，兜了十來圈，心裡就忍不住想唱歌：就在新婚那天夜晚，我的愛從我身邊被偷走……好姪兒，永，克莉絲汀娜姑媽請求你張開嘴巴，跟我一起唱好嗎？

就在新婚那天夜晚
我的愛從我身邊被偷走
至死、至死、至死
我都不會再穿嫁衣裳
自從荷蘭那低低的地

將我和我的愛分離

我的手腕不再戴手鐲
我的頭髮不再碰梳子
壁爐的火光和窗檯的燭光
都不能消融我內心深沉的絕望

至死、至死、至死
我都不會再穿嫁衣裳
自從荷蘭的低地
　那低、低、低的地
　　那低——低——低——的地
將我和我的愛分離！

永，你說這首歌美麗不美麗？謝謝你陪伴我唱後面這幾節。你唱得很好，很有感情。從你的聲音聽得出來你是個感情豐富、心靈敏銳的男孩。阿瓦士！小心！你把車子加速到將近八十哩了啦，踩煞車，減速，別撞上那個牽著水牛載著兩個放學的孫子回甘榜的老農夫。喂，你說什麼呀？海邊椰林的風呼颼呼颼響，我聽不清楚你講的話。你說我哭了？你說我剛才唱歌唱到「至死、至死、至死我都不會再穿嫁衣裳」，眼眶一紅，望著大海就抽抽噎噎哭起來，現在還滿眼淚花。真的嗎？我怎沒注意到呢？我心裡其實很高興，因為今天我教會我的中國姪兒，永，駕駛吉普車，讓他載著我，他的荷蘭姑母克莉絲汀娜，環繞著房龍農莊兜了十圈，哈哈，就像兩個玩車的青少年，瘋瘋癲癲不知死活，在曠野上狂飆了一個下午。我很久、很久、很久沒那樣快樂過了……你看，卡布雅斯河上那顆雨林太陽焚燒了一整個黃昏，慢吞吞，戀戀不捨的，終於沉落到河口坤甸灣。海平線上驀地湧出一堆紅雲。印度洋冰藍的波浪頓時變成一鍋沸騰的血水，嘩喇嘩喇，嗚哇嗚哇，將赤道海岸馬來甘榜的晚禱一濤濤傳送到西方，天盡頭，麥加。婆羅洲的天空才暗下來，坤甸城中就冒出一片煙霧，金光閃閃，唐人街又燒起鬼月香火來啦。這場鬼火霹靂啪啦，從天黑鬧到午夜，要燒上整整一個月。永，我們現在把車子開回農莊上吧。今晚我要親自下廚給你煮一頓真正的晚餐。我們用葡萄牙紅酒燉一隻大公雞，可你要負責殺雞喔。你沒殺過雞？克絲婷姑姑教你。殺雞比開車容易，只要握住雞頭，將牠拎起來拔掉脖子上的毛，看準了，刎擦一刀割斷牠的喉嚨。十五歲的少年，野馬般的吉普車都敢駕駛，還怕殺雞？我們就點兩支蠟燭，擺一張桌子，面對面，坐在迴廊上懸掛的幾十盆滴答著水珠綻放在月光中的胡姬花下，迎著河口吹進的晚風，望著城中燦爛煙火，好好享用這一頓晚餐，然後脫掉這身汗臭衣服，換上一條紗籠，趁著天黑，跳進卡布雅斯河裡痛痛快快洗個澡，然後回家甜甜睡一覺。永，我為你安排的這樣一個夜晚，你還滿意嗎？好，那現在就掉轉車頭，沿著膠園路直直開回農莊上，把時速定在四十哩，讓我們邊兜風邊唱歌。克絲婷姑姑向你保證這次她不哭。永，我們兩個一起唱：就在新婚夜晚，我的愛從我身邊被偷走，留下我獨個兒流浪在荷蘭低低的地——荷蘭那低、低、低的地——荷蘭那低——低——低——直低到天邊大海中的地！

黃昏　一條水紅紗籠

晚餐後，她——普安・克莉絲汀娜・房龍小姐，印度尼西亞共和國西加里曼丹省坤甸城房龍老農莊四代傳承、碩果僅存的繼承人——果然帶我去河裡洗澡。

那是卡布雅斯河的一條小支流，我們先得穿過橡膠園，走一段泥巴路，來到河畔紅樹林密蔭下一灣幽深的黑水潭。膠林中暮色深沉，落紅斑斑，無聲無息浸染樹梢頭。知了知了，那一林子萬千隻拔尖嗓子齊聲嘶叫一整個晌午的蟬，天一入黑，倏地全都銷聲匿跡。八百英畝的橡膠園，魆影幢幢，頓時沒了聲息，炊煙飄漫中，只聽見園中散布的鐵皮高腳屋上懸掛的共和國紅白雙色旗，鮮豔地，迎著晚風獵獵價響。

克絲婷挽著一籐籃子洗濯用品，踢躂著腳上那雙紅涼鞋，頭也沒抬，只顧望著地，默默行走在膠林小徑上，不知又在想她的什麼心事了。我跟在後頭，手裡拈根牙籤，醺醺然打著飽嗝，嘴裡咂巴咂巴一逕回味晚餐那鍋紅酒燉全雞（丫頭，那隻大公雞果真是我殺的呢！在農莊女主人普安・克莉絲汀娜率領下，一群爪哇女傭用紗籠裹住身子蹲在庭院中，嘰嘰喳喳聒噪著，聚攏成一圈，睜著她們那十幾雙烏黑眼珠子，興味盎然地，看我滿頭大汗東奔西竄，捕捉一隻剽悍的叢林野放大公雞，看我手忙腳亂，死命揪住雞的頸脖，一古腦兒拔光牠咽喉上的絨毛，看我操刀，刉擦刉擦使勁力氣連割七八刀，才聽得噗哧一聲，颼地一蓬血花噴濺，終於完成殺雞的任務。那幫爪哇婆娘一個個看得目瞪口呆，嘻哈絕倒笑成一團，連克絲婷也笑開了啦，忍不住跑上前來摟住我的脖子，在我腮幫上啄兩下，害我羞愧得無地自容）。可丫頭，說真的，她煮的那鍋葡萄牙紅酒配摩鹿加香料燉加里曼丹公雞，油滋滋香噴噴紅膘膘，十分好吃，如今坐在花東縱谷書房裡，握著筆，向朱鴒妳講述這一段情節，我還忍不住咕嚕咕嚕猛吞下兩泡口水。那隻雞，我和她各吃半隻，吃得我渾身燥熱發汗，克絲婷滿臉子酡紅，燭光下睞啊睞水汪汪眼波流轉。這會兒行走在膠林小徑上，我光著胳膀子，只在腰間繫一條紗籠，跟隨在克絲婷腰肢後頭到河邊洗澡，迎著涼爽的晚風，不瞞妳說，還覺得有一股子奇妙的令人感到害臊不安的氣流，不住從丹田深處騰升上來，暖烘烘在我體內各處遊走流竄呢。但克絲婷卻一逕繃著臉垂著頭，自管走她的路，始終沒回過頭來看我半眼。

林風習習，一撩一撩地不停撥弄她耳脖上火紅紅一蓬飛蕩的赤髮絲，嘩喇嘩喇，鼓動她身上那條猩紅的、只在頂端打個摺、掖在胳肢窩下，鬆鬆地包紮住一雙奶子和兩片臀子的印花紗籠。丫頭，就這麼樣，兩人各想各的心事，炊煙繚繞下靜靜走了半個鐘頭，穿過橡膠園進入紅樹林。落照殘霞，夜色中只見一潭黑水眨亮眨亮，隱匿在河畔一篷子交纏怒張、宛如一支綠色巨傘的枝椏下。克絲婷依舊不吭聲，放下籐籃子，踢掉腳上的涼鞋，兩手攀住那棵老樹把身子滑落進水潭裡，反手只一扯，脫掉了腋下裹著的紗籠，隨手扔到岸上，整個身子倏地一沉，隱沒入老樹根下蓄積著千百年赤道驟雨的大窟窿中，只露出一株皎白的脖子，頂著一頭火紅髮鬃，盪漾著潭水，濺濺潑潑自顧自洗起澡來。

我獨個兒站在水邊，怔怔眺望對岸那片密匝匝黯沉沉的紅樹林，眼一花，聽得窸窣一聲響，枝葉間有一條人影晃動，凝起眼睛仔細一瞧，依稀看見一襲粉紅紗籠飄忽林中，穿梭在河畔一簇簇水草間，只管不住來回徜徉躑躅。忽然，她脖子上滿頭披散的枯黃髮絲聳起來，狠狠甩了甩，嘴裡幽幽發出兩聲嘆息，接著只見身形一閃，她整個人就蹲進了水湄那叢蘆葦中，只剩下一雙漆黑瞳子，映著水光，熒熒閃爍著兩蕊子血絲，直直朝向我們這邊瞅望。

英瑪・伊薩——噯——伊薩

坎嫩坎達特・巴巴喀喃

英瑪・伊薩——噯——伊薩
巴巴喀喃兮・帕蓋矣……

魔咒似的搖籃曲，一聲啼泣挾帶一聲怨嘆不斷從蘆葦叢中傳出來，伴隨那兩撮鬼火般的目光，不住盤旋在水潭上，反覆纏綿幽幽噎噎，聽得我頭皮直發麻，回頭望望克絲婷，她卻彷彿充耳不聞，依舊蜷縮著身子把自己窩藏在老樹根下那個水窟窿中，手裡握著一塊麗仕香皂，只管往身上各處塗抹，搓搓洗洗。我豎起耳朵又諦聽半天，猛一哆嗦，甩開頭去，脫掉腰上繫著的紗籠，縱身躍入潭中，閉著氣，在幽黯的潭底盤桓好幾分鐘才鑽出水面。歌聲忽然停歇。悄沒聲林中又飄搖起那襲粉紅紗籠，迎著樹梢一片殘霞，縩縩綷綷來回逡巡。不瞅不睬，克絲婷還只顧窩蜷在她那個隱密的巢穴裡，洗她的身。夜色下只見她那一胴子豐潤，白精精，映著枝椏間潑進的殘餘天光，只管勾著我的眼睛。顫啊顫兩毬奶子乍隱乍現，載浮載沉，盪漾在那黑晶晶一窟邈古幽祕的雨水中。我瑟縮在水潭一角，呆呆瞅著，只覺得自己那兩條腿浸泡在冰冷的水裡，簌簌抖個不停，格格格兩排牙齒直打戰。忽獵獵一聲響，兩隻婆羅門鳶追逐著，竄逃出紅樹林，在潭上盤旋兩圈，厲聲啼叫，直往大河對岸焰火四起的坤甸城翻飛過去。克絲婷終於睜開眼睛，仰起臉龐，撥開額頭上一綹濕答答的髮絲，悶聲不響只是眺望，猛回頭看見我，怔了怔，眼一柔，睨瞅著我咧開嘴巴笑兩笑，隨即背過身子，反手將肩後那把濕髮梢綰起來，用一根髮夾紮在頸脖上，嘆口氣，又垂下眼皮，臉上漾亮著古怪的笑意，整個人又沉浸在自己的心事中，手裡握著肥皂有一下沒一下往身上塗抹，好久，腋下胯間窸窸窣窣不住揉搓濯洗……啊英瑪・伊薩——嗳——伊薩／曼巴喲・瓦喀兮・帕蓋矣……民答那峨女人的搖籃曲遊魂般縈繞水潭上，落紅滿天，飄飄蕩蕩一條水紅紗籠依舊徘徊林中，樹影沙沙。我側耳諦聽一回，心裡直盼著克絲婷喚我過去，叫我進入她那個私密的窟窿中讓我——朱鴒丫頭，妳別笑我色喔！我只是個十五歲少年郎，那時我只想挨近她——到她身邊來陪伴她，也許幫她擦擦背，給她搓洗腳丫子，可我的荷蘭姑姑卻一逕想她的心事呆呆洗她的澡，對我硬是不理不睬。我癡癡等待半天，一賭氣就甩開了臉，猛一蹬雙腿，潑剌剌蹦濺起大片大片水花，划動雙臂自顧自朝向潭口奔游。

——永，你快給我回來！不要游進那條河，昨天有個割膠工人被水蛇咬傷……唉，倔強的孩子不聽姑媽的話！

我頭也不回，直直游到潭口，轉入那條流經橡膠園穿過紅樹林注入卡布雅斯河的小圳，猛一頭闖進了青蛙窩裡。刳——刳——滿江聒噪的蛙鳴中，我使勁撥開叢叢水草，死命往前游，忽聽見啵的一聲，臭烘烘一團爛泥巴飛擲過來，落在我頭頂，接著我就聽見克絲婷姑姑咬著牙，恨恨笑罵兩聲，嘆口氣，爬出她的窟窿，迸迸濺濺一路追上來。滿天星靨靨，穿透過頭頂那一篷羅傘似的枝椏，蹦落到河面上來，好像一群小水精，瞅著我們只管矕矕睞眨著無數雙眼睛。我舀水洗掉臉上的臭泥，又埋頭游了一段路程，這才回頭望去。丫頭，妳看：克絲婷那一條赤裸的胴體，映漾著星光和水光，渾白渾白撅起兩毬臀子，一聳一盪，穿梭浮游在水草間。她耳脖上紮束起的那把赤髮鬃早就鬆脫了，火紅紅漂漫水面，夜色下驀一看，可不就像一個來自冰藍北海、通體雪白的美麗女海妖，神祕地出沒在蠻荒的赤道雨林中？

——永，過來，幫我洗身子！你心裡不是想要給我擦背嗎？少年人，你害怕什麼？有膽就放馬過來呀。

我沒敢答腔，一逕戰抖著身子瑟縮在沁涼的河水中，伸出頭頸呆呆望著她，猛一咬牙深深吸兩口氣，悶頭鑽入水裡，潛行好久才敢探出頭來，睜開眼睛卻看見克絲婷滿臉笑，倏地浮現在我眼前，乜著她那兩隻水綠眼眸，狡黠地瞅著我。忽然，噗哧一笑。我抓過她手裡的肥皂，二話不說就往她背上塗抹。她幽幽嘆息了兩聲，聳起胸脯，一邊甩晃著她那滿肩沾著泥水的髮梢，一邊伸出手臂，凝起眼睛，指著小河口那條黑滔滔的大河，以及大河對岸，漫天煙飛中，那座黯沉沉蹲伏在清真寺巨大穹窿圓頂下，紅洶洶，畢剝畢剝，群蛇起舞般搖曳著萬千條火舌的城市。

——永，看，坤甸城。

——鬼月焰火！有人在河上放水燈了。

赤道星空下只見一簇桃紅水燈，約莫十來盞，閃爍著燭火，乘著波濤悠悠漂盪過來。克絲婷迎上前，倏地伸手，攔截住其中一盞紮得特別漂亮宛如一朵盛開蓮花的水燈，輕佻地豎起食指撥弄了兩下，正要將它撿起來，放在手心上賞玩，我慌忙伸手捉住她的腕子。

——別碰它！否則，蓮花船上搭載的孤魂可就回不了家鄉啦。

——是嗎？好，我不驚動他們。岸上越來越多人蹲在河邊放水燈了。幾千艘蓮花船，密密麻麻一片爭相漂向大河口，進入大海洋，隨著洋流四下漂散，各自回歸自己的家鄉。多美麗多壯盛多動人的場面呀！我們游過去看看吧，永。

——克絲婷，妳看，那是什麼東西？

——一條粉紅紗籠漂浮在大河上。

——天啊，那個民答那峨女人……

——阿依曼！是她。

克絲婷怔了怔，忽然，想到了什麼似的渾身猛一哆嗦，霍地張開兩隻膀子，甩起髮梢，蹬起雙腿，鼓動起白雪雪一濤濤乳波臀浪，水妖般潑剌剌一陣直往前划，停駐在小河口，聳起脖子朝大河眺望。我慌忙追上前。煙火迷茫，河畔樹立的長長一排黑白招魂幡迎風招颺，星光水光中，一襲印花紗籠，水紅灩灩，漂盪在卡布雅斯河滾滾黃浪裡，追隨那浩浩蕩蕩千百艘蓮花燈船，忽隱忽現，沒聲沒息蜿蜒流轉，好久，穿梭在馬來甘榜水上人家一幢幢燈火昏黃的浮腳屋之間。滿城火舌飛升起，火光不住搖曳閃照中，城心大伯公廟一株燈篙炯炯指引下，阿依曼搭乘波濤，載浮載沉，迎向西天一抹殘紅，長髮漂漂朝向大河口揚長而去，倏忽，隱沒在大海。克絲婷渾身打著擺子昂起脖子呆呆張望半天，猛一甩頭，回轉過身子，揉揉眼睛望向大河上游。叢林深處一鉤新月初現，眉樣纖細，悄悄掛在椰樹梢頭，只顧低垂著臉龐，俏生生俯瞰鬼夜影影幢幢燈火高燒的坤甸城。彎彎的月弧裡，丫頭，妳瞧，多奇妙，竟閃爍著一顆皎潔的星星，乍看不就像一個躺在搖籃裡的小娃娃？赤道的夜空原是那麼美，那樣的純淨無瑕。克絲婷裸著身子漂浮在水中，伸手撩起她肩膀上濕漉漉的赤髮梢，一把紮在頭頂上，噘著嘴，只顧仰頭眺望月娘，臉上漾亮著謎樣的笑，好久好久終於回過神來，轉身瞅著我的臉，不知怎的她眼眶裡竟噙著一團淚光。

——永，你記得嗎？昨天從碼頭接你到我家，經過這條河，我對著月亮向你許諾：今年暑假我要帶你展開你的人生之旅，進入婆羅洲內陸，搭乘達雅克人的長舟，沿著卡布雅斯河一路溯流而上，直到河的盡頭，天盡頭，探訪達雅克人的聖山峇都帝坂，尋找生命的源頭。明天我就先去準備一下，後天我們就出發，啟航！

——克絲婷，我們會不會平安回來？

——這就得看伊班大神辛格朗•布龍的旨意嘍，永。

七月初三晨　啟航

我的紅毛旅伴們

好個豔陽天！丫頭，我們果然出發嘍。

可「我們」並不只是兩個人而已。我原本天真地以為這趟叢林之旅就只兩人結伴同行：我，十五歲，來自英屬北婆羅洲沙勞越古晉城的中國少年，那年暑假奉父命，前來坤甸一遊（順便瞞著我可憐的母親，替他幹一些勾當）；普安・克莉絲汀娜・房龍，流落在印尼西加里曼丹省（獨立前稱為荷屬西婆羅洲）的荷蘭女子，三十八歲，坤甸房龍莊園碩果僅存的繼承人。丫頭妳想想，這樣的組合有多奇妙、多引人遐思呢。兩個異國男女一大一小有緣聚首天涯海角，結拜為姑姪，陰曆七月人間鬼月，一同進入那雨林密布、獵人頭戰士飄忽出沒、鼕鼕鼕河畔長屋不斷傳出人皮鼓聲的婆羅洲祕境，從事一趟冒險之旅，姑姪倆出生入死，相依為命，也許……在雨夜叢林一頂搖搖欲墜的帳篷下互相取暖，相依相偎……可我那克絲婷姑媽呀鬼月讓鬼壓了床，不知從哪裡招攬來一幫男女，加入我們的雙人探險隊，出發那天早晨，只見一群紅毛妖怪，倏地蹦現我眼前，高矮胖瘦齜牙咧嘴站成一堆，睜著各色眼珠骨碌骨碌直打量我，滿臉子好奇、疑惑。我，來路不明的支那少年，穿著房龍小姐為我選購的米黃色小號卡其獵裝，揹個帆布囊，緊緊跟在她屁股後面，瘦楞楞，亦步亦趨來到她的朋友面前，像個傻瓜。這夥男女究竟有幾多人，我無心細數，但一瞄總有三十個吧，清一色白種人（其中兩三個極可能是血蘭尼人，膚色慘淡、眼神深邃陰鬱的印歐混血兒），大清早糾集在坤甸碼頭，旭日下聳著頸脖上一蓬蓬火紅、銅棕、金黃或五顏六色攪成一窩的毛髮，鬧鬨鬨操著德、法、義、葡萄牙各種腔調的英語，不住交頭接耳，伸長脖子東張西望，臉上遮不住既興奮又惶恐的神色，準備啟程登船，搭第一班渡輪前往大河中游的桑高鎮，然後轉乘達雅克人的長舟，溯流而上，穿過無數險灘、瀑布和急流，抵達一個神祕的不知名的終點。妳瞧，他們個個裝束齊整，頭戴各式遮陽帽，肩紮各色帆布包，其中兩個北歐孿生兄弟的裝扮格外醒目：牛高馬大一身迷彩裝，鼓鼓地腆著個龐大的肚膛，腰間緊繃繃，繫著一條荷蘭皇家陸軍叢林野戰部隊（早就解散啦）專用腰帶，掛上一只羅盤、兩枚野豬牙、一柄阿納克開山兼殺人兩用刀，外加兩個軍用鋁水壺。哥倆好，肩並肩扠著腰矗立人堆中，笑盈盈遊目四顧，一副蓄勢待發的勁兒，準備帶領我們這群臨時湊合的雜牌菜鳥深入婆羅洲內陸，從事一趟——哦，天父在上，相信我們艾力克森兄弟——肯定會讓諸位隊友們（包括這位黃皮膚、杏仁眼的小支那人）沒齒難忘、終生回味的原始叢林之旅。

喏，朱鴒，這群一大早聚集坤甸碼頭，眼勾勾，待笑不笑只顧打量我的紅毛白皮男女，就是我未來的旅伴嘍！往後幾個禮拜，我們得在路上共同生活。冰雪聰明、心思敏銳的丫頭妳，應該能夠體會，為什麼那天早晨我打扮停當，興匆匆揹起行囊跟隨克絲婷出發，前腳才跨入碼頭大門，抬眼只一望，自己那兩條瘦腿就倏地一軟，一顆心直往下沉，沉，滿腔熱望和遐想登時化為一灘冰水。那時我好想打退堂鼓，臨陣脫逃，可不知怎的，心裡卻萬分捨不得就這樣離開克絲婷這洋婆子……

坤甸碼頭與我前天黃昏初抵時所見沒啥不同，一樣忙碌，一樣熱烘烘臭燻燻，四處飄漫著隔壁大巴剎傳送來的各種氣味，辛辣、腥羶、酸腐，一古腦兒蘼混在河畔那一灘灘陳年尿溲中，攪拌成一大窩，終年蒸爨在烈日下，蓊蓊鬱鬱籠罩住整個河港碼頭。大清早，日頭還沒出來，長長的十幾座棧橋就挨挨擠擠停靠著各式貨輪，正忙著卸貨、裝貨，放鞭炮般霹靂啪啦，四下綻響起華人船東和馬來工頭淩厲的吆喝聲。沒聲沒息，晨曦中鬼影樣，那些爪哇苦力打起赤膊，只在腰下繫條黑紗籠，滿臉汗水，齜著兩排白牙，弓起瘦嶙嶙的背脊梁，奮力扛起貨物——那一袋袋美國麵粉或台灣水泥，那一捆捆烘乾的準備輸往歐洲的橡膠，那一台台裝在巨大紙箱裡的日本家電——木然，面無表情，只顧低著頭望著地，打赤腳穿梭奔走在碼頭上成堆貨物間。早晨才六點鐘，赤道線上一輪鮮紅旭日，蹦地，從大河盡頭莽莽叢林中冒出來，懸掛在城頭。彩霞潑照下只見碼頭上一條條佝僂的身子，馱著貨物，流竄在日影中，烏鰍鰍亮晶晶，背梁上迸出顆顆黃豆大的汗珠。山口洋號——我前來坤甸時搭乘的客貨兩用輪——早就離港，運載西婆羅洲的土產（包括房龍農莊生產的橡膠）和一群揹著籐簍子嚼著檳榔，呆呆蹲在甲板上，準備前往古晉以貨易貨的達雅克人，駛返新加坡母港去了。

我怔怔佇立棧橋上，好久，只顧跂著腳，眺望那一江曙光迷濛鬼魅般成群駁船咆哮出沒的河面，不知怎的，丫頭，我只覺得心中一酸，忽然就思念起那個普南少女來。妳記得嗎？就在前天傍晚，我在坤甸碼頭下了船，搭乘克絲婷的吉普車前往房龍農莊，經過臨河巴剎時驚鴻一瞥，看見她——這個素昧平生的婆羅洲土著姑娘——揹著籐簍子，俏生生跟隨她的親人們，一縱隊魚貫行走在巴剎騎樓下日影裡。那一瞬，迎面相逢，錯身而過。我們倆一個車上一個車下，倉卒間只打個照面。回頭搜望時，她的身影早就隱沒在街尾，讓那滿街攢動的人頭給吞噬了，而我坐在吉普車上，凝固住兩隻眼睛，依舊回頭眺望，夕陽下依稀看見那一條長長的紮著兩隻小紅蝶的麻花辮子，烏油油，乍隱乍現，好一會只管漂盪在晚風中，逐漸流失在坤甸城鬧烘烘暮色裡。那時克絲婷坐在駕駛座上，斜眼瞅我，臉上漾亮著詭祕的笑，說：倘若有緣，我和「她」肯定會再相逢，或許在坤甸女子修道院的小教堂，或許在大河上游一座長屋，或許在阿姆斯特丹的娼館……克絲婷說她的預感一向靈驗喔。果真如此嗎？莫非她只是在消遣我？

我站在碼頭棧橋上，回頭望她。

今天的克絲婷，神祕兮兮，戴起墨鏡來啦。她身穿整套米黃卡其女子獵裝，腳上蹬著長筒行軍靴，那一肩蓬鬈赤髮鬃油亮亮，綰了起來，束成一把壓在黃草帽下，顧盼睥睨媚眼生風。眼前這洋婆子看起來多麼佻㒓、俗豔，渾不似這兩天單獨與我共處，把我當作小姪子，教我開吉普車，帶我到河中裸泳的克莉絲汀娜姑媽。這一整個早晨，打一進入碼頭開始，她就只顧周旋在她那幫紅毛朋友之間，談笑風生，似乎熟絡得很，對我卻是不瞅不睬，連正眼也懶得看我一兩眼，而只不過兩天前的黃昏，她才站在這座碼頭上，獨個兒，裙襬飛颺，跂著她那兩隻修長的只趿著一雙涼鞋的腳，噘著兩片殷紅的嘴唇，將一隻手高舉到眉心，瞇著眼，覷著落日一逕朝向河口搜望，汗湫湫，滿臉焦急，等待我搭乘的山口洋號進港。那時我提著行囊，倚在船舷欄杆上，眺望紅樹林盡頭亂葬崗般一座殘破喧囂的城市，怔怔發呆，心中只管責怪自己，不該聽受老爸慫恿，到這鳥不生蛋的坤甸，陪個渾身乳酪味（我最不喜歡的西方食物喔）的洋婆子，在沓晃悶熱的橡膠園度一個漫長無趣的暑假。正在自怨自艾呢，忽然眼一燦，看見那漫天大火般熊熊燃燒的西婆羅洲晚霞下，一個女人孤零零佇立棧橋，跂著腳，迎著河口湧進的海風，仰起臉龐，伸長脖子朝向江面瞭望，火紅紅一頭飛蕩的赤髮絲披散在那皎白的肩膀……克絲婷！

那一瞬，丫頭，我斷定，我和她的眼神確實交會過，雖只停駐一會，互相打量半晌，她臉上就綻出笑容，而我就靦腆地轉過頭，悄悄把視線挪開，但那一兩秒的凝視將會久久鏤刻在我心中，成為我日後——不管我人飄泊到哪裡——追念克絲婷的起點、原點。可今天早晨在碼頭，等著上船，姑姪倆準備展開大河旅程之際，克絲婷她卻好像變了一個人……水聲響動。

我從自嘆自憐的沉思中驚醒，回轉過頭來，朝江面望去，只聽得忽獵獵一聲，水中驀地飛騰起好幾百隻棲停在浮木上覓食的神鳥婆羅門鳶，晨曦中黑鴉鴉一窩，彷彿受到驚嚇似地四下紛飛，盤旋在坤甸城頭。

嗚呦——嗚呦呦嗚——江心傳來陣陣汽笛聲，在這赤道早晨鬼哭般飄飄嫋嫋一聲追纏一聲，越過遼闊的江面，直鑽入我耳洞中來。怦、怦、怦，一艘千噸級內河客輪，雨打口曬白漆斑斕，凶猛地昂揚著船首雕畫的一張達雅克紅花大鬼臉兒，抽抽搐搐鼓動老舊的馬達，衝破一江渾濛的曙光，彪然浮現在日頭下，嘩喇嘩喇闖盪開成群麕集江面的駁船，霍地掉轉牠那張鬼臉，朝向棧橋直直駛來。我們搭乘的桑高號進港嘍！棧橋上響起如雷歡呼聲。那夥紅毛男女眉頭深鎖，引頸企盼了半天，眼一亮，猶如大旱望見雲霓，登時抖擻起精神來，舒開眉心，臉朝桑高號，春花般綻放出朵朵燦爛的笑靨，叭，叭，互相擊掌，在那一對北歐孿生壯漢艾力克森兄弟厲聲吆喝之下，由克絲婷帶頭，排隊魚貫登船。

朱鴒丫頭，我們真的啟航出發了。妳的精靈可要一路伴隨著我，守護我哦。

世界第三大島婆羅洲的第一大川，一千公里長的卡布雅斯河，黃浪滔滔晝夜不息，這會兒，陰曆七月初三的早晨，在河口坤甸城碼頭下一潭污水中，推動搖籃似的，悠悠搖盪著河中央一艘飯碗大的小小蓮花船。

* * *

我悶聲不響，躲開克絲婷和她那幫朋友，獨自溜出船艙，趴在船頭甲板欄杆上，頂著大日頭，凝結住眼睛，好久只顧盯著河中這朵初一日施放，而今早已熄滅了燭火卻兀自隨波逐流徘徊不去的蓮花水燈。天父在上！（丫頭，妳瞧，才一個早晨我就學會了這夥男女的口頭禪。）天父在上，這艘蓮船上搭載的無主孤魂，不管是誰，無論男女，如今怎麼還被囚困在這條河上，陷入那一圈又一圈洄流不停的漣漪中，只管盤旋兜轉，無休無止，既不得轉世投生可也回不了家鄉，命中注定永世當個野鬼，孤單單浪跡在南大荒的大河口？就像克莉絲汀娜・馬利亞・房龍。就像坤甸城中大伯公廟高高樹立的孤魂幡，在這陰曆鬼月，哀哀招引的那群「南天遊子」。就像——若干年後的「永」？

——永，進來跟我們一起吃水果啊。

克絲婷從上層客艙窗口探出了頭，一臉笑，迎著朝霞，高高噘嘟起她那兩片血似殷紅的嘴唇，柔眼瞅著我，勾起一隻手指，伸出來，呼喚孩兒似的朝我招呀招。她身後倏地聳出五六顆頭顱，一窩子金毛茸茸，骨碌骨碌睜著海藍、碧綠、赤褐各色眼珠子，瞇笑嘻嘻爭相把手伸出艙窗口，拎著成串的紅毛丹，逗弄猴子似的只管在我頭頂上搖晃不停。

——哈囉中國男孩，永，上來呀！別一個人待在甲板上曬太陽。

——跟我們一起喝冰啤酒，玩大風吹。

——天父在上，輸的人要脫一件衣服喔。

我只笑了笑擺擺手就甩開臉去，依舊趴著欄杆，自顧自眺望江上的景色，忽然眼一花，心頭蹦的一跳，看見一條美麗的印花紗籠漂盪在江心一渦水流中，日頭下紅灩灩載浮載沉。心念一動，回頭望望艙窗。克絲婷和她的朋友們早就退隱到窗後去了，鬧鬨鬨男男女女一夥兒聚在艙房裡，喝啤酒吃水果玩脫衣遊戲，陣陣嬉笑夾雜幾句咒罵，天父在上，不斷傳出窗口。我豎起耳朵諦聽，忽然聽到克絲婷扯起嗓門厲聲尖叫起來，接著就聽見噗哧一聲，克絲婷格格嬌笑。一股冷汗颼地直竄上我背脊。我趕緊掉開頭去望向江心。黃浪滾滾，那條粉紅紗籠早就被我們的船激起的波濤捲入江底去了，悄沒聲，寂沉沉，只留下一朵小小的漩渦，久久兜轉在江面，但我心裡知道，早晚它又會在河上某處，神不知鬼不覺地重新浮上來，陰魂不散，一路追纏我們的船。

卡布雅斯河！華僑管它叫卡江，南天一條奔騰咆哮在洪荒世界中的黃龍。站在船頭瞭望，清早時分，只見大河兩岸炊煙漫漫，椰林婆娑，馬來甘榜浮腳屋一幢連接一幢，挨著河岸綿延不絕，自上游而下，走馬燈般從逐漸消退的滿江晨霧中次第露出臉來，抖擻著渾身露珠，迎接初升的太陽。蹦蹦濺濺，孩兒們一大早結伴戲水，四下吆喝著，追逐那五彩繽紛千百艘滿載蔬菜瓜果、日用品、玩偶和各式可口餐點，來回穿梭在臨河人家屋腳下的舢舨，伺機伸出小爪子攫取一兩樣好吃的東西，匆匆塞進嘴裡，甩甩頭，屁股一翹倏地又遁入水中，隱沒不見。嗚哇依夏阿拉——叫拜塔上阿訇一聲聲悠長淒涼的召喚中，只聽得河上巴剎的眾小販，男男女女爭相拔高嗓門呼喝，貓兒成群叫春般，各種叫賣聲此起彼落混響成一片，迴盪在江心。天亮沒多久，坤甸河上人家就已經熱活起來，生氣勃勃展開另一天的營生。

怦、怦、怦，我們的船行駛在河中央的航道上，笑齤齤齜著大白牙，昂起牠那張紅花大鬼臉，鼓動牠那顆殘破的心臟，迸起簇簇水星，激起陣陣波濤，凶猛地闖盪開河上四處飄零的一盞盞曝曬在婆羅洲大日頭下、早已枯萎、永遠熄滅的蓮花水燈，嗚嗚嗚拉起汽笛衝破重重曙色，迎向大河盡頭天際一顆滾圓的紅火球，運載一群白皮紅毛兒，還有我，「永」，朝上游暗無天日的原始森林進發。猛回頭一望，朱鴒，妳看，整座坤甸城早已籠罩在晨早時分漫天蒸發起的煙塵中，白幡飄颺人頭閃忽，鬼氣森森，煞似一場迷幻夢境。夢裡，只見大伯公廟聖殿嵬嵬矗立城南河畔的老埠頭，飛簷高翹，斗拱堂皇，旭日照射下一派金碧輝煌。七月初三日，大早唐人街又做起法事，家家在門口燒金紙。滿街熊熊搖曳吞吐的千條金蛇樣火舌中，廟口山門豎起一株高聳入雲的燈篙，薰風中招啊招，在這晴空萬里的赤道早晨，朝向河口的大海洋，兀自搖盪著篙頂懸吊的一盞斗大金黃燈籠，晝夜不息，導引那一河漂蕩無依、困頓不前的鬼魂，走上歸鄉路……

——你好，永，獨個兒待在這兒欣賞風景兒？你的姑媽克莉絲汀娜念著你呢。

白花花滿江陽光潑照，一顆桔黃頭顱驀地冒出來，聳現在我身旁，笑瞇瞇，閃漾著尖尖鼻梁上架著的一副銀邊小眼鏡，俯瞰著我。我倚著船頭欄杆，邊眺望河上風景邊胡思亂想，正想得如醉如癡，不覺悲從中來，猛然聽見有人用洋腔怪調的京片子跟我打招呼，慌忙退開兩三步，揉揉眼皮仔細打量這個英國人，只見他身材極高極瘦，溫文儒雅，穿著一套不知漿洗過多少回，早已褪色，可還熨燙得十分齊整的卡其獵裝，一頭金黃鬈髮讓日頭曬得焦黃，卻梳理得服服貼貼，一絲不苟，整個人看來不過四十零點年紀，但早已滿面風霜，兩隻灰藍眼眸瞅著人時，總是流露出悲憫憂愁的神色，一副早就看透世情、洞察人生的模樣。不知怎的，可說也奇妙，我忽然對這位英國紳士產生了好奇，甚至好感——丫頭，對我這個在英殖民地出生長大、受教育，自認受夠英國人的鳥氣，從小就不鳥英國人的支那少年來說，這可不容易喔，簡直稱得上是異數。往後旅途中，我們倆相聚的機會多著哪……

——哈囉，辛蒲森先生，早安。

——早。哦，你認識我嗎？你怎麼知道我的英國姓氏呢？

——誰不知道呀？您是我們沙勞越邦的傳奇人物，大英帝國的英雄。您的夫人安妮•伊歐布萊特・辛蒲森博士，是著名的考古人類學家，幫助您建立沙勞越博物館。我們身為大英子民，人人都知道你們夫婦的大名。在英屬婆羅洲讀書長大的孩子們，包括我，從小就對您的故事耳熟能詳，尤其是您孤身進入叢林、出生入死的探險事蹟，更讓我們津津樂道。安德魯爵士，您是我們的偶像和榜樣。

安德魯・辛蒲森，英國皇家空軍特遣隊上尉，牛津學者，語言天才（熟諳馬來語和達雅克部落語、普南語、華語和客語），於二戰末期率領八名傘兵降落婆羅洲中央加拉畢高原，在土著協助下，潛入日軍占領區後方，建立反攻基地。戰後，隻身進入內陸原始雨林，沿英屬婆羅洲境內的拉讓江溯流而上，徒步穿越海拔四千呎、闃無人煙的分水嶺，進入荷屬婆羅洲，沿加央河順流而下，抵達西里伯斯海，獨立完成一千哩蠻荒探險行程。受英國女王冊封為帝國騎士。達雅克戰士尊稱他為「大爵士」，對他極為愛戴景仰。一手建立坐落於古晉的沙勞越博物館，展示婆羅洲土著器物、髑髏、雕刻品、「葩榔」以及各種蟲魚鳥獸標本，館藏之豐與蒐羅之齊全，舉世聞名。一九七八年，正當壯年之際，不幸死於清邁和曼谷之間的一場公路意外事件，未留下任何子嗣。

這是官定的辛蒲森傳略，言簡意賅，我那個年代在沙勞越長大的華裔子弟，都能琅琅上口，倒背如流（我至今記得初中畢業會考英文科考題：以五百字簡述安德魯・辛蒲森的生平事蹟）。我讀初二那年，華僑學校在英殖民當局勒令下新設一門課，採用牛津編撰的《婆羅洲鄉土教材》，以物種演化和基督教創世雙重觀點（如今省思，這是很詭譎的一種結合，西方人永遠解不開的矛盾，卻拿來哄誑我們殖民地小孩）講授婆羅洲歷史、民族和風土習俗，其中就有兩節專門介紹這位不凡的人物。當然，那年夏天暑假之旅，在卡布雅斯河客輪上初遇安德魯・辛蒲森，我不可能預知十多年後，一九七八年，他竟客死於泰國的一場離奇車禍——聽到他的死訊時，我早已離開婆羅洲，在台灣求學和工作好些年了。

朱鴒，妳問，為什麼旅程剛開始，我就花那麼多筆墨講述一個英國人的生平？跟我們的故事有關係嗎？肯定有的，丫頭。這位牛津學者兼探險家個性雖然有點害羞，行事隱祕，作風低調，不跟我們那群愛鬧的旅伴攪和在一起，總是默默退避一旁，讓人幾乎忘記了他的存在，三不五時，他還會莫名其妙消失一陣子，有時兩三天，不知在忙他的什麼營生，但在漫長航程中每每在節骨眼上頭，幽幽然他總會拖著他那極高極瘦的身子，一臉滄桑，帶著他那慣常的、永遠悲憫微笑的神色，適時現身，一邊脫下灰濛濛的眼鏡，掏出手帕若有所思地擦拭，一邊不動聲色為大夥排難解紛，尤其是在旅途終點，當我們抬頭望得見雲霧繚繞悄沒聲陰森森的聖山，心中憂疑不定時，他，好樣的安德魯・辛蒲森，發揮臨門一腳的作用……

這會兒，西元二十一世紀初始，某日凌晨，我守著花東縱谷一盞檯燈，忐忐忑忑坐立不安，面對桌上幾張塗塗改改慘不忍睹的稿紙，眺望著窗外奇萊山巔一瓢水月光，努力回憶、追索、補綴上個世紀一個夏天發生的事，試圖向朱鴒，丫頭妳——我從新店溪千年黑水潭底硬生生、死皮活賴召喚回來的「靈」——講述當時我和辛蒲森先生，以及克絲婷和那夥紅毛男女，沿卡江溯流而上尋訪達雅克人的冥山「峇都帝坂」的航程，不知怎的，感覺上就像用一個破嗓子吟唱一首椎心泣血的輓歌。譬如，寫到七月初三日啟航這一章，我就想到其中一個旅伴，英國紳士安德魯・辛蒲森，想起他對我的關愛和教誨，想起我對他的惡意和中傷，想起他和夫人安妮・辛蒲森之間的轇轕，心中真是百感交集，五味翻攪，如今寫作這本書不也是一種補贖，還給他一個公道嗎？回憶和書寫，說穿了，不就是挖空心思找一堆理由，為自己過往可恥可悲的行為開脫嗎？寫作，終究是自私的行徑……

這下我可扯遠啦，回到那年夏天的旅程。才啟航我就刻意迴避克絲婷，我的洋姑媽，自己躲到船頭看河景，正感到孤寂，忽然看見安德魯・辛蒲森，我們課本中的傳奇，從白花花陽光中蹦出，活生生站在卡江客輪甲板上，一臉慈藹，帶著靦腆的笑容和一副老式圓框銀邊眼鏡，親切地向我打招呼。那一刻，我，孤獨的十五歲支那少年，自然感到雀躍萬分嘍。攀談了一會，我問起他的夫人：安妮博士目前還在沙勞越內陸的長屋從事田野調查嗎？我們這次旅行，她怎沒參加呢？我渴望在卡布雅斯河見到安妮博士。

——安妮博士？你們這樣稱呼我的妻子？我喜歡這個稱謂，很親切也很美麗。這次旅行，安妮博士也參加，這會兒跟房龍小姐在一起。

辛蒲森先生推了推眼鏡，抬起頭來，望著頂層客艙中那夥飲酒嬉戲正在興頭上的男女，好半晌，冰冷地，凝結住他那雙海藍眼瞳，沒吭出一聲。滿河陽光中我清清楚楚看到，他那張讓赤道日頭曬得枯黃的清瘦臉膛，冷森森，閃現出一絲古怪的笑容：永，你認識安妮？在古晉見過她？

——常見，爵士。

——在哪裡？在博物館？

——在馬路上。安妮博士駕駛一輛改造的、馬力加強的德國金龜車。好炫，爵士！車身漆著彩色圖案，左邊畫兩隻面對面眼瞪眼、怒目而視的婆羅洲大犀鳥，右邊畫一條張牙舞爪的中國金龍，呼颼呼颼，好像太陽下颳起一陣龍捲風，奔馳在市中心街道上。這早已成為古晉城的一幅風景啦，爵士，與沙勞越博物館齊名喔。

——哦。是這樣嗎？

——我們男生都愛上她了，爵士。每天放學後，大夥聚集在博物館大門口，看安妮博士從野外開車回來。

博物館的辛蒲森夫人！我少年時代一個火似燦爛、神祕、魅影般飄忽在婆羅洲千里碧空下的美麗身影。四十年之後，在東台灣一座山谷，清晨，日欲出未出，滿山遍谷嵐霧瀰漫，我又看見她駕駛那輛烏油油五彩斑斕的金龜車，頂著赤道火日頭，迎著南中國海的風濤，踩足油門，穿梭奔馳在古晉城那山寨樣蜿蜒起伏的街巷中，一臉子冷峻孤傲，倏忽消失在陽光裡。對我們這群揹著書包蹲伏在馬路旁，癡癡愣愣，伸長脖子守望她的小男生，她總也不瞅不睬，一逕揚起她那張被太陽曬成金銅色的臉龐，一眨不眨，飛颺著一肩火樣髮鬃，凝住兩隻冰藍眸子，直直望著車窗前方……

——我忽然想起一件事，辛蒲森先生。有一天晚上，我在博物館內撞見過您的夫人。那可是一段奇遇呢。

——是嗎？在她的工作室。

——不。在「葩榔室」。

——我的妻子，你們口中的安妮博士，可是研究婆羅洲土著這項祕傳的、舉世獨一無二的器物的專家，寫過十餘篇論文，發表在沙勞越博物館季刊上。

——您這輩子收集的葩榔，數量之多與形式之齊全，舉世無出其右者。課本上說的喔。臉一紅，辛蒲森先生靦腆地笑起來，那殭屍樣兩片瘦削的腮幫，驀地綻出一雙小酒渦，陽光下宛如春花般嬌豔。我心裡打個冷哆嗦，悄悄退開半步。眼一柔，辛蒲森先生卻挨上前來，聳起他那極高極瘦的身子，托起他尖尖鼻梁上架著的那副銀框小眼鏡，低頭睨著我，壓低嗓門悄聲說：葩榔，葩榔！小男生參觀沙勞越博物館，就只顧看這玩意兒，有時還瞞著館員偷偷把玩，試圖裝在自己身上，後來我們只好把它鎖在玻璃櫃裡嘍。

——辛蒲森先生，我們這次溯河而上進入婆羅洲內陸，有機會看到真的葩榔嗎？

——永，你會在每座長屋看到很多、很多葩榔，各種形狀和功能的葩榔，每個達雅克男人身上都有一支，或許你會弄一支裝在你身上，但你不能後悔哦，永，因為這個東西一裝上去就永遠取不下來了，雖然它會讓你——尤其是你的妻子或女伴——很快樂。

——您自己用過葩榔嗎？爵士。

——永，我能不能不回答這個問題？

眉頭一皺，辛蒲森先生板起臉孔瞪我一眼，颼地甩過頭去，倚著欄杆自顧自觀賞起河景來。空窿空窿窿。河上一艘艘駁船鼓動馬達，吐著蓬蓬黑煙，淒厲地衝開滿江白茫茫大霧般的陽光，拖引幾百隻運載原木的舢舨，一縱隊，魚貫順流而下，宛如一條烏鰍鰍黑魆魆極長極大的婆羅洲水蛇，光天化日下浮出河面，昂然奔游向大河口的坤甸港。辛蒲森先生眺望了好久，忽然回過頭來瞅著我，滿臉的悲憫不捨：整個婆羅洲島就快變成一座巨型伐木場啦！十多年前，二戰結束後，我獨自從沙勞越邦出發，跨過中央分水嶺，進入西加里曼丹省的原始森林，那趟千里徒步旅程，一路看到的盡是千年古樹，密密層層的就像一張巨大的綠傘，世代庇蔭著這座世界第三大的陸島，達雅克人的聖母，婆羅洲……

——您去過「峇都帝坂」，爵士？

辛蒲森先生笑而不答。

——克絲婷說，那是達雅克人的聖山，生命的源頭。

——生命的源頭，永，不就是一堆石頭、交媾和死亡。

辛蒲森先生弓下腰身來，撿起我那頂被河風吹落到甲板上的蘇格蘭鴨舌帽，往舷欄上拍兩下，幫我戴回頭上，轉身準備離開，才走出兩步忽然回頭，伸出他那猿臂般修長的手臂，按住我的肩膀，凝起一雙水藍眼瞳，意味深長地看我一眼：小夥子，我保證你會喜歡「峇都帝坂」，你將永遠懷念這個暑假的旅行。別害怕！對了，你還沒回答我，那天晚上你在博物館葩榔室遇見我的妻子時，她到底在做什麼？

——研究葩榔呀！安妮·辛蒲森博士不是這方面的專家麼？爵士。

——是的。永，幸會。

丫頭，這就是那年暑假大河之旅中，我和沙勞越博物館館長、二戰英雄、牛津學者兼探險家安德魯·辛蒲森爵士，第一次會面的情景。這一段經歷我記得特別清晰，因為……唉，管他，到時再跟妳講，反正陰曆七月初三啟航那天早晨在甲板上跟我說聲「幸會」之後，眼眸一柔，他就伸出手來捉住我的手，親切地握兩下，抬頭望望那顆早已攀爬到天頂，一大桶雪水也似燦白燦白，直往我們頭頂上澆潑的赤道大日頭，倏地轉身，頭也不回鑽進船艙，留下我獨自憑欄眺望河景。正午叢林暑氣驟然上升。齁——齁嗬嗬——滿船只聽得鼾聲四起。底層統艙中的本地乘客，普南人馬來人達雅克人（外加三兩個落單的華人）扶老攜幼一家子挨擠在一條長板凳上，睜著烏黑的眼珠，炯炯地守護著那一簍簍從坤甸採購回來的物品，可這會兒一個個早已闔上眼瞼，睡得東歪西倒，口水橫流了。頭頂上，天花板乒乓乒乓、價響，那夥盤據上等艙的紅毛男女好像在玩躲躲貓遊戲，只聽得腳步聲雜遝，追奔逐北，空啤酒瓶不斷從艙窗口飛擲出來，墜落入河中。克絲婷驀地扯起嗓子尖叫三聲。安德魯・辛蒲森笑呵呵。我把手摀住耳朵，咬著牙狠狠打出兩個冷哆嗦，回頭一望，坤甸城早就消失不見了，婆羅洲碧空下只剩一團迷濛的鬼月煙火，燐光點點，四下飄蕩閃爍，宛如花傘般籠罩著大河口那一片壯闊無邊，莽莽蒼蒼，被赤道火日頭滋養得青翠欲滴的紅樹林。

怦、怦、怦，我們這艘內河客輪，桑高號，兀自昂揚著牠那張伊班紅花大鬼臉，鼓動牠那顆老舊殘破的心臟，慢吞吞，溯流而上，迎著一濤一濤挾帶雨林山洪奔流出海的黃浪，嗚呦——嗚呦，一路扯著嗓門，嘶啞地發出訊號，驅趕開那成百艘壅塞河面，首尾相啣，拖曳一株株巨大婆羅洲圓木，浩浩蕩蕩順流而下的駁船，打通中央水道，朝向卡江中游的軍事要塞，桑高鎮，嗚嗚嗚進發。

日正當中。一眨眼，大河兩岸櫛比鱗次的一座座甘榜村莊、橡膠園、椰林、水田，就隨著那最後兩三縷悠悠升起的炊煙，驀地消失，沉陷在茫茫陽光中。眼前豁然出現一大片灌木叢生的沼澤，從河中四面八方伸展開來，跨越無數溪流、港汊、湖泊和三兩座零落的村墟，一路綿延到天際，蓊蓊鬱鬱，悄沒聲隱沒在那一鉤蒼白的、大白天幽幽浮現碧空的弦月下。怦、怦、怦。嗚——嗚。我們的船鼓浪前進。天地間彷彿一下子沉靜下來，再也聽不到水上甘榜孩兒們的戲水聲，遼闊的江面四下靜盪盪，只聽見黃濤滾滾奔流不息，偶爾，潑剌一聲響，兩條水蛇扭擺著那四呎來長，通體皎白，點綴著蕊蕊花斑的身子，倏地，竄出河畔老樹根窟窿，一路追逐纏鬥，迸濺起簇簇水星，穿越過河道中央的洪流，癲癲狂狂劈啪劈啪，繾綣著，雙雙遁入河對岸那一窪幽祕的水草窩裡。

卡布雅斯河離開了坤甸城，搖身一變，幻化成一條黃色巨蟒，在這陰曆七月正午時分，孤傲地，頂著赤道火日頭，時而奔騰咆哮時而踽踽蠕動，好久、好久、好久，只顧蜿蜒爬行在婆羅洲內陸無邊無涯一片蔥蘢浩瀚的綠海中。

朱鴒丫頭，妳瞧，原始的真正的純淨的叢林，在望嘍。

七月初三夜泊　桑高鎭白骨墩紅毛城

荒城一鉤月

日落，煙火滿天。

嘩喇一聲響，丫頭，看，那成群婆羅門鳶，十隻、五十隻、百來隻紛紛從水草叢中飛竄出來，劈啪劈啪撲打著烏黑的翅膀，濺潑著霞光一圈兜旋著一圈，淒厲地互相追逐著，好久只顧遊弋在卡布雅斯河沼澤上空，鬼魅般影影簇簇。站在船尾，朝西極目眺望，妳看得見河口海平線上一輪火球懸吊，載浮載沉，把渾黃的江水潑染成一灘灘污血。猛回頭，朝向上游望去，彤雲滾滾，妳看見沼澤深處河灣中驟然升起一蓬炊煙，煙中浮盪出一座城鎮，漫天落紅潑照下，縹縹緲緲海市蜃樓般時現時隱。城頭河濱五六座長長的、直伸入河心的棧橋上，成百條黝黑瘦楞人影，沒聲沒息，佝僂著身子馱著重物飄忽出沒。棧橋下吆喝四起，馬達聲轟隆。看來這是個繁忙的碼頭。到嘍，丫頭，我們的船在這條黃泥大河上跋涉了整日，在這向晚時分，終於吐出最後一口氣，怦碰怦碰馬達垂死掙扎聲中，帶著滿身泥巴駛抵終點。

卡江中游大鎮，桑高，其實只不過是赤道叢林邊緣一個規模稍大的市集，臨河一座馬來巴剎，就像一般南洋巴剎鬧烘烘，人擠人，陣陣峇拉煎蝦醬異香熱騰騰撲鼻而來，勾引旅人的食慾。巴剎後面那條支那街，大白天燈火閃爍人影幽忽。長長一條弄堂，兩旁黯沉沉蹲伏著百來間店鋪，大熱天，家家簷口張掛著帆布雨篷，直伸到街心，遮擋住陽光，雨篷上姹紫嫣紅用鮮豔油漆畫著香港女明星李麗華、林黛、葉楓、張仲文所代言的菸酒和成藥：登喜路捲菸、卡士伯啤酒、軒尼詩白蘭地、五龍牌十全神威大補丸。一張張燦爛的笑靨甜甜地綻放在婆羅洲叢林赤日頭下，只管勾起兩隻杏眼，睞啊睞，招攬過往的馬來漁夫、爪哇工匠、普南人闔家老小、獨來獨往的加央浪人和垂垂老矣的伊班獵頭戰士。

桑高，卡江內河客運終點，我們這趟大河之旅第一站，市容竟不過如此，與南洋一般內河城鎮相比並無啥特色，連那滿街飄漫鬱鬱蒸蒸的尿溲、汗酸、動物屍臭、椰子油和女用花露水，聞起來也熟悉得很，跟古晉巴剎沒啥不同。整座旮旯鎮甸唯一引人多看兩眼、堪稱地標的建築，便是後山石頭寨上那座用巨大花崗岩砌成的碉堡，牆腳但見荒煙蔓草，白骨零落一地，牆頭兩排來福槍射擊口，映著落日，金光四射，好似幾十隻血絲斑爛的妖魔眼，炯炯俯視大河灣。這座紅毛城，土人口中的「白骨堆」，係當年荷蘭駐婆總督建構的防禦工事，主要功能——據辛蒲森先生所言——乃是阻止卡江流域好戰的海系達雅克人（伊班人）的戰鬥獨木舟隊大舉集結，自上游長屋出發，揮舞阿納克山刀，乘著山洪，一路呼嘯順流而下直抵大河口，斬荷蘭和支那人頭，血洗繁華的坤甸城。

我們一行人——朱鴒，妳瞧，在土人眼中我們是一支多奇特壯觀的隊伍：三十個白種男女，高矮胖瘦，英德義法荷，五彩繽紛毛狨狨披頭散髮，揹著各種背包，戴著各式遮陽帽，睜著汗濛濛一雙雙碧綠火眼金睛，醉茫茫東張西望，呃呃呃哈啾哈啾，不住打著噴嚏（天父在上！這個晌午他們在船上灌了多少瓶啤酒）；隊伍末端，隔著約莫三步距離，孤零零跟隨著一個頭戴蘇格蘭鴨舌帽，瘦巴巴，身穿克絲婷姑媽為他選購的一套卡其獵裝的支那少年，一路趑趑趄趄悶聲不響，只顧繃著他那張臭臉——就這樣一支探險隊魚貫下得船來，拾級登上棧橋，進入桑高鎮河港碼頭。帶頭的是一對北歐孿生兄弟（順便一提，哥哥名叫歐拉夫・艾力克森，弟弟名叫艾力克・艾力克森，哥倆肩並肩扠著腰矗立在隊伍前頭，同樣身高六呎五，同樣一身迷彩，腆著個皮鼓樣大肚膛，腰繫皮帶，掛著一只軍用鋁水壺和一柄據說舔過人血的阿納克山刀）。於是，就在艾氏兄弟一聲號令下，大夥乖乖排列成一縱隊，學童樣開步走，鑽過碼頭上成堆摟著酒瓶呆呆蹲坐在日影裡的達雅克流浪漢，穿過熱鬧的巴剎，血似蒼茫暮色中，抬頭挺胸，迎著城外石頭寨上一枚昏黃的月牙兒，走進華燈初上的支那街。

鎮上兒童聚集，列隊鼓掌歡迎。

——都安・歐浪普帖！

——史拉末達丹！歡迎光臨。

——普安普安，薩蘭姆！

於是，就在成群打赤膊滿街黑鴉鴉流竄鼓譟的孩兒們簇擁下，咱一行人躡手躡腳，飢腸轆轆，邁步進入中國城，遊走在那迷宮樣神祕兮兮的幾十條巷弄中，尋尋覓覓窺窺探探，來到了一條陰濕的紅燈蕊蕊的小黑街，歡呼聲驟起，天上的父，我們終於找到普安•克莉絲汀娜•房龍小姐預訂的鎮上唯一摩登冷氣旅館，五洲大旅社！於是，在櫃檯三位笑瞇瞇鳳眼小姐接待下，我們住進包下的五樓（頂樓）客房，先沖個好澡，洗掉一身汗臭，舒伸四肢躺在席夢思床上小寐個把鐘頭，換件乾淨的衣裳，集合，上街覓食，抱著探險的心情走進一家潮州藥膳店，皺著眉頭品嘗佛跳牆，捏著鼻子喝杯虎骨酒，醺醺然踉踉蹌蹌走出店門，喲，一股紅煙火挾著金紙灰颼地迎面撲來！大夥愣了愣，齊聲打個大噴嚏，哈啾！紛紛煞住腳步，揉揉眼皮定睛望去，天父在上，中國城滿街店鋪水簷下劈啪劈啪熊熊焚燒起金紙，月下只見一鎮檀煙嫋嫋。

——哦，這個月是太陰曆第七個月。

——天上的父！中國人的鬼月。

——地獄之王打開地獄之門，放餓鬼們出來享用人間美食和美女。

——各位知道嗎？陰曆七月正是陽曆八月，婆羅洲的旱季，平均氣溫攝氏三十八度，連鬼魂都熱得受不了，紛紛跑出鬼城來納涼，透透氣。根據中國人的說法，在這一個月，全世界的鬼魂都可以在人間隨意走動四處遊玩，不受閻羅王的管束。我說的可對，永？

——安妮博士，妳說得很正確。咦，辛蒲森先生到哪兒去了呢？

——辛蒲森先生身體不適。他似乎中暑了，留在旅館休息。

忽然，我心中思念起了安德魯・辛蒲森爵士，好想溜回旅館同他說說話，聽他講述戰後他在婆羅洲叢林獨自浪遊的故事，可心念才動，還沒來得及拔腳，狗日的艾力克・艾力克森兩眼一睜，倏地伸出金毛狨狨一隻巨靈之掌，掐住我的後領子，於是我只好縮起肩膀，跂著腳，讓這北歐大漢將我拎在手裡，老鷹捉小雞般，在他押解下乖乖跟隨三十個齜牙咧嘴樂不可支的紅毛男女，遊行似地，在滿街孩兒追逐呼嘯聲中，走下鎮上大街。街上影雜遝。千條火舌爭相搖曳，潑紅半邊天空。煙霧瀰漫中，只見滿坑滿谷大小頭顱睜著一雙雙血絲眼瞳，四處飄忽，不住竄動。支那街又起了好一場大火。家家鋪子門口香火鼎盛。唐山阿婆顫顫巍巍頂著腦勺上一顆雪白的圓髻，率領成群兒孫蹲在水簷下，團團環繞住一口烏黑鐵鍋，嘴裡喃喃念念，懷裡抱著五六捆紙錢，一疊一疊抽出來，不斷往火頭上送去，燒完百來疊便站起身，抹抹手，拍拍腰背，拈起香枝高舉眉心，頂禮膜拜天公和地藏王菩薩，誠誠敬敬，為一眾孤魂野鬼祈福，祝願他們早日搭乘蓮花船，順著大河，平平安安回到「峇都帝坂」或那遠隔重洋的唐山，莫再漂泊在這荒涼的鎮甸。祝禱完畢，阿婆轉身把香枝插進香爐，揉揉老花眼，一回頭，火光中驀然看見一群紅毛綠眼鬼子，男男女女披頭散髮，探頭探腦魚貫走過她家屋簷口。阿婆呆了呆，身子猛一顫，悄悄轉開臉去，壓低嗓門一聲叱喝，揮揮手將媳婦和孫女們全都趕進屋裡，她老人家獨自站在門口，傴僂著身子，聳著一頭華髮，圓睜著眼珠，守望著供桌上那只碩大的五味碗和碗裡滿滿盛著的雞、鴨、魚、豬、蔬果五樣菜，嘴裡只管念念有詞，一個勁不知嘟囔著什麼來著。

——嘿嘿，中國老太婆竟然把我們當成一群餓鬼！

——不必介意，湯米。別忘了今兒是陰曆七月的夜晚，地獄之門大開，餓了一整年的鬼們全都跑到人間來啦。天上的父！中國鬼、紅毛鬼、伊班獵頭戰士的鬼、馬來女吸血鬼龐蒂亞娜克、二戰結束時日本皇軍在叢林切腹留下的成群無頭鬼……全婆羅洲的鬼，不分種族膚色，今晚聚集在這座市鎮上，接受鎮民款待，享用家家門口供奉的美食大餐。

——天啊，滿街鬼魂飄蕩走動。

——薩賓娜別害怕，我們看不見他們。

——可是他們看得見我們。

——是的，薩賓娜，妳身邊現在就有一群鬼，算算一共九個，穿著清朝的官服，腦勺子後拖著一根長長的豬辮子，搖搖盪盪蹦蹬蹦蹬，笑瞇瞇地一路跟蹤妳，美麗的西班牙姑娘薩賓娜・貢扎雷斯。哦，索拉米奧……

——你別嚇我，羅伯多，今天晚上我不敢一個人睡覺。

——莫慌，我和永今晚陪伴妳。永是中國人，懂得如何對付中國色鬼。永，你怎麼說？

——你今晚一個人溜進我旅館房間來，陪伴我好嗎？永。

——天上的父！我很願意，但我半夜會起床夢遊，笑瞇瞇蹦蹬蹦蹬，親愛的薩賓娜。

——噢，永，你這個頑皮的男孩……

桑高，卡江大沼澤盡頭叢林邊緣一個鎮甸，白天乍看雖不怎麼起眼，甚至有點荒涼，毒日頭下昏昏欲睡，街上冷清清，連那幾條剽悍的婆羅洲黃狗也都趴伏在日影裡窩蜷成一團，伸出猩紅的舌芯子只顧憪憪喘息，可向晚赤道的太陽才沉落，天一入黑，朱鴒，瞧，就像長屋的巫師念咒作法也似，整座市鎮登時變個樣！妳看這位「達勇」多威風，頭戴黑雞毛冠，滿臉搽著血污，赤條條佇立長屋露台祭壇前，口中喃喃念著，手裡煞有介事比畫著，忽地將手一揮揚，往空中潑灑出一灘熱呼呼的公雞血，看哪，落紅滿天淅淅瀝瀝，夕陽下整個桑高鎮驀地迸冒出千顆萬顆無數顆人頭，男女老少洶湧翻滾，壅塞一街。各色各樣五花八門的頭顱：黧黑的、銅棕色的、大花臉滿腮刺青的、長長的兩隻耳朵懸吊著一對大銅環的……月下街上，滿坑滿谷人頭攢動中，咦，妳看見東一根西一雙，甩啊甩，飄蕩著普南姑娘們那烏溜溜油光水亮的麻花大辮子，漫街煙霧中忽隱忽現。燈火弦月，人潮鬼影。這陰曆七月初旬的夜晚，陸達雅克人、怕生的普南人、驍勇的加央獵人和伊班戰士全都走出叢林，一身盛裝玎玲璫瑯，一波波從方圓百里內的長屋不住湧出來，會合在卡江中游桑高鎮，歡歡喜喜，東張西望，新年趕集似地，沿著河堤上長長一條慶讚中元金紙飛撒白幡翻舞的支那街，迌迌，遊逛。丫頭看哪！滿鎮黑鴉鴉一片洶湧的人頭，有如卡江子夜怒潮，嘩喇澎湃，朝向鎮外白骨墩紅毛城上水紅紅的一鉤初升月，滾滾流淌入鎮心，一臉好奇、畏懼，參訪那座燈火高燒檀煙氤氳神祕兮兮的支那大廟。

我們這支紅毛隊伍，人手一瓶卡士伯啤酒（我，永，十五歲的少年，在洋大哥洋大姐們半逼半哄下也手握一瓶啤酒招搖過市），邊走邊啜飲，魚貫穿行在人頭堆裡，一縱隊首尾相啣互相照應，挨挨擠擠蹦蹦跳跳，鑽過大街兩旁店簷下那千百條火蛇般爭相吞吐搖舞的火舌，嗆著，笑著，咒著，隨著人潮慢慢朝鎮心行進。一路上在歐拉夫・艾力克森和艾力克・艾力克森兄弟倆號令之下，我們堆出笑臉，和善地向那躬身站在店門口燒香拜拜的唐山阿婆們，哈腰頷首致意，嗨，哈囉，轉頭朝那成群糾集簷下觀看紅毛人的孩兒們，揚手打招呼。颼颼颼，一蓬一蓬紅爆竹不知從何處飛擲出來，霹靂啪啦，在我們頭頂上炸開。

——屎！中國小鬼就愛亂放爆竹。

——陰曆七月，莫講髒話。

——小心，真的鬼就在你身邊，湯米。穿旗袍梳妹妹頭的女鬼喔！

啊！今夕何夕

雲淡星稀

夜色真美麗
只有我和你
我和你

才逃出了黑暗
黑暗又緊緊跟著你

啊！今夕何夕
溪水流
夜風急
只有我和你
我和你患難相依

入夜，山嵐大起，卡布雅斯河畔樹立的長長一排白色招魂幡浩浩蕩蕩，迎著風獵獵呼嘯。大河口，日頭延燒了一整個黃昏，戀戀不捨，終於沉落不見。墨黑的婆羅洲夜空下，一條尖嫩女嗓子驀地從鎮心竄出，嗲聲嗲氣嬌滴滴，透過幾十只擴音喇叭，貓兒叫春般滿鎮迴響開來。啊！今夕何夕，雲淡星稀……我一聽就知道那是白光的歌，我小時候在南洋上演轟動一時的電影《人盡可夫》的主題曲。我那浪子父親，當過國文教員，平日最喜歡聽香港華語流行歌曲，家裡窮，卻四處堆著百代黑膠唱片，潘秀瓊、董佩佩、姚莉、靜婷，但他老人家卻鍾愛外號「北平妖姬」的白光那低沉慵懶宛如叫床的唱腔，〈今夕何夕〉他琅琅上口，沒事就捏尖嗓子，瘖瘂著嗓門清唱一回，我從小就聽得毛骨悚然，滿身起雞母皮，可今夜鬼月在人頭滾滾燈火輝煌的叢林小鎮，突然聽到上海灘的旖旎情歌，霎時間，我呆呆駐足人潮中，豎起耳朵聽得癡了。我的旅伴，那三十個蓬頭垢面的紅毛男女，手裡揝著啤酒瓶，煞住腳步側耳凝聽，滿臉狐疑，忽然一齊噘起嘴唇發出一聲唿哨，不約而同，拔起腳，在那一街聳動的人頭簇擁推送下，踉踉蹌蹌跌跌撞撞走進鎮心。

廟口廣場上搭起一座舞台。

慶讚中元——新加坡黑貓歌舞團獻藝——神人同樂。

三幅紅綢布條綴著十八個斗大金字，懸掛舞台頂梁上，妖妖嬈嬈喜氣洋洋，飛舞在那花雨般滿鎮飄撒的金箔紙灰中。一個娃娃臉杏仁眼女歌手，十七八歲，挺著一雙大奶子，撅起兩隻肥碩的婦人臀，緊繃繃肉鼓鼓，穿著一襲細腰身高開衩鑲亮片紅緞子小旗袍，手握麥克風，滿台遊走載歌載舞。滿場觀眾吆喝鼓譟。一旋身，這小妮子咧開嘴巴，露出兩枚雪白小虎牙，面對廟口，朝向供桌上趴伏著的一排十隻肥頭大耳披紅掛綵的白皮大豬公，笑吟吟，張開雙腿，伸手猛一掀旗袍襬子，月下，河風呼號中，驀然綻露出她胯下那黑毿毿鮮嫩嫩一撮毛。舞台燈光大亮。篷！黑貓大樂隊首席鼓手一甩長髮，舉起棒錘子搖頭晃腦敲打出一聲采。颼颼颼，滿場紅包四下飛擲出來，紛紛落在星馬小歌后瓊瓊身上。臉一繃，小妮子收斂起笑容，緊緊夾住雙腿，攏起腰下兩片忽開忽闔勾人眼睛的衩襬子，藏起胯間那叢黑毛，俯身撿起紅包，朝台下一鞠躬，正要轉身，忽然回眸一望，抿住嘴唇瞅著豬公們噗哧一笑，蹬蹬蹬蹬起腳上那雙三吋跟金縷鞋，款擺腰肢，鑽入後台去了。骨碌骨碌，豬公們只顧嘟起嘴巴轉動著小眼珠，趴在神案上一動不動。樂聲起。黑貓大樂隊吹奏一支慢三步布魯斯舞曲。聚光燈照射下，只見後台魚貫走出四對舞孃，披著粉紅、水藍、鵝黃、翠綠睡袍，肉巔巔蹬著高跟鞋踩著小舞步，分頭繞起場子，走三步，搖一搖她們那冬瓜樣兩隻滾圓的屁股，晃了五六圈，輪番走到台前，二話不說倏地掀開衣襟，嫣然一笑，朝向豬公們展示胸口那兩座白肉峰。台下，滿坑人頭聳動，汗湝湝只管伸長脖子勾乜著眼睛，追隨那一盞雪亮的探照燈，呆呆往舞台上搜望。鬼夜山城，只聽得河水潺潺，鎮心大廟山門下一窩人心噗噗跳。一曲終了。舞孃們煞住腳步，挑起陰藍眼皮睜開一對小鳳眼，滿場子瞟送了個眼波，待笑不笑的忽然一轉身，撩起睡袍下襬，一排對著豬公們高高拱起屁股，將腰下兩墩子白肥肉搖一搖，使勁抖個兩下，格格一笑，蹦蹬起高跟鞋蹬蹬蹬一溜風跑回後台去了。篷！黑貓大樂隊首席鼓手搖頭甩髮，又敲打出一聲采來。滿場人頭騷動。如夢初醒，台下排排蹲著的伊班戰士看完這場秀，霍地起身，揉揉眼睛，猛一甩耳朵上懸掛的兩枚大銅環，颼地拔出阿納克腰刀，四下揮舞著闖出重重人堆，一縱隊走出廟口廣場，找地方小解去了。哇啊——我那群紅毛旅伴觀賞完中元特別節目，紛紛張開嘴巴打個大呵欠，伸伸懶腰，昂起脖子咕嚕咕嚕又啜了兩口啤酒，醉眼矇矓，抬頭望望叢林中那一鉤新月，只見她早已爬到天頂，白皎皎，悄沒聲，灑照著大河灣荒煙蔓草白骨墩上的紅毛城。

——唉，無趣。

——中國人慶祝鬼月大節日，不過如此。

——燒紙錢。賽豬公。跳脫衣舞。

——款待從地獄跑出來的餓鬼們。

——可憐，這群豬，觀賞完脫衣舞就被宰殺。

——我們回旅館去吧。

——好好洗個澡，睡一覺。

——明天得展開大河之旅的第二段行程。

——喂，湯米，你別只顧摸豬的屁股，走吧。

——天上的父啊！這十隻公豬屁股光溜溜沒有卵蛋。

——笨蛋！他們是閹豬。

——割掉卵蛋才能養得那麼肥呀。

——就像中國的太監。

——永，你說是嗎？

大夥吃吃笑，瞅著我擠了擠眼睛，回頭又端詳起那群搽脂抹粉、嘟著嘴唇睜著小眼珠、長長一排趴拱在廟口神案上的白皮大豬公，互相又調笑一回，這才揚揚手，向豬公們道聲拜拜，揩著酒瓶邊走邊啜，穿過舞台下那鬼影幢幢滿街飄忽竄動的一堆堆人頭，踩著月光，踩著嘩喇嘩喇一攤攤紙錢灰，在艾力克森兄弟率領之下，迎著河風望著月亮哼著歌，漫步走回五洲大旅社，洗個澡，早早上床睡覺。

一宵無話。

* * *

果真無話嗎？丫頭，那一宵倘若真的啥事都沒發生，我十五歲那年暑假之旅——尤其是我和克絲婷的關係——肯定又是另一番氣象、另一種景致了。人生的機遇，難說。我就記得那晚回到旅館，睡到半夜，我忽然做了個怪夢，夢見一對紅髮綠瞳男女，赤條條的只在胯凹子貼著小小一塊黃布襠，打赤腳，踩著天鵝湖舞步，悄沒聲一前一後跑出後台來，在兩盞探照燈血亮亮照射下，雙雙扭擺起臀子，舒展四肢，舞著舞著忽然就幻變成叢林沼澤中兩條嬉春的白蟒蛇，互相交纏著，窸窸窣窣廝廝磨磨，滿場子蠕動遊走，好半天只管互相追逐挑逗奔逃掙扎繾綣。噗突噗突，舞台下只見千百顆人心紅通通，隨著那對舞者的呻吟，不住臌脹迸跳。舞台上打鼓郎揝著棒錘沒命地敲打，鼕鼕鼕，雨打芭蕉一陣緊似一陣。燈光驀地大亮。鼓聲終了。那對舞者蹦的從地板上跳起身來，汗湫湫喘吁吁，一身精赤，互相摟抱著，啄啄親了兩個嘴，隨即彎腰撿起不知何時掉落在地上的兩片濕答答小布襠，靦然一笑，遮住金毛羢羢的胯凹子，手牽手雙雙走到台前，喘著氣，朝向觀眾一鞠躬，回身追逐著奔跑進了後台。那一剎那，ㄚ頭，我清清楚楚聽見黑貓歌舞團節目主持人對著麥克風吹口氣，轟隆，猛一聲吆喝：「謝謝！萬分感謝美國拉蘇維加蘇舞后和舞王，克莉蘇汀娜•房龍小姐和克里蘇多夫•房龍先生，兄妹倆連袂登台，為我們表演熱情雙人舞，中元佳節神人共樂！我，林春發，謹代表陰間眾好兄弟們，向房氏兄妹深深三鞠躬。」我一聽，呆了呆猛一咬牙，渾身打出了兩個冷哆嗦，褲胯間熱烘烘突然起了一波要命的痙攣，好像要迸出血來。伸手摸去，只覺得黏黏糊糊一片。我嚇得趕緊翻身坐起，豎起耳朵凝神聽了聽，整幢旅館黯沉沉無聲無息，窗外一枚弦月，靜悄悄，偌大的鎮甸只聽見鎮外荒山中嗚噗——嗚噗——嗚噗——聲聲猿啼，穿透過層層叢林夜霧不斷傳送到鎮心上來，報喪似地。我披衣起床，躡手躡腳走到克絲婷房門口，把耳朵貼到鑰匙孔上傾聽，沒半點聲息。敲敲門，沒回應。整層樓三十間客房悄沒人聲，連一絲鼾息也聽不見，想來，我那群旅伴昨晚灌了一肚子啤酒，吃了幾盅潮州藥膳，晚上睏不落眠，這會兒結夥出門夜遊去了，把我一個人丟在旅館，跟群鬼作伴。這起紅毛男女，深更半夜有啥搞頭，莫非想到鎮外石頭寨上飲茶賞月，憑弔伊班戰士——還有他們的祖先——兩百年前遺留在碉堡下荒煙蔓草中的一攤攤白骨？心念一動，我換上衣服，摸黑推門走出五洲大旅社。

冷月一鉤，水白白，懸掛在白骨墩紅毛城頭漆黑一片的婆羅洲夜空中，搖籃似的月弧裡，搖啊盪，躺著一顆星星，像個好奇的娃兒，笑嘻嘻探著頭，只顧骨碌著他那兩隻調皮的大眼瞳，眨巴，眨巴，瞅望鎮心那座空盪盪兀自閃爍著七彩花燈的舞台。

曲終人散後的桑高鎮，在這子夜時分，彷彿又被叢林中的達勇巫師施展出一樁魔法，丫頭妳瞧，他手揝一隻雄赳赳五花大公雞，嘴裡念念有詞，猛一聲叱喝，揮刀往雞脖子上割去，只見一蓬血噴出來，熱騰騰潑灑到天空，咄！人頭滾滾，剛才還挺熱鬧的鎮甸登時又變回一座死城。只不過兩三個時辰以前，向晚時，成群達雅克人扶老攜幼，迎著滿天火似彩霞走出長屋，盛裝來到鎮上逛廟會、看神豬、觀賞歌舞表演，這會兒忽然消失無蹤，全都遁回大河兩岸的黑森林，鎮心只剩下一條冷冷清清的長街，嘩喇喇滿地紙錢飛舞。街上，幽靈也似，三兩條人影徘徊躑躅，無聲無息。月光中只見一群伊班老浪人，兩腮刺青，一身傴僂，懷裡摟著個空酒瓶，腳下窸窣窸窣拖著長長一條月影子，四處飄忽流竄，簷下鑽進鑽出，爭相撿食支那店家捨棄的祭品，那供奉在五味碗中太陽下曝曬一整天早已餿了的雞、鴨、魚、豬肉……空窿空窿，大河之水捲起一濤濤半夜從上游石頭山呼嘯而起的狂風，砰地，綻放出一簇簇水花，燦亮燦亮，不斷從亂石崖下河灣中濺潑上來，好似一場赤道暴雨，一陣緊似一陣，灑落在叢林邊緣這個孤零零的河港。

風聲水聲中，我聽見有一群人引吭高歌：

新婚那天夜晚
我和我的愛相擁床上
海軍拉伕隊來到床前呼喝：
起床，起床，小夥子
跟隨我們搭乘戰艦前往
荷蘭那低低的地
面對你的敵人

可荷蘭是個寒冷的國度
雖然遍地是金錢
多得像春天開放的鬱金香

但我還沒來得及攢夠錢
我的愛就已從我身邊被偷走
留下我獨個兒流浪在
荷蘭那低、低的地

我將為我的愛建造一艘華麗的船
我要讓它名揚四海
我雇用二十四個強壯的水手
將她囚禁在大海上
水手們喝酒，嬉鬧，打架
其中幾個將奉命前往
荷蘭那低、低的地
面對可怕的敵人

女兒啊，妳為何
鎮日愁眉深鎖，衣帶漸寬

多少王孫公子達官貴人
爭相拜倒妳石榴裙下

至死、至死、至死
我都不會再穿嫁衣裳
自從荷蘭那低、低的地
將我和我的愛分離

我的手腕不再戴手鐲
我的頭髮不再碰梳子
壁爐的火光和窗櫺的燭光
都不能消融我內心深沉的絕望
至死、至死、至死
我都不會再穿嫁衣裳
自從荷蘭那低——低——低——的地
將我和我的愛分離！

我獨個兒迎著河風，站在那呼颸呼颸空洞洞迴響不停的鎮心，豎起耳朵，好久好久聽得出神了。荷蘭那低——低——低的地！克絲婷姑媽帶領她那群朋友在唱她家鄉的歌。冷月清光下，流水聲中，只聽見她那一聲聲哀喚怨嘆和那一句句誓言，乘著風，不住盤旋在滿鎮甸飛繞的灰燼中，半夜聽來無比淒楚，啜泣似地哽噎纏綿，在那一群紅毛男女嘶啞的和聲伴送下，鬼魅般，反覆不斷地從鎮尾石頭寨下飄蕩過來，鑽入我的耳鼓。我怔怔聽了三遍，想起我和她，就只我們姑姪兩個，在房龍農莊橡膠林中相處兩天的光景：駕駛吉普車四處亂闖，手忙腳亂宰殺大公雞，燭光下坐在迴廊上共進晚餐，飯後結伴到河裡洗澡……可這趟大河之旅，不知什麼緣故，打一開始她就沒理睬過我，正眼也不曾看我半眼……這會兒孤單單佇立在桑高鎮街上，心裡思盼著克絲婷，耳邊聽著她的歌，心一酸，我不由自主地抬起腳跟，癡癡呆呆，中了蠱似的一路追躡著歌聲，沿著長街一路走下去，跫跫，踩著一地流竄的月影，尋找我的好姑媽，還有她那群半夜不睡覺結夥出門夜遊的朋友。

夜黑風高，晃啊盪一盞斗大的金黃油紙燈籠，巍巍懸掛在鎮心大廟山門口，迎著風，倏明倏滅，朝向鎮外紅毛城頭的月亮，在這更深人靜時分，兀自招搖那鬼畫符也似猙猙獰獰、漆寫在燈籠上的十二個朱筆字：太乙救苦天尊，召引四方孤魂。山門內黑洞洞檀煙繚繞，只見五六條人影，手拈一束香枝，圓睜著兩隻枯黑眼塘子，鬼卒似的悄沒聲四下跳躥跪拜；神殿上一龕燭火窨窨閃爍，幽紅幽紅潑血般，映照龕中端坐的那位白臉白鬚笑咪咪不知什麼神道。偌大一座青石板廣場，清泠泠不見人跡，滿地月影子嗚嗚咽咽，隨風飄忽搖曳。那十頭肥墩墩、披紅掛綵好似一群新郎倌匍匐守候在廟口等待花轎的白豬公，這會兒早已撤走，想是送進屠場去了。臭烘烘，神案上只留下一坨屎和十來灘腥黃尿。

鎮口，河水滔滔自管奔流不息。

新婚那天夜晚
我和我的愛相擁床上

月下衣袂飄飄，長街驀地出現一行人影，好像一群戴月趕路的殭屍，蹦蹬蹦蹬，跂著腳昂著頭，頂著那凌晨時分婆羅洲叢林蓊蓊渤渤漫天蒸騰起的瘴霧，舉起手中的啤酒瓶，一路揮舞戲耍，仰天引吭高歌，朝向鎮尾那座白骨墩上的荒涼城寨，醉醺醺一縱隊魚貫行去。

霧裡只見一把髮絲火紅紅，馬鬃似的飛盪在隊伍前頭，風潑潑，獵獵價響。

我站在鎮心，望著那漸行漸遠轉眼就要隱沒在霧深處的隊伍，扯起嗓門厲聲呼叫。

——喂，克絲婷，姑姑，等我啊。

克絲婷終於回過頭來，跂腳一望，怔了怔，伸手撥開她那滿頭滿臉飛飈的赤髮絲，凝起眼瞳子，瞅著我。月下，她那張終年暴露在赤道日頭下給曬成了銅棕色的臉龐，霎時間變得水樣蒼白，腮幫上幾十粒小雀斑映著月光，眨亮眨亮。我拔起腳跟沒命地追上前。她一個勁朝向我揮手，張開嘴巴，風中不知嘶喊著什麼，好像是叫我別跟啦，趕快回旅館睡覺去吧，明兒得大早起床，展開卡布雅斯河之旅第二段航程，前往叢林中第一座長屋……我不聽，只顧奔跑，踢起滿街焦黑的紙錢灰，踩著那一地閃忽飄竄的月影，喘咻咻追到了鎮尾。蹦蹬蹦蹬那一夥男女披星戴月，聳著脖子上一叢叢金黃、銀白或姹紫嫣紅攪成一窩的蓬鬆毛髮，頭也不回，只顧揮著酒瓶啜著酒，載歌載舞，忽然一轉身，倏地鑽進石頭寨下那好大一座木瓜園，鬼魅般，轉眼又消失在漫天迷霧裡。月色溟濛，天空一下子沉黯下來。我睜大眼睛，只看見克絲婷肩頭那一把赤髮鬖，霧中乍現乍隱，好像一蓬野火，悄沒聲四下流盪飄甩。恍惚中，我還看見她身上那件鼓著風撩啊撩，逗著我，忽開忽闔，往後成了我一輩子夢魘的鵝黃晨褸。她就站在木瓜園口，跂著腳，一逕回過頭來急切地望著我，拚命搖著雙手。鬼哭般那一聲聲荷蘭低——低——低的地，幽幽噎噎時斷時續，穿透過重重大霧，挾帶著男女嬉笑聲，不住從那果實纍纍鬼影幢幢的木瓜園中飄忽傳來。

——趕快回去，永，聽姑媽的話。

——克絲婷等我！姑姑，姑姑，別拋棄我！

心一急，我拔起腳來邊跑邊呼喊，沒頭沒腦只顧朝向木瓜園追過去，眼見便要追上了。

月亮沉落。

漫天漆黑中我忽然喪失方向感，斷頭公雞樣，瞎摸亂跑了幾圈，慌慌闖進紅毛城下茅草窩裡，腳一沉，膝頭軟了，整個人登時陷身在那片無邊無際的綠色流沙中，掙扎老半天，好不容易才撐起膝頭，挺直腰桿，使勁揉揉眼皮四下望去，只見周遭蕭蕭蔌蔌盡是一簇簇迎風搖曳的茅草，一群山魈也似，風中影影綽綽張牙舞爪。心一涼，我趕緊回頭尋找來時路，邊找邊呼喚克絲婷姑媽。無聲無息，那一汪有半人高的婆羅洲野茅草早已四下圍攏起來，密匝匝，黏合在一塊，把我的足跡全都湮沒了。舉頭眺望，只見東方天際冒出曙光，映著人河口一鉤殘月，灰灰蒼蒼，灑照在紅毛城頭那座荒頹的瞭望塔上。嗚——噗！嗚——噗！叢林深處響起一頭母猿的啼嗚。天快要破曉啦。果然，在那母猿嗚噗嗚噗淒厲綿長的召喚之下，死寂的叢林沉睡了一夜，終於甦醒，霎時只聽得猿啼聲四下綻響，此落彼起，不多久就聽到青天一聲霹靂，驀地裡千頭、萬頭婆羅洲人猿男女老幼一齊扯起嗓門爭相吶喊起來，滿林子譟鬧，嗚噗嗚噗嗚噗。晨霧大起。我被囚困在迷城似的茅草窩中，東兜西轉四處亂走，一腳高一腳低，喀喇喀喇踩著那根根散落地上早已風化的白骨，風蕭瑟，我試圖捕捉克絲婷的歌，但那聲聲荷蘭低——低——低的地，宛如遊絲般時斷時續忽東忽西，捉摸不住，只把我逗弄得滿頭大汗，團團轉不停。正不知如何是好，忽然眼一花，我依稀看見一襲水紅紗籠，溼答答，頂著一頭散亂的枯黃髮絲，沒聲沒息，自顧自散步似地徜徉在茅草叢間。風中幽幽傳出兩三聲嘆息，刀似的，割破黑青青的天。接著我就聽見一陣啜泣。那個剛生下孩子的女人，英瑪．阿依曼，開始唱那首我在坤甸房龍莊園聽過的民答那峨搖籃曲：

英瑪．伊薩──嗳──伊薩

曼巴喲．瓦喀兮．帕蓋矣

我想也不想，拔起腳來就追著歌聲，鬼趕似地慌慌急急跑出白骨窩，哭喊著，跟隨那條水紅身影，穿過一簇又一簇鬼影般的茅草，循聲覓去，不多久終於又聽到嘩喇嘩喇河水聲，找到了石頭寨下的木瓜園，抬頭一眺望，曙光熹微，紅毛城花崗岩牆上兩排來福槍射擊口洞亮洞亮，映著旭日，只見蕊蕊血跡斑斕燦爛，好似幾十隻妖魔眼睛炯炯瞪視我，一瞬不瞬。驀地裡雲開日出，颼地一瓢金光照面灑潑過來。我揉揉眼睛，跂著腳伸長脖子往木瓜園深處凝望過去，晨曦中，看見幾十株木瓜樹結實纍纍，那滿樹懸垂的一瓠子一瓠子黃澄澄熟透了的果實底下，芳草如茵露水萋萋，三十個男女光裸著身子，一窩兒纏綣交疊在草地上，汗潸潸喘吁吁。那大河波浪般洶湧起伏的白肉堆裡，只見一把髮絲，紅亮亮，一蓬野火似的不住飛蕩竄動在血灩灩的婆羅洲朝霞中。

啊，永
自從荷蘭那低、低的地
將我和我的愛分離
至死、至死……

天破曉，殘月下只見滿園子鬼影幢幢，窸窣窸窣聳動。曉色迷濛，毬毬瓜果間早已聚集著幾百雙枯黑眸子，一眨不眨，悄沒聲環伺在草地四周，眼窩裡一瞳瞳鬼火閃爍，好久，只顧呆呆瞅望木瓜樹下舉行的這一場怪誕的祭典。膝頭一軟，我當場蹲下來，伸出兩隻手爪發狂似的刨著地，活像一隻發情的土撥鼠。刨累了，我便蜷縮起身子，把頭臉埋藏在克絲婷拋棄在地上的那件鵝黃晨褸中，沒命地吸著嗅著，呼天搶地，把昨晚吃下的飯菜一轂轆嘔吐出來，嘴裡只管哀哀詛咒克絲婷，我的好姑媽。也不知過了多久，瓜葉間影子一閃，那條水紅紗籠悄悄隱沒入樹林中，不見了。巴巴喀喃兮帕蓋矣／英瑪‧伊薩——噯——伊薩／沙貢卡德兮笛的曼巴喲……黎明時分滿園子鬱鬱蒸蒸瀰漫起的瘴氣中，瞧，那群男女迷失心竅似的兀自纏繞在一起，哼喲唉唷交媾不停，霧影迷離，恍如昨夜我做的那場怪夢，夢中那對房龍兄妹，渾身精赤條條互相追逐戲耍，白蛇樣，廝廝磨磨蠕蠕蜷蜷滿場子遊走奔逃。兩下裡追著，挑逗著，只見那女的不住扭擺臀子，搖甩腰肢上那一把火樣赤髮鬃，將那男的逗得團團轉咻咻喘，忽然，她煞住腳步，伸出手爪子倏地扯下了胯間繫著的那塊小黃布襠，笑吟吟對著滿場看客，只一揮，好似達勇巫師變戲法，看哪，兩隻皎白的胴體登時幻化成三十條花白大蟒蛇，蠕蠕翻滾嬉戲，纏綣成一團，在這破曉時分，天迷濛，鬼月群鬼環繞注視下，沒命似地只顧交纏在桑高鎮河灣上紅毛城下那一窩荒草白骨中……

天終於大亮，一輪紅日蹦湧出叢林，卡布雅斯河裡的無數水族蟄伏了一夜，這會兒全都甦醒，霎時，河上眾聲喧嘩，啁啾啄嘬澎澎湃湃，在這盛夏時節，丫頭，妳聽哪，彷彿婆羅洲這條千里大河中驟然爆發了一場山洪。

七月初四晨　再度啟航

告別卡特琳娜

天大亮。赤道的太陽明晃晃的一輪，好像一大桶一大桶雪水倒懸在天空中，不斷地直往我們頭臉澆潑下來。站在棧橋頭，心神猛一陣搖晃，我咬著牙使勁揉揉眼睛，霍然看見，這晨早八點時分，河上白花花早已蒸騰起漫天瘴氣般渾沌的水霧。又是個溽暑天。極目眺望，萬里無雲，偌大的一條婆羅洲大河只看見一隻老鷹，獨自個，舒展開他那修長的雙翼，悄然出現在叢林上空，迎著旭日不住盤旋，逡巡。他那魅影般幽黑尖峭的剪影熠亮熠亮，無聲無息，遊弋在天頂穹窿下，一圈又一圈只顧環繞著紅毛城，炯炯俯視，好久好久彷彿發現什麼似的，呱地梟叫一聲，肅然抖動兩下翅膀。

河上綻起一陣霹靂。十艘鋁殼快艇突然出現河灣，闐窿闐窿，驚天動地，鼓動著船尾那具五百匹馬力簇新的強生牌柴油雙引擎，潑刺刺一溜風，劃破河面的迷霧，飛駛過桑高鎮碼頭，水花飛濺中捲起一攤攤漂盪河上的金紙灰，旭日照射下，好似一長串銀色飛魚，一大早沿著卡布雅斯河浩浩蕩蕩溯流而上。滾滾黃濤中，丫頭，妳看，這十艘簇新印尼官船高高昂起船首，騰雲駕霧也似乘風破浪，颼，颼，招颺起船尾插著的那幅簇新印尼紅白雙色國旗，獵獵迎風，煞是壯觀。船上，頂著一輪火熱大日頭，端坐著一群頭戴黑色宋谷帽身穿雪紡白襯衫的印尼官員，個個繃著臉孔，木無表情，只管昂聳著鼻梁上那副墨鏡，烏晶晶四下顧盼睥睨，大清早奔馳大河上下，巡視各處甘榜和長屋，撫慰子民，風塵僕僕！

一覺醒來的桑高鎮——丫頭，記得嗎，那昨夜還只管瑟縮在紅毛城一鉤冷月下，亂葬崗般陰森森四處鬼影飄蕩的熱帶叢林市集，這時，天亮沒多久，就已經活轉過來啦。臨河巴剎驀地炊煙大起。人聲鼎沸中，只聽得市場上那五六十家小吃攤火光潑潑，刀鏟鏘鏘，遮陽棚下挨擠著成堆吃客，各色人種男女老少，一大早揮汗如雨，排排蹲在矮板凳上，埋頭囁嘬吃喝。巴剎隔壁碼頭上成群達雅克苦力打赤膊，光著腳，拖著長長一條瘦楞楞的日影子，不聲不響只顧弓著身子，吊死鬼般低垂著他們那張枯黑刺青臉孔，咬著牙，推動腳跟前那輛裝著大袋水泥、鹽巴、米和南北貨的獨輪車。尿溲味四下瀰漫。碼頭旁一排泊著六艘鐵殼船，甲板上一縷藍煙升起，起重機嘎嘎價響，正忙著裝卸貨物。一輛銀白簇新多啲達小轎車，亮晶晶，懸吊半空中，車身兩側漆繪著印度尼西亞共和國的鷹與盾國徽，映著旭日，金光燦爛。空窿空窿成百艘駁船咆哮著，順流而下，拖引成串用原木編紮成的浮筏，螻蟻般密密匝匝滿布江面，正駛往下游的集木場，準備裝上大海船，渡過南中國海運往橫濱。齁——吼！齁——吼！一隻豬厲聲嚎叫。棧橋旁那艘鐵殼船運轉著老舊的起重機，搖搖晃晃嘎吱嘎吱，吃力地吊起巨大的黃籐籠，籠子裡裝載一頭超大丹麥豬公，渾身光溜溜，通體皎白，兩片肥墩墩腮幫子紅灩灩搽著兩大團臙脂，嘴嘟嘟，直流口水。籠子在空中不住晃蕩，豬公嚇得直打哆嗦，扯起嗓門齁齁尖叫。牠老人家昨夜在鎮上參加廟會，祭過了神，如今就要擺駕回鑾，被信眾恭迎到卡江上游某一座客家莊，當作神豬供養，養得更肥大，更白膩柔媚，以便在七月十五日中元普渡那天宰殺，招待好兄弟們大快朵頤一頓……

——多美麗的船！

——早安，薩賓娜。

——永，看！伊班戰士的長舟。

太陽下薩賓娜臉青青，披著一肩枯黃的亂髮走到棧橋上，鬼婆樣，弓隆起腰背，把兩隻手爪子撐住膝頭，睜開一雙血絲眼瞳，呆呆瞅望棧橋下泊著的一排長舟。舟上幾個老伊班痀瘻著身子，叼著捲菸，頭上頂著黑漆漆鍋底似的一蓬鬈髮，悶聲不響，只管蹦來跳去，齜著滿口爛紅牙，忙著卸下叢林中採集的一捆捆黃藤條和各種山產，準備扛到鎮上販賣，換取米糧和菸酒。薩賓娜雙手提起膝下長裙襬子，沿著長長的棧橋一路走下去，邊看邊數著。

——四十八艘！你知道嗎？一百年前伊班戰士划著長舟，成群結隊從上游長屋出發，沿著卡布雅斯河順流而下，一路獵取人頭，滿載而歸。瞧，這些船全都用一整棵的婆羅洲圓木刨空鑿成，長十二米，寬一米二，線條十分簡潔優美，划行在大河上，活像一群凌空破浪的飛魚！我們這次旅行就是乘坐長舟一路溯流而上，抵達婆羅洲第一大河的源頭嗎？

——是的，航程的最後一段就是搭乘伊班人的長舟，克絲婷這樣告訴我。

——大河盡頭，我們會找到什麼呢？

——薩賓娜，這我不知道，克絲婷沒講。

——嗯，那就讓我們期待吧，永。

薩賓娜跂著腳尖，佇立棧橋頭，將一隻手舉到眉眼間，遮住太陽，朝大河上游莽莽蒼蒼迷濛一片的山嵐，怔怔瞭望。忽然喝醉了酒般，她身子猛地晃了晃，腳下打個踉蹌，二話不說，兩三步就搶到棧橋邊，一屁股趺坐在橋面上，張開兩隻手爪子死命掐住心窩，瞪著河上白晃晃一顆日頭，大口大口呼天搶地嘔吐起來。嗬，嗬，掙扎了老半天總算把肚子裡的酒餿和飯菜全都嘔乾淨了，她才撐直腰背，整理身上的衣裳，把裙襬聚攏成一束，一古腦兒塞進她那屍樣皎白、只見一條條青筋暴突的雙腿間，顫巍巍撅起兩墩臀子，蹲箕在棧橋上喘息。好久，她終於喘回了氣，揉揉眼睛，望著河灣上石頭寨下的木瓜園，幽幽嘆息兩聲，伸出手來撩了撩她那滿頭滿臉汗湫湫的亂髮絲，撥開眉眼上一蓬劉海，孩兒樣，仰起臉龐回頭看著我，忽然，眼一柔，腮幫上綻現出了兩渦子蒼白的笑靨。旭日潑照下，我看見她一臉灰敗，兩個眼塘子枯黑枯黑，燐火樣閃爍著斑斑血絲。我悄悄打個寒噤。一時間，我竟忘了她原本有一雙碧綠綠，眨亮眨亮，宛如林中湖水般清澈的眼瞳。

——薩賓娜，妳一夜沒睡覺。

——大夥都沒睡覺呀。

薩賓娜猛一甩頭，格格笑，回身朝向碼頭隔壁那座熱鬧的大巴剎，淘氣地翹起下巴，努了一努嘴。我順著她的嘴唇望過去，日頭下果然看見我那群旅伴，男女二十幾人，影影綽綽披頭散髮一窩兒坐在一家臨河咖啡店門口遮陽棚下，正在吃早餐哩。日影裡，只見他們一個個臉色發青，活像一群趕路打尖的紅毛殭屍，痀瘻著身子弓隆起背脊，光天化日下圍坐四張圓桌旁，大剌剌旁若無人，只顧愣睜著兩隻空空洞洞的血絲眼瞳，呆呆地一邊啃著烤吐司，啜著那濃濃的加了砂糖和煉乳的印尼咖啡蘇蘇，一邊搔著脖子腮幫，怔怔瀏覽河上風光，好久好久繃著臉孔不聲不響，各想各的心事兒。這起紅毛男女，昨晚不睡覺，結夥跑到荒郊野外跟一群野鬼廝混一宵，這會兒，大早就全身冒出冷汗來，淅瀝淅瀝，兩隻腮幫子白蒼蒼地不住流淌下汗水，滿臉迸綻出猩紅斑，一粒一粒疙疙瘩瘩的，像是感染某種神祕的皮膚病。這副模樣，隔著碼頭上一片燦爛陽光驀然望過去，委實有點恐怖、淒涼，好像我們桑高鎮突然出現一群天大亮後還逗留在人間，茫茫然，不知何去何從的遊魂。

——嗨，永！你還在嗎？

——妳還好嗎？薩賓娜。

——我感覺心裡噁喇喇的直想嘔吐！你知道嗎？我昨晚做了個怪夢。夢中，我躺在木瓜樹下跟幾十個支那鬼輪流交合，而你，調皮狡猾的永，躲在一堆圍觀的伊班鬼中偷看……

臉煞白，薩賓娜忽然伸手掐住心窩，拔腿跑到水邊望著石頭寨上的太陽，嘔、嘔、嘔、掏心掏肺地乾嘔起來，嘔完，又幽幽嘆息兩聲，撮起裙襬一屁股蹲坐在棧橋頭，怔忡想起心事，手裡可沒閒著，一爪子又一爪子，只管懨懨地搔刮她那條屍白膀子上，亮晶晶迸冒出的十幾顆豌豆大的鮮紅痘疔。大日頭下兩隻尖腮子汗濆濆，活像個瘋鬼婆。

——永，我們的旅程才剛開始呢，還沒進入婆羅洲內陸叢林，夥伴們一個個就好像中了邪，被鬼附身，行為變得怪異起來，幹出我們在文明世界絕不會做的事情，而我們是一群體面的人，有良好的教養，平日各有正當的工作，譬如我，在坤甸女子修道院教拉丁文，譬如那個愛搞笑的羅伯多，你莫看他滿頭亂髮，一身金黃狨毛，像尼安德塔猿人，他可是聯合國教科文組織派駐加里曼丹的專員喔，可昨晚在紅毛城月光下，木瓜園中……

薩賓娜拱起肩膀縮住脖子，颼地打出了兩個寒噤，猛一甩頭，撥開臉頰上一綹濕答答的髮絲，抹掉額上冒出的冷汗，悄悄回過頭去，隔著一片明媚的陽光，望著她那群臉如死灰、癡癡呆呆一窩兒拱坐在遮陽棚下喝咖啡的夥伴，忽然眼一燦，抿住嘴吃吃笑起來：

——你看羅伯多！他現在的樣子，像不像一個從但丁地獄跑出來的義大利惡鬼，永？

羅伯多．托斯卡尼尼，我們這支探險隊的開心果，專愛促狹搞怪，一路上把大夥逗弄得前俯後仰，嘻哈絕倒，噘著嘴巴噗哧噗哧笑不停。這當口一大早，他卻陰沉著一張尖長臉膛，翹起下巴悶聲不響，只顧蹙著眉心，怒張著他那刺蝟也似四下伸展的一頭赤褐髮絲，直挺著他那短小結棍的身子，獨自個，端坐一張咖啡桌旁，對夥伴們只是不瞅不睬，不知在生誰的悶氣。溫溫馴馴，一隻黃母狗蜷縮著身子依偎在羅伯多腳旁，小鳥依人般。這隻土狗和羅伯多有緣。昨天傍晚我們抵達鎮上，剛走出碼頭，她就盯上了羅伯多，一路搖頭擺尾呦呦叫著只管跟定羅伯多，寸步不離從巴剎跟到旅社，從旅社跟到飯館，目送羅伯多進了門才乖乖蹲坐在店門口，直守候到羅伯多吃完飯才又豎起尾巴，踩著小碎步，呦呦呦追隨他，兩口兒結伴逛起廟會來，月下，迌迌徜徉，邊走邊觀賞支那街遊人如織紅紅火火好不熱鬧的鬼月祭典，一路漫步到鎮心的永安宮大廟……羅伯多使出渾身解數，一路耍寶逗母狗兒開心，向店家討豬骨頭和雞爪，柔聲哄她吃，還給她取個挺香豔的義大利名字叫「卡特琳娜」。他拉長臉孔一本正經告訴我們：他和卡特琳娜前生是翡冷翠一對恩愛夫妻，今世又在異國重逢，注定得重續前緣……今早起床，這隻乖巧的婆羅洲土生黃母狗——卡特琳娜——霍然守望在旅館門口，看見羅伯多走出，登時雀躍起來，快樂得什麼似的，嗚呦嗚呦搖頭擺尾又跟上了他，形影不離，直來到碼頭巴剎咖啡店。羅伯多沉下他那張尖長臉龐，不瞅不睬，自管悶著頭往前走。亦步亦趨，卡特琳娜踩著東洋式小碎步，蹦蹬蹦蹬，緊緊跟在她男人身後，不時抬起頭來偷偷瞄他兩眼，那副楚楚可憐的模樣，活像一個受了莫名冤屈只敢把眼淚往肚裡吞的小媳婦兒。今早不知怎的，羅伯多卻突然變了個人，彷彿一早吃了槍藥，滿肚子憋著火氣，整個人像一挺過熱的機關槍，隨時都會炸膛似的，夥伴們都離他遠遠，不去招惹他，包括跟他走得最近的薩賓娜・貢扎雷斯。這會兒羅伯多獨自坐在一張咖啡桌旁，啜飲著咖啡蘇蘇，啃著吐司麵包，斜愣著兩隻血絲眼眸，灼灼地，瞪住半空中不知什麼物事，太陽下只見他陰著臉，一霎青一霎白一霎紫，霓虹燈也似，臉色變幻不定，汗潸潸滿頭滿臉毛髮倒豎，模樣煞是嚇人，但那隻母狗不知趣，不懂得看人臉色，兀自卿卿我我猗猗狔狔依偎在羅伯多腳跟旁，不時伸出臉頰摩挲羅伯多的毛腿，眽眽仰起臉龐瞅著他，呦呦呼喚，發現羅伯多不睬她，百思不得其解，於是猱身而上，探伸出兩隻爪子攀住羅伯多的胳膊，吐出她嘴裡那根鮮紅舌頭，順著她男人的手臂，舔一舔，咂兩下，好久只管啄弄羅伯多那金毛狨狨滿布鬍渣子的尖瘦腮幫，咂巴咂巴流著口水。這下可就糟了，我們的義大利機關槍終於炸膛啦。

一抬手，只聽得銚鐺一聲，羅伯多丟掉手裡的咖啡杯，隨即左右開弓，劈啪劈啪兩記耳光，沒頭沒腦把卡特琳娜打得直摔出店簷外。卡特琳娜愣了愣，撐起兩條前腿，趔趔趄趄後退五六步，仰起臉龐哀哀望著羅伯多，滿臉子困惑、惶恐，嘴一咧，忽然齜起白森森兩排尖牙，竄前兩步，昂起頭來使勁抖了抖渾身濕漉漉沾著咖啡的黃毛，朝向她男人叱叫一聲：

——啀喍！

——吃屎的小母狗，滾開！別來煩我。

磔磔一咬牙，羅伯多俯身撿起地上的咖啡杯，懶得瞄準就往母狗身上砸過去。

卡特琳娜拔起腿來奔逃到碼頭上，渾身簌簌抖，站住了，倏地一轉身，鼓起她那微微凸隆的肚腩，晃啊晃，搖盪著她腹下那沉甸甸十幾隻鮮紅的奶子，隔著一片燦爛的陽光，睜住眼睛一眨不眨，恨恨望著羅伯多，伸出舌芯子猲猲猲不住喘著大氣。

妳瞧，丫頭，在這蠻荒小鎮叢林巴剎咖啡店，簷裡簷外，一隻小母狗兒和一個男子漢，就這樣對峙起來啦，眼瞪眼，好半天只顧打量對方。

蹦的一聲，羅伯多突然從座椅上彈跳起來，一個箭步竄出店簷，跑到碼頭上，一把揪住卡特琳娜的尾巴，硬生生將她整個身子拎起，倒吊在空中，二話不說，抬起他腳上那隻叢林健行專用的鐵釘牛皮靴，格格咬著牙，怒張起一頭火紅毛髮，發狂似地，沒頭沒腦就往卡特琳娜肚腹上擂鼓般一輪猛踢。

嗚呦嗚呦，卡特琳娜只顧望著羅伯多哀哀呼喚，滿眼怨懟。

巴剎遮陽棚下影影綽綽，悄沒聲，那起紅毛男女個個臉色鐵青，兩眼發直，兀自呆呆拱坐在日影裡，汗潸潸，披頭散髮啜著咖啡啃著吐司，文風不動。嗚呦嗚呦，啼叫聲一聲淒厲一聲，直欲劃破河上那片青天。棧橋旁泊著的四十八艘長舟上，木無表情，伊班獵人叼著菸，淌著汗，正忙著卸下滿船山貨，這時卻紛紛放下活兒，轉過脖子狐疑地朝碼頭上探望，嘴裡咕咕噥噥不知詛咒什麼。

長長一座碼頭曝曬在赤道大日頭底下，靜盪盪，這晨早時分，只聽得起重機嘎扎嘎扎價響，兩三隻大豬公扯起嗓門，晃盪在半空中吱吱尖叫不停。碼頭上人影雜遝。那群達雅克苦力打赤膊，悶聲不響自顧自推著獨輪車，低頭，弓腰，運送大袋大袋的米、鹽巴和水泥。河上起了水霧，滿江白茫茫，只見苦力們那一瘦子一瘦子烏鰍鰍瘦楞楞的身影，索命鬼似的飄忽在滿鎮明媚的陽光中。嗚呦——嗚呦——嗚呦——

——天上的父！這隻母狗懷孕了啦。永，你看她腹部那兩排奶子，脹鼓鼓，被羅伯多猛一陣踹踢，滴答滴答流出奶汁來了。

臉煞白，薩賓娜提起裙襬跂著腳伸出脖子佇立在棧橋頭，睜著眼睛看得呆了，忽然縮起肩膀子打個哆嗦，猛回身，雙手掐住我的胳臂使勁搖撼了十來下。

——羅伯多瘋了！你看他那兩隻眼睛紅通通，快要噴出火來了！永，趕快上前拉住他，再不制止他，這隻母狗準會被他活活踢死，永！

我呆了呆回過神來，揉揉眼，回頭看見薩賓娜滿頭蓬亂一臉淚痕的神色，踟躕了好半晌，終於鼓足勇氣跑上前，攔腰抱住羅伯多，使勁往後拉扯，但羅伯多早已迷失了心竅，兩眼暴凸，雙手掐住卡特琳娜的脖子，將她高高舉起來，晃吊在半空中，演練泰國拳似地使出連環腿法，一腳接一腳，只顧往她肚腹上紅噗噗十幾隻飽含乳汁的鮮嫩奶子，踹啊踢。我一時沒了主意，只好死命抱住羅伯多的肚腩，張開嘴巴咬他的腰子。正沒做理會處，忽然靈機一動，我騰出一隻手悄悄摸到羅伯多腋下，猛然搔了搔他的胳肢窩。這下可好！沒想到這位聯合國教科文組織駐印尼專員，羅伯多・托斯卡尼尼閣下，還真怕癢，只見他回過頭來，滿眼困惑瞅我一眼，噘嘟起嘴巴噗哧噗哧笑兩聲，忽然，眼一柔，他那皮球般氣鼓鼓早已脹得通紅的臉龐，彷彿洩了氣，登時坍塌下來，腮幫上驀地綻出兩朵酒渦，娃兒樣天真爛漫。接著，他就索性放棄掙扎，任由我搔他胳肢窩，而他則甩起滿頭野草般四下箕張的赤紅髮絲，張開嘴巴嗬嗬嗬仰天狂笑，直笑到快要岔了氣，兩眼淚汪汪，滿身篩糠也似不住亂顫，他這才鬆開了手，放掉那隻奄奄一息的小母狗。

——呦，呦。

卡特琳娜仰起臉龐望著羅伯多，滿眼哀怨，只淒涼地叫喚兩聲，眼皮一闔，登時就沒了聲息，抽抽搐搐，整個身子癱在碼頭中央那亮炯炯一顆大日頭底下，蜷縮成一團，嘴角迸裂，潺潺流淌出兩條鮮紅的血絲。

——嗚嗚嗚。

棧橋頭忽地綻響起長長一聲汽笛。

一蓬黑煙，滾滾上升。

眼一亮，薩賓娜揚起她那張淚痕斑斑的蒼白臉龐，噘起嘴唇，發出一聲唿哨，隨即舉起手來，睜著她那雙綠亮綠亮湖水樣的眼眸，汗湫湫甩起滿肩亂髮鬃，跂著腳，挺著胸脯，朝向她那群靜靜聚坐在巴剎遮陽棚下呆呆喝咖啡的旅伴們，太陽下使勁招手，一臉眉開眼笑：

——我們的船，摩多安，馬上就要啟航嘍！大夥趕快上船吧。

七月初四　大河中

領路仙子

摩多安號，八百噸級鐵殼船，是坤甸華人大老闆何啟東經營的一支穿行卡江，來往各長屋之間的龐大商船隊（摩多安、摩多順、摩多吉祥、摩多虎躍龍騰……）中的一艘，船齡最多不過五年，但在婆羅洲赤日頭終年曝照下，早已斑駁不堪，吃水線和排水孔之間的船舷布滿鐵鏽，渾身沾著黃泥巴，蓬頭垢面邋裡邋遢，活像一匹剛從爛泥坑中鑽出來的河馬……

丫頭，咱們倆那晚在台北街頭一邊遊逛一邊講述婆羅洲童年故事時，我是否告訴過妳，我二叔李細浩，在沙勞越經營內陸航運，旗下擁有四艘南韓打造的同型客貨輪，其中一艘由他親自掌舵，名字也叫摩多安。頂記得九歲那年暑假，我央求我二叔帶我上船，搭乘摩多安，遊覽沙勞越第一大河，號稱「五百里黃濤」的拉讓江。那是我生平第一次進入真正的叢林（雖然我是在叢林邊緣的城市，古晉，出生長大的），可說也奇怪，那趟航程一路上最讓我著迷、深深吸引我目光的，並不是河畔風景，也不是那成群跑出長屋，挺著兩隻碩大的咖啡色奶子，哺著嬰兒，一瞬不瞬，呆呆望著輪船經過的伊班婦女——而是船上的馬達，尤其是船尾那個神祕的尨然大物。

這具馬力超強的底特律柴油引擎，烏鰍鰍，蹲踞在船艙底下，在孩子眼中簡直就是一匹暴戾的怪獸，隨時都會抓狂，張開血盆大口撲出來吃人，但在掌舵人，我二叔，鐵腕駕馭下卻變得十分乖巧、靈跳，一路上只見牠扭動身子，甩動尾巴，隨意在河中迴旋翻滾，有如一條戲水蛟龍，每當我們的船一頭栽入那陷阱般四處散布河上的爛泥坑時，只熄火約三分鐘，怦然一聲，妳便聽見牠扯起嗓門嘷叫，接著就看見牠揚起尾巴，猛一陣翻攪，霹靂啪啦濺潑起一渦渦黃泥，偌大的一艘鐵殼船，倏地從泥坑中掙脫，載著滿船人貨繼續它的溯流航程。

而這當口，丫頭，妳準會看到一隻小魚鷹，不動聲色，棲停在水邊懸垂的一根嫩枝上，翹起灰褐色的尾巴，骨碌骨碌不住轉動她那雙蛋黃色的眼珠，只顧盯著我們瞧，直等到我們的船衝破爛泥坑，脫困而出，她才眨兩下眼睛，抖抖尾巴，箭也似颼地從樹枝上飛射下來，滑翔到船的正前方，不聲不響一路引領我們航行，直來到約莫五百碼之外她的疆域邊緣，才悄然折返，棲停回她那條樹枝上，把帶路的任務移交給下一位領航員，那通常是一隻小蒼鷺，偶爾——非常偶爾——妳會忽然看到幽靈般一撮冰藍的火焰，靜靜守望在前方的水域，等著接棒領航。直等到我們的船駛近，湊前一看，妳才發覺她是一隻黑冠翠鳥：那幽居赤道山林，遠離人類，偶爾露面現身總是驚鴻一瞥，美得直讓妳這丫頭看傻眼的寧芙。

領路鳥，沿著婆羅洲大河一站又一站，輪流放哨，守望來往船舶的水仙子們，個頭總也那麼嬌小，神色老是那麼孤獨，可又是這樣的盡心盡責，風雨無阻，就像——就像後來引領我這個南洋浪子進入迷宮樣五光十色的台北市，精靈般來去無蹤，完成任務後，就蹦地消失在溪潭中的那個小姑娘，朱鴒，妳，我心中永遠的丫頭。

蒼鷺、魚鷹、翡翠鳥、磯鷸。這群小不點的叢林水鳥，婆羅洲河流的領航員，有的看起來渾身灰撲撲毫不起眼，有些卻生得跟幽靈一般美豔，但不管相貌如何，在我十五歲那年暑假，機緣湊巧，和一群白人男女泛舟卡江逆水而上的航程中，路途上，她們將會輪番現身，守候在各個關卡，睜著一雙雙清澈的眼瞳，靜靜瞭望，隨時從棲停的樹枝或搭乘的浮木上，一躍而下，飛到我們前頭，導引我們的船穿過滾滾泥流，渡過處處湍灘，一棒接一棒，傳承火把，直把我們護送到惡水源頭，鬼氣森森，一瓢冷月光下，那座磈磈礧礧突兀地橫亙天際的石頭山，峇都帝坂……

今早從中途站桑高鎮出發，正準備登上摩多安號河輪，眼一亮，果然，我就看見一隻領路鳥——好像是磯鷸吧——守候在中央航道上。妳看她，小不點，跂著腳顫顫巍巍棲停在河心一根漂流的圓木上，迎著旭日，睥睨地昂聳著她那顆棕紅小頭顱，眨巴眨巴轉動眼珠，只管東張西望，不時扭轉脖子，瞄瞄停泊在碼頭棧橋旁升火待發的摩多安號。朝霞潑照下只見她那纖細的身子，蹦蹬蹦，不住晃盪在濤濤黃浪中，只等笛聲響起，黑煙滾滾上升，她便從浮木上霍地一躍而下，拔起腳來疾奔在一窪窪淤泥間，跳跨過河心一座又一座沙洲，邊跑邊回頭，引領我們的船出港，繞過大河灣紅毛城寨，平安地展開我們此行的第二段航程。

我原本多麼期待這段旅程：妳看，大河滔滔金光燦爛，頂頭一穹窿碧藍天，孤零零黑魆魆一隻婆羅門鳶盤旋，刳——刳——在伊班神鳥炯炯俯視啼叫下，婆羅洲大地蒼蒼莽莽無邊無涯的黑森林，熒亮熒亮，燐火般閃爍著陽光，一路綿延到天際斗大一輪赤日頭下，而我們的船，八百噸級配備底特律強力引擎的鐵殼船，正扯起汽笛，嗚嗚嗚，砰碰砰碰溯流而上，有如一隻大蜥蜴，渾身沾滿泥漿，奮力爬行在浩瀚叢林中一條流動的黃色羊腸小徑上，喘著氣馱著三十名歐洲人，外加一個支那少年，前往婆羅洲內陸達雅克人的家鄉，造訪卡江流域第一座真正的長屋，魯馬加央……

四天前，在房龍農莊上克絲婷親口許諾我一個驚險有趣、令人終生難忘的暑假之旅，作為她送給我的「成年禮物」，四天來我日思夜想，做夢咯咯偷笑，心裡一直企盼這趟航程。今天趕早來到碼頭，踏上棧橋，一眼就看見一隻領路鳥守望在河心浮木上，等著引導我們出航，我知道這是個好彩頭，上上大吉，但我沒理睬這隻小磯鷸，自顧自登船，因為昨晚經歷過桑高鎮木瓜園中那個驚心動魄的鬼夜，大早的，光天化日下又目睹一隻懷孕的小母狗——天上的父！她有個美麗的義大利名字，卡特琳娜——無緣無故活生生被人弄死，這會兒我只覺得厭煩和噁心，腸胃一陣陣翻攪，恨不得把昨晚吃下的潮州藥膳和廣東蛇羹一古腦兒嘔出來，噴到那夥男女（當然包括克絲婷）臉上。所以，一上船我便躲開他們，獨自溜到船尾，覷個空兒偷偷攀爬到船艙頂，蜷縮著身子，蹲伏在一堆不知哪家長屋的頭目託運的整套簇新歐式家具中，自個胡亂想心事。

從船艙頂鳥瞰，妳瞧，那滿甲板堆放的各種貨物之間——白米和水泥、幾十箱廉價威士忌、成百捆鋼筋、五輛山葉摩托車、四五十桶汽油，喔，還有兩隻搽脂抹粉趴在黃籐籠子裡呼呼打鼾的白皮大豬公——只見一簇人頭聳起。男女老幼百來顆頭，迎著河風，幻影般悄沒聲，盪漾在滿江白花花陽光中。摩多安號甲板風光，在這明媚的早晨，恍如一場荒誕迷離充滿熱帶風情的夢境，滑稽，卻也有點淒美，恍惚間就讓我想起毛姆小說中的典型場景：一群自我放逐的歐洲仕女，飄泊在馬來群島，因緣巧合湊在一塊，十幾個人結伴從事一趟尋找自我的偉大旅程，這當口，人在旅途中，大清早宿醉未醒，個個披頭散髮面容枯槁，愣愣地睜著空洞的眼塘子，默不作聲各懷心事，散坐在那成堆蹲在甲板上，一臉安素，揹著籐簍嚼著菸草，自管閒話家常的婆羅洲土人之間，搭乘支那人的商船，空窿空窿，馬達咆哮聲中迎向滾滾黃濤，一里又一里溯流而上，進入叢林深處一個幽祕、不知名、但肯定會讓他們的人生發生某種重大轉變的禁地……

說真的，我對毛姆不感興趣，只因學校英籍老師強力推薦，才勉為其難讀了他的幾本小說（牛津簡寫本），對他筆下那群男女的心理狀態，實在懶得去探索和理解，只覺得他們的行為莫名其妙，吃飽了飯沒事幹，好端端不待在自己的國家，卻萬里迢迢跑到赤道上流浪，四處作怪，為自己帶來無謂的煩惱，也給旁人，尤其是無辜的在地人，製造不必要的禍害，無事攪亂一池春水，真是何苦！如今，蹲在船艙頂，俯瞰這群鳩形鵠面木乃伊般枯坐在甲板上的紅毛男女，我心中倒興起一絲同情，甚至憐惜和哀矜：這些人終歸是我的旅伴，同舟共濟也算一個小小緣分呀。但一想起昨晚那月下群鬼啁啾環伺的木瓜園，看到克絲婷和羅伯多，想到卡特琳娜，我的腸胃猛然又一陣翻攪，險險嘔吐出來，於是甩開頭去，將目光轉移到船頭的江水。朱鴒妳看她，領航的小磯鷸，這會兒還在前方守望著呢。這隻貌不驚人的茶褐色水鳥，身子可多靈巧，小不點兒，蹦蹬蹦蹬，兀自彈跳著她那兩根細如火柴棒，卻十分強韌有力的長腳兒，奔跑在河心沙洲上，一邊覓食一邊扭轉過脖子，水光中滴溜溜轉動兩隻無比清澈的眼珠，眨啊眨不住招引我們的船……

──拜託拉我一把！永。

煞似鬼婆子，太陽下一個女人齜牙咧嘴，聳著一頭掃帚樣的赤紅髮絲，攀著繩梯爬到船艙頂，氣喘吁吁地朝我伸出一隻手。我只遲疑半秒，就伸手抓住她那簌簌顫抖不停的腕子，狠狠將她拖上來。

──房龍小姐，妳還好嗎？

──永，你叫我什麼？

──房龍農莊女主人，克莉絲汀娜・馬利亞・房龍小姐呀。史拉末巴吉，早安，普安・

克莉絲汀娜！歡迎登船參加我們這趟偉大的大河心靈之旅……

猛一甩手，克絲婷掙脫我的手，自個兒趴在火燙的鐵皮艙頂上，母狗般伸出舌頭猲猲猲喘起氣來。好久她才撐起身子，撮起裙襬一古腦兒塞到腿胯間，夾緊了，從貨物堆中拉過一張簇新皮椅，面對著我，撲通一屁股坐下來，睜開她那雙大清早就失掉神采的海藍眼瞳，滿臉子愁苦，只管靜靜瞅著我，端詳好半天才鬆開眉心，幽幽嘆出一口氣，沉聲說：

——我非常後悔帶你參加這次旅行，永。

聽到她這句話，我鼻頭酸啦，眼一紅，那滿腔悲憤怨懟蓄積了一天一夜，這會兒洶洶湧湧，登時就要隨著我的淚水，破堤而出。我趕緊甩開臉，望著天空明晃晃的日頭，不答腔。

克絲婷伸出一隻手，輕輕放在我的肩膀。

——下午我們的船抵達魯馬加央，你就搭這班船回桑高鎮，好嗎？

——不要。

——我會請託船長照顧你，把你送上開往坤甸的船。

——不要。

——我給你鑰匙，你在農莊上等我，一個月後我結束這趟旅程就趕回來，你的暑假還有一個月，我帶你去耶加達度假，就我們兩個人，好不好？

——不好。

克絲婷嘆口氣，抽回了她那隻擱在我肩膀上的手，接著又嘆了兩口氣，仰起臉龐來，把一雙胳臂環抱在胸前，噘著嘴，絞起眉心怔怔望著船頭。前方，黃浪滾滾中只見那一條盤蜷在赤日頭下的大黃蟒蛇，卡布雅斯河，空窿嘩喇，無休無止只管號叫著翻滾過層層叢林，穿透重重瘴氣，霧迷茫，倏地轉個九十度大彎，消失在天際一朵孤雲下。克絲婷靜靜想了好久的心事，忽然下定了決心似地猛一咬下唇，回頭瞪著我：

——好，我陪你回坤甸！

——不好！

——那你到底要怎樣才好呢，永？

——跟妳去峇都帝坂！克絲婷，這可是妳親口答應我的喔。

——是，我曾許諾你一個美好的旅程，在你十五歲這年暑假，引領你，永，沿著卡布雅斯河溯流而上，歷經一千公里航程，進入婆羅洲最深、最原始、最黑暗純淨的叢林，攀登上大河盡頭那座山，傳說中達雅克人的冥山峇都帝坂，探索死亡的奧祕，尋找生命的源泉……結束這段航程，如果我們兩個能夠平安回來，我就可以向你的父親交代，他託付我的任務，感謝主，我克莉絲汀娜·房龍已經圓滿達成了！在這趟大河之旅，我把他的兒子，永，拉拔長大，讓他從一個懵懵懂懂的無知少年轉變成一個……成人……

河上一陣腥風，漩渦也似地陡然捲起。猛哆嗦，克絲婷舉起手臂，汗湫湫，撩拂她那滿肩迎風飛盪起的一毬毬赤髮鬃。鬱鬱烝烝一窩羶氣從她腋下竄出，朝向我迎面直撲了過來。我縮住鼻頭偷偷吸了兩下，在那毛羢羢兩叢汗味中，依稀聞到一股甜美、腐敗的氣息，從眼前這個三十八歲荷蘭女子身上不知哪一處神祕的角落，幽幽滲冒出來，陰魂似的，只管縈繞我的鼻端，一絲一絲穿透我的鼻孔鑽入我的腦勺。我感到一陣暈眩，不知怎的就想起，外婆過世時，她臥房床蓆上留下一灘紅灩灩黃橙橙的屍水。南洋天氣濕熱，瘴氣重，遺體只在家裡停放三天就入殮了，可那三天裡，外婆身上各處孔穴，潺潺地不斷滲流出那果汁般濃稠的屍水，腐爛、酸臭，卻也帶著一種莫名的誘人的甘甜，叫人忍不住伸出鼻子，打著哆嗦，做賊似地躡手躡腳溜過她的房門，悄悄吸嗅兩下……

——成人……這趟暑假之旅結束後，你就是一個成熟的男人了，永，你這一生不可以忘記克絲婷姑媽，為了你，她甘心犯罪……短短一個夏天，把一個十五歲的少年拉拔成男人，實在有點殘忍喔……

風潑潑，克絲婷挺直腰桿子，聳起胸脯坐在船艙頂那張椅子上，迎向晨早的太陽，久久只顧眺望大河上游，天際一隻孤鷹盤旋下，蒼莽群山上，那若隱若現魅影般變幻不停的一座磈礌石頭山，峇都帝坂。她瞇起眼睛，邊眺望邊喃喃訴說，好像夢囈一般，臉上漾亮著古怪的笑意，叫人看了心裡直發毛。

——別說了，克絲婷，我搭下班船自己回坤甸好了！我會在農莊上等妳回來的。

克絲婷回過頭來，怔怔瞅著我，眼上眼下把我全身打量個五六遍，眼一柔，舒開眉心，笑了。晨早滿江燦爛天光中，只見她噙著淚水，那張終年曝曬在赤道太陽下的銅棕色美麗臉膛，笑盈盈，綻亮出好幾蕊小雀斑，不知怎的卻一下子變得好蒼白，好憔悴。

——我帶你到大河盡頭，永，但你必須答應我一個條件：就從現在這艘船開始，直到峇都帝坂，旅途中一路上你必須時時跟隨在我的身旁，半步也不許離開。你做得到嗎？

——做得到！

——很好！昨晚一整夜沒睡，今天早晨我覺得很睏倦，腰肢好痠痛。永，借你的肩膀給我靠一靠，可以嗎？我忽然感到好冷、好冷。

克絲婷打著哆嗦從椅子上撐起腰身，走到我身旁，將裙襬拉到大腿上，一把塞到胯間，沉甸甸一屁股就在艙頂甲板上坐下來，甩甩頭髮，伸手撥了兩下，掃掉她那滿肩蓬鬆的髮梢上沾著的野草花，頭一歪，嘆口氣，整個人就靠到我的肩膀上。

砰碰砰碰，嗚嗚，摩多安號鼓著馬達一路嗚起汽笛，奮力溯流而上。渾黃江水，挾著千百艘原木筏，排山倒海浩浩蕩蕩奔流而下，丸紅旗飄飄。朱鴒，妳看，船頭那隻領航的磯鷂，小不點，四下睥睨，兀自昂聳著她那顆亮晶晶棕紅小頭顱，蹦蹬她那雙靈巧的腳兒，逃命似地，奔跑在河心沙洲上，一步一回首，旭日下轉動著兩粒金黃眼珠，眨啊眨只顧招引我們的船。

七月初五　魯馬加央長屋

等待貴客光臨

殺了卡特琳娜，祭了河神，我們踏上航程的不歸路。

丫頭哇，我們這次大河之旅有一個人妳切莫忘記。他是半路加入，只參與中游的航程，驚鴻一瞥，來也匆匆去也匆匆，可這小小一段旅程以及他在這段旅程中所做的事，卻成了我一世的夢魘，直到今天，好多年後，漏夜獨坐東台灣縱谷一盞檯燈下向妳追述這樁往事，一想到那個夜晚在長屋，當著達雅克人的大神辛格朗・布龍的面，他是如何褻瀆主人的熱誠款待，使主人蒙羞，我渾身就泛起雞皮疙瘩，忍不住咬緊牙根，狠狠打出五六個哆嗦來。這位先生，我早已忘卻他姓甚名誰，只記得他是澳大利亞公民，職業律師，年紀約莫五十許，滿頭銀髮，一團和氣，與孩子們尤為相得，就像鄰家的一位白人伯伯，大河上下各處長屋的娃兒們都喜歡他，每回見他出現，就呼朋引伴成群蜂擁過來，一路追隨他，簇擁他，紛紛仰起小臉龐，骨碌骨碌轉動他們那兩隻點漆般烏黑的眼瞳，喚他一聲「峇爸澳西」，隨即舉起小手颼地敬個禮：「莎蘭姆！日安。」而這位慈祥的長者照例伸出手來，逐一撫摸男孩們的腦勻，然後弓下腰身，啄一啄女孩們羞答答紅撲撲的臉蛋。接著，在孩子們殷殷期盼下，好戲上場嘍。只見他老人家笑嗨嗨，不慌不忙，將手伸進他身上那套光鮮筆挺的乳白夏季西裝，東摸摸西摳摳，變戲法似地，從各個口袋中掏撮出一顆又一顆各式糖果，五彩繽紛，眼花撩亂，源源不絕放在眼前那幾十雙爭相伸出的小手裡，半個也沒遺漏。就憑這一招，澳西叔叔遊走大河，成為長屋孩子們心眼中來自南極澳洲的聖誕公公，峇爸澳西。

我得以結識澳西叔叔，與他共度一個沒齒不忘的長屋之夜，可也是一樁緣哪，丫頭。

緣。陰曆七月初四早晨，我們在桑高鎮熬過一個荒誕的鬼夜後再度啟航，搭乘鐵殼船，八百噸摩多安號，前往河上一個中繼站，準備進入婆羅洲心臟原始森林，尋訪水源頭——倘使有緣，我們將試圖攀登上冥山峇都帝坂，一窺死亡的奧祕，並且冀望活著回來……

初四日，在那一隻又一隻叢林水鳥輪番接棒領航下，當天傍晚太陽才剛沉落，蹦地隱沒在大河口金光四射的坤甸灣，我們的船，在河上跋涉了整個下午，便在空窿空窿引擎哀號聲中，拚著最後一口氣，衝破滿布河岸的黃泥坑，平安抵達這段航程的終點，魯馬加央。按照行程表，我們只打算在魯馬加央，此行第一座真正的傳統的達雅克長屋，借住一宵，洗個山泉澡，安安穩穩睡個好覺，隔天早晨便轉乘另一艘鐵殼船，摩多祥順，繼續溯流而上，前往卡布雅斯河流域最後一座文明城鎮，距坤甸四百五十公里的河港，新唐。可機緣湊巧唄，就在我們抵達那晚，魯馬加央長屋的大屋長，圖埃•魯馬，便喜孜孜向全體居民宣布：翌日將有貴客光臨，長屋計畫舉辦一場讌會，款待這位非常尊貴、慈藹可親、這些年來對咱們這座長屋照顧有加的澳洲白人朋友——歐浪・普帖・交灣，英女王御用大律師，坤甸的女婿，新成立的印度尼西亞共和國西加里曼丹省政府特聘司法事務顧問。

——希督普・墨迪卡！

長屋居民聞訊，不分男女老幼，紛紛振臂引吭歡呼。

屋長轉頭同我們這群路過的旅人商量：能否屈駕多留一宵，參加這場盛宴，會一會你們這位頂尊貴、慈善的鄉親。這是天上的父，辛格朗・布龍／耶和華賜予的機緣哪！克絲婷轉頭同夥伴們商量：反正旅行不急著趕路，何妨多待一天，會會這位澳西佬，看他究竟有何魅力，能夠讓長屋的孩子們一聽到他老人家降臨的消息，登時就雀躍萬分，奔相走告，瞧他們那股歡天喜地的勁兒，比起每年聖誕節平安夜，鎮上的西班牙老修女瑪麗亞・聖淘沙親自攜帶整箱美國糖果、英國巧克力蛋和荷蘭玩具風車，外加百冊繪本馬來文天主教教義問答，雇四名爪哇挑夫，跋山涉水，前來長屋分發的盛況和歡樂氣氛，委實有過之而無不及呢。

於是，感謝天上的父體貼的、美意的安排，我們這支大河探險隊遂決定在中途歇腳，住個兩宵，洗滌旅途的塵埃，趁此機緣，參觀真正的婆羅洲長屋，抱著隨喜的心情，體驗一下南島的海系達雅克人（伊班）的生活風貌。

其實在古晉，我出生、長大的南洋城市，打小我就住過長屋。我五歲時曾隨侍我那經營船行的二叔，李細浩，搭乘摩多快艇進入沙勞越河上游的魯馬丹昆，叔姪倆鬼鬼祟祟瞞著我二嬸，在他伊班小情婦伊瑪・英曼的長屋度過一個旖旎的聖誕節。所以這次航程，我不像我那群來自西方先進文明的旅伴，對婆羅洲土著的生活習俗，尤其那獨具風格、名聞遐邇的長屋，那麼樣的興味盎然。丫頭妳看，這夥紅毛男女三十幾個，小學生樣乖乖排列成一縱隊，邁開畫一步伐，在那昂聳著兩顆斗大的金黃水手頭、挺胸凸肚、脹臌臌、繃著一身迷彩裝的歐拉夫・艾力克森和艾力克・艾力克森兩兄弟率領之下，槖躂槖躂，踩著嘰嘎作響的竹編地板，一步一探腳，顫顫巍巍地遊走穿梭在長屋迴廊上。我一路尾隨著，心頭噗噗跳，只管提防前頭三個肥臀長腿牛高馬大的女生，走著顛著突然失去重心，腳底打滑，猛然向後仆倒，一個滾地大葫蘆直壓到我身上來。我這一身支那細瘦骨頭，定然不保。幸喜一路隨喜參觀長屋，我這群紅毛旅伴還能謹言慎行，不曾失態，只是一逕骨碌著他們那一雙雙海藍、湖綠、火赤、茶褐各色眼珠，齜著兩排大白牙，竊竊私語探頭探腦指指點點，挨家逐戶巡禮一番，偶爾悄悄弓下腰身，窺望長廊旁那幾十間神祕兮兮用簾子遮住的起居室，臉上似笑非笑，流露出一股又是好奇迷惑，又是驚怪輕蔑，卻又故作和藹可親的神色，嗨嗨，哈囉你好，一路柔聲細氣打著招呼。這股殷勤勁兒，諂媚得讓我這個在婆羅洲土生土長的支那少年在旁看見了，渾身冷颼颼直冒疙瘩哩。

長屋，講白了，不就是一幢長長的用竹子和亞答葉搭蓋的高腳屋，上頭住人家，下頭養牲畜，聚族而居和樂融融。魯馬加央卻是我見過的最大、最長的長屋（我那三位胖女生旅伴花了個把鐘頭，才走完橫貫長屋東西兩端的三百碼迴廊，氣喘吁吁拍著心口直嚷腰痠）。傍晚時分落日潑照，從河上望去，整座長屋好似一條渾身著火的叢林大蟲，尨尨然盤踞在河畔山坡，驀一看還挺懾人的。這座大屋，同一個屋頂下住著五六十戶人家，養著上千頭家畜，豬、雞、土狗，一窩兒東奔西竄虺虺虒虒晝夜喧鬧不停，臭烘烘，吵死人。小時常聽我二叔得意地說，婆羅洲的拉子聚族而居的習俗，就像我們客家人在閩西原鄉打造的圍龍，闔族上百戶人家精誠團結，槍孔朝外，好幾十輩子共同生活在一幢土造的龐大圓樓裡……

* * *

丫頭，妳且莫皺眉，妳雖不作聲，一逕默默聽我講述大河之旅中這一場好長、好熱鬧、情節有點曲折複雜、因而得徹夜才講得完的長屋之宴，但我才講到這兒，故事還沒正式開始呢，瞧妳那兩隻烏溜眼瞳子，小鹿似的只管眨啊眨四下亂瞟亂竄，我就知道妳心裡不耐煩聽這些瑣事，嫌它絮叨乏味，妳心裡只想問我：在魯馬加央長屋，我究竟有沒有看到骷髏頭，那名聞遐邇、讓白人冒險家聞風喪膽的伊班獵頭勇士遺留的戰利品？我直截了當回答妳：有看到！那些頭顱就掛在大屋長圖埃・魯馬寢宮的正堂橫梁上，數一數，總共六十多顆，用籐簍子盛著，一瓢一瓢就像纍纍瓜果似的懸吊在我們頭頂，在堂屋陰暗的光線下，初初一看，還以為是成堆風乾的椰子呢，待看真切了，才確認那是人頭，長屋世代相傳的鎮宅驅鬼辟邪之寶。妳看這些頭顱，乾癟癟黑魆魆，只顧齜著白森森兩排門牙，睜著空洞洞兩窠幽深眼塘子，不聲不響，笑嘻嘻俯瞰廳堂上的訪客。成群胡蜂鎮日繚繞屋梁，在那一坑一坑眼窩裡鑽進鑽出，搬運建材，正忙著在那挺寬敞、乾燥、通風的腦殼子裡大興土木，營造巢穴哩。這六十多顆髑髏頭年代可久遠了，看起來倒像骨董，當作擺設也挺別緻。現代伊班人，在荷蘭警察嚴打嚴禁以及天主教修女們感召下，早已不作興出草啦。瞧妳，丫頭，聽我講到這裡，妳臉上原本容光煥發聽得如醉如癡的神色，驀地一黯，沉了下來。妳心裡感到有點失望對不對？且慢，人頭還沒講完呢。長屋橫梁上一簇髑髏中有三顆是新的。仔細看這三顆頭，血肉模糊爬滿螞蟻，嚶嚶嗡嗡招引來一窩又一窩那成天盤據在長屋底下牲畜欄裡的紅頭蒼蠅，滿堂屋亂飛。再看真切些，妳會發現他們臉上五官雖然開始腐爛，但皮肉毛髮尚存，兩粒眼珠熠亮熠亮兀自圓睜著，目光睒睒，直要噴出火來，好一副死不瞑目的神態。其中一個女的，腦勺後還拖著一條粗油麻花大辮子，眉目十分俊秀，栩栩如生，害我忍不住多看幾眼，覺得有些面熟。那天傍晚，在歡迎澳西叔叔的宴會上，老屋長喜孜孜向客人宣告：這三顆人頭是新砍的，來頭不小，是沙共高級幹部的頭顱喔。那個梳辮子的，經英國軍方查證，乃是沙共游擊隊一名女指戰員。我問老屋長為什麼要殺沙共？他說，他老人家封刀四十年了，這回全是看在英軍懸賞——沙共人頭一顆值五十英鎊——分上才親自出山，率領族裡兩百名年輕勇士，埋伏在沙加（沙勞越和加里曼丹）邊界，依照老祖宗傳下的心法，在叢林中張設捕捉山豬的陷阱，祈禱守望十天，在第一個安息日就活捉三個越界的沙共，卡嚓卡嚓卡嚓當場割下頭顱。這下功勞可不小。感謝天上的父辛格朗‧布龍／耶和華，在這位年過七旬英勇如昔的伊班老戰士圖埃‧魯馬大屋長發威下，那個讓英軍十分頭痛、鬼魅般飄忽出沒叢林中、專門捕捉英軍活生生割下葩槨的沙共游擊隊女魔頭，終於伏法！英國遠東軍部甚是欣慰，特為她提高賞格，這顆辮子頭顱賞錢足足一千英鎊，夠老屋長一償夙願，從坤甸買進十頭白皮丹麥種豬，與本地黑毛母豬交配，從而——老屋長拍胸脯——提升長屋豬隻的產量和口感……

——咦？那不是葉月明老師的頭顱嗎？

——妳說誰的頭顱？丫頭。

——葉‧月‧明。

——丫頭妳再說一遍。

——葉月明。你最喜歡的小學老師，後來進入森林打游擊，擔任過沙共的新聞部長，又後來沙共接受政府招安，三千個游擊隊員一起放下武器，走出森林，但是葉月明始終下落不明，生死不知，原來她早已經……

——丫頭記性真好。我確實有跟妳講過這樁陳年老案。那晚，我們兩個結伴夜遊台北，在華西街夜市，妳看蛇店老闆殺蛇，活斬鼈頭，嚇唬老美觀光客，而我坐在一旁小吃攤上，邊喝啤酒，邊向妳講述葉月明老師和她的丈夫何存厚老師的故事……

——故事挺淒美、浪漫。

——唔，可也恐怖。

——十五歲那年暑假，大河之旅，你在魯馬加央長屋看到的這顆紮著一條長辮子、臉上爬滿螞蟻、血肉模糊可還眉清目秀的骷髏頭，咦，莫不就是葉月明老師的頭顱，被圖埃・魯馬老屋長親手割下來，掛在他寢宮正梁上，當作最珍貴的戰利品，向那晚最尊貴的賓客——澳西叔叔——好好炫耀一番？

——丫頭，這一點我從沒想過呀。現在經妳這麼一提醒，我才……不！不！我打死都不相信是她！我寧可讓葉月明老師從此消失在深不可測的婆羅洲叢林中，下落不明，永遠不知所終，叫我一世人記掛她。不管怎樣，那天在魯馬加央長屋觀看過了這三顆血跡斑斑半生不熟的頭顱，我心裡感到噁喇喇直想嘔吐，無法再待在屋裡，所以就躲開我那群興致勃勃、竊竊私語、兀自仰頭望著屋梁指指點點的旅伴，一溜煙跑出堂屋，遊魂樣，頂著天頂一輪火日頭，獨自在長屋周遭晃蕩，耐心等候澳西叔叔來臨。事實上，我的好奇心已被勾起來了，心裡很想會一會伊班兒童口中的這位「峇爸」，慈祥的白人爺爺，見識一下他究竟有何魅力，或魔法，竟能夠吸引大河上下每一座長屋的孩子們，不分男女生，都為他神魂顛倒。

說也奇妙，或許是因為我是我們這支探險隊中唯一的少年，而且是支那人，黑髮黃膚杏仁眼，外表跟他們沒差（只是眼睛沒那麼深邃、幽黑），長相渾不似我那群金毛狨狨紅髮綠眼的旅伴，所以那一整天無論我走到哪裡，真個如影隨形，身後總是追跟著好一大串伊班小孩。妳看他們一個個渾身打赤，凸隆著小肚腩，那一條條細瘦的咖啡色身子，不分男女生，只在肚臍眼下繫一片紅布兜，偶爾穿件教會募來的夏威夷花短褲，光著兩隻腳丫，或穿一雙日本木材公司幹部捨棄的木屐，硌磴硌磴，頂著火日頭四下奔跑流竄，緊緊跟隨在我屁股後頭，一路跑一路仰起小臉龐，不住轉動眼珠，半天一眨不眨，只顧眼上眼下怔怔打量我。

伊班小孩的眼瞳！

丫頭，那是我這輩子見過的最乾淨的眼睛：滾圓、清澈，好似原始叢林中一滴晶瑩的露水，水中央一點漆，黑幽幽眨亮眨亮，凝視我們這群披頭散髮，睜著一雙雙血絲眼眸，突然出現在長屋的遠方來客。不知怎的，朱鴒，今天追憶起來，這群長屋小孩的眼神老是讓我想到妳的那雙眼睛。記得吧？那天黃昏，在台北市古亭國小初遇妳時，妳正蹲在校門口，拿支粉筆，在水泥地上一筆一畫寫大楷，突然察覺有個陌生男子佇立妳身旁，偷偷看妳寫字——雨雪霏霏四牡騑騑——猛揚臉，妳霍地抬頭，甩甩妳腦勺後拖著的兩根小花辮，冷冷睃住這個來自南洋、神色頗怪異的浪子。夕陽下，刀也似的兩隻瞳子睜得冷森森，好久一瞬不瞬，好像在探索我的底細，直把我打量得心頭發毛，忸忸怩怩不知如何是好……

反正，就這樣，那天魯馬加央的孩子們嘰哩呱啦，鎮日伴隨我這個來自山的另一邊、英國地界一個名叫古晉（貓）的繁華城市的支那少年，晃蕩在長屋周遭，涉水抓魚仔，爬樹找鳥蛋，弄得滿身濕漉漉臭烘烘好不快樂，直到傍晚時分，太陽沉落大河口，看哪！滿頭銀髮一臉慈祥，澳西叔叔頭戴德比帽，身穿乳白夏季西裝，沉甸甸，手提一口鋁質行李箱，彌勒佛似的挺著個皮鼓樣大肚膛，瞇笑，瞇笑，驀然出現在河畔長屋碼頭棧橋上。

*　*　*

澳西叔叔是搭乘印尼官船前來的。

那種船，我們在桑高鎮見過。那時我們這支旅行團正在碼頭上等船，準備前往魯馬加央，大早的忽聽得晴空裡一聲霹靂，空窿窿空窿窿，旋即就看見一長串巨大的銀魚群，首尾相啣，從滿江晨霧中潑然竄出，破浪凌空，燦爛地出現在河道上。仔細一瞧，原來是十艘簇新鋁殼快艇，亮晶晶，通體迸濺著陽光，鼓著船尾那具五百匹馬力強生柴油雙引擎，嘩喇喇一縱隊，飛駛過桑高鎮碼頭，繞過大河灣，浩浩蕩蕩溯流而上。旭日照射下，十幅簇新紅白印尼共和國雙色旗飛舞，迎風獵獵價響。船上，兩排交椅中，端坐一群頭戴黑色宋谷帽身穿雪紡白襯衫的共和國官員，鼻梁上架著墨鏡，顧盼生姿，清早奔馳大河上下，巡訪沿岸各處甘榜和長屋，體察民瘼風塵僕僕……

澳西叔叔一從官船走下來，站上棧橋頭，還沒來得及整理儀容，我就聽得一聲唿哨，抬眼望時，霍然發現長屋各個角落紛紛飛竄出一窩窩孩子，嗐呼著，招朋引伴，搖盪起那繫在肚臍眼下的一片紅布兜，光著腳，飛蛾撲火似地四下朝向碼頭奔跑。河上彩霞滿天，天際落紅斑斑，大河口一輪火毯日頭照射下，只見孩子們百來條咖啡色小身子麇集在長屋大門前，亮油油閃爍著豆大的汗珠。蹦蹬蹦蹬黑鴉鴉一片光腳丫子，踩著河濱火燙的砂石路，朝向棧橋飛撲了過來，倏忽，煞住步伐。孩子們紛紛仰起汗湫湫的小臉蛋兒，孺慕地，團團簇擁住了他們苦苦企盼了多天的「峇爸」。

——莎蘭姆！峇爸澳西。

——阿納阿納，葛迪絲葛迪絲，我愛你們，想念你們，每一個！

笑呵呵，澳西叔叔嘟噥著半生不熟的伊班語，腆著大肚膛，穿梭遊走在孩子堆中，伸出一隻蒲扇大手，輪番撫摸男孩們的腦袋瓜，三不五時彎下腰身噘起嘴巴，剝啄！在小姑娘家那紅撲撲羞答答的臉頰上使勁親一下。正如傳聞，他老人家果然禮數周到，妳瞧偌大的長屋百來個孩子，峇爸澳西逐一招呼，噓寒問暖閒話家常，端的半個也沒遺漏，一個也沒被忽視，這下可把孩子們逗得樂歪歪啦，個個搖頭晃腦，瞇起——啊，他們那烏晶晶讓我深深著迷夢牽魂縈的伊班眼瞳，喜孜孜，只顧睨著他們的峇爸，白人爺爺聖誕公公，咧開他們那一張張缺了兩顆門牙的嘴巴，吃吃吃笑不住。

接著，我們就見識到澳西叔叔如何施展他的獨門功夫，就在碼頭上，光天化日眾目睽睽之下，當著大屋長圖埃・魯馬和眾父老的面，神乎其技，把眼睜睜一群天真無邪的長屋孩子調弄得神魂顛倒，如醉如癡。

妳看他老人家不慌不忙，閒閒地，漫步走到一個愣頭愣腦窸窣窸窣吸著兩條黃鼻涕的小蘿蔔頭面前，似笑非笑，乜斜起兩隻水藍眸子，眼上眼下不住打量他，忽然板起臉孔，伸手擰住這娃兒的耳朵，撮起兩根指頭不聲不響就往他耳洞裡捅去，只一戳，挖兩下，噗地掏出了一顆鵪鶉蛋般大的巧克力糖來，若無其事，放在小男孩的手掌心。碼頭上鴉雀無聲。大屋長圖埃・魯馬昂揚起他那顆白髮蒼蒼的刺青頭顱，挺直腰桿，雙手扠腰，一眨不眨端坐一張雲豹皮交椅上。棧橋頭，百來個伊班兒童一齊睜大眼睛，目珠金金，一瞬不瞬，瞪住峇爸那隻金毛羢羢的大手。澳西叔叔笑嗨嗨，夕陽下昂聳著一頭燦爛的銀髮，伸長脖子環顧四周，搜索半天，眼瞳驀一亮，橐躂橐躂邁出他那雙雪白尖頭大皮鞋，鼓起褲襠若有所思地只管晃著腦袋，背著手，腆著彌勒佛肚膛，漫步踱蹀到一個披著滿肩漆黑髮絲、羞人答答光著身子、只在腰間繫一條粉紅小紗籠的丫頭兒面前，瞇笑瞇笑，悄悄向她擠個眼，隨即弓下腰，小心翼翼拉下她的紗籠，日頭下剝露出她肚腩上那一蕾子光溜溜圓嫩嫩的肚臍眼兒。碼頭上靜盪盪，幾百雙目光，大大小小男男女女，一齊投射進那個小孔穴，夕照裡，宛如一簇鬼火燐燐閃爍不停。澳西叔叔不瞅不睬，閒閒地，自顧自整理起身上那套乳白夏季西裝來，撣兩下，又邁出步伐，躂躂走回小丫頭面前，猛然豎起中指頭，噗的一聲，刺入她的肚臍眼中，好久好久挖寶似地刉刉擦擦只顧摳著、捅著、掏著，把個俏生生小姑娘家撥弄得渾身簌簌亂顫，瞇起眼睛，齜著兩排皎潔的小門牙，格格笑不住。峇爸澳西笑呵呵。忽然，他老人家腰桿子一挺，高高翹起了他那兩隻冬瓜樣的大屁股，對準小姑娘腰間的孔穴，突突突，使勁拱三下，手指頭狠狠一戳，就在那小小肚臍眼裡窮攪半天，再一挖，終於掏出了一顆——哇，紅豔豔嬌滴滴濕答答的草莓來。

孩子們看傻啦。

河上，落日越沉越紅，歸鴉聒噪起那滿江盪漾的霞光，一攤攤，直潑灑到河畔山坡上巍巍盤踞著的一條叢林大蟲身上來。魯馬加央長屋。長長的一條蜿蜒曲折的屋身，住著五六十戶人家，養著上千頭牲畜，霎時間彷彿全都著了火，畢剝畢剝，熊熊燃燒在那濺血似的一片赤道落霞中。

刳——刳——天頂一隻婆羅門鳶炯炯盤旋嗥叫俯視下，妳看，碼頭上密密麻麻圍聚著百來雙眼瞳，眨亮眨亮，圓滾滾黑幽幽，只管瞪住場子中央那白衣翩翩、北極熊樣、不斷穿梭跳竄在娃兒堆中變戲法的峇爸澳西。嗬嗬嗬，峇爸澳西仰天長笑。笑聲未了，只見他老人家把手一掏，揑兩下，倏地又從一個小男生褲襠裡抓出兩顆牛奶糖來，隨即回身一鞠躬，向大夥宣布中場休息。孩子們依舊佇立不動，個個張著嘴巴，凸著眼珠愣愣睜睜，好像突然被一個幽靈劍客點中死穴一般。喘吁吁笑咪咪，澳西叔叔脫掉頭上那頂德比帽，搔搔他那頭油亮銀髮，拂拂身上乳白西裝，槖槖走到碼頭中央，立正，雙手一招，叫孩子們上前在他身邊圍攏成一圈，二話不說就把手伸到自己身上，自管掏摸起來。妳看他那隻尨然大手多麼矯捷靈敏，活像一條吐信的白蛇，簌簌簌不斷往自己身上各處鑽動遊走，從腋窩、胯下、肚臍眼、髮際耳背……各個旮旯角落裡，掏出各式各樣五彩繽紛令人垂涎欲滴的糖果來。義大利巧克力蛋、森永牛奶糖、英國小甜點，甚至還有包裝得十分精美的日本和菓子……一顆接一顆，迅雷不及掩耳，從峇爸身上颼颼颼變幻出來，飛也似源源不斷分送到孩子們紛紛伸出的手掌上。轉眼間，瞧，碼頭上百來個伊班兒童，男娃女娃個個如醉如癡，中了蠱似地只顧挺著小肚腩，睜著一雙烏亮眼珠，伸著手，呆呆佇立落日下。每隻小手上都握著一顆糖果呢。果然人人有份個個有獎品，半個也沒遺漏！功德圓滿，澳西叔叔伸手摸摸他那彌勒佛似的皮鼓樣大肚膛，鼟，鼟，敲兩下，仰天朝著山坡上的嵯峨長屋呵呵呵長笑三聲。

剮——天頂那隻婆羅門鳶盤旋俯視了半天，驀然扯起嗓門尖叫一聲，迎著紅日頭，霍地鼓動起幽黑雙翼，潑剌潑剌，往大地上投射出一條蛇樣蜿蜒流竄的黑影子，呼嘯著，朝向對岸河畔蘆葦叢剮啊剮啊一路滑翔，自管尋覓死魚充飢去了。

太陽砰地墜入大河口浩渺煙波中。落紅滿天，淅淅瀝瀝。恍若大夢初醒，嘩然一聲孩子們紛紛跳起腳來，使勁甩了甩腦袋，喜孜孜捧著糖果，蹦蹦蹬蹬簇擁著「峇爸」走出碼頭，爬上山坡小徑，迎神似地浩浩蕩蕩雞飛狗跳，一縱隊，背著落日，迎著大河上游初升的一鉤月，朝向山腰上那暮靄蒼茫炊煙四起一條火龍似的龐然大屋，哼哼嗨嗨顛跳前進，準備參加今晚——陰曆七月初五上弦月——屋長圖埃・魯馬特別為這位遠道來自南極澳洲的峇爸，白人爺爺聖誕公公，以及一群紅毛綠眼披頭散髮的不速之客——我們這支大河探險隊啦——在長屋正堂，祖靈注視之下，隆重舉行的伊班盛宴。

七月初五夜　長屋盛宴

向澳西叔叔致敬

姑娘拿起巴冷刀
走進森林砍西米樹
做糕餅，請客人品嘗

姑娘拿起斧頭
爬上山坡砍黃藤
編蓆子，讓客人安睡

姑娘拿起木杵
舂磨小米和糯米
釀美酒，勸客人開懷暢飲

姑娘拿起纏腰布
涉入河中搓又洗
羞答答，幫客人沐浴更衣……

——伊班迎賓歌

宴會的主人，圖埃・魯馬・彭布海，卡布雅斯河中游最大部落魯馬加央的至高統治者，有個尊號「天猛公」：屋長之王、眾酋之酋、宇宙大神辛格朗・布龍的義子、黑森林之魔峇里沙冷的剋星、荷蘭人的芒刺。人說，年輕時彭布海曾率領十四座長屋的勇士，出動五十五艘長舟，乘著夜黑風高波浪滔天，順卡江呼嘯而下直抵桑高鎮，與荷蘭人在紅毛城激戰，格斃四十八名來福槍兵。那次戰役令紅毛魔聞風喪膽，論功分人頭，彭布海當仁不讓，挑得最上好的五顆。其中一顆頭顱碩大如冬瓜、滿腮子長著赤紅鬍虯，是個軍官，如今這件戰利品還懸掛在魯馬加央長屋正堂的橫梁上。

對於自己當年那些個英雄事蹟和輝煌戰史，天猛公・圖埃・魯馬・彭布海本著謙沖和寬恕的伊班武士信條，在宴席上不願多談。若被客人問急了，他就抬起眼皮，蹙起那刀刻般橫亙著五條皺紋的額頭，眨巴眨巴，瞇攏起兩隻青光眼，燈下，望著屋梁上那蓏蓏蘽蘽一轂轆懸吊的六十顆人頭，搜尋了兩三分鐘，伸出手臂，直指著其中一顆頭殼特大、下顎特長、眼塘特深、兩排門牙白森森亮晶晶閃爍著兩枚金齒的髑髏頭，對客人們說：他已經變成我的交灣（好朋友），天天待在這間堂屋陪我喝老酒，靜靜聽我訴說心事……他的名字叫甲必丹・文生・范戴克，荷蘭皇家陸軍婆羅洲野戰部隊上尉軍官，戰死紅毛城，成為一具無頭屍，萬里迢迢歸不得家鄉，靈魂至今孤零零飄蕩在赤道大河之上一輪火毒的日頭下……滿臉悲憫，天猛公望著梁上的「交灣」，凝視半晌，嘴一噘幽幽嘆息出兩聲來，回頭瞅著客人們意味深長地說：這個月，支那人的鬼月，你們會在河上遇見甲必丹・范戴克。你們會看到他的身體穿著一套染血的軍裝，伸出爬滿蛆蟲的雙手，捧著一顆楠木雕的假頭顱，伴隨在魔神峇里沙冷身旁，逡巡大河上下。你們記住，太陽底下切莫跟他打招呼……甲必丹・文生・范戴克是一位英勇的白人武士、熱愛家庭的男人、我一生最看重的死敵和摯友……

大夥忍不住紛紛昂起脖子，揉眼，望著屋梁。一盞汽燈照耀下，只見成群胡蜂流竄，鬧鬨鬨環繞著文生・范戴克上尉那顆烏瘤瘤的長滿猩紅痱子的斗大頭顱，汲汲忙忙，在他那兩窩子黑洞洞、金幣一般大的眼塘裡鑽入鑽出，搬運建材。看來，這群凶猛的婆羅洲飛蟲打算利用上尉空曠的、通風的腦殼，營造一幢避暑山莊呢。

——咦？您屋裡怎麼只有這一顆荷蘭頭顱？那次紅毛城之戰，論功行賞，天猛公您不是分得五顆上好人頭嗎？其他四顆到哪去了？怎沒掛在這間屋子裡？

三口阿辣革烈酒落了肚，滿臉脹紅，我，混跡在一群紅毛男女中、怯生生、依傍在洋姑媽身畔的支那少年，終於鼓足勇氣，從人堆中鑽出頭來，向大屋長報告我心中的疑惑。

暎，天猛公乜起他那兩隻白斑點點的青光眼，滿瞳子促狹，斜眼睨瞅我一眼，兀自仰望著屋梁若有所思，但笑而不答。

堂屋門口，密密匝匝聚集起幾百雙烏黑眼眸子，一簇繁星般，眨亮眨亮爭相閃爍不停，呆呆仰望那高坐廳堂的峇爸澳西。一個蘿蔔頭十二三歲，頂著一顆剃得光溜溜的腦袋瓜，戴著一副碩大的圓墨鏡，嘴裡咕嚕咕嚕嘬弄著一粒巧克力蛋，颼地從孩兒堆裡躥出來，躡手躡腳蛇行在酒席間，來到我身旁就一屁股蹲下，伸手捉住我的一隻耳朵，湊上嘴巴，附耳講了一番悄悄話，講完，蹦起腳，撅著屁股搖盪起胯下繫著的一片小紅布兜，猴兒樣一跳一躍爬出堂屋，溜回到門口，索回他原先所占的位子，又聳起頭來若無其事朝酒席上搜望。噗哧噗哧，門口那堆孩子一個個腆著小肚腩，鼓著腮幫，嘴裡含著各式糖果，滋滋有味地吮著吸著啄弄著，眼眸直勾勾地瞅著席上的眾賓客，拚命忍住笑。滿臉狐疑，我那群旅伴紛紛放下酒杯，一齊回頭望我。我假意躊躇半晌，在克絲婷鼓勵下才挺起腰桿來清清嗓子向大夥宣布：這個伊班男孩方才告訴我：他的曾祖父——天猛公・圖埃・魯馬・彭布海——當年從桑高鎮拎回五顆用阿納克山刀血淋淋活生生砍下的紅毛人頭，其中那最大、最威武的一顆頭顱屬於軍官階級，就掛在長屋正梁上，當作戰利品，其餘四顆是軍曹的頭顱，就掛在屋簷下風乾，然後用膠泥封住眼窩、鼻孔、耳洞和嘴巴，漆上紅漆，繪上神鳥婆羅門鳶的圖形，當作祭奉宇宙大神辛格朗・布龍的酒杯。這四隻人頭酒盅，使用了三十年，頭殼破漏，再也盛不住火烈的阿辣革酒，如今只好丟棄在毛廁裡，當作便溺器。待會酒喝多了，眾位賓客如果尿急，想方便的話，這個伊班男孩十分樂意帶領大家到毛廁走一遭，參觀這四顆紅毛人頭，順便使用一下……

這下我可踩到地雷啦！

我的旅伴，這群團團環繞著主人天猛公、盤腿席地而坐、邊喝阿辣革酒邊抽羅各菸、談談笑笑正在熱頭上的紅毛男女，笑咪咪聆聽我這席話，興味盎然，可聽到後半段，臉色卻突地一變。頂頭三盞汽燈白燦燦照射下，只見這三十張笑臉，剎那凍結住了，冰冷冷地一霎青一霎白一霎紫，宛如一簇霓虹燈只管閃爍變幻不停。滿屋的人倏忽沉靜下來。萬籟俱寂中，只聽得梁上那群築巢的胡蜂，嚶嚶嗡嗡噪鬧得越發張狂。梁下三十對眼珠子一眨不眨，凝聚成一束冰藍的火焰，一古腦兒投射到我身上來。我咬著牙，挺直腰桿子端坐不動。兩下裡當著天猛公的面，就這樣僵持約莫三十秒鐘。吃吃笑，克絲婷——我那原籍荷蘭、火紅紅頂著一頭赤髮絲的洋姑媽——率先打破沉默。她悄悄伸出一隻手肘，猛一捅坐在她身旁的我，隨即舉起酒盅，四下團團一敬：

——大家喝酒吧！瞧，魯馬加央長屋為我們準備多麼豐盛的菜肴，讓我們在旅途中倍感溫暖、親切。朋友們莫辜負主人的盛情喔。天猛公・圖埃・魯馬，我謹代表我們這支有緣路過魯馬加央的大河探險隊，向您致敬！我這個支那姪子，永，少年人酒量淺脾氣躁，喝了兩口阿辣革就胡言亂語，壞了禮數，回頭我會好好管教他。

——普安・克莉絲汀娜・房龍，我回敬您！我這個伊班老朽有幸認識您的祖父，都安・克里斯朵夫・房龍三世，皇家荷蘭陸軍上校。他是我平生交手過的最英勇的白人武士，他同時也是一位慈悲的莊園主人，生前善待我們伊班族。至於妳這位姪子，永，口齒雖然尖利，但他方才講的那番話大體是事實，這點，大神辛格朗・布龍的神鳥可以見證。永只不過是替我兒子的孫子，安海，傳個話而已。

老屋長這席話讓我聽得十分窩心，於是站起身來，端整臉容，誠誠懇懇，朝向我那群兀自繃著臉孔睥著我怒目而視的旅伴，彎下腰桿子，團團一鞠躬。

大夥猛一愣，約莫過了五秒，率先打破尷尬局面的，竟是那端坐酒席中彌勒佛樣腆著大肚膛，一逕瞇著眼睛不聲不響，小口小口啜著吐瓦克精釀老米酒，遊目四顧，優哉游哉笑看人生的澳西叔叔！一扭頭，他老人家不動聲色，伸手拍了拍盤足坐在他身旁的羅伯多・托斯卡尼尼的肩膀，叫他附耳過來，跟他說幾句悄悄話。眼一燦，羅伯多那張繃得死緊的臉孔，登時鬆懈了。他從我身上收回他那雙怒目，狠狠白我兩眼，笑啦，一轉身霍地起立，伸手抓了抓他那一頭刺蝟般四下怒張的赤褐髮絲，使勁甩兩下，撅起大屁股，顫巍巍傾身向前，朝向老屋長舉起酒盅，一鞠躬，昂起脖子，將那滿滿一盅生猛的土釀阿辣革米酒，只三口就乾個盅底朝天。

——勇敢的羅伯多，好樣的！

大夥轟然喝出一聲采。

霎時，男男女女齜牙咧嘴一屋賓客紛紛舉起酒盅，笑盈盈，祝福天猛公，順便一敬我們大河之旅的開心果，羅伯多•托斯卡尼尼閣下。

在澳西叔叔斡旋下，幸喜，一場對峙危機就這樣消弭於無形。

功德圓滿，澳西叔叔端坐回主客的尊貴位子，面對屋長天猛公，若無其事，昂揚著他那一頭燦爛的銀髮，腆著他那一坨皮鼓樣大肚膛，撮起兩根指頭，拈著酒盅小口小口啜飲吐瓦克酒。他老人家依舊笑瞇瞇遊目四顧，優哉游哉，繼續笑看他的人生。三不五時，我卻看見他勾過一隻海藍眼眸來，神祕地，瞅住堂屋門口聚集的一群孩子，悄悄眨一眼，笑兩笑。

娃兒們只顧腆著小肚腩，晃啊晃，搖盪著肚臍眼兒下繫著的一片紅布兜，咂巴咂巴啄弄著嘴裡的糖果，咭咭咯咯笑個不住。

——峇爸澳西，莎蘭姆！特你馬加色，都漢！

* * *

晚宴如火如荼繼續進行。

伊班盛宴，說穿了，不過是將長屋飼養的豬、雞和肉狗，挑最肥壯的幾隻宰殺了，加上雜樣山菜和野果，用古老方法烹調，生拌的煮熟的燒烤的醃漬的，幾十款菜肴密密麻麻鋪滿一張毯子，主人和賓客錯落入席，盤足挺腰抱拳，團團圍坐在堂屋中央那十坪大的竹編地板上，一盅接一盅，展開車輪戰開始拚酒……說到酒，丫頭，我必須多講幾句，向妳說明一下婆羅洲原住民日常飲用的兩種土酒：吐瓦克和阿辣革。吐瓦克是一般米酒，酒性還算溫和，屬婦女專用酒，上不得檯面，因此在我們大河之旅的記述中不具舉足輕重的地位，可存而不論。至於阿辣革，乃是勇士之酒，依照長屋祕傳配方，將小米和糯米按一定比例和工序蒸餾成白乾，挺精純凌厲，號稱伊班燒刀子。這才是宴會之酒。那晚在魯馬加央長屋，主人拳拳相勸，加上——說也玄奇——澳西叔叔那雙海藍眼眸笑瞇瞇，讚啊讚的，有意無意不動聲色慫恿之下，我們這群不速之客，不分男女全都拚了啦，大口大口喝阿辣革。一場晚宴下來，到底幹掉多少盅阿辣革？隔天早晨，我溜回到堂屋一看，發現那三只五加侖汽油桶裝的純度三十八巴仙烈酒，空空如也，喝得一滴不留。

那晚，我們的主人待客可真夠殷勤、熱誠，務必讓大夥盡歡而去，給這趟大河之旅留下一個美好的因緣、永遠的懷想。

妳看那個負責勸酒的伊班婆娘，儀態高華，舉止嫻雅，不知是天猛公的兒媳婦抑或是孫媳婦，三十七、八歲，胸口吊掛著兩顆咖啡色大木瓜，汗溱溱沉甸甸，顫啊，顫，水桶腰後撅起兩坨肥碩臀子，剛洗完澡似的，渾身滑溜溜水亮亮，只在肚臍眼上繫一條短短的印花紗籠。燈下，只見她用木盤子托著幾十盅酒，匍匐爬行地板上，穿梭於眾賓客間，拈起酒盅一個接一個殷殷奉酒。這會兒她正跪在艾力克森兄弟面前，羞答答仰起臉龐，瞅他倆一眼，笑兩笑，從木盤中挑撿出特大特滿的兩盅阿辣革，輕悄悄放在他們腳跟旁，接著就勾乜起她那兩隻烏亮烏亮水汪汪吊梢眼，睨睇著哥倆，又一笑，隨即伸手撩起滿肩漆黑濕髮絲，往耳脖後只一甩，昂起脖子扯起嗓門，哀怨地，曼聲唱起伊班迎賓曲來：

姑娘拿起斧頭
爬上山坡砍黃藤
編蓆子，讓客人安睡

姑娘拿起木杵
舂磨小米和糯米

釀美酒，勸客人開懷暢飲
姑娘拿起阿納克刀
溜上蓆床陪伴白郎
割葩椰，祭奉大神辛格朗……

——醚醁哇，醚醁哇！喝酒，喝酒！

白髮蒼蒼老屋長天猛公‧圖埃‧魯馬盤足高坐廳堂中央主位上，挺直腰桿子顧盼生威，環視眾賓客，笑吟吟下達飲酒令。

如聞綸音，我們大河探險隊的領隊兼嚮導——身穿一套迷彩裝，鼓鼓地，挺著個龐大的肚膛，腰繫一條荷蘭皇家陸軍叢林野戰部隊（早就解散啦）專用皮腰帶，掛上一只羅盤、兩枚山豬牙和大小兩柄阿納克刀的艾力克森兄弟，歐拉夫和艾力克——立刻拿起酒盅，雙手捧著一起朝向天猛公拱起臀子，哈腰，仰起脖子咕嚕一氣而盡，乎乾啦。可這哥倆那兩對碧綠眼瞳子卻只管勾勾地，一瞬不瞬，死盯著勸酒娘胸口那兩蓏子汗湩湩直欲滴出乳汁來的木瓜奶。如影隨形，眼涎涎，虎視眈眈。這對牛高馬大的北歐孿生兄弟腰圍寬闊，肚膛中裝得下五加侖啤酒，但今晚實在喝多了，燈下只見哥倆那同款的兩顆斗大頭顱（金毛狨狨水手頭、雀斑臉、小鉤鼻、圓圓的嘴洞鑲嵌著兩排乳白小齙牙，乍看像個淘氣的北歐森林妖怪），滿臉紅醭醭泛起酒疹，黴菌孳生般，滿腮竄冒出一粒粒白斑和紫皰子，好像得了某種皮膚病，模樣有點駭人，連那群聚集在堂屋門口，跂著腳，伸長脖子，愣愣睜睜觀看大人拚酒的孩子們，眼光一碰到人堆中這兩顆特大、特醒目的金黃頭顱，都不由自主地縮回脖子，咬著牙根打個冷哆嗦，慌忙閃避。姑娘拿起斧頭／爬上山坡砍黃藤／編蓆子……勸酒的伊班婆娘端著木盤子，母海豹般匍匐爬行地板上，四下穿梭遊走，邊取酒奉客邊扯起嗓門，招魂似地哀哀婉婉唱著迎賓歌。那一整晚，搜山狗似的，艾力克森兄弟的兩對眼珠子只顧瞄來瞟去，水汪汪骨碌骨碌兜轉個不停，緊緊地，追逐著堂屋中那鐘擺樣兩顆滴答滴答、晃來晃去的婆羅洲大木瓜，片刻不離，旁若無人。晚宴還沒散席呢，我就看見這兩兄弟一起站起身，互相使個眼色。歌聲歇了，木瓜婆娘從地板上撐起身子，幽幽嘆口氣，滿眼悲憫，回眸一望，搖盪起她腰後兩毬子緊繃繃包裹在花紗籠裡的豐美脂肪，婀婀娜娜端著空盤子，自顧自走出堂屋。颼地，有如電殛一般，艾力克森兄弟挺拔起他們那六呎五吋之軀，藉口上毛廁，順便參觀一下伊班大神辛格朗•布龍御用的四只人頭酒杯，也不顧眾人投來疑惑的眼光，哈個腰，朝向主人天猛公，以及那兀自腆著大肚膛端坐主客位子眼睇睇笑看人生的澳西叔叔，唱了個喏，告退。一轉身，哥倆就並肩走出堂屋，眾目睽睽之下，沿著長屋中那長長的一條黑漆漆的公共走廊，躡手躡腳，勾肩搭背，聳著兩顆斗大金黃頭顱，晃啊晃，槖躂槖躂邁著牛皮靴，追蹤那兩隻咖啡色木瓜去了……

堂屋裡，大夥喝酒吃菜正在興頭上，紛紛舉杯向主人致敬：

——英勇的伊班戰士、偉大的獵頭者、荷蘭人的天譴、紅毛城城主甲必丹・文生・范戴克上尉的死敵、黑森林之魔峇里沙冷的剋星、聖山峇都帝坂的守護者、魯馬加央長屋世襲大屋長，圖埃・魯馬・彭布海八世：我們這支來自西土的大河探險隊，蒙受宇宙大神辛格朗・布龍和萬能的主耶和華的眷顧、有幸路過貴長屋的聖山朝聖者，敬您！

——恭祝天猛公，眾酋之酋、諸神之子，延年益壽老當益壯，有生之年再砍下幾顆沙共人頭，懸掛長屋垂示後人。

——懇請您為我們表演一段伊班戰士獵人頭之舞。

——讓異邦人開一開眼界，見識見識名聞遐邇的婆羅洲傳統文明。

天猛公・圖埃・魯馬高坐主位不動如山，咕嚕咕嚕一口氣乾掉了五盅酒，臉飛紅，豪情陡起，雖然推辭再三，終究禁不住我們探險隊中女性隊員們使出水磨功夫，百般慫恿央求，終於嘆口氣，慨然站起身來，顫巍巍往場子中央一站，脫下他身上一直披著的寶藍仿綢團花支那袍子，猛一挺胸膛，燈下，赤條條綻露出他老人家枯癟如甲魚的軀幹。滿場肅然鴉雀無聲。眼一燦，大夥紛紛放下酒盅，傾身向前張開嘴巴湊上眼睛呆呆觀看半晌，鬨然，爆喝出一聲采來。白雪雪三盞汽燈照射下，只見他老人家那條身子，織錦似的五彩斑斕，四處鑲嵌著各式刺青圖案，密密匝匝星羅棋布，驀一瞧，好似一條燦爛的天河乍然出現在叢林長屋，再揉揉眼睛，看真切了，才發現他全身上下刺著各種蟲魚鳥獸：雲豹、水鹿、夜鷹、五條蜿蜒綣繾吐信的大蟒蛇、紅毛猩猩和長臂猿兩相好、調皮搗蛋的豬尾猴，還有還有，宇宙大神辛格朗・布龍的護駕神鳥，那總是黑魆魆招展著雙翼，孤獨地，盤旋在婆羅洲萬里無雲的碧空中，炯炯俯視叢林，剮剮剮，無時無刻不在守護著長屋子民的婆羅門鳶……颸颸颼颼，眾獸喧嘩眾鳥啁啾，如今全都會聚在天猛公身體上，好不鮮活、熱鬧，煞似一幅色彩繽紛精妙絕倫的婆羅洲百牲圖，活生生展現在我們眼前。丫頭，妳莫看這個老屋長年逾古稀，貌不驚人，黑赤赤乾巴巴一張鵝蛋臉，飽經赤道風吹日曬雨打，猴兒樣皺縮成一團，而他那條枯小身子，五呎不到，光溜溜只在胯間繫一條紅色纏腰布，包裹住兩粒小卵子，整個人看起來，不過就是個乾癟的伊班糟老頭。可是，這會兒，在長屋正堂盛宴上，他老人家板起腰桿子昂著小頭顱，矗立在一群牛高馬大紅毛綠眼頭大如斗的賓客間，展示他身上的刺青——還有還有，妳瞧那坑坑洞洞布滿他全身的箭鏃、矛頭、刀尖、來福槍子彈所造成的各種傷疤——這副架式，雄赳赳氣昂昂，眉宇之間顧盼生威，還頗為懾人哩！妳莫忘了，這糟老頭終究是曾經威服西婆羅洲，當年血洗紅毛城，卡嚓卡嚓，親手砍下五顆荷蘭頭的天猛公彭布海八世，眾酋之酋，卡江流域長屋之王。

篷，篷，老屋長舉起他右腿那隻光腳丫子，在竹編地板上使勁蹬了兩下。

——好！我這個承蒙大神垂憐，苟活到今天的伊班老朽，就為在座各位遠自北海的西土前來朝拜聖山的白人朋友，交灣普帖，以及我們最尊貴和慈善、備受長屋孩子們愛戴和信賴的賓客，來自南極澳洲的聖誕公公，英女皇御用大律師，澳西先生——唉，獻醜嘍，重披戰袍表演一段伊班戰士獵頭舞。醚酴醚酴，大家喝酒！

滴溜溜一轉身，老屋長邁開大步，挺起胸膛直闖過重重人堆，在長屋耆老們和婦孺敬畏的目光相送之下，刷地，掀開布簾，昂然走入後堂深處天猛公的寢殿，自個換裝去了。

＊　　＊　　＊

約莫過了十五分鐘，在眾賓客邊飲酒打屁邊翹首企盼中，他老人家再度現身，準備粉墨登場啦。只見這個天猛公・彭布海，伊班族百年來最偉大的獵頭者，渾身披掛全副戎裝打扮出場：頭戴一頂黃籐盔，頂端插著六根尖尖長長黑白相間的婆羅洲犀鳥翎羽，隨著戰士的步伐，不住抖盪；身披一襲雲豹皮戰袍，玎玲璫瑯，袍上綴著好幾排五顏六色的海螺和貝殼，鬼月催魂鈴似地，迎風晃響不停；腰繫一條銀色緞帶，上頭掛一支鹿角刀鞘，鞘中插一柄阿納克開山兼獵頭兩用刀，刀光霍霍，刀身迸亮，直欲飛竄出鞘口來，朝敵人的脖子砍過去！盛裝的圖埃・魯馬笑吟吟踩著丁字步，一步一旋身，三步一蹬腳，顧盼睥睨慢條斯理走進廳堂中來，才一亮相，喝！果然博得滿堂采。這身戎裝固然燦爛醒目，但真正讓大夥眼睛為之一亮的，卻是老戰士手上揝的盾牌。那菱形盾心，紅豔豔繪著一張血盆大口，淫笑醬醬，伸吐出兩枚巨大的山豬獠牙，翹尖尖白森森，彷彿隨時都會刺穿盾面，破盾而出。盾牌的兩側只見鬚毛毿毿，流蘇般，垂掛著好幾束梳編得十分整齊光滑的頭髮絲，一綹一綹，燈下火焰般紅亮，隨著戰士的呼嘯聲不住飄甩，閃忽，晃蕩，宛如一簇紅色的魅影，讓在座的大人和小孩看了禁不住心醉神迷，靈魂出竅……

大夥真的看傻了。

撲突，撲突，滿堂寂靜中只聽見陣陣心跳聲，從酒席上綻響出來。

我們旅行團中的婆羅洲戰史專家、牛津詩人、叢林冒險家、沙勞越博物館創立者安德魯・辛蒲森爵士，稟性內斂沉靜，不太吭聲，一整晚只管默默坐在角落裡，邊啜阿辣革邊想自己的心事，這時卻忽然開腔。他坐直身子面對大家清了清喉嚨，朗聲說：這面盾牌上掛的一束頭髮，是當年紅毛城戰役中，伊班海盜大頭目，自稱天猛公的朱雀・彭布海，從被俘虜的十個荷蘭兵頭皮上硬生生拔取下來的！一綹一綹拔光了頭髮，他才舉起獵頭刀——各位瞧，就是老屋長現在腰上掛的那柄沾血的阿納克刀——不顧敵人的哀號懇求，颼地，一刀捌穿敵人的心臟，然後才割下他們的頭顱……

臉煞白，大夥睜圓眼瞳，望著那一身戎裝笑吟吟佇立堂屋中央準備舉起盾牌表演戰士舞的老屋長，登時嚇得瑟縮成一團，咬著牙，咯咯咯只顧打起牙戰來。

——喔，這個海盜頭目朱雀・彭布海不就是我們的屋長圖埃・魯馬嗎？

——原來他以前是專殺俘虜的大海盜。

——天上的父！看不出來……

——瘦瘦小小的一個伊班老頭兒……

——模樣還挺慈祥、和藹……

——就像鄰家老祖父……

——噯，我剛才還差點喜歡上他老人家呢。

——孔夫子說，人不可以貌相，薩賓娜。

七嘴八舌嘰嘰呱呱，我們大河探險隊的女隊員們，妳瞧，除了克絲婷，全都變成一窩受驚的麻雀，紛紛張起膀子聒噪不休。

不聽也不睬，早已披掛整齊準備停當的伊班老獵頭勇士天猛公・圖埃・魯馬・朱雀・彭布海，自顧自踩著丁字步，一步一蹬腳，篷篷，雄赳赳氣昂昂走到主客澳西先生座前，繃著臉將手上的盾牌高高舉到眉心，致意。瞇笑瞇笑，澳西先生不慌不忙，伸手拂了拂自己身上那套十分光潔筆挺的乳白夏季西裝，聳著一頭燦爛銀髮，一扭腰，從草蓆上抬起他那兩墩肥碩臀子，略一欠身，舉起手上那盅吐瓦克精釀老米酒，回禮。天猛公收回了盾牌，白髮蒼蒼滿面風霜，昂起他那顆黥紋小頭顱，簌簌，抖了抖頭盔上插著的六根尖尖長長的婆羅洲犀鳥翎羽，瞪著滿場觀眾，猛然一旋身。

起舞。

可說也詭異，他老人家臉上一逕帶著夢般的神情，噘著嘴似笑非笑，眼波流轉，眽眽地睨睇著那半空中不知什麼東西，好久文風不動，整個人彷彿沉醉在某種邈古、淒迷、早已遺忘卻又突然憶起的春夢中。妳看他，直條條挺起腰桿子，舉腳往廳堂中央只一站，抬望眼，只顧凝睇屋梁上嚶嚶嗡嗡懸吊的虆虆人頭，隨即低頭看著地板，苦苦思索半晌，終於下定決心似地猛一舉盾牌，朝向座上眾賓客，嘬起嘴唇縱聲一嗥，自管甩動起盾牌，嘩喇嘩喇搖盪起牌上綴掛的那一綹綹赤紅頭髮絲，跟著又一聲梟叫，高高蹺起了右腿那隻光腳丫子，篷，篷，蹬兩下，邁出了伊班戰士舞的第一步。亙古的獵人頭傳奇，陰曆七月，在魯馬加央長屋的一場夜宴上，即將重現在我們眼前。霎時，老屋長那條刺青斑斑的枯瘦身子，給打足了氣似的，驟然膨脹了起來，緊綳綳，整個人變成一枚上緊發條的大陀螺，滴溜溜滴溜溜，滿場子只管兜轉旋舞不停。忽然，他老人家硬生生煞住步伐，沒等身子站穩就舉起左腳，篷的一聲，猛一蹬那竹子編成的地板，隨即嘬起嘴唇，淒厲地仰天長嘯三聲，面對窗外那樹影婆娑山魈出沒的浩瀚叢林，天際，磈磈礧礧一座石頭山，還有那一枚魅影似的飄忽在山巔的上弦月，恭恭敬敬彎下腰桿，抖抖盔上羽毛，揚揚手中盾牌，甩甩牌上掛的一叢人髮，以最虔敬的伊班戰士之禮，向宇宙大神辛格朗•布龍致謝：

——圖埃布龍，特你馬加色，都漢！

汽燈雪亮照射下，只見他老人家那張猴兒樣枯皺的小臉孔，紅撲撲，彷彿突然間夢見了兒時的小情人，羞答答，綻現出兩渦子天真爛漫的笑靨來。

噗哧，噗哧，我們探險隊中那一窩噪鬧不休的麻雀看得呆了，想笑卻又不敢笑出聲來，一個個拚命抿住嘴巴，咬著下唇忍住笑。

貴賓席最尊貴的上座中，澳西叔叔雙手捧著他的大肚膛一逕盤足而坐，彌勒佛樣，笑瞇瞇遊目四顧，似乎看得興味盎然。

兜著轉著蹎著跳著，蹬蹦蹬簷拆簷拆，伊班老戰士只顧邁著他那兩隻光腳丫子，踩著竹編地板，擎起盾牌，抖起盔翎，搖盪起他那件光彩奪目的五花雲豹皮古戰袍，喝醉酒般，癲癲狂狂旋舞了五六回。忽然，他老人家煞住舞步，垂下盾牌，遮擋住自己的身子，跟著就屈起雙膝往地上一蹲，出恭似地，翹起臀子來，箕張著兩隻瘦腿，伸出鼻子翕張著鼻孔窸窣窸窣不知在聞嗅什麼物事，好久眼珠子才滴溜溜一轉，好像察覺到什麼東西，眼一亮，悄悄抬起腰臀，伏低身子，躡手躡腳探頭探腦繞著場子只顧遊走，瞧他那副戒慎恐懼的勁兒，顯然是在搜尋敵人的蹤跡。煞有介事，只見他老人家骨碌骨碌不斷轉動兩粒眼珠，一顆腦袋擺盪不停，時而瞧瞧自己左肩，時而察看自己右臂，疑神疑鬼，燈下但見他臉上表情走馬燈也似變幻不定，好像川劇變臉術，忽爾齜牙咧嘴，怒目瞪視，忽爾挑起眉梢，倉皇四顧，就這樣在想像的灌木叢中搜索半天，眼睛猛一睜，終於發現敵蹤啦。他趕緊又蹲下身子，嘟嘟囔囔嘴裡不斷發出冷笑聲。神不知鬼不覺，獵頭勇士悄悄伸手，往腰間繫著的那支鹿角刀鞘只一摸，明晃晃亮閃閃，颼地拔出那把不知暢飲過多少荷蘭血的阿納克刀。接著，格格一咬牙，老人家就扯起他那條嘶啞的嗓子，猛然暴喝三聲，舉起盾牌縱身一騰躍，整個身子便像斷線的紙鳶，沒頭沒腦直撲了過去。燈下刀光熠熠，四下流竄閃爍，但見他手上的兵器遊龍也似飛耍不停，忽刺忽砍，左擋右搡，兩下裡浴血格鬥約莫八十回合。血戰方酣，對方突然殺雞也似尖叫一聲，舉起雙手棄械投降，撲通，整個人趴伏在叢林中泥巴地裡，鼕鼕鼕磕頭直如搗蒜。於是，我們這位英勇的伊班獵頭戰士——魯馬加央長屋的保衛者、天神辛格朗・布龍的使臣、神鳥婆羅門鳶的飼養人，天猛公圖埃・魯馬・朱雀・彭布海——伸出他那刺青斑斑的手爪子，剮剮剮，一綹一綹拔掉地上那個傢伙的頭髮，血淋淋捲成一束，掖在腰帶裡，隨即就一手舉起那齜著血盆大口、吐出兩枚大獠牙、滿臉赤紅鬚髮虯張的盾牌，一手兜啊兜晃啊晃，只顧揮舞他那把曾在紅毛城砍下五顆荷蘭頭的山刀，面對座上眾女賓客，耍弄半天，這才昂起脖子仰首朝天，磔磔磔狂笑三聲，手起刀落，卡嚓。

男賓們咬著牙忍不住也大叫一聲：

——卡嚓！

——卡嚓卡嚓！卡——嚓！

堂屋門口圍觀戰士舞的孩子們，男生女生全挨擠成一團，這時也扯起嗓門鬨然喝出一聲采。妳看，這些娃兒一個個圓睜著他們那烏亮，烏亮，星星般皎潔的兩隻眼瞳，一時間，只看得目眩神迷如醉如癡，看到後來，著了魔似的，紛紛伸出小手臂，模仿起老族長的姿態和動作，伴隨著他老人家的狂笑聲，也來個手起刀落，把他們的幼嫩手掌高高舉到空中，朝著屋梁上懸吊的那一堆骷髏頭，咬著牙猛一砍：

——卡嚓！

——特你馬加色，都漢！

梁上築巢的胡蜂群驀地驚起，一窩子嚶嚶嚶，沒頭蒼蠅似的滿屋子亂飛亂竄。舞罷，神采飛揚，老屋長天猛公脹紅著他那張老猴兒臉，汗濟濟喘吁吁，鼓起胸脯子矗立堂屋中央，慢條斯理不慌不忙，檢視起自己的儀容來。他將獵頭刀高舉到燈下凝睇半晌，颼地回刀入鞘，然後伸出手來撣了撣身上那襲雲豹皮老戰袍，扶扶頭上那頂黃籐盔，勾起小指頭，鏗然一聲，彈了彈盔頂插著的六根尖尖長長黑白相間挺耀眼的犀鳥尾翎，接著，小心翼翼放下盾牌，邁著丁字步，一步一扭腰，三步一蹬腳，昂然走到酒席上那群團團席地而坐的賓客面前，站穩了腳步，睜著精光四射的雙眼，朝向主客澳西叔叔一躬，隨即眼一柔，笑吟吟瞅著在座的女士們，陡然張開他的雙掌，往她們眼前攤開來，燈下亮了亮。大夥一愣，趕忙湊上前去觀看。鬨然一聲聒噪，門口圍觀的娃兒們也紛紛踮起腳尖，昂起脖子，將成百顆小頭顱伸進堂屋中來。白雪雪，頂頭三盞汽燈照射下，只見老屋長手上那十根乾癟的指頭上，符咒一般，妖妖嬈嬈魑魅魍魎，刺著好幾十個神祕的黑十字星號。滿眼迷惑一臉惶恐，大夥紛紛回過頭去，帶著詢問的眼光，望著座中的婆羅洲民俗專家。

滿臉愁苦，安德魯・辛蒲森爵士慢吞吞拈起酒盅啜兩口阿辣革酒，咕嚕咕嚕清清喉嚨，然後才把臉容一端，開言道：

——這是伊班獵頭族的傳統。勇士上戰場，拎回一枚首級，就有資格在自己手指上刺一個星號，割取頭顱越多，手上星號也越多。你們看這位朱雀・彭布海屋長的兩隻手，十根手指上總共刺有六十個星號，這表示，迄今為止，他一生總共殺了六十個敵人，割下六十顆好頭顱。各位再仔細看，這些星號中有三個是新刺的，顏色還挺鮮豔，格外醒目，顯然就是今天上午參觀魯馬加央長屋收藏的人頭時，屋長告訴我們的，他最近受英國軍部委託，率領長屋勇士，在沙加邊界設伏，在戰鬥中親手砍下的三顆沙共幹部頭顱。其中一顆女頭顱，留著一條烏黑長辮子，五官生得還挺俊秀——各位請抬起頭來看屋梁——這顆頭，據朱雀屋長自己說（尚未獲倫敦確認），乃是屬於沙共游擊隊一名女指戰員……薩賓娜，妳莫伸手觸摸朱雀屋長的手！那上頭寄居著六十隻鬼魂哪。大家想必以為，這位個頭瘦瘦小小、模樣挺慈祥就像鄰家祖父的伊班老頭兒，骨子裡是個嗜血成性、殺人不眨眼的魔頭，但我可以向各位保證，身為卡布雅斯河流域第一大聚落魯馬加央的首領，統率數百伊班勇士，多年征戰四方，朱雀屋長這一生殺的人並不算多，而所割取的頭顱——套句流行語——還擠不進前十名排行榜呢。今年初，我在成邦江上游從事田野調查，借住魯馬澎澎長屋，無意中，親眼看見屋長手上刺著三百多個星號，密密麻麻，就像一幅天文圖。兩手十指，容納不下這麼多星號，只好刺到掌心上來嘍。

聽專家這麼一解說，我那群女旅伴當場都傻住啦，臉煞白，好久只管面面相覷，怔怔地發了好一回愣。神勇的伊班獵頭戰士天猛公圖埃・魯馬・朱雀・彭布海笑吟吟，一身戎裝，滿臉黥紋，兀自鼓著胸脯直條條挺著他那隻乾癟的小身子，大剌剌，佇立堂屋中央睨睇著眾賓客。驀地裡，一聲嘩然，我的女旅伴們從驚愕中甦醒，登時又變成一窩聒噪的麻雀，吱吱喳喳鼓著膀子騷動起來。妳看這起紅毛女子，忽而湊上眼睛，仔細觀察老屋長兩隻手掌上繁星般嵌著的神祕符碼，抖簌簌伸出食指尖，一顆星一顆星點數著：五十六、五十七、五十八……忽而抬起頭來揉揉眼睛，仰起臉龐伸長脖子，眺望頭頂屋梁上群蠅繚繞中蓏蓏虆虆懸吊著的一堆人頭，猛一哆嗦，又怔怔發起了愣來。

——太詭異了！我還握過這個天猛公屋長的兩隻手呢，那上頭附著六十隻鬼……

——住嘴，薩賓娜！我們誰沒握過他的手？

——今晚我們得住在這座長屋，跟群鬼一起過夜喔。

——媽媽咪，我們邊參觀髑髏頭，邊欣賞伊班戰士獵人頭舞，邊喝阿辣革烈酒……

——好一場長屋夜宴！

——天上的父！我們別再談論人頭吧，來段輕鬆愉快的餘興節目吧。

——唱歌，唱歌。

——我們要聽一首節奏輕快、調子奔放、振奮人心的歌。

——配合我們的阿辣革酒。

——大夥，讓我們今晚熱血沸騰吧，忘記屋梁上掛著的那六十顆直瞪著我們瞧的人頭。

——克絲婷，房龍小姐，妳來唱浪漫淒美的民謠〈荷蘭低低的地〉。新婚那天夜晚／我和我的愛相擁床上／海軍拉伕隊來到床前呼喝——

——起床，起床，小夥子／跟隨我們搭乘戰艦前往／荷蘭那低低的地！

——荷蘭那低——低的地！

——荷蘭那低低低的地！

——那低——低——低——低的地！

——尊貴的屋長天猛公朱雀・彭布海殿下、敬愛的嘉賓澳西先生・峇爸閣下，以及魯馬加央長屋眾父老鄉親們：我們，來自遙遠西土的大河探險隊、聖山峇都帝坂朝聖者，受宇宙大神辛格朗・布龍和主耶和華的眷顧，有緣路過貴長屋接受熱誠款待。為了答謝你們，我們隊中的歌手克莉絲汀娜・房龍小姐，願獻唱一曲西土民謠〈荷蘭低低的地〉，為今晚這場盛宴助興。請大家舉起雙手熱烈鼓掌，歡迎房龍小姐出場！克絲婷，請。

*　　*　　*

克絲婷喝醉了。那一整晚她不知中了什麼邪，放浪地，把她那條命豁出去了，大口大口喝著純度三十八巴仙的阿辣革酒，喝到後來，索性接酒就乾，一盅接一盅直喝到兩眼翻白，雙手戰抖，直喝到她那張被赤道太陽曬成銅棕色的臉龐泛起了青光來，兩腮子汗潸潸，直喝到，妳看吧，她鼻梁旁顴骨上那兩蕊子俏麗可愛的小雀斑，紅醭醭水亮水亮，變成了一粒粒面皰樣的酒疹。平日她那一頭調弄得十分佻撻、毬鬈、飛颺的赤紅髮鬃，不知什麼時候披散了開來，掃帚樣四下箕張，燈下宛如一蓬熊熊燃燒的野火。醚醁醚醁，喝酒喝酒！老屋長高坐主位笑吟吟不斷下達飲酒令。姑娘拿起巴冷刀／爬上山坡砍黃藤／編蓆子……姑娘拿起木杵子／舂磨小米和糯米／釀美酒……一身粉紅紗籠匍匐爬行地板上殷殷勸酒的伊班姑娘們，走馬燈般輪番穿梭酒席間，端著木盤子，曼聲唱著迎賓歌，一盅接一盅不住向客人奉酒。在老屋長含笑鼓勵、夥伴們在旁起鬨下，克絲婷來者不拒，二話不說眉頭不皺，就從姑娘手中接過一盅又一盅斟得滿滿的伊班燒刀子，乎乾啦。我坐在一旁，幫她數著。數到天猛公粉墨登場表演戰士舞時，我向大夥宣布：克絲婷已經幹掉十盅阿辣革，絕不能喝了，再喝她就會暴斃！可她卻使起性子，狠狠撥開我伸過來替她擋酒的手，格格笑面不改色，依舊從那燦笑如花樂不可支的伊班姑娘手裡接過酒盅，昂起脖子咕嚕嚕一氣而盡。她喝，喝，喝，沒命價喝，直喝到整個人變了個樣，變成一個我不願相認的在公開場合借酒賣瘋的醜洋婆子。妳看她現在這副德性：時而甩起頭髮，咧開她那張猩紅大嘴巴，乜斜起她那雙充血的碧眼眸，䁖啊䁖，瞅著場子中央哼哼嗨嗨跳跳躥躥表演獵人頭舞正在熱頭上的天猛公，吃吃吃，沒來由的浪笑；時而沉下臉孔，整個人突然陷入深沉的孤獨中，對誰都不理睬，陰著一張臉孔只管靜靜想自己的心事；過了兩分鐘，卻又變得活潑開朗起來，一隻小麻雀樣聒噪不休，跟夥伴們有說有笑，廝混成一團好不親熱；忽然又凝住眸子，泫然欲淚，眺望著窗外那黑莽莽叢林中一鉤雪似皎潔的新月，怔怔出起神來……喝到第十三盅酒，在屋長誠邀以及夥伴們鼓譟慫恿之下，克絲婷——我六天前糊里糊塗相認的洋姑媽、西婆羅洲坤甸城房龍莊園的唯一繼承者、我們這支大河探險隊的發起人，普安・克莉絲汀娜・馬利亞・房龍小姐——半推半就羞答答從座席上站起身來啦，準備獻唱一曲她家鄉的民謠〈荷蘭低低的地〉。只見她，顫巍巍，抖索著兩隻膝頭走到場子中央，沉吟半晌，伸手拂拂頭髮，整整身上那襲專為今晚長屋盛宴穿上的白底碎花及踝長裙，好一會靜靜瞅著大家，眼瞳子忽然一柔，霎時，夢一般，她臉龐上漾亮出一股孺慕的、思鄉的神采，好像又在夢中見到雙親似的。在堂屋裡外幾百雙眼睛殷殷注視之下，克絲婷幽幽嘆口氣，開始唱歌。

英瑪・伊薩——嗳——伊薩
曼巴哟・瓦喀兮・帕蓋矣

大夥一聽登時愣住了，這不是〈荷蘭低低的地〉！這是一首不知名堂的歌謠或經咒，魔語般詭譎神祕，刀剮般刺耳，好像天猛公手掌上刺著的兩幅星星符碼，鬼氣森森鬼影幢幢，令人渾身毛骨悚然，又好像黑魆魆叢林深處子夜凌晨突然傳出的一陣哭泣，啼血般，挾著一聲聲哀訴，隨風飄蕩到長屋中來，讓人聽了忍不住渾身冒起雞母皮，咬緊牙根打出一連串冷哆嗦。一臉惶惑，莫名所以，我那群紅毛旅伴都聽呆啦。可我心中明白，克絲婷唱的並不是什麼經咒，是〈民答那峨春米歌〉。我當初在房龍農莊上，還有，後來旅途中，在桑高鎮白骨墩紅毛城木瓜園一枚月牙兒下，曾聽見有個女人唱這首歌。

彷彿著了魔，又好似鬼魂附身，克絲婷面對夥伴們投來的一堆疑惑的目光，只是不瞅不睬，一逕扠著腰昂著頭，佇立廳堂中央，睜著她那雙瘋婆子樣血絲斑斕精光四射的眼眸，望著窗外荒冷的月色，夢一般，自顧自扯著嗓門曼聲唱下去：

英瑪・伊薩——嗳——伊薩
坎嫩坎達特・巴巴喀喃兮……

堂屋內外，那幾百雙聚集在魯馬加央長屋夜宴上的幽黑伊班眼瞳，剎那，彷彿全都給凍結住了，一眨不眨，只顧靜靜盯著那高䠷䠷佇立廳堂中央的赤髮碧眼女歌者，一時聽得出神。老屋長率先舉起雙手打起節拍。霎時間，彷彿接到指令似的，門口圍觀的百來個孩子紛紛高舉雙臂，同時擊起掌來。叭。叭。叭。節拍聲一濤一濤應和著克絲婷的歌聲，浩浩瀚瀚在長屋中綻響開來，久久迴盪在長廊間。宴席上，那群匍匐穿梭在賓客間不住勸酒的姑娘紛紛放下手上的酒盤子，豎起耳朵凝聽，嘩然一聲紛紛跳起身來，拎起紗籠襬子，蹦蹬蹦蹬鬼趕樣跑出堂屋，沒多久又跑回來，每個人手裡揝著一根舂米用的木杵，往廳堂中央一站，圍成一圈，團團簇擁住了那引吭高歌如醉如癡的克絲婷，挺有默契的一齊舉起杵子，伴隨著克絲婷的歌聲，一杵一杵，篷篷篷，舂米似的只管往堂屋中央的竹編地板上撞擊：

——英瑪・伊薩——嗳——伊薩

——篷！

——曼巴喲・瓦喀兮・帕蓋矣

——篷篷！

——坎嫩坎達特・巴巴喀喃

——篷篷篷！

——巴巴喀喃兮・帕蓋矣

——篷篷篷篷！

——英瑪・伊薩——噯——伊薩

——篷！篷！篷篷篷！

姑娘們舉起杵子，一句句呼應克絲婷越唱越是哀怨淒涼的歌聲，拔尖嗓子齊聲吆喝。

我聽得入迷了。恍惚間，一顆心飄飄盪盪，倏忽又回到了兒時的另一場盛宴。那是在一座馬來甘榜舉行的婚禮。我有個兄弟，大弟永傑，出生後因為我母親身體不好，產後奶水不足，從小被送到一戶來自民答那峨的馬來人家寄養。我們這華、巫兩家隔著一條河，本應老死不相往來，卻因著大弟的關係結了緣，變成通家之好，可他們家從不邀請我們家渡河到甘榜作客，直到他們家長子——我大弟的奶兄——長大成親，我們家才受邀搭乘綵船，渡過這條在我童稚心靈中有如天塹般不可跨過的沙勞越河，到古晉城對岸的異域，甘榜艾斯丹納，參加婚宴。整座甘榜張燈結綵，洋溢節日氣氛。我這輩子從沒見過這麼多鮮花——那繽紛燦爛迎著一輪麗日，煙火般一蓬蓬爭相迸綻的熱帶花卉——薈集一座小小村莊，在喜氣洋洋的日子裡，湊熱鬧似的怒放在赤道那一弧海樣湛藍的天空下！從小在古晉城長大，我也沒見過這麼多精美的紗籠，各色各樣，男裝女裝，爭妍鬥麗穿在人們身上，變魔術似的倏地一古腦兒出現在一個場子裡。這是我一生參加過的最華麗、絢爛可也最純真、簡樸的婚禮。但令我印象最深刻，在我心目中永遠都是一幅最美麗的人生畫面，就連——啊！朱鴒漫遊仙境——都無法取代的，卻是那一群舂米的民答那峨姑娘。妳看豔陽下，村中廣場上，聚集著三十幾個花信年華的少女，選美似的競相穿著最鮮豔、最別緻、最光彩奪目的金黃花紗籠，長髮飄飄，兩腮紅撲撲，打扮得比新娘子還亮眼。每個人手裡握著一根木杵。每個人都揚起臉龐，俏皮地，噘起嘴唇上一蕾子血紅丹硃，乜著兩隻杏仁眼，對著那面無表情並肩端坐花壇上接受親友祝福的一雙璧人，邊舂米邊唱歌，好似一群出谷的黃鸝——綽號「叢林之珠」的婆羅洲最美的鳥——爭相放縱嗓子，歌聲中充滿喜樂歡娛……而今妳聽，在魯馬加央長屋夜宴，同樣的優美曲調，隻字未改的民答那峨舂米歌，從克絲婷嘴裡流轉出來，卻突然變得好幽怨好淒楚，好像村中一個不甘心的母親，孤獨地面對她夭折的嬰兒，在唱最後一首搖籃曲：

古瑪士・蘇・葛蘇喂・丹
英瑪・伊薩——嗳——伊薩……

但說也奇怪，在場的伊班人卻不以為忤，一逕豎起耳朵，凝神聆聽。

老屋長聽得出神了。妳看他那猴兒樣皺縮成一團的枯癟小臉孔，夢幻般，漾亮起了一股悠遠的、無比親暱溫柔的光彩，彷彿心中某根私祕的弦子突然被觸動似的。久久，他兩隻手停留在半空中，僵住了，一時竟忘記打節拍。

那群勸酒的姑娘依舊舉著杵子，篷，篷篷篷，不住敲擊地板，時而扯起嗓門厲聲吆喝一兩句，昂頭，猛一甩披肩長髮，興高采烈地為克絲婷的「春米歌／搖籃曲」助威。

堂屋門口，圍觀的孩子們跂著腳翹起屁股拍著手，聽著瞅望著，不知在誰帶頭下，驀地發出一聲喊，紛紛蹦起腳來，一個個腆著圓鼓鼓的小肚腩，兜盪起肚臍眼下繫著的一片小紅布兜兒，跑到長廊上，男生女生捉對兒，就在梁上一堆骷髏頭炯炯俯視下，歡天喜地蹁躚起那耳鬢廝磨令人臉紅心跳的伊班求偶舞來。歡樂的春日氣氛，登時洋溢一屋子。頭頂上只聽得群蠅亂飛，一窩胡蜂狂叫。我那群一臉迷惑披頭散髮盤足坐在草薦上的女旅伴們，拈著酒盅啜著阿辣革，看呆了，嘩然，在薩賓娜帶頭下，個個撈起裙襬從酒宴上跳起身，嘰嘰呱呱，宛如一窩子掙脫腳鐐衝出樊籠的麻雀，紛紛張起膀子，飛撲出堂屋門口，加入伊班娃兒的嘉年華會。霎時間，那長長的平日空盪盪的一條長屋迴廊，篷拆篷拆，舞步聲四起，魔幻般迸冒出了好一場即興的、無比奔放熱鬧的伊班舞會！

英瑪・伊薩——嗳——伊薩

曼巴哟・卡德兮・安丹……

可更詭譎的是，我那群男旅伴卻一逕端坐不動。妳看他們，一個個鐵青著臉孔，愣睜著他們那紅醭醭鷹鉤鼻尖上兩口空洞洞的眼塘，如見鬼魅，只顧呆呆瞅著窗外。我順著他們的眼光望過去，又看見了英瑪・阿依曼。只見她依舊穿著她那條水紅紗籠，懷裡濕漉漉的，寶貝似地，依舊抱著她那個用黃色小被褥包裹的死嬰，整個人一動不動，木雕泥塑一般，只是靜靜站在窗外屋簷下，面向堂屋，睜著兩隻漆黑眼眸，好久好久無聲無息定定朝屋裡凝望。一頭枯黃亂髮絲，濕答答。

猛一甩頭，我狠狠揉了揉眼睛，伸手攫住克絲婷的裙襬，使勁扯五六下。

——別唱別唱，克絲婷！不要再唱這首歌了。

——英瑪・伊薩——噯——伊薩／曼巴喲巴巴喀喃兮葛蘇喂……

——篷！篷篷！

不瞅不睬，克絲婷佇立堂屋中央，交握著雙手，著了魔般，直條條地挺著她身上那襲白底碎花連身及踝長裙，燈下，頂著一頭野火樣赤髮絲，自顧自扯著她那條嘶啞嗓子，翻來覆去吟吟哦哦，念咒似地唱她那首英瑪英瑪沒完沒了的春米歌。

如醉如癡似笑非笑，春米的伊班姑娘們兀自甩著頭髮扭著腰肢，團團簇擁住克絲婷，應和著她的歌聲，操舞手中的杵子，不停地舂米，直要把那竹編的地板鑿出十個洞來。

窗口那兩隻漆黑眼眸一眨不眨，瞳孔中血絲斑斕，好似兩撮靈火，閃忽在那從堂屋投射出的一圈燈光中，半天悄沒聲，只管盯著窗內正如火如荼進行中的這場長屋盛宴。

滿頭大汗一臉脹紅，渾身抖簌簌，我那群男旅伴拱起臀子團團蹲坐草蓆上，繃著臉，揩著酒盅，大口大口喝著悶酒，被窗口兩隻一瞬不瞬的眼睛盯得心煩了，開始躁動不安起來。不知誰率先發難，呸的詛咒出一聲。

——屎！這座長屋鬧鬼。

——是那個民答那峨女人！

——哦？阿依曼不是投河自殺了嗎？

——變成一隻水鬼，抱著她的孩子來找爸爸了。

——羅伯多，你逃不掉的，嘻嘻。

——你才是她孩子的親生爸爸，湯米！

——喂，你們兩個別爭了。這個女鬼是克絲婷勾引來的。永，拜託你去叫你姑媽閉嘴，別再半夜鬼哭似的唱這首魔咒一般的舂米歌。房龍小姐被鬼附身了。

——醚醾醚醾！喝酒喝酒！羅伯多，別甩這隻馬來女水鬼，我們自管喝我們的酒唄。這可是純度三十八巴仙、綽號解百憂、讓你一覺安睡到天亮的阿辣革哇。來，乾一杯。

——嘿，永，當個男子漢！也來跟我們乾一杯阿辣革吧。

我沒答理這一夥紅毛男子漢，甩開了臉，自管朝窗口望去，眼一花，只聽得幽幽一聲嘆息。枝葉扶疏搖曳中好像有一條身影晃動。我凝起眼睛，瞧得真切，看見一條粉紅紗籠漂盪在一瓢水月清光下，沒聲沒息閃閃忽忽，穿梭在窗外屋簷下一簇簇子夜盛開的花木間，只管來回徜徉躑躅，卻不時回過臉來，睜著眼睛伸長脖子朝屋內搜望。忽然，她脖子上那叢披散的枯黃髮絲聳了起來，濕答答，甩兩甩。接著我又聽見沉沉的兩聲嘆息。隨即身影一閃，髮鬢一飄，阿依曼抱著她的娃娃走出屋簷外，母子倆隱沒入黑夜中。樹影沙沙，那條水紅紗籠飄飄搖搖，倏忽，消失在魯馬加央長屋外那莽莽蒼蒼無邊無際叢林裡，只剩下一雙烏黑眼瞳子，碧熒熒，映照著月光，燐火樣閃爍著兩蕊子血絲，好久好久依依不捨，朝向窗內堂屋中的酒宴炯炯瞅望，不停搜尋。

堂屋中，克絲婷的舂米歌唱得越發淒厲了，那魔咒似的搖籃曲，一聲啼泣，挾帶一聲怨嘆，從克絲婷嘶啞的嗓音中流轉出來，反覆纏綿哽哽噎噎，伴隨著窗外月光下兩瞳子飄蕩的鬼火，不住迴盪在魯馬加央長屋。唱到後來，克絲婷泣不成聲，連堂屋外長廊上翩躚起舞正在熱頭上的伊班娃兒們，也豎起耳朵，聽得泫然，不知不覺間一個個停下舞步，肅立，端整起臉容，中了蠱似地紛紛昂起脖子張開嘴巴，應和著克絲婷，引吭高歌起民答那峨舂米歌／搖籃曲來。霎時，宛如成群黃鶯出谷般，長屋中浩浩瀚瀚綻響起了一部童聲大合唱：

英瑪・伊薩——噯——伊薩
沙貢喀德・笛的・曼巴喲
伊薩爾紗籠・吉耶克科
英瑪・伊薩——噯——伊薩

我那群紅毛男旅伴終於按捺不住，發火啦。一如大夥期盼的，首先從酒席上站起來發難的是羅伯多・托斯卡尼尼，聯合國教科文組織派駐坤甸專員、靈犬卡特琳娜的摯友。燈下，只見他怒張著一頭翹鬈的赤紅髮，直條條、脹鼓鼓地挺著他那短小結棍的身子，唓嗏，低吼一聲，齜起門牙來朝向廳堂中央猛一喝：

——夠了！房龍小姐，不要再唱這首鬼歌了。

——夠就是夠！我們受夠了，懂嗎？

——克絲婷，妳閉嘴！坐下來！好好喝酒可以嗎？

鬨然一聲山鳴谷應，我們大河探險隊中的男隊員們紛紛站起身，氣沖沖，掙紅一張張鐵青臉膛，伸出一條條金毛手臂，直直指住這位在酒席上為主人天猛公圖埃・魯馬和貴客澳西叔叔・峇爸澳西，殷殷獻唱的荷蘭女歌者。

電殛也似，偌大的二十坪長屋廳堂登時沉靜下來，鴉雀無聲。

窗外叢林中月光下幽幽一聲嘆息。

——噯。

* * *

宴會的主人，魯馬加央長屋大屋長依舊一身伊班戎裝，神威凜凜高踞主位上俯視全場，這時，他老人家眼見座上這群紅毛賓客為了舂米歌，分成男女兩陣營對峙起來，孩兒樣，怒目相視一觸即發，山雨欲來，場中情勢端的十分凶險，於是趕緊噘唇仰天唿哨三聲，霍地起立，使勁抖抖頭盔上六根犀鳥翎羽，嘩喇嘩喇，搖盪盾牌上張牙舞爪笑齾齾招揚著的十二綹血漬斑斑的赤褐鬚毛，高高舉起酒盅，再次下達飲酒令：

——醚醁醚醁！喝酒，喝酒！

如聞綸音，舂米的伊班姑娘們立刻放下手中的杵子，咻咻喘，齊集廳堂中央，拂拂肩上那一把汗湫湫烏黑髮鬘，整整身上花紗籠，一扭腰，隨即往地板上一跪，端起木盤子，又開始匍匐爬行起來，穿梭在眾賓客之間，邊勸酒，邊扯著嬌嫩嗓子曼聲唱起迎賓歌，唱一段，笑盈盈進一盅阿辣革：

姑娘拿起巴冷刀
走進森林砍西米樹
做糕餅，請客人品嘗——

男賓們聽得癡啦，臉一柔，紛紛收回拳頭坐回原位，從姑娘手裡接過酒盅，笑嗨嗨一氣而盡。一場危機在姑娘們殷殷勸酒之下消弭於無形。長老們鬆了口氣，舉盅敬澳西閣下。魯馬加央長屋夜宴如火如荼繼續進行著。言笑晏晏，一室如春。屋長天猛公嘩喇喇舉起盾牌，砰砰在地板上敲兩下，待大夥兒都安靜下來了，他老人家才舉起酒盅朝向頭頂屋梁上炯炯俯視的髑髏們一敬，隨即咳嗽一聲，咕嚕咕嚕清了清喉嚨，開言道：

——感謝萬能的公正無私的宇宙大神辛格朗・布龍／耶和華，讓今晚這場宴會順利舉行，賓主盡歡。特你馬加色，都漢！特別謝謝美麗的女賓普安・克莉絲汀娜・房龍小姐為我們獻唱一首古老的、十分優美動聽的民答那峨歌謠。英瑪・伊薩——噯——伊薩。篷篷！尊貴的英俊的男賓都安・羅伯多・托斯卡尼尼閣下，您請坐下來吧，莫老是披著一頭亂髮站在堂屋中央，睜著眼睛愣愣望著窗口發呆。咦？我們的維京人孿生兄弟，歐拉夫・艾力克森和艾力克・艾力克森賢昆仲，究竟上哪兒去啦？哥倆不是連袂上毛廁解手，順便參觀大神御用的四只人頭酒杯嗎？怎還不回來？莫不是喝醉酒掉進毛坑？哥倆再不現身，我們可就要散會嘍。孩兒們莫吵！你們說什麼？你們說晚會還不能結束，因為峇爸澳西，來自南極澳洲的聖誕公公，還沒有表演他拿手的魔術？好，好，現在就請今晚最尊貴、最慈善、最受長屋孩子們愛戴和信賴的賓客，英女皇御用大律師、偉大的西土魔法師，澳西先生，為我們表演這場盛宴的壓軸餘興節目吧！峇爸，請。

* * *

那一整晚，宴席上，大夥瘋狂拚酒昏天黑地之際，澳西叔叔好整以暇，自管昂聳著他那一頭燦爛的銀髮，溫恭恭端坐在屋長正對面的貴賓席位上，從頭到尾沒吭一聲。陰曆七月陽曆八月，婆羅洲旱季，叢林暑氣大盛。白晝，卡布雅斯河在赤日頭下一連曝曬十多個鐘頭，八點鐘天才入黑，大河兩岸就冒出一窩窩瘴氣來，鬱鬱蒸蒸，整座長屋籠罩在熱騰騰一大籠水霧中，火燒火燎，悶熱得有如一只扣緊鍋蓋的大燜鍋。可澳西叔叔卻無動於衷。妳看，他老人家搭乘印尼官船，在河上奔忙了大半天，渾身乾爽依舊，滴汗不流，大熱天夜晚兀自穿著他那套光鮮熨貼的乳白夏季西裝，挺直腰桿腆著肚膛，盤足而坐，雙手四平八穩安放在膝蓋上，眼瞇瞇一團和氣，彌勒佛也似靜靜笑看眾生，偶爾騰出一隻手來拈起酒盅，放在鼻端聞一聞，不動聲色，啄啄，品嘗品嘗屋長專門為他準備的吐瓦克精釀老米酒。而今，在宴會主人親邀之下——加上我們團中的女士們蜂擁上前，包圍住他老人家，使出水磨功夫，吱吱喳喳軟語相求，央請他為今晚難得的長屋之聚表演一段拿手的、神異的魔術——澳西叔叔這才點頭，不慌不忙戴上德比帽，扶著膝頭站起身來，撣撣身上西裝，伸手往門外只一招：

——阿納阿納，孩兒們都進來吧！

那群一整晚圍聚在堂屋門口，探頭探腦苦苦守望，眼皮子一沉一沉，拚命抵禦瞌睡蟲侵擾的孩子們，守到宴會尾聲，眼看沒戲唱了，一顆心開始跟隨眼皮往下墜落，忽然，眼睛燦然一亮，看見峇爸澳西朝向他們招手。這下子直如大旱望見雲霓，娃兒們登時精神大振，霍地蹦起了腳，猛一聲唿哨，爭先恐後推推搡搡闖進門口來，燈下影影綽綽站滿一屋子。

澳西叔叔佇立堂屋中央，笑嗨嗨，挺著彌勒佛肚膛，瞇覷覷，環視他的孩子們，臉上神情顯得無比的滿足和愜意。

頭一昂，腳一跂，娃兒們甩晃起肚臍眼下繫著的小紅布兜，男娃女娃，好幾十個伊班兒童，團團簇擁住了來自南極的聖誕公公。燈下那百來隻幽黑眼瞳子，眨啊眨，戀戀不捨，只管怔怔瞅住他們的峇爸，白人爺爺。

妳看，那一雙雙無比純淨清澈的眼神裡，閃爍著多深刻的孺慕，寄託多熱切的期盼！

忽聽得一聲怪嘯，只見一個小男孩躥出了娃兒窩，吸欶吸欶拖著兩條鮮黃鼻涕，抖啊抖，搖盪著腰下那條教會募來的、米袋般寬大的夏威夷花短褲，仿效老族長天猛公・圖埃・魯馬的架式和神氣，踩起丁字步來，三步一扭腰五步一蹬腳，篷篷！慢吞吞走到澳西叔叔面前，瞇覷起兩粒圓滾滾青光眼，眼上眼下不住端詳他老人家，忽然張開雙腿往地上一蹲，蝦蟆樣跳兩跳，手一翻，拔出腰間掛的那把人骨玩具刀，仰天梟叫三聲，竄起身子，瞄準峇爸肚膛中央那一蕾紅疱疔般樣圓鼓隆冬的肚臍眼，噗的一戳，隨即兩手揝住刀柄，學日本浪人武士的刀法，卡嚓！活生生將峇爸攔腰斬成兩截。不動聲色，澳西叔叔扣上西裝鈕釦，兩隻大肥臀只一拱，弓下腰身低頭俯瞰這個直條條挺起腰桿子，握著刀，一臉凜然，矗立在他肚臍眼下的小不點伊班戰士。這一胖一瘦一老一小，好久就這麼樣對峙在場子中央，眼瞪眼，互相瞄望打量著。宴席上眾賓客看得興味盎然。天猛公高坐主位不聲不響，一逕低垂著眼皮俯視全場，這時忽然睜開眼睛，精光暴射，滴溜溜四下掃視一周，冷不防伸出兩隻手來。有如電殛一般，座上的紅毛男女紛紛拱起肩膀縮起頸脖，索落索落打出兩個寒噤。微微一笑，天猛公張開兩隻手，燈下亮了亮他掌上密密匝匝五彩斑斕嵌著的六十個星號符碼，向那伊班小戰士招了招。如見鬼魅，賓客們渾身猛一哆嗦，臉煞白。澳西叔叔佇立廳堂中央，瞇笑瞇笑，自管昂聳著一頭燦爛銀髮，挺著肚腩文風不動。噯，天猛公幽幽嘆息起來，垂下眼皮，收回他那老猴兒樣枯癟的兩隻手爪子，舉起酒盅向大夥團團一敬：醚醁醚醁喝酒喝酒！賓客們鬆了口氣，如逢大赦，紛紛攫起酒盅猛喝一口阿辣革。噗哧！小戰士咧開嘴巴，收回他那一柄白森森打磨得十分銳利的人骨刀，插回腰上，天真地齜嘻著嘴洞中兩枚小齙牙，窸窣窸窣吸著兩條黃鼻涕，搖頭晃腦望著峇爸吃吃笑起來。眼一柔，澳西叔叔也笑了，腮幫上春花樣綻放出兩朵酒渦，肥油油紅撲撲。噯，幽幽一嘆，他老人家收縮回腰間那隻彌勒佛肚膛，伸出蒲扇般一隻大手，揉揉搓搓只管摸著小男生的頭顱，又嘆了口氣，抬頭望著屋梁上那黑魆魆目光睒睒的一窩髑髏，忽然翻手為掌，不聲不響，就往小男生脖子上劈下去，卡嚓！

——卡嚓卡嚓！——卡——嚓！

場中，團團簇擁住澳西叔叔如醉如癡的幾十個伊班娃兒，紛紛舉起手掌，咬著牙，睜著眼，隨著峇爸的動作也來個手起刀落，往空中猛一劈。幾十條尖厲小嗓子鬨然喝出一聲采：

——特你馬加色，都漢！卡嚓。

澳西叔叔拈起酒盅，向屋長天猛公一敬，啄，啄，湊上嘴巴呷兩口精釀吐瓦克老米酒。小戰士一個箭步，躥到酒席中，從那兀自眨巴著眼睛呆呆望著窗口發愣的羅伯多手裡，搶過酒盅，昂起脖子咕嚕嚕一乾而盡。老少兩個，峇爸澳西和伊班小男孩哥倆好，面對面扠著腰站在堂屋中央，拊掌相視一笑，呵呵。澳西叔叔瞇瞅著身旁的娃兒們，沉吟半晌，頭一抬，兩隻眼瞳碧熒熒一轉，回頭望望堂屋門口，伸出雙手使勁一拍：

——來人！

* * *

門口走進一個爪哇男子來。黧黑臉孔，瘦稜稜木無表情，看不出多大年紀，但見他頭上戴一頂尋常馬來男子的黑色宋谷帽，上身飄飄裊裊，穿一件馬來白長衫，下身寬鬆鬆繫一條印花紗籠，打赤腳，幽魂似地無聲無息，不知從何處鑽出來，肩上扛著一張摺疊式桌子和一把麂皮交椅，輕悄悄安置堂屋正中央，接著只見手掌一翻，眼皮也沒抬，他就從身上不知哪個角落掏出三只白瓷盅，一字排開放在桌面，回身，踮著兩隻腳尖，盈盈走出堂屋門口，轉個彎，沿著長屋內那條黯沉沉但見三兩條人影子飄忽竄動的公共走廊，自顧自一路走下去，忽地身形一晃，整個身影消失無蹤。

好久，偌大的廳堂鴉雀無聲，大夥只顧伸長脖子，睜圓百來雙眼珠，怔怔目送澳西叔叔的幽靈跟班，在完成主人的指令後，飄然引退，悄悄離場。

澳西叔叔猛一拍手掌，咳嗽兩聲，慢條斯理咕嚕咕嚕清理出喉嚨裡的黃痰，隨即從西裝上襟口袋抽出紅絲帕，燈下攤開，往帕心一啐，隨手撣撣身上那襲白西裝，扶扶頭上那頂德比帽，倏地拱起臀子往皮交椅上一坐，從腋下掏摸出一根銀色小棒子來。娃兒們紛紛雀躍，幾十雙眼瞳烏溜烏溜亂竄，看見寶物般，目光齊齊地鎖定那根尺許長、不怎麼起眼、一頭尖細、看起來就像一支音樂指揮棒的小木棍。臉孔猛一沉，澳西叔叔拈著棒子瞅著娃兒們，定定凝視半晌，眼皮陡然一挑，雙眼突地睜開，海藍瞳孔中迸射出兩道光芒來，碧燐燐。颼地電殛一般，娃兒們登時安靜下來，個個張開嘴巴，愣愣望著峇爸那圓滾滾彌勒佛樣的一張臉膛上，螢火般，熒亮熒亮，不住閃爍的兩隻無比尖厲但也挺慈愛的眼眸。好久，中了蠱似地，這群伊班兒童只管站在澳西叔叔面前，直條條挺著小身子，腆著小肚腩，杵立不動，後來彷彿驟然聽見幽靈指揮官一聲號令，才開始挪動腳步，抖簌簌慢吞吞，有如一群小羔羊開步走，磨磨蹭蹭趑趑趄趄來到桌前，在峇爸手上那根小棒子刷——刷——揮舞指點下，乖乖分成兩隊，男生女生分頭站到桌子兩邊，等候下一步指令。

兩下裡，隔著廳堂中央一張光溜溜只擺著三個白瓷盅的小桌子，互望著。

娃兒們寒星般的眼神，眨啊眨，一群叢林小精靈似的，在梁上一堆人頭俯視下，對上了澳西叔叔那冰藍藍兩隻豺狼似的尖銳目光。

眼瞳子滴溜溜一轉，臉一柔，澳西叔叔那兩隻肥墩墩的雪白腮幫倏地一抖，燈下，春花般紅撲撲，驀然綻放出兩朵嬌憨的酒渦來。如見鬼魅，娃兒們怔了怔，紛紛搖盪起肚臍眼下繫著的小紅布兜，趔趔趄趄後退三步，閉上眼睛猛一甩腦袋，半晌，悄悄撐開眼皮來，望著眼前那張笑瞇瞇慈眉善目一團和氣的滿月臉膛，啊的驚叫一聲，紛紛伸手拍拍心窩，噘起嘴唇齊聲噓出兩口氣來。

峇爸又變回了峇爸，依然是一尊彌勒佛，仍舊是來自南極澳洲萬里迢迢，漏夜，提著一口鋁質大皮箱，給長屋翹首企盼的孩子們送來禮物的聖誕公公。

妳看，娃兒們一雙雙驚恐不安的眼神，霎時，又恢復了叢林山泉般清澄烏亮的光彩，望著白人爺爺，小臉蛋上顯露出無比孺慕的神色。

呵呵大笑，澳西叔叔居中坐在皮交椅上，端整起臉容，略略沉吟，伸手往自己身上摸了摸，一掏，不知打哪抓出五顆玻璃珠子來，櫻桃般大，晶瑩瑩一古腦兒攤在掌心，高高舉到屋梁下朝滿堂賓客亮了亮。燈下，殷紅如血。澳西叔叔朝娃兒們悄悄眨個眼，拈起桌上一只白瓷盅，一顆一顆將五顆珠子全放進去，倏地把盅子倒扣在桌面上。娃兒們紛紛伸出脖子。猛一聲叱喝，澳西叔叔揭開瓷盅。啊！娃兒們扯起嗓門發一聲喊，張開嘴巴。咦？五顆珠子全不見啦。呵呵呵，澳西叔叔挺腰據桌大笑，乜斜起兩隻水藍眼眸左睨睨右睇睇，只管端詳娃兒們的臉孔，抿住嘴，噗哧一笑，隨即又板起臉孔，將那只瓷盅空空的倒扣回桌面上。桌子兩邊男娃女娃齊齊翹起小屁股，兜盪著胯下小紅布兜，跂著腳，把一顆顆小頭顱直直伸到桌心上，一眨也不眨，緊緊盯住那只瓷盅。澳西叔叔伸手一捉：揭！那五顆櫻桃樣的紅珠子好端端地可不就躲藏在盅子裡，半顆也沒短少。澳西叔叔笑吟吟，從皮交椅上抬起他那兩隻渾圓大臀，起立，脫帽，朝天猛公一鞠躬。娃兒們揉著眼睛紛紛蹦起腳來，篷拆，篷拆拆，只管蹬跺著堂屋中那用粗大毛竹編成的地板，樂不可支，瞇起眼睛格格笑不住。

宴席上，老屋長天猛公朱雀．圖埃．魯馬一身戎裝全套披掛，兀自殺氣騰騰，盤足高坐主位，一逕昂聳著他那頂黃籐戰盔上六根尖尖長長抖簌不停的婆羅洲犀鳥羽毛，一眨不眨，睜起兩隻青光眼炯炯俯視全場，這時率先舉起雙手來，叭，叭，鼓兩下掌。眾賓客見狀只好紛紛跟進，零零落落拍兩三下手。一臉鐵青，兩腮子汗濟濟，滿額頭疔疔疱疱泛起了一顆顆紅豆樣的酒疹，我那群紅毛男旅伴醉醺醺，半蹲半坐，箕踞在草蓆上，一窩子抱著膝頭拱著腰背，搖頭甩髮，仰天朝屋梁上的髑髏們張開嘴巴，面對天猛公，公然打起呵欠來。

——哈——嗤！睏死了，好想回房挺屍去。

——今晚灌了一加侖伊班烈酒，滿肚子著火一般，火燒火燎怪難受。

——明天還得清早起床，搭船上路。中國鬼月，匆匆忙忙趕這趟鬼氣森森的航程。屎！

——嘿，兀那澳洲佬，還坐在台上變魔術呢。

——搬弄小戲法，哄騙天真的伊班兒童。

——憑著這種，嚇，我們歐洲小孩看都懶得看一眼的三腳貓功夫，這個澳洲老浪人，冒充女王大律師，遊走大河上下，居然誑遍每一座長屋的大人和小孩。天上的父！

堂屋門口人影一閃，沒聲沒息，澳西叔叔那個爪哇跟班伸進他頭上那頂黑色宋谷帽來，骨碌碌，轉動兩粒烏溜眼珠，朝酒席上瞄了瞄，隨即縮回脖子，轉個身，躡手躡腳輕飄飄又沿著長廊一路走下去，霎忽消失無蹤。

不知怎的，猛一哆嗦，大夥望著他的背影，紛紛縮起脖子咬著牙打出兩三個寒噤來，彷彿撞見鬼月遊魂似的。

不瞅不睬不動聲色，澳西叔叔慢吞吞擱下手中小棒子，抓起那五顆玻璃珠，全都蓋在一只瓷盅下，凝起眸子覷準了，驟然伸出他那金毛狨狨一隻大手，電光石火，眨眼間，就將桌上三只瓷盅前後左右撥弄幾十下，來個乾坤大挪移。

娃兒們眼都看花了，紛紛揉起眼皮。

柔聲一喚，峇爸澳西拈起小棒子，招呼孩子們全都走到桌前來：

——阿納阿納，你們給峇爸猜猜看，珠兒珠兒，究竟躲藏在三只盅子的哪一只裡頭呢？是這只嗎？呵呵，這位吸著兩條鼻涕的男娃兒，眼珠子轂轆轆一轉，伸出食指頭直直指住右邊那只盅子，猜得挺篤定哪。可峇爸我揭給你看，莫有哇！那麼，珠子是躲藏在左邊這只缺個角兒的盅子裡頭麼？這位穿著小紅短褲，頭上插兩朵大紅花，笑嘻嘻咧開缺了一枚門牙的嘴巴的可愛女娃兒，眼睛可尖喔。峇爸的五顆珠子，莫不真的就像妳猜的，躲在左邊的盅子裡？揭！呵呵呵莫有哇。那麼珠子肯定是藏在中間這只盅子裡嘍？峇爸揭了！瞧，也莫有。珠兒珠兒你們究竟躲藏在哪一只盅子裡呢？阿納阿納，再給峇爸猜猜看。猜中的娃兒，不論男娃子或女娃子，峇爸贈送一個大大的、好好的、保證男生一生受用不盡、女生一世回味無窮的澳洲禮物！呵呵。

屋梁三盞汽燈照射下，堂屋中央皮交椅上，彌勒佛似的，澳西叔叔腆著皮鼓樣一個大肚膛，瞇笑瞇笑，不住轉動一雙水藍眼珠，左瞟瞟右睐睐，時而瞄望一眼桌子右邊的男娃們，時而睨兩下桌子左邊的女娃們，呵呵呵樂不可支。好半天，他老人家只管抖盪著兩腮肥肉，傾身向前，豎起一根粗大的中指頭，直直戳到娃兒們鼻尖上，啄啊啄，逗弄那幾十張睜著烏亮眼瞳，中了蠱般愣愣地瞪著桌面的咖啡色小臉蛋，一邊問，一邊飛快舞動手指，輪番揭開那三只晶瑩如玉的白瓷盅。

——阿納阿納，葛迪絲葛迪絲，猜，這只盅子裡有莫有藏著五顆紅紅的、好像櫻桃的玻璃珠子？這位男生你說莫有？峇爸揭！瞧，五顆珠子一顆不少可不都在裡頭麼？呵呵。這只盅子最漂亮，白底描著七朵牡丹花，可是中國明朝古物呢。喂，妳過來，站到峇爸兩隻膝頭中間，峇爸不會把妳吞進肚裡，莫害怕。這位披著一頭烏黑長髮、細腰肢上繫一條粉紅小紗籠、羞答答、綻露出櫻桃樣一粒小肚臍眼兒的伊班小美人，妳給峇爸猜猜，這只盅子裡有莫有珠子？若是猜對了，盅子就送給妳，外加一個美國芭比娃娃。各位貴賓看哪！我們的伊班小美人脹紅了臉嘍。妳叫什麼名字？靠過來！偷偷告訴峇爸爺爺哦，就我們兩個人知道。妳叫伊曼？多美麗多羅曼蒂克的伊班名字啊，比什麼克莉絲汀娜、瑪麗、芭芭拉更能勾起男人的慾望呵呵呵。伊曼今年幾歲啦？九歲？正是一朵玫瑰花苞的年紀，噯。伊曼莫害羞，猜猜看，這只明朝瓷盅裡有莫有藏著五顆紅珠子？妳說有藏著還是莫有？講大聲點。妳說有藏著五顆紅珠子？呵呵呵呵，峇爸揭給伊曼一個人瞧。莫有！伊曼妳換另一只盅子再猜猜看。妳說這只莫有珠子？瞧，有嘢！伊曼伊曼再猜猜再給峇爸猜猜。這只有莫有珠子？伊曼妳瞧有嘢——這只盅子有呢還是莫有？伊曼瞧，莫有嘢——這只有莫有呵呵伊曼瞧莫有嘢，有嘢，莫有嘢呵呵呵伊曼再給峇爸猜猜這只，瞧，有嘢有嘢莫有嘢呵呵呵——

澳西叔叔將他兩隻碩大的膝頭夾住伊班小姑娘，好似一位鄰家的白人祖父，笑嗨嗨，滿眼慈藹，瞅著伊曼那張飛紅的咖啡色小臉龐，一頭問一頭揭，越問越急越揭越快。燈下只見那兩根粗短的手指頭，蹦啊蹦，在他老人家操弄之間，變得十分矯捷靈巧，宛如雙蛇吐信，颼颼颼啄啄啄，不停地撲向桌心三只皎白的瓷盅，電光石火般揭著亮著。眼花撩亂，一屋子伊班兒童汗湫湫昂起頭顱，跂起腳尖，環繞著那張小木桌，只管擦拭眼皮，揉著眼珠子，張大嘴巴流著口水一時間看得癡呆了。

滿堂采。掌聲濤濤響起。

鬨然，四下亂飛，屋梁上那群忙著築巢的胡蜂彷彿受到驚嚇似地，鬼趕般紛紛鑽出髑髏窩，鼓動翅膀，嚶嚶嗡嗡，噪叫著一溜煙逃竄出子夜時分的魯馬加央長屋。

我那群紅毛女旅伴披頭散髮，箕張兩條白腿，盤足而坐，大口大口啜著辛辣的阿辣革勇士酒，這時也都看呆啦，紛紛撐起膝頭站起身，搖搖晃晃跌跌撞撞，走到廳堂中央，挨擠在娃兒們身後，伸出她們那汗漬漬不住迸冒出痘大猩紅疹子的蒼白臉孔，水汪汪地睜圓兩隻充血的瞳子，愣愣瞪住桌心。

磔磔一笑，澳西叔叔把手裡五顆紅珠子滴溜溜往桌面只一撒，霍地，從皮交椅上抬起肥臀子，整衣脫帽，朝女士們一鞠躬，忽然乜過一眼來，望著那一窩子盤腿踞坐在堂屋角落，鐵青著臉孔喝著悶酒，兀自怔怔瞅著窗口出神的紅毛男子——喔！我的男旅伴們——若有所思似地自顧自搖了搖頭，冷冷一哂，笑道：

——小夥子們，阿依曼抱著她的孩子早就走掉了嘍！英瑪・伊薩——噯——伊薩……奇怪啊，就你們幾個人看到她而我們都沒看到她。莫不是心裡有鬼？噯……

倏地轉身，澳西叔叔慢吞吞走回宴席上，拈起酒盅，啜兩小口他老人家專用的吐瓦克精釀老米酒，骨碌骨碌清了清喉嚨，順手整整身上那襲光鮮乳白西裝，回身，突然探出手爪子將桌上五顆玻璃珠全都撈在手掌心，攥著拳頭，直伸到娃兒們鼻尖上，燈下豁然張開手掌。

啊——紅珠子全都不見了。

老魔術師仰天呵呵長笑，昂然，聳起斗大頭顱上那頂小巧的蘇格蘭德比帽，一抬腳，邁出他那雙雪白大皮鞋，蹺，蹺，篷拆篷拆，踩著堂屋二十坪大的竹編地板，背著雙手，白管踱起方步來。好久，他老人家只是乜著兩隻冰藍眼珠，冷冷地，端詳孩子們那一張張忸怩怩羞答答東閃西躲的臉蛋，半天沒出招。大夥齜牙咧嘴，噗哧噗哧偷笑。霍地，澳西叔叔煞住步伐，在一個小小男娃兒跟前站定，弓腰，摸摸他的腦袋瓜，將他抱起來高高舉到燈下，翻轉他的身子，剝掉他的小紅短褲，湊上自己的眼睛，瞇覷了老半天，卻不知在窺望什麼，一隻手爪只管掏捏娃兒的兩隻小屁股，撥弄了約莫三分鐘，舉手猛一拍。噗！娃兒屁眼裡噴射出一顆櫻桃般大的晶紅珠子，迸啊跳的滾落到地板上。娃兒吃痛，哇哇大哭。峇爸嘬起肥嘴唇在娃兒腮幫上啄兩下，才把他放回地面上，又自管背起雙手，慢吞吞踱蹀到女孩兒們那一邊。幾十隻烏黑眼眸子，亮晶晶眨啊眨，閃啊躲，拚命避開峇爸那蛇一般欻——欻——不住遊竄過來的兩道冰藍目光。澳西叔叔突然出手。閃電也似，他的一隻手爪攫住了一個女孩的耳朵，死勁擰住。女孩瞇起眼睛，齜著一口皎潔小白牙，玎玲璫瑯，甩晃起耳垂上掛著的兩串銅環子，認命似地聳起了肩膀縮住頸脖。瞇笑笑，峇爸突地豎起他那根粗硬的食指頭，只一戳。噯唷——女孩慘叫聲中，大夥看見她的耳洞給峇爸一掏挖，迸出一顆櫻桃珠子，燈下血紅灩灩。澳西叔叔板起臉孔不瞅不睬，自顧自邁著皮鞋篷拆篷拆漫步踱到酒席前，嘆口氣，面對主人，那一身戎裝兀自端坐高位俯瞰全場的伊班獵頭老戰士，天猛公朱雀・圖埃・魯馬，大剌剌叉開雙腿站定腳步，昂起脖子背起雙手，閒閒地觀賞屋梁上那毬毬纍纍瓜果樣吊掛的一簇人頭，忽然打個大噴嚏。天猛公一怔，倏地伸手，接住了從羅伯多・托斯卡尼尼鼻孔中迸出的一顆紅珠子。接著，澳西叔叔又仰天打個大呵欠。瞧，天猛公嘴洞中噗地噴出一顆櫻桃來，滴溜溜，在空中畫出一道弧線，撲通！正好墜落入那呆呆張著嘴仰著頭兀自發愣的羅伯多口中。娃兒們看傻了。滿屋子顫抖成一團。澳西叔叔背著手又踱回到孩子堆中，乜起眼，興致勃勃，審視這個男孩臉上的青春痘，撮起指頭捏一捏，回眸，又瞪起眼珠，瞅住一個辮子姑娘的小臉蛋。好半天，澳西叔叔不吭聲，只顧端詳她臉上那小精靈樣兩隻睞啊睞不住向他挑釁的烏溜眼瞳，一時間彷彿陷入某種回憶中，兩隻肥腮抖啊抖，漾亮一股溫柔的、古怪的笑意。臉飛紅，小姑娘終於垂下眼皮來，避開他老人家的目光。冷不防，峇爸一個箭步躥上前，一把揪住她辮梢上繫著的紅頭繩，磔磔一咬牙，伸出手爪就往她的胳肢窩掏過去，窸窸窣窣搔弄半天，忽然拱起臀子，猛一聲吆喝，從她腋下胳肢窩深處噗地挖出了第五顆櫻桃來。小姑娘瞇著眼，甩盪起她兩根花辮子，吃吃笑不住。

五顆珠子終於找齊，一顆不缺。

春雷乍響，滿堂爆出濤濤掌聲。

雙眼猛一睜，天猛公颼地拔出腰刀，擎起盾牌，簌簌抖了抖盾牌上血漬漬綴掛的十二綹赤紅鬚髮，肅然起立，舉刀致敬。澳西叔叔轉身面向酒席，脫帽一鞠躬，把手裡五顆血紅玻璃櫻桃攤開來高舉到燈下，只一拋，嘩喇嘩喇往桌面上撒去，拍拍手，仰天呵呵長笑。

意猶未盡，我那群女旅伴愣瞪了半晌才回過神來，登時又變成一窩聒噪的麻雀，紛紛鼓起膀子，飛撲上前，團團包圍住澳西叔叔——她們這位來自澳大利亞，職業律師，目前擔任印度尼西亞共和國西加里曼丹省政府司法事務顧問，終年奔波大河上下，巡幸各部落，協助建立地方裁判所，為長屋居民排解糾紛的鄉先輩。

——太精彩了！

——安可！安可！

——好叔叔，澳西叔叔，偉大的西土魔法師……

——請求你再表演一段魔術……

——作為今晚長屋盛宴的壓軸節目……

——噯，英瑪•伊薩噯伊薩，給我們大河之旅中這一場偶然的、奇妙的、令人永誌不忘的際遇，畫下一個完美的休止符吧。

十幾個紅毛女子嘰嘰喳喳，一團兒簇擁住了一個慈祥的銀髮長者。白燦燦屋梁三盞汽燈照射之下，只見她們那一張張臉蛋紅酡酡，朝向澳西叔叔，紛紛仰起來，噘著嘴嘟嘟囔囔，爭相向他老人家施展嗲功，醉眼迷濛一疊聲喁喁央求。

——澳西叔叔，偉大的魔法師西菲利斯……

——拜託，再秀一段絕活……

澳西叔叔望著這群異地相逢的小同鄉、可愛的晚輩女孩兒，笑吟吟，側頭略一思索，終於點點頭，邁出步伐篷拆篷拆走到堂屋門口，舉起雙手來，猛一拍。

* * *

幽靈樣，長屋長廊上倏然冒出一條身影來。眼一花，大夥霍地打個冷顫，揉揉眼皮，定睛一看，原來又是澳西叔叔那位倏隱倏現來去無蹤的爪哇跟班。光影掩映下依舊是一張黧黑臉孔，木無表情，依舊一身簡樸的、尋常的馬來男子裝束——頭戴黑色宋谷帽，上身穿一件白長衫，下身繫一條印花紗籠——打赤腳，無聲無息不知從哪兒鑽出來，影一幌，忽然出現在堂屋中。只見他手裡捧著一只碗公般大的白磁水盆，燈下晶瑩如玉，水光瀲灩，端端正正擺放在場子中央那張桌子上。身子一躬，這個篙子樣瘦削的爪哇人舉起雙手，合十，低垂著眼瞼向眾賓客致禮，接著就踮起腳尖，躡手躡腳，在孩子們如見鬼魅的驚懼目光相送下，輕飄飄悄沒聲，直直走出堂屋門口，忽一轉身驀地消失，無影無蹤。

大夥齊齊噓出一口氣來，揉著眼皮，好久望著堂屋門外那條長廊發愣。

不瞅不睬，澳西叔叔自管踱到桌子後方，望著那只白磁盆，端詳五六遍，不慌不忙從身上那件白西裝上襟口袋抽出一條紅絲帕，高高舉到空中，只一抖，水盆中便憑空綻放出一朵玫瑰來，燈下嬌豔欲滴。滿堂轟然喝出連聲采。梁上群蜂亂叫亂飛。澳西叔叔板著臉孔只顧抖著紅絲帕，越抖越快疾，越來越用勁，廳堂中但見燈下一團紅光芒出沒，不住閃忽飛旋。大夥紛紛抬頭追蹤那條血紅帕子，目眩神迷心旌搖盪中，只聽得畢剝聲，頭頂上迸現出一簇玫瑰花蕾，姹紫嫣紅姣白妖黃，流星般一毬追逐一毬，滿堂嬉舞。娃兒們昂起脖子看著，可樂歪啦，紛紛蹦腳拍手，忽聽見「篷」的一聲，眨眼看時，只見空中那幾十顆蓓蕾驀地爆開來，化成一片花雨，漫天雰雰霏霏，可還沒來得及墜落到地面，卻又聽得霹靂啪啦一聲，轉眼便看到——哇——鬼月坤甸城中大放煙火也似，篷，篷，一朵又一朵新鮮玫瑰花，迅雷不及掩耳，蓬蓬勃勃不斷綻開在桌上那只白磁水盆裡。這下娃兒們全都看傻啦，也不知是興奮呢還是害怕，個個聳起肩膀縮住脖子，齜著牙，瞪著眼，呆呆望著水盆中那越開越多、越綻放越璀璨的各色玫瑰花，咯咯咯忍不住打起牙戰，渾身打擺子也似地只管哆嗦起來。澳西叔叔脫下帽子，喘吁吁歇口氣，望著屋梁的髑髏們彷彿陷入沉思中，時而伸出手爪，扒扒他那皮鼓樣的大肚膛，鼕鼕敲兩下，時而勾起一根指頭，搔搔他那顆斗大的腦袋瓜上一頭燦爛的銀髮絲，臉上露出詭祕神色，似笑非笑如嗔還喜，好久只顧端詳桌上那盆新開的玫瑰花。滿堂大小觀眾，喁喁翹首等待著。眼一燦，澳西叔叔腮幫上油亮亮綻出兩朵笑靨來。突然他把手一甩，撂下那條汗湫湫濕答答的紅絲帕，邁出腳上白皮鞋，篷拆篷拆踩著竹地板，蹬蹬蹬往後退三步，挺起腰桿，凝起兩隻碧綠眼眸，瞄準桌心的白磁盆，手一翻，閃電般從他身上各個隱祕旮旯角落——腋窩、胯下、肚臍眼兒、耳背髮際……掏摸出各色玫瑰花，電光石火一朵接一朵飛也似的扔到空中，直直插入水盆裡。眨眼間，只見白磁盆裡火燒火燎，轟然一古腦兒怒放出了百來朵鮮豔的春花，燈下開得一片醉。

我那群女旅伴們看得癡了，霍地起立，紛紛鼓掌歡呼：

——春到人間！讓我們歡迎春之神，澳西先生，峇爸澳西，鬼月降臨魯馬加央長屋，給大人和孩子們帶來新的生命和永遠的歡笑……

一聲聒噪，勸酒的姑娘們甩起她們肩上那一把漆黑長髮絲，趕緊又趴回地板上，端起木盤，托起十盅阿辣革，半跪著，團團環繞住澳西叔叔，燈下仰起一張張紅撲撲的臉蛋，矕啊矕眨啊眨，瞅住他老人家，噘起櫻唇扯起嗓門，又曼聲唱起了那柔腸百轉的伊班迎賓歌：

姑娘拿起木杵
春磨小米和糯米
釀美酒，勸客人開懷暢飲

姑娘拿起阿納克山刀
溜上蓆床陪伴白郎
劄葩榔……

澳西叔叔擺擺手，示意大夥安靜下來，隨即，不慌不忙反手一摸，不知從自己身上哪一個旮旯角落抓出一個金髮碧眼，約莫一英尺高，俏生生嬌滴滴，頭戴蕾絲婚紗身穿雪白新娘服的芭比娃娃。他抱起西洋小美人，啄啄，在她額頭親兩下，高高地將她捧在手心上，端整起臉容，邁出腳步，穿梭過那成堆如醉如癡呆呆張著嘴巴四下站立的孩子們，東張西望尋尋覓覓，眼一亮，在堂屋門後陰暗角落裡，找到了他的伊班小美人——那個披著一頭漆黑長髮絲，腰間繫一條粉紅小紗籠，羞答答怯生生，露出花蕾樣小肚臍眼兒的九歲小姑娘，伊曼。澳西叔叔堆出滿臉慈藹的笑容，走到伊曼面前，雙手一呈，將芭比娃娃送進她的懷抱裡，隨即退後一步，脫下帽子弓下腰身，瞅著伊曼的臉龐，湊上自己的嘴巴，剎啄！在她那嬌羞地綻放出兩朵小酒渦的腮幫上，使勁吻兩下。

——噯。

窗外黑影地裡幽幽傳出一聲嘆息。

哄然一聲，滿座賓客紛紛起立，舉杯向偉大的魔術師致敬。

——敬春之神！

——敬神奇魔法師！

——敬伊班兒童的守護者！

——敬，天上的父！在中國的鬼月，不辭勞苦，萬里迢迢從南極澳大利亞趕到婆羅洲，為長屋的孩子們送禮，給他們帶來無限歡樂的聖誕公公！

——敬仁慈的澳西叔叔！

——敬峇爸澳西！

嚶嚶嚶，梁上那群胡蜂不知什麼緣故突然發狂，傾巢而出，鬼趕似地，追逐著那一窩窩晝夜出沒在髑髏堆中覓食的紅頭大蒼蠅，滿屋子亂竄亂飛，嗡嗡嗡。

恍如大夢初醒，孩兒們睜開眼睛，揉揉眼皮拍拍心口甩甩腦袋瓜，驀地發一聲喊，紛紛蹦起腳來，腆著小肚腩，搖盪著肚臍眼兒下繫著的一片紅布兜，雀躍上前，包圍住場中那張桌子，你搶我奪，扭打成一團，爭相拔取白磁水盆中插著的那一簇五顏六色，魔幻般，無比豔麗的玫瑰花。

——峇爸澳西，莎蘭姆！

——特你馬加色，都漢！

娃兒們一片歡呼致敬聲中，峇爸澳西佇立堂屋中央，眼瞇瞇一臉慈祥，瞅著這群搶到玫瑰花喜孜孜的長屋孩子，臉上神情顯得十分滿足。噯。幽幽一嘆，他老人家舉起雙手，扶扶頭上那頂德比帽，撣撣身上那件乳白西裝，倏地一轉身，立正，朝向那全身披掛手握腰刀高舉盾牌、兀自怒目端坐堂上的天猛公・朱雀彭布海——魯馬加央長屋大屋長、眾酋之酋、傳奇的伊班獵頭戰士——和一群紅毛碧眼蓬頭垢面席地而坐的不速之客，深深一鞠躬，謝幕。

節目終了。晚宴結束。

七月初五／初六子夜　醉夢中

㼌

好一場長屋讌會！

散會時，已是子夜時分。

我們一夥人——我們這支因緣湊巧、臨時組合成的大河探險隊的三十個男女成員——那晚究竟灌了幾盅老酒？隔天早晨，我一時好奇跑到堂屋一看，發現那三只原本裝滿阿辣革的五加侖汽油桶，空空如也，果真喝得半滴不剩。我是個少年仔，那時才十五歲，但在老屋長半哄誘半威嚇之下也糊里糊塗灌了三、四盅，所幸由於家族遺傳，我還有點小小酒量，並沒給當場撂倒，更沒出醜露乖——哪像我那群紅毛男旅伴——散了席，我只覺得整個人渾渾噩噩，一顆腦袋飄飄蕩蕩，腳步有些不穩，就在我的洋姑媽普安·克莉絲汀娜·房龍小姐戒護下回房歇息。丫頭，順便告訴妳，克絲婷真的信守她在「摩多安號」船上對我所做的承諾。果然從那時起，她片刻都不讓我離開她身邊，於是就在她央求下，屋長安排我們這一對膚色不同、來路不明、兩人的關係處處透著古怪的姑姪倆，住到一塊兒。小小的一間客房，竹編地板上油膩膩鋪著兩張蘆蓆，中間只隔條長板凳，凳上放一盞煤油燈。

一燈如豆。整座長屋驟然沉靜了下來。霎忽之間鼾聲四起，從那幾十戶人家居住的房間中傳出，一濤洶湧一濤，呼嚕呼嚕小悶雷似的，夾雜著此起彼落的夢囈和磔磔咬牙聲，間歇還有小娃兒的啼哭，黎明前，最黑的黑夜裡，沿著長屋中那長長一條空盪盪、呼颼呼颼不住流竄著陣陣河風的迴廊，滿屋綻響開來。長屋外，無邊叢林裡，飛禽走獸鬼魅魍魎也全都安歇了，就連伊班大神辛格朗・布龍的御前鳥，那永遠招展著強勁雙翼，孤獨地盤旋碧空中，炯炯俯視，無時無刻不在守望長屋子民的婆羅門鳶，在這子夜時分也隱遁無蹤。好一片死寂中，只聽見深山母猿們東一聲西一聲悽悽切切招魂也似的啼叫，嗚——噗！嗚——噗！無休無止直要叫斷人的腸子。

長屋之夜！可我躺在我姑媽克絲婷身旁，打死都無法入睡。

丫頭，妳莫以為阿辣革只是米酒，喝個兩盅又會怎樣，但我告訴妳，伊班人用祖傳土法蒸餾的白乾，味道甘甜入口容易，後勁還真強韌咧。這會兒它終於作怪了。妳看我打赤膊躺在草蓆上，渾身燥熱難當，臉上出水痘樣冒出幾十顆豌豆大的汗珠，儘管這兩天旅途勞累，眼皮好沉好沉，但現在就是睡不著覺，一顆腦袋不停膨脹翻攪，整個身子顛顛盪盪飄飄漫漫好似坐在雲霄飛車中，一會，咻！飛向藍天，一會，唰，直直俯衝入地，一會兒啊兒晃啊晃只顧迴旋在半空中嚇嚇叫不上不下……可眼前，陰魂般驅之不去，卻不斷湧現剛才酒宴上的光景。但是說也奇怪，一整晚縈繞我腦中，走馬燈一樣反覆兜轉顯現的畫面，並不是天猛公的獵頭舞——丫頭，這回妳又猜對了！雖然這位伊班老戰士使出渾身解數，舉盾掄刀，又跳又嚷又砍又殺，還拔人家的頭毛，八十歲老人滿場飛，手腳利落得很，但不知怎的卻讓人看得鼻酸，甚至感到荒誕可笑……記得他的盾牌嗎？牌上血漬斑斑地綴掛著十二綹真實的、從戰俘頭臉上活生生拔下的赤紅鬚髮，伴隨著舞者的動作一晃一蕩，長屋陰暗燈光下看起來還挺嚇唬人的……不，那晚讓我心靈深受震撼，那整夜使我輾轉難眠的，並不是這種專門在西方遊客面前賣俏的民族舞蹈，但，可也不是——丫頭這回猜錯啦——澳西叔叔表演的魔術。他那種老掉牙的戲法，有個名目叫「仙人摘豆」，早幾年，我就在古晉國泰戲院看唐山來的老魔術師，張八峰處士，登台表演過了。人家的才是正宗的屬於國粹級的仙人摘豆，手法更靈巧，招式更恐怖，能夠把鵪鶉蛋般大的七顆紅豆從一個女娃兒頭顱上的七竅——口、鼻、兩眼兩耳——像挖寶般一顆接一顆硬生生血淋淋掏挖出來，撲通撲通掉落在地板上，滿場子亂跳亂滾，讓觀眾席中的大人們搶成一團。台上，聚光燈雪亮亮照射下，妳看到一蓬一蓬鮮血隨著七顆紅豆，噗！噗！從那小姑娘天真的小臉蛋上七個孔穴中輪番噴射出來，紅潑潑地灑滿一舞台，把滿場看魔術的孩子們嚇得直打牙戰，咯咯咯，鬼趕似的拔腿就逃出戲院，蹦蹬蹦。這才叫仙人摘豆哪。澳西叔叔終究是個慈祥長者，不玩這種嚇唬娃兒的把戲。也難怪大河上下每一座長屋的孩子，不分男孩女孩都喜歡他老人家，親暱地叫他一聲「峇爸」，敬愛的白爺爺，天天翹首企盼他的來臨。只不過，這位峇爸魔術師表演的壓軸節目，仙姑插花，手法還真有點玄，直到今天依然讓我百思不得其解：那麼多玫塊花，總有一百朵吧，事先能夠隱藏在哪裡？一百朵各色各樣的玫瑰花，洋紅粉紅丹紅朱紅、銀白驪黑、鵝黃翠藍，在這婆羅洲蠻荒叢林旮旯之地，又是從哪裡張羅來的？難怪，我的女旅伴們看到水盆中颼地無中生有，憑空綻放出一百朵玫瑰花，驚喜之餘，竟然齊聲歡呼「春之神」降臨人間，也難怪娃兒們會一擁而上，你搶我奪扭打成一團。丫頭，這可是長屋的兒童生平第一次看到這種無比神奇、十分豔麗的西洋花卉啊……

叢林長屋廳堂中，屋梁上那纍纍人頭俯瞰下，鬼月坤甸城大放煙火般一百朵玫瑰花驀地盛開，剎那間給伊班人古老、神祕、殘破、陰暗的世界，帶來一片明媚的春光。

這，我得承認，確實是一幅令人永生難忘的景象。

——莎蘭姆，峇爸澳西！

——特你馬加色，都漢！

偉大的法力無邊的仁慈的白魔法師，我們長屋子民把右拳舉到額頭上，躬身向您敬禮。

不過，丫頭，那晚宴會結束後醉倒在草蓆上，我這個十五歲少年腦中縈繞的、心裡念茲在茲的，並不是伊班戰士舞或仙人摘豆戲法，甚至不是神奇的仙姑插花魔術，而是——丫頭妳罵我吧——那個伊班女人胸口的兩坨大奶子。

記得嗎？宴席上有個斟酒的女子，三十七、八歲，不知是天猛公的兒媳婦還是孫媳婦，大庭廣眾間，袒著豐腴的胸房，只在肚臍眼下繫一條短短的花紗籠。她那一身古銅肌膚，絲緞般光滑，好似一張上好的蟒蛇皮，緊繃繃，包裹著她那隻十分豐潤但卻像十八歲姑娘般凹凸玲瓏的胴體。妳看這伊班婆娘，單手托著一只大木盤，上面放著幾十盅酒，顫顫巍巍匍匐爬行地板上，一頭母海豹般，胸口搖盪著一雙咖啡色木瓜奶，腰後圓滾滾地撅著兩毬子肥臀，一整晚不停穿梭巡行在眾賓客間，一邊殷殷勸酒，醚酴哇醚酴哇，一邊咧開猩紅唇綻露出兩枚亮金牙，拔尖嗓子黃鶯出谷般高唱伊班迎賓歌：姑娘拿起木杵／舂磨小米和糯米／釀美酒，勸客人開懷暢飲……燈下只見她那兩粒黑葡萄似的渾圓乳頭，晃啊盪的，吊掛著兩顆晶瑩欲滴的汗珠。就是這一對乳頭，天上的父！撩得我們探險隊中那兩個不知死活——後來果然下落不明——的北歐孿生兄弟，艾力克森哥兒倆，渾身上火，蠢蠢欲動。若不是澳西叔叔用他那寧靜、安詳、但卻莫名地威懾人的冰藍眼神，以他獨特的方式，悄然制止，這對活寶早就失態，忘掉客人的禮數，當場做出褻瀆主人的事情來。一整晚，哥倆四粒眼珠圓睜著，碧熒熒涎瞪瞪，虎視眈眈，活像兩隻金毛猻猻的搜山狗，聳出鼻尖子在叢林中逡巡徘徊，窸窣窸窣嗅著，旁若無人，只顧追蹤那四下飄忽、撩啊撩的不停晃盪在酒席上的兩顆超大型婆羅洲木瓜……

丫頭，就是這一雙奶子，在我喝了三盅阿辣革，暈陶陶，滿身火燒火燎，在克絲婷姑媽戒護下把自己放倒在草蓆上之後，陰魂般，閃忽在我腦海，鐘擺似的滴答滴答滴答，不斷在我眼前搖盪，變幻，跳接，好像在一場色彩繽紛的噩夢中觀看一部奇幻電影……忽而，鏡頭推進，兩顆咖啡色大木瓜幻變成一雙晶瑩剔透的汗珠，皎白皎白，懸吊在她那兩粒油亮亮黑葡萄也似的乳頭上，顫啊顫，欲滴未滴，可隨時都會墜落到我臉龐上來……忽而鏡頭一轉，那兩顆逐漸膨脹的汗珠幻變成兩只大陀螺，滴溜溜滴溜溜，好半天在我眼前兜轉……陀螺忽地變成流星錘，一對兒呼颼呼颼，在我頭頂那一弧碧藍如洗的赤道天空中只顧互相追逐，纏鬥，旋舞，快樂得像一對嬉耍的孿生兄弟……就在我目眩神馳魂遊太虛之際，流星錘忽地失速墜落，眨眼間又幻變回兩顆熟透的、碩大無朋的婆羅洲叢林野生木瓜，砰然，在我眉眼上爆裂，只見千百粒黑核仁飛射出來，變成漫天流星雨，黑魆魆亮晶晶，伴隨那淫黃淫黃爛糊糊兩大坨果肉，一古腦兒咻地潑灑到我頭臉上來，直灌入我的嘴洞。天上的父！祢瞧，那兩隻破爛的咖啡色大木瓜兀自飄蕩在我頭頂上，兜著蹦著笑著，醚醇哇醚醇哇，忽然就變成克絲婷的乳房，兩菰子白皎皎，雀斑蕊蕊，只管亢奮地昂聳著它那兩粒櫻桃般殷紅的乳頭，汗湩湩，直要滴出醍醐般甜美的奶汁來……

一晃一晃……

姑媽，妳的兩隻乳房只顧擂擊我的臉孔，摩搓我的鼻尖，鼕鼕鼕打鼓般，不住敲著我的腦袋瓜，宛如醍醐灌頂，我只覺得心中一片清涼，渾身充血欲射未射酥痲痲說不出的受用……我十五歲，我是個快速發育的少年……可是，姑媽妳壞，就在這個要命節骨眼上，忽然妳搖身一變，變成那個披頭散髮笑齤齤張開血盆大口的龐蒂亞娜克，馬來女吸血鬼，妳胸口兩隻姣好的奶子，鬼怪般，幻化成一對鐵鏽斑斑的大秤鉈，沉甸甸鏗鏘鏘，千斤頂般直往我腦門上砸落，霎忽間腦漿迸出四下飛濺，嚇得我冒出一身冷汗，扯起嗓門大叫克絲婷救我，姑媽救我……心一慌，我從草蓆上蹦地跳起身來，甩了甩腦袋瓜，酒意登時嚇醒了大半，整個人倏地又回到魯馬加央長屋客房中。

一燈如豆。

回頭只見克絲婷側身躺在房中另一張臥蓆上，面對我，睡得好不沉熟，齁，齁，嘴洞中只管噴出一蓬一蓬餿酒氣。

陰曆七月五，鬼月天時，半夜凌晨叢林屋子裡依舊炙熱得像一口扣緊鍋蓋的大燜鍋，蒸蒸騰騰，把人給焗出一身黏黏的汗腥來。

蓬著頭，張著雙腿，克絲婷身上胡亂披一條晨褸，濕答答鬆開衣襟，敞開胸房。油燈下只見她兩道眉毛緊鎖，臉上的表情，噯，咬牙切齒，似喜還嗔待笑不笑的說不出有多古怪。莫非她也在做一個荒誕的夢？這當口，整座長屋的人都睡死了。三百碼長的一條迴廊，悄無人，從廊首到廊尾五六十戶人家，鬥嘴似地夢囈聲此落彼起，咿咿唔唔嗯嗯啊啊，唉唉唧唧嘰嘰嘎嘎，子夜長屋中聽來格外深沉、淒楚、怪誕，叫人獨個兒在客房裡聽了，忍不住打幾個寒噤，渾身泛起雞母皮。鼾聲陣陣，咕嚕咕嚕，好像婆羅洲旱季大熱天午後天頂綻響起的一串串小悶雷，空洞洞，乾巴巴，不斷從長屋中百來個房間傳出，沿著長廊一路洶湧下來，轟然一聲雷，迸響在宴罷人散陰森森一群骷髏蠢動的廳堂中。

嗚——噗！嗚——噗！長屋外深山中母猿們依舊不住啼喚，那聲口溫溫婉婉，一聲連綿一聲，彷彿正在哺餵一窩繾綣在她們懷中的子兒。

我又回頭看看那隔著一條長板凳，齁吼，齁吼，鐵匠打鐵拉風箱似地打著鼾，沉睡在我身旁另一張草蓆上的克絲婷。

鬼婆樣，滿頭蓬鬆一臉枯槁，她身上披著從房龍農莊帶來的鵝黃晨褸，襟口兩個鈕釦鬆脫了，燈下剝露出半隻奶子來。雹殛似的，我呆呆瞅著。那片乳房從克絲婷心口墜落下來，疲軟地，癱在草蓆上一窩汗水中，油燈照射下突然變得屍樣蒼白。我凝起眼睛瞧真切了，發現她胸口那雀斑蕊蕊的肌膚上四下冒出青筋，一條條蜿蜒攀爬，交纏在她乳房上，乍看好像一窩子蠕動的藍色蚯蚓。乳尖上那兩蕾子銅錢般大、原本色澤溫潤鮮豔的乳暈（記得嗎？五天前我在房龍農莊上悄悄看過一眼）陡然沉暗下來，變成赤褐的一輪，乾癟癟皺巴巴。我的克莉絲汀娜姑媽——我心目中永遠的克絲婷——帶領我從事大河之旅那年暑假，剛過三十八歲生日呢。再過三、五年，我若有機會再遇見她，天可憐見！今晚我看到的這隻乳房，莫不也會變成一顆熟過了頭的大木瓜，顫巍巍老態龍鍾，從她那日漸膨脹浮腫的胸脯上，颼地墜落了下來，煞似一對畸形的鐘擺懸吊在她腰間，走一步，晃兩下，就像我在古晉城街上不時遇到的那些英國婆子……

半夜凌晨，身在叢林古老長屋，躺在客房草蓆上，側著身子面對沉睡在另一張草蓆上的克絲婷——我那萍水相逢，偶然一聚，共同參與一趟奇妙旅程，從此直到老死，天各一方，再也沒有機會相見的「姑媽」——沒來由的胡思亂想，想到最傷心處，鼻子一酸，我那原本已經消退大半的酒意，登時又翻騰而上，肚子裡那三盅阿辣革猛地一湧，翻山倒海又開始作怪起來。我那顆腦袋瓜再度坐上雲霄飛車，飄啊晃的重新遨遊在妖鬼世界中。澳西叔叔瞇笑笑，腆著彌勒佛大肚膛，滿臉慈祥瞅乜著我，手一翻，肥臀子猛一拱，咻地從褲胯間摸掏出他那銀樣蠟槍頭似的一根肉棒子，伸到我眉心上只一戳，喝聲：峇爸揭！妳看哪，克莉絲汀娜・房龍小姐一雙雪樣皎白的好乳房，倏忽，就幻變成兩顆亮油油滴溜溜碩大無朋的棕黃色婆羅洲大木瓜，好半天只管在我眼前抖著晃著、兜著逗著：醚醱哇醚醱哇，姑娘拿起巴冷刀割葩榔……忽聽得「噗凸」一聲，只見她那兩粒黑葡萄似的乳頭，觸電般陡然豎起，猛一噴，淅淅瀝瀝淫黃淫黃，漫天飛灑下一蓬蓬無比腥膻的乳汁來。眼前驀然一黑，地轉天旋，我只覺得心頭噁喇喇一陣洶湧上來，直想嘔吐，慌忙把手死死掐住心口，披衣起床，打算偷偷溜進河中泡個冷水澡，醒醒我脖子上那顆乒乓亂響的腦袋瓜，可我屁股剛抬離草蓆，冷不防，睡夢中克絲婷倏地伸出一隻手，張起五根爪子，蛇樣，穿過那條分隔兩張草蓆的長板凳，牢牢地攫住了我的耳朵。

——永！你要去哪裡？

——小便。

——那邊小！

眼皮也沒睜開，克絲婷豎起食指頭，就朝房間角落一指，把嘴一努，順手攏起身上那條晨褸的前襟，汗湫湫遮蓋住她的胸脯，頭一歪，又自管睏她的覺去了。我呆了呆，依照她指點的方向望過去，一盞油燈下，果然看見地板上開了個口子，顯然是供人小便用的。克絲婷果然講信用，重然諾，真的從桑高鎮開始就片刻不讓我離開她身邊，可往後，還有好一大段旅程呢，八百公里溯流而上，我得日夜跟這洋婆子廝守在一塊，比一對姑姪還要親暱……想到這，我的頭皮有點發麻，可心裡卻也有一股莫名的亢奮，回頭望望克絲婷，看見她張開嘴巴齁齁齁打著鼾，鼓著鼻孔噗噗噗噴著酒氣，模樣有點滑稽，卻又不時絞起眉心，磔磔一咬牙，好像又在做她的什麼怪夢，一整晚睡得很不安穩。心一疼，我嘆口氣，悄悄把手伸過長板凳，勾起小指頭，挑起她額頭上一蓬子濕答答的劉海，弄整齊了，掖到她耳脖後，瞅著她的臉龐，燈下凝視半晌，這才爬起身來躡手躡腳走到房間角落，背向克絲婷，解開褲襠，瞄準地板上那四英寸見方的小小尿口，嘶——嘶——將熱辣辣一泡黃尿直射出去，穿透小洞，灑在那窩棲息在長屋地板下的豬、雞、狗身上，然後乖乖走回到克絲婷身旁，和衣躺回草蓆上，下定決心不再胡思亂想，睡個飽覺，明天一早啟程，繼續我們奇妙的鬼月大河之旅……

但我怎麼睡都睡不著。那索命的兩顆碩大無朋、熟透了的木瓜，妖怪般，亢張著兩粒烏黑乳頭，兀自在我眼前晃蕩旋轉，吃吃笑不停：醚醁哇醚醁哇……醉眼迷茫中但見頭頂上那兩瓶子乳湩湩，滴答滴答不住流淌出黃糊糊的汁液來，灑得我滿頭濕漉漉，兩眼淚汪汪。嗚噗！嗚嗚嗚——噗！靜夜中母猿們的啼叫突然變得淒厲起來，一陣急似一陣，彷彿在尋找失散的子兒。四更時分，只聽得那聲聲召喚和呼喊，哽哽噎噎連綿不絕，從屋後林子傳出來，穿透長屋的竹板牆，刀似的不停剮著我的耳膜。我再也躺不住。回頭伸出鼻子一聞，酒氣薰天，只見克絲婷拱著屁股叉開雙腿大八字趴在草蓆上一窩汗水中，皺著眉咬著牙，咿咿唔唔在講夢話，想是沉醉在夢鄉裡，一時半刻醒不過來了。我趕緊起身，悄悄拉下她身上的晨褸蓋住她的腰臀，輕手輕腳，匍匐爬行到房門口，一溜煙穿過長廊跑出長屋。

七月初六　血色黎明

達拉，血；薩卿，痛

英瑪・伊薩——嗳——伊薩
曼巴哟・瓦喀兮・帕蓋矣

出得屋來彷彿聽見阿依曼在月光下唱歌。

夜涼如水！迎面一陣河風吹來，把我的酒意霎時間全都驅走。抬頭一眺望，只見一鬟子上弦月高掛大河口。這枚月亮，丫頭，就是六天前我初抵坤甸，陰曆六月二十九那晚開鬼門時節，克絲婷和我並肩站在卡江大橋上看見的小小月牙兒，一樣的皎潔，一樣的玲瓏清秀可人，只是月弧擴大了，略顯圓潤些，好像一個豆蔻年華的少女偷偷懷了胎兒。滿天星靨靨。妳知道嗎，丫頭，只有在婆羅洲心臟的原始蠻荒地帶，赤道上空，妳才看得到那樣清澈、那樣潔淨無瑕的漆黑天空，宛如山林中一泓泉水，悄沒聲眨啊眨，密密麻麻地倒映著天上的星星，而那窩星星烏亮烏亮只管幽幽閃爍不停，好似一群伊班娃兒的眼睛。

那一雙雙眼瞳⋯⋯

魯馬加央長屋孩子們的眼瞳⋯⋯

伊曼，伊班小美人，那雙清澄遙迢像是浩浩宇宙中一星幽光的眼瞳⋯⋯

總是閃爍著一種令人心痛久久不能忘卻的光彩，深沉，好奇，凝視堂屋中一群紅毛綠眼長相奇特的遠方來客，流露出一股莫名的、無言的恐懼和嚮往⋯⋯

喝足了阿辣革，觀賞完了精彩的餘興節目，宴罷，天猛公起身退席，一身戎裝返回他的寢殿，大夥回到各自的居室，偌大的長屋登時陷入無邊的夢鄉中。一屋靜盪盪。這會兒只我一人睡不著，獨自個，踩著大河畔荒冷的月光，遊魂似的在屋外晃蕩。天已四更，連天猛公從坤甸引進的丹麥種豬所繁衍的上百頭新品種肉豬，吃飽喝足，這時也都倒臥在糞堆中，齁啊，齁啊，哼哼唧唧呢呢喃喃好像也在做春夢。長屋底層畜欄裡，白滾滾一窩，月光下只見一條一條光溜溜白皎皎的肥壯胴體，交歡般，堆堆疊疊纏綣成一團。不知哪一家屋裡，哀婉地清亮地，傳出一個小女娃兒的哭泣，月光裡飄飄忽忽如影隨形，哭聲隨著河風只顧追躡在我身後。三不五時，仰天一嘯，那五隻蹲坐在長屋大門階梯口，睜著兩隻陰陽眼，炯炯守夜的婆羅洲土獒犬，忽然豎起耳朵，好像發現了什麼似的，倏地昂起脖子，朝向大河上游煙嵐繚繞磈磊群山，鬼吹螺似地拉長嗓門，一聲連綿一聲，悠悠嗥叫起來。

莫非阿依曼抱著她的孩子，半夜凌晨，還逡巡在長屋周遭，徘徊不去，癡癡守候孩子那沒良心的父親們？

嗚噗嗚噗嗚噗嗚——噗！泣血般，母猿們的召喚驟然變得高亢，淒楚，一聲聲越發急切起來。我循聲尋覓，沿著大河邊的小徑往上走。滿江青蛙聒噪，撲通撲通跳水聲中，我尋到了一座果園，園中露水萋萋，月光下看得見一間高腳屋，小小的鐵皮木板房子，好像工寮，黯沉沉悄沒聲，掩映在那滿園懸掛一毬毬一瓠瓠熟透了的金黃果實中。門口屋簷下，有個伊班女人滿臉憔悴，光著兩條肥膀子，只在肩上披一件雲豹皮戰士圍巾，叉開雙腿，箕張著她那烏毛黲黲的臀胯子，抖簌簌坐在門外階梯上打盹，眼皮驀地一挑，發現我走過來，慌忙睜開兩粒血絲斑爛的赤褐眼珠，悄悄豎起食指，按到嘴唇上。

——噓！禁聲。

我躡手躡腳走過去，在她腳下的樓梯板上坐下來。篷拆篷拆，嘰嘎嘰嘎，靜夜中只聽得頭頂上那高腳屋的竹編地板震天價響，搖啊搖，顛盪不停，彷彿有兩個頑童互相扭打，玩摔跤，待聽得真切，又好像是一對露水夫妻在偷歡，兩情相悅正在火頭上。心一跳，我趕忙豎起兩隻耳朵，凝神諦聽。

——峇爸，峇爸澳西，薩唧，痛。

——伊曼伊曼，我的伊班小美人兒，小公主，峇爸愛妳喔，峇爸現在要拿棒子進入妳的小屋子變魔術嘍，只表演給妳一個人看呢。峇爸揭！伊曼，妳看那是什麼？妳出生到現在還沒看過這樣大、這樣白、這樣好的寶貝吧？嗯嗯？

澳西叔叔呵呵笑。伊曼只管顫抖著她那條細嫩的嗓子，喊痛。

——峇爸澳西，達拉，血。

——伊曼，莫怕，流一滴血對妳有好處哦。

——峇爸騙人。

——峇爸我誰都騙，就只不騙伊曼。今晚澳西叔叔棒子一揮，伊曼流一滴血，明天早晨伊曼就會從一個小美人變成一個大美人嘍。這是全世界最精彩、最羅曼蒂克、最好看、最偉大的魔術喔。伊曼變成大美人，峇爸就可以帶妳去地球上的人間樂園澳大利亞洲，像芭比娃娃一樣過著幸福、快樂、美好的日子嘍。

——峇爸，真的嗎？

——峇爸若是騙小伊曼，峇爸被大神辛格朗・布龍重重懲罰。

——怎麼個懲罰？

——峇爸被神鳥啄瞎兩隻眼睛！呵呵呵。

——哦，峇爸澳西，不要！伊曼害怕。達拉，薩唧。血，痛。

我坐在屋外階梯上呆呆聽著，聽到這兒，感到頭皮火辣辣一陣發麻，背梁上竄出一波波冷汗，猛一甩腦袋瓜，蹦地跳起身來沒命地拔腿就跑。天上一鉤曉月迷濛。木瓜樹下鬼影幢幢。我身後，伊曼那一聲聲峇爸峇爸，求饒也似的哀喚和嘆息——薩唧，痛；達拉，血——好像一把鋒利的喝過人血的阿納克獵頭刀，颼地飛擲而出，穿透過小屋窗口，隨著河風不斷飄忽傳來，指揮鬼月群鬼一路追纏我，揶揄我，戲弄小孩似的直把我驅趕出果園。我慌忙逃回長屋，大聲呼喊克絲婷，趺趺撞撞顛顛跳跳穿過堂屋，好似鬼魂附體，一頭栽進我和我的洋姑媽共用的那間客房。天矇矇亮。克絲婷已經起床。油燈下，曙光熹微中，只見她蓬頭散髮，身上披著她那條汗湫湫邋里邋遢的鵝黃晨褸，背向門口蹲著，箕張雙腿拱起腰臀，齜牙咧嘴，瞄準房間角落地板上那個四英寸見方的小小排尿口，撩起裙襬，嘶——嘶——嘶——

* * *

天大亮，長屋的孩子們盛妝齊集碼頭，人人手持一朵鮮豔的玫瑰花，個個淚眼盈盈，依依不捨。大河畔，幾十條幼嫩嬌美的小嗓子驀地齊聲高唱起送別歌，河水滔滔，歌聲嘹亮，好似一群出谷的黃鶯響遏行雲！

姑娘拿起雲豹皮戰袍
走到碼頭上送行
戰袍披在郎身上

叮嚀又叮嚀……

陰曆七月初，陽曆八月上旬，大清早又是個豔陽天。婆羅洲天空寶石樣一碧如洗，赤道線上大河上空偌大一個穹窿，極目所及不見一絲雜質，連個小斑點也找不到，頂頭一片天，空盪盪，只有一隻巨大的婆羅門鳶翱翔在天頂一朵孤雲下。妳看牠，渾身絲緞也似光潔的羽毛，亮閃閃黑魆魆，迸濺陽光，一圈又一圈只顧盤旋巡弋在牠那浩瀚無邊的領空。伊班大神辛格朗•布龍的神鳥。長屋子民的日夜守護者。旭日下，兩粒眼珠火樣紅，精光四射，炯炯俯視那雄踞卡布雅斯河畔山坡，彪彪然，宛如一條叢林大蟲，映照朝霞著火般金光燦爛的魯馬加央大長屋，好像突然發現了什麼，猛一睜眼，好久一眨不眨。約莫每隔十分鐘，牠才昂起脖子瞅著大河上游的石頭山，淒厲地發出一聲梟叫，悚然，鼓動兩下翅膀。

長屋孩子們的歌聲殷殷相送下，滿面紅光，神清氣爽，澳西叔叔走上棧橋，朝向河中泊著的那艘印尼官船踱蹀過去，臨上船前，似乎想到什麼，忽然停下腳步，低頭略一沉吟，倏地一轉身，毅然走回棧橋上來。臨別秋波，他老人家決定再一顯絕技，就在碼頭上光天化日之下，即興耍個別緻的、讓人眼睛一亮的戲法，博孩子們一粲。只見「峇爸」滿臉堆出慈藹的笑容，不慌不忙，背著雙手，走進那長長一排由盛裝的伊班老戰士天猛公朱雀•圖埃•魯馬•彭布海親自率領的歡送隊伍之中，來到孩子們面前，眼一柔，嘆息兩聲，戀戀不捨，弓下身來打量這群陪伴他度過一個愉快夜晚的伊班娃兒。長屋耆老紛紛睜起眼睛，拭目以待。不瞅不睬，澳西叔叔卻好整以暇，閒閒地從娃兒們那幾十張朝他仰起來、無限孺慕、只管怔怔瞅望著峇爸的小臉龐，慢慢的瀏覽過去，一張臉兒都不放過，好像在鑑賞家中蒐藏的寶物似的。旭日照射下，孩子們那咖啡色的臉孔汗溱溱，宛如婆羅洲夜空般純淨無瑕，星星樣，閃爍著一蓬子一蓬子皎潔的目光。峇爸看得癡了，好久好久，只顧瞇著眼弓著腰駐足娃兒堆中，肉墩墩的兩隻白腮幫，憨憨地綻出兩朵小酒渦來，臉上漾亮著無比慈愛、滿足的笑容。長屋父老們在天猛公率領下，一身戎裝，殺氣騰騰列陣棧橋，直條條挺拔起腰桿子，耐心地等待著，看看這位萬里迢迢來自西土的偉大白人魔法師，達勇•普帖，還能變出什麼樣神奇的、駭人聽聞的戲法。等了半天，只見澳西叔叔從西裝上襟抽出紅絲帕，慢吞吞抹抹手，擦擦額頭上的汗，忽然眼一睜，邁出腳步，走到一個腰繫小紅短褲露出肚臍眼的男娃兒面前，霍地站住，弓下腰身，眼上眼下把他全身打量個通透，倏地伸出手爪，在他身上各處掏摸一陣，猛搖頭，又歪起腦袋思索好半晌，颼地叉開手掌來，叭的一聲，沒頭沒腦就往小男娃腮幫上摑去。娃兒愣了愣，慌忙張開嘴巴。噗！一尾約莫八英寸長的鯽魚驟然出現，活蹦亂跳的從娃兒小小的嘴洞中直竄出來，滴溜溜，迎著晨風，飛向那朝霞燦爛彩雲片片的天空，畫出一道美麗的弧線，撲通，墜落入河心，迸濺起一簇晶瑩的水花。

笑嗨嗨，澳西叔叔挺起胸脯，抖兩下他那皮鼓樣的彌勒佛肚膛，脫帽，回身，朝向長屋父老團團一鞠躬：

——特你馬加色！

父老們霍地舉起右腳，篷！猛一蹬橋板，蕭蕭簌簌抖動起他們頭上那頂黃籐盔插著的一叢犀鳥翎羽，仰天吆喝三聲，齊齊伸出手臂來，向神奇的偉大的白人魔法師豎起大拇指：

——峇固斯！達勇•普帖。

碼頭上霹靂啪啦爆起如雷掌聲。

剮剮——天頂逡巡的那隻婆羅門鳶猛一怔，勃然，伸張牠那峭尖尖兩根長翼，尖著嗓子梟叫兩聲，作勢欲撲，卻又收起翅膀，掉頭往河面滑翔過去，瞄準河心那一渦子白花花的漣漪，箭也似地來個四十五度俯衝，只一啄，叼起那尾兀自在水中蹦跳不已的鯽魚，隨即騰空而起，劈劈潑潑，旭日下朝向長屋背後山腰上的一堆墓塚，飛去了。

於是，就在大夥歡呼聲中，孩兒們百來雙烏亮烏亮的眼瞳子依依不捨相送之下，澳西叔呵呵大笑，舉起手來，肅然朝向天猛公行個西式軍禮，回身戴起德比帽，撣撣身上乳白西裝，猛一使勁，拎起他那口巨大的鋁質行李箱，邁出兩隻雪白皮鞋，橐躂橐躂，腆著大肚膛走上棧橋，在兩名頭戴黑色宋谷帽、身穿雪紡白長衫的印尼官員護衛下，只一扭腰，矯健地登上一艘簇新銀亮的鋁殼快艇，迎著晨風，四下顧盼睥睨，朝向大河上游一輪初升的紅日，衣袂飄飄，笑吟吟揚長而去了。

河堤上，那幾十個盛妝送客的伊班小姑娘兀自殷殷送行。妳看她們，一臉肅穆，雙手捧著峇爸澳西施展西土神奇法術、赫然變出來的玫瑰花，俏生生淚盈盈，排列成一縱隊，只管搖曳小腰肢，晃蕩著肚臍眼兒下繫著的小紅布兜，哭靈似地，拉長嗓子曼聲高唱起送別歌，一聲急似一聲，不斷祈求又祈求，叮嚀又叮嚀：

布龍大神啊
請你保佑他
平平安安凱旋歸來
手上拎著三顆支那人的頭顱
腰間掛著十綹荷蘭兵的頭髮
滴啊滴啊，血如花……

送罷澳西叔叔，我跟隨克絲婷姑媽走出碼頭，回到長屋收拾行囊，準備搭乘下一班輪船前往新唐鎮，繼續我們的大河之旅。走上屋前山坡時，猛一抬眼，我忽然發現自己跟一個小女孩打個照面，四目相投。不知怎的我只覺得心頭一毛，渾身打起冷疙瘩來。那雙褐色大眼珠直直瞅著我，莫名的熟悉、親近，娃兒般漾亮著天真好奇的光彩，可是在旭日照射下，不知什麼緣故，這對眼睛卻一下子變得十分憔悴蒼老，枯黑地，閃爍著兩蕊子髒血絲。我使勁揉揉眼皮，定睛一看，只見她披著一肩蓬亂的漆黑長髮絲，瑟縮著半裸的小身子，緊緊地，將一個金髮碧眼芭比娃娃摟抱在懷中。孤零零的一個女孩兒，八、九歲，躲藏在長屋大門口階梯下黑影地裡，怯怯探出脖子，睜著她那雙深澄遙迢、好似婆羅洲夜空中兩顆寒星的眼瞳，只管朝碼頭上張望，彷彿在等待什麼似的，臉上露出焦慮迷惑卻又充滿期盼的神色。早晨八點鐘，卡布雅斯河上豔陽高照，河風突然大起，一濤濤直撲向山腰的長屋，呼飀呼飀。她腰間繫著的一條粉紅小紗籠，迎著風，撩啊撩不住飄蕩，彷彿要脫離她那細小的身體，嘩喇嘩喇飛上天空似的。

伊曼。白魔法師澳西叔叔的伊班小美人。

七月初六　大河冥想

永遠的伊曼

直到晌午兩點，我們翹首企盼的船，摩多祥順，才扯著破嗓門噴著蓬蓬黑煙，嗚噗！嗚噗！幽幽然出現在河灣，但只在魯馬加央小碼頭臨停，接載我們這一夥宿醉猶未醒、臉青青夜叉樣、頭髮箕張眼珠赤紅的怪客，片刻也不逗留，便帶著滿身黃泥漿，鼓著殘破的心臟，鬼趕般離開傳聞中的伊班海盜窩，西婆羅洲碩果僅存的獵頭部落，怦怦怦繼續溯流而上。目的地：新唐，卡江中游最後一座大城鎮，距河口坤甸城整整四百五十公里。

昨夜那好一場長屋宴會！玫瑰盛開滿屋如春，梁上虆虆人頭俯視下，筵席上魑魅魍魎一古腦兒湧現，飲酒奏樂，言笑晏晏，觀賞悲壯的伊班戰士舞和神奇的西洋魔術。今夕何夕？陰曆七月上旬，鬼月，天際冷月一鉤炯炯懸掛在大河盡頭磈磊群山上。一條素紗籠，水紅紅，飄忽花木間。民答那峨女人阿依曼抱著她的孩子，邊哺乳，邊哼唱搖籃曲，濕漉漉一頭枯黃髮絲娑娑漂盪月光下，一整晚只顧逡巡徘徊在堂屋窗口……

丫頭，我知道妳心裡好想知道，後來，在婆羅洲我會不會再遇到澳西叔叔？

肯定會的。

魯馬加央一別，此後，在大河之旅漫長的行程中，宛如陰魂一般，三不五時，我們就會看見他的身影霍然出現河上，依舊是一身乳白西裝筆挺，滿頭銀髮燦爛，照樣是搭乘印尼官船，那五百匹馬力簇新鋁殼快艇，好不拉風。他老人家腆著個皮鼓樣大肚膛，端坐船首，眼瞇瞇一尊彌勒佛似的，悠然笑看大河風光兩岸甘榜長屋炊煙人家，不時舉起手臂，朝那一群群麕集水湄，蹦蹦跳跳地向他招手呼叫敬禮的孩子們，笑呵呵揮一揮手。

颼！大河上，婆羅洲天空一輪斗大的赤日頭下，峇爸呼嘯而過。

當然，峇爸每次路過甘榜和長屋，即便在飛馳的快艇上，總不忘隨性耍個小魔術，臨機變個小小戲法，或從嘴洞中吐出兩隻白鴿，喝令牠們比翼雙飛，翺翔碧空，或——這一招最能博得孩子們歡心——從空中倏地抓下好一大把五顏六色的西洋糖果，漫天花雨般，嘩喇嘩喇，朝向岸上那群翹首企盼的娃兒們一古腦兒撒過去。

澳西叔叔，來自澳洲墨爾鉢的老律師，長屋孩子們口中的「峇爸」，白人爺爺，當時以司法事務顧問身分，受聘於新獨立的印度尼西亞共和國轄下的西加里曼丹省政府，以省會坤甸城為基地，終年風塵僕僕，搭乘官船奔波大河上下，如同古代的巡按使，訪視沿河各處村莊和聚落，為各族人民排解法律糾紛，從而贏得司法聖誕公公的美譽。難怪，父老們（連最凶悍、最仇視外人的伊班部落老戰士）每回提起這個老白人，都會變得一臉肅穆，豎起大拇指：「峇固斯，讚！都安・澳西。」而在都安・澳西那水路迢迢長夜漫漫的按察行程中，一路上就像領路鳥似的——朱鴒丫頭，妳記得領路鳥嗎？那山林仙子般一隻一隻守望在險灘急流，風雨無阻，輪番引導船舶航行的叢林小水鳥：蒼鷺、魚鷹、翡翠鳥、磯鷸——多少伊班小美人、陸達雅克小美人、普南小美人和肯雅小美人穿著一襲小小花紗籠，披著一肩漆黑長髮絲，睜著一雙烏亮眼瞳子，守候在卡江流域各個部落和長屋，鎮日倚門而盼，望穿秋水，癡癡地等待偉大的慈父般的白人魔法師「峇爸澳西」的臨幸。

這些婆羅洲土著姑娘，在我十五歲那年暑假的大河之旅中，跟我錯身而過，無緣相識，所以我不知道她們的遭遇和辛酸喜樂，儘管大河上下，在人們津津樂道中，有如古代吟遊詩人的唱誦般，流傳著「峇爸澳西」多姿多采令人又妒又羨，又是敬仰心儀的風流韻史……

說來好像是命，那晚在天猛公朱雀・彭布海的長屋，我一個不小心卻碰見了她，那個披著一肩夜鷹般漆黑的長髮，腰間繫一條粉紅小紗籠，羞答答，露出小肚臍眼兒的九歲女孩，而且我還有機會聽她講話呢。她說的是最簡單最基本的伊班語，只有兩個字——薩唧（痛）、達拉（血）。我永遠記住這個日子：陽曆八月五日陰曆七月初六。破曉時分，大河口一鉤殘月下，魯馬加央木瓜園內一間小小的高腳屋裡：「達拉！薩唧！」四個簡單的、半夜嬰兒啼哭般清亮的音節，從一個名叫「伊曼」的伊班小姑娘嘴裡傾吐出來，機緣湊巧被我聽在耳中，石破天驚，悽慘哪，從此這兩個伊班字就變成一種陰魂式的咒語，驅之不去，三不五時便幽幽然蹦出來，講悄悄話般，在我耳畔呢喃一番，害我從大河之旅回到文明的古晉城後，足足做了一整個月噩夢，半夜常被鬼摸頭，冒冷汗霍地驚醒。好一陣子我真的擔心，伊班鐵面大神辛格朗・布龍會施予我最嚴厲的懲罰，派遣神鳥啄瞎我的雙眼，一如那晚在木瓜園內，為了取信伊曼——等她流了一滴血，變成大美人之後就帶她到澳洲，像芭比娃娃一樣從此過著幸福美好的日子——峇爸澳西當著伊曼的面，向布龍大神所發的毒誓……

多年後，我蝸居在與婆羅洲相隔一個南中國海的台灣，棲身於島嶼東端，青青縱谷中，一座小小的大學城，曉風殘月一盞檯燈下面對妳——朱鴒——的精魂，試圖用一簇繽紛嫏嬛古典圖騰似的中國方塊字，追憶、整理、探索少年時代在南海蠻荒這段孽緣，妄想藉以洗刷心中的罪惡：那晚在木瓜園中，高腳屋窗外，聽見屋裡伊曼發出的慘叫，我為何沒有及時破門而入，出面阻止澳西叔叔的惡行，反而豎起兩隻耳朵，興味盎然地諦聽了好一會，才慌慌逃回長屋客房，鬼趕樣一路奔竄呼叫我的克絲婷姑媽，爾後卻裝出沒事人兒樣，在往後旅程中，對任何人都絕口不提這檔子事？

我沒臉找理由，也實在找不出理由替自己開脫，那晚，我的確是個小孬種，身不由己，半推半就成為澳西叔叔的幫凶，甚且，至少在伊曼喊血、喊痛的那一刻，我內心中竟也偷偷享受這種淫邪、甜美、身為共犯的滋味……

事隔多年，也許伊曼已經嫁人，跟同族男子結為夫妻，就像大河上下當年無數被峇爸澳西臨幸過的土著少女，早已綠樹成蔭子滿枝，甚至還當上婆婆，如今變成一個伊班歐巴桑，兩隻奶子皺巴巴，一雙畸形鐘擺也似，沒精打采地晃蕩在她腰間黑洞洞一顆肚臍眼兒上。午後閒來無事，髮蒼蒼，伊曼坐在長屋門口階梯下日影裡，敞開胸脯納涼，乾癟嘴上叼著土製菸斗，悠悠吞吐著黃煙，看孫輩們玩耍嬉鬧，可在她的臥房某個隱祕的角落裡，天曉得，是否還珍藏著「峇爸」當年送給她的芭比娃娃新娘？

我心中的夢魘終究不會完全醒來。木瓜園中一間高腳屋裡，那一聲聲午夜叫魂般的鬼月叢林咒語——哦，薩唧，痛。峇爸峇爸不要不要不要！伊曼害怕。達拉，血——在布龍大神敕令下，注定要在我耳邊呢喃一輩子，幽靈似的糾纏我整世人。

七月初六晌午　擱淺河中

今晚我們要在船上轟趴

達拉，血。

薩唧，痛。

糾纏我整世人！那時我在魯馬加央碼頭等船，怎會想得如此長遠。晌午兩點，赤道太陽正毒。熬過一個癲狂的夜晚，幾乎不曾闔過眼，這會兒我只覺得兩隻眼皮直往下沉，好睏。渾渾噩噩夢遊似地，我尾隨克絲婷，還有我那群宿醉未醒，死人樣，坍塌著臉孔鐵青著面皮悶聲不響的紅毛旅伴，在天猛公一身戎裝，精神奕奕戒護下，趕屍般魚貫登上摩多祥順，懨懨地，踏上我們第二段旅程，沿著大河溯流而上朝向聖山峇都帝坂繼續邁進。一登船，我就倒臥在火燙的船艙中，呼呼大睡。醒來時，舷窗外日頭已西斜。空窿！晴天裡猛聽見一聲霹靂。我們的船忽然直往下沉墜。我差點從床鋪上摔下來，慌忙叫克絲婷。她不在房中另一張床鋪上。我打赤腳逃出艙房奔跑上甲板。眾聲喧嘩，好不熱鬧。夕照下只見我那群宿醉方醒兩腮蒼白一臉鬼氣的旅伴，彷彿受了電擊，突然全都活轉過來，披頭散髮手舞足蹈，男女三十人一起攀趴到船尾欄杆上，探出身子伸出脖子，聒聒聒聒指指點點，那股亢奮勁兒，就像一群搭乘校車出遊，中途車子拋錨的教會學校寄宿生：

——喔！我們的船擱淺了。

——船頭栽進泥坑裡。

——船尾，高高翹在半空中。

——不上不下，好像一匹在河邊喝水突然中風的河馬。

——引擎呼嚕呼嚕空轉。

——噗，噗，噴出一團團黑油煙。

——我們的船打死都不肯動。

——天上的父！我們擱淺在婆羅洲最大河流卡布雅斯河上，被困在河中央了。

ㄚ頭，我不是跟妳講過？航行卡江的這一支摩多字號商船隊：摩多安、摩多勝利、摩多豐禾、摩多虎躍龍騰……可是南朝鮮打造的十分強悍、凶猛的八百噸級鐵殼船，裝備一具專為叢林航運設計，馬力超強，通體烏油油乍看就像一匹尨然怪獸的底特律柴油引擎。它那根鐵鑄的巨舵，好似韋陀菩薩手中使的金剛杵，威風八面，在大河中任意迴旋，翻滾打轉，靈活得有如一條玩水的蛟龍。每當我們的船，譬如上次搭乘的摩多安，一時托大，不聽領路鳥的警告，一頭栽進那陷阱般四處散布河面的爛泥坑，但只熄火三分鐘，虢的一聲，妳便聽見這條蛟龍扯起嗓門厲聲嘷叫，接著妳就看見牠，刷地，揚起尾巴沒頭沒腦一陣鞭打，霹靂啪啦濺潑起一渦渦黃泥巴，妳瞧，咱們的叢林伏波大將軍發火啦，身子猛一竄，就從陷阱中鑽出來，甩掉滿頭泥漿，拉起汽笛，嗚嗚嗚怦碰怦碰，帶著滿船人貨和牲畜，若無其事地繼續昂首溯河而上。

就是這副氣象，丫頭，就是這種出入叢林睥睨大河的態勢和神采，曾讓小時跟隨二叔行船，日出日落，穿梭沙勞越河川不知幾回的我，深深著迷，對摩多鐵殼船的崇拜，幾乎到了癡戀的地步。可現在，我和紅毛旅伴們搭乘的這艘摩多祥順，噸位一般大，引擎也沒差，同樣是南朝鮮打造的船殼，卻不知究竟怎麼弄的，船頭一陷入河心那不算挺深挺險惡的泥坑，引擎就死火，整艘船變成一匹猝然中風的老河馬，癱掉了。大夥議論紛紛，都把矛頭指向掌舵的那個渾小子。這廝才二十郎當，頭綁一條杏黃汗巾，打赤膊，兩膀子筋肉虬虬臌臌，滿嘴鳥啊鳥的，打扮和腔調好似梁山水寨一名嘍囉頭，聽口音也彷彿是山東人。山東老鄉？你說在這南洋叢林河道上當舵工？沒錯，陰曆鬼月，光天化日下怪事多，太陽忒大，把人曬得渾渾噩噩，行為都變得乖誕起來。後來在卡江上游，我們還遇到一位嶗山三清宮的老道士，身穿黃氅衣，足登白芒鞋，火紅日頭下叮叮噹噹搖著銅鈴，幽魂似的遊走各長屋之間，向不識符籙為何物還以為那是中國鈔票的肯雅人，兜售鬼月靈符哩！反正，那天在擱淺的摩多祥順上，大家閒來無事，紛紛擠到駕駛艙中，興味盎然地觀看這山東漢子「俺、俺、俺」手忙腳亂操弄半天，急得直搔胯下的卵蛋，也沒人聽懂他講什麼，只聽出一個俺字，結果俺了半個鐘頭，船依舊困在河中央爛泥坑裡了然不動。船上的領導層——船長、大副和舵手——聚首駕駛台前研究對策。船長客家人，操一口西婆羅洲邦嘎客家腔華語，大副講巴東馬來話，加上一個山東老鄉，老中青三人各說各的，雞同鴨講鴨同鵝講，溝通了好半天，才由馬來大副用英語向全體乘客宣布：端端丹普安普安，摩多祥順，不幸擱淺！船長將立即向坤甸總公司發出緊急無線電報，請求明天一早派船支援。今晚，諸位尊貴的乘客，女士和先生們，端端丹普安普安，或留船過夜或自行設法上岸投宿，悉聽尊便。依夏阿拉！聽從真主的旨意。特你馬加色！謝謝大家，晚安。

我那群旅伴一聽，登時又雀躍起來了。

——哦！我們真的擱淺了。

——今晚，我們要住在河中了。

——我們可以舉行一場別開生面的船上派對了。

——喝阿辣革酒，抽羅各菸，通宵狂歡了。

——天上的父！我們可以爬到船艙頂做愛。

——不，我寧可伸展四肢，仰天躺在甲板上看月亮，數婆羅洲的星星。

——浪漫的薩賓娜，陷身叢林蠻荒大河，在鱷魚群包圍之下思念遠在西班牙的情人。

太陽西斜。河上開始出現歸鴉。

摩多祥順在赤道烈日下黃霧蒸騰的卡布雅斯河中航行，曝曬了一整天，船身火樣燙。大夥窩在艙內悶了一晌午，忽然遭逢船難，好像聽到天使報佳音，心情登時變得莫名地亢奮起來，全都跑到艙外，活動筋骨，在傾斜的甲板上手舞足蹈搖頭甩髮，叭，叭叭，輪番互擊手掌心，快樂得真的就像一群搭校車出遊，中途車子拋錨死火，前不巴村後不巴店，被囚困在荒郊野外的教會學校寄宿生。

這下摩多祥順可真的危險了！妳看，五、六十條毛絨絨粗壯的洋腿子，一窩聚集在那高高翹起的船尾，一齊發威，撒起野來，仿民答那峨姑娘跳起舂米舞，篷，篷篷，把甲板蹬得乒乓亂響，將船身震得搖搖晃晃，船頭吱吱叫，越發往爛泥坑裡沉陷下去了。

一條嗓子清亮亮，驀地，凌空而起。

乍聽，宛如一隻從山林深處飛竄出的黃鸝，咻，箭一般，突破河上重重瘴霧，穿透河畔長屋四下飄漫起的暮靄炊煙，振翅翾飛大河上空，獨自引吭高歌，響徹婆羅洲心臟那黃雲滾滾的向晚天。中了蠱般，大夥全都煞住舞步，佇立甲板上，豎起耳朵呆呆聆聽，循聲覓去，看見樓上艙房窗口，有個女孩探出頭來，迎著河風飄颺起一頭秀麗的麥黃色短髮絲，朝向河口的落日，揚起一張素淨的雀斑臉，滿眼溫柔一臉笑，自顧自在唱歌：

男孩所在的地方
有個人等著我
一張微笑的臉
一個溫暖的擁抱
兩隻手臂溫柔地摟住我

梅根・麥考密克。來自紐西蘭南島基督城的女大學生，自助旅行婆羅洲，中途，在桑高鎮五洲大旅社遇到我們，臨時改變主意，加入我們這支奇特的、好似喬叟的一群坎特伯里朝聖客借屍還魂、突然出現在熱帶叢林的隊伍。乾乾淨淨、斯斯文文的一個女孩子，穿著一條泛白的牛仔褲和一件紅格子襯衫，揹著帆布囊，用她那雙清新、純良的眼光看待世界，覺得世間一切事物——包括魯馬加央那場怪誕的鬼氣森森的長屋夜宴——都很美好。看不出她擁有一副出色的歌喉！妳看她，凝起兩隻天青眼眸，怔怔望著天空和遠山，嗓子驀地一放，妳聽哪，她把六〇年代美國流行女歌手康妮・法蘭西絲這支歌詞通俗、旋律簡單的情歌，直唱得柔腸百轉，一聲囀一聲，太陽下一渦子漣漪似的清澈地久久地迴漩在大河上。

我跟大夥都聽癡了。

男孩所在的地方
我將找到我的真愛
他正走下城中某條街道
我知道他正在那兒尋覓我

大家正聽得出神，人堆中忽然躥出一男一女，蛇似的蠕動身子，跑到船尾尖端甲板上，面對面，一甩手，伴隨著梅根的歌聲就跳起那個時代高中生流行的扭扭舞來。霎時，腳步聲大起。我那群紅毛旅伴二三十人紛紛跑到船尾，捉對兒，二話不說就搖頭甩髮，扭腰擺臂起來，把這艘擱淺在婆羅洲大河中的鐵殼船，搖啊跺啊，篷拆篷拆，轉變成美國中西部草原上某鎮一所高中的大禮堂，將船尾四、五坪大的甲板當成聖誕舞會的舞池，渾然忘我，一時跳得甚是入迷。落日照大河。大河兩岸長屋人家炊煙四起。呱，呱，成群歸鴉掠過河面，黑壓壓一窩，鼓著翅膀沒命地飛撲向大河上游映著晚霞，紅通通火燒似的一座石頭山。梅根・麥考密克兀自憑著船艙窗口，迎風，拂著一頭一臉繚亂的髮絲，望著河上飛鴉，只顧唱她的歌，一聲聲順著滔滔流水不斷往大河口傳送——

我焦急地等待

我焦急地等待
直到他摟住我

越唱嗓子拔得越高，聲調越急切。汗湫湫喘咻咻，大夥跟著她的節奏跳得越發急促。妳看這群紅毛男女，兩兩成雙，捉對兒眼勾眼臀對臀，只顧互相撩撥，把他們那一條條水桶粗的蟒蛇腰使勁地扭、扭、扭啊，抽抽搐搐哼哼唧唧兩相廝磨，整個身子搖盪得越發癲狂了。狂舞中，唐尼•畢夏普——來自英格蘭約克郡，自稱是勃朗蒂三姊妹的同鄉和遠親，目前在坤甸聖方濟中學擔任英文教師——率先剝掉上衣，往船舷外一撂，光天化日下展露他胸膛上金毛狨狨兩撇子八塊肌，繃起兩膀子筋肉，扯起嗓門怪叫三聲，拔起甲板上插著的一支紅遮陽傘，當作盾牌，抽出腰間繫著的皮帶，權充獵頭刀，兩隻冰藍眼瞳猛一睜，骨碌骨碌轉兩轉，學那天猛公朱雀•圖埃•魯馬•彭布海，開始表演名聞遐邇曾令荷蘭人喪膽的伊班戰士獵頭舞。妳看唐尼，這位愛丁堡大學古典文學碩士，光著膀子擎著盾牌舉著腰刀，煞有介事有模有樣地踩起丁字步來，一步一扭腰，三步一跺腳，雄赳赳氣喘喘踱蹀到甲板中央，甩甩盾牌，驅趕開那一窩兀自搖頭擺尾，臀對臀，火辣辣大跳扭扭舞的男女，清出場子，往日頭下昂然一站。血紅紅漫天夕暉潑照下，妳看唐尼那汗濟濟的鐵青狹長臉膛，夢般漾亮著謎樣的神色，似笑非笑眼波流轉，整個人剎時間沉醉在某種邈古、淒迷、早已遺忘卻又突然憶起的春夢中。妳看唐尼迎風矗立船尾，滿肩黃金髮鬈子飛颺，好似古維京戰士，忽而抬頭，凝視天頂一群追逐一群聒噪而過的歸鴉，忽而低頭愣瞪著甲板，彷彿陷入沉思中，唬弄半天，終於下定決心似地，猛一舉手中的太陽傘，兜個五六圈，嘩喇嘩喇搖盪起傘緣綴掛的幾十綹五彩繽紛的流蘇，右腿暴伸，蹺起腳上那隻牛皮靴，蹦地，邁出了伊班戰士舞的第一步。霎時，他那條昂藏六呎許、虯虯突突繃著一身肉筋的軀體，練功運氣般驟然膨脹起來，整個人變成一只上緊發條的陀螺，滴溜溜滴溜溜，喝醉酒似地滿場子兜轉跳躍嘶叫起來。旋舞中他忽然抬起右腳，篷的一聲猛一蹬甲板，噘起嘴唇仰天長嘯，舉起盾牌（船上的遮陽傘）揚起獵頭刀（他腰間繫的鱷魚皮帶），學那朱雀天猛公，滿眼悲愴一臉肅穆向宇宙大神致謝：

——特你馬加色，辛格朗・布龍！特你馬加色，耶和華！

大夥披頭散髮蹲在甲板上圍聚成一圈，看傻了，半天才鬨然鼓掌喝采，驚嘆出一聲來。

——太精彩了！厲害！讚！峇固斯！

——唐尼・畢夏普被伊班戰士的鬼魂附身了！

——天猛公唐尼，要表演砍人頭了！

——卡嚓！卡——嚓卡嚓！

不瞅不睬不怒不喜，木無表情，這位高中英文老師只顧繃緊他那張鐵青馬臉膛，打赤膊，擎著陽傘揮著皮帶，滿場子兜轉，跳著蹬著癲癲狂狂旋舞一回，忽然硬生生煞住腳步，垂下手中的盾牌，護住身上要害，屈起雙膝往甲板上只一蹲，出恭似的翹起兩顆大屁股來，窸窣，吸嗦，伸出鼻子往周遭地面不住聞嗅，眼珠子機靈靈一轉，好像發現了什麼，倏地跳起身來，弓著腰縮著頸，躡手躡腳蹦蹬蹦蹬探頭探腦只顧繞著場子遊走。日頭下，妳看他忽爾齜牙咧嘴怒目瞪視，忽爾乜斜起眼睛四顧倉皇，忽爾眼一睜，嘿嘿冷笑起來。瞧他這副無比專注、渾然忘我的神態，煞似置身殺機四伏的叢林，正在搜尋荷蘭斥候兵的蹤跡。大夥看呆啦。偌大一艘擱淺的鐵殼船，四下靜盪盪，只聽得梅根・麥考密克那黃鸝般清亮的歌聲，從船艙窗口不斷傳出，滔滔流水中，隨著那越沉越紅的暮色，越發顯得高亢急切起來。

茫茫人海中我將找到我的夢中情人
我會爬上最高的教堂塔尖
向全世界宣告：
他屬於我！

一聲怪叫，不知誰帶頭，男生們紛紛從甲板上跳起身，三兩下剝光身上的衣服，赤條條，只穿著小內褲，隨手抓起船舷上掛著的救生圈，當作盾牌操在手裡，一聲唿哨，就揮起褲腰帶齜著牙一古腦兒闖進場中，在女生們歡呼鼓譟下，加入天猛公唐尼・畢夏普的伊班戰士獵頭之舞。霎時嘯聲四起。落日熊熊潑照，只見這十來個紅毛白皮勇士一手高舉盾牌（救生圈）一手揚起獵頭刀（褲腰帶），哼哼嗨嗨吆吆喝喝，出征似地繞著場子奔跑跳躍起來，忽然也學那天猛公，屈起雙膝往地上只一蹲，出恭般撅起臀子，箕張著毛毿毿兩條腿胯，蝦蟆樣，滿場子亂兜亂跳亂叫，揮舞著手中兩件法寶四處尋找仇家，決一殊死戰。你追我躲，我閃你逃，孩兒捉迷藏般互相逗弄了半天，兩座長屋的勇士終於狹路相逢，也不打話，登時就掄起救生圈甩著褲腰帶，砰砰磅磅昏天黑地廝殺成一團。手起刀落血光（夕陽）閃爍，卡嚓聲此落彼起不絕於耳，一聲淒厲一聲，一陣慘烈一陣。地上人頭滾滾（船上運載的五大箱波蘿被打翻，東奔西竄滾落滿地）。整艘船搖搖晃晃顛顛盪盪，好似漂流在狂風驟雨下的爪哇海中。一窩兒，女生們蹲伏在船舷旁甲板上，瑟縮著身子，睜大眼睛看得入迷了，忽然，瘧疾發作似的渾身索落落索落落直打起擺子，咯咯咯打起牙戰，癡呆了半晌，扯起嗓門猛一聲尖叫，在安妮塔・布蘭登堡——隻身深入婆羅洲，在上游一所部落小學教美勞的美國和平工作團團員——率領下，紛紛跳起身來，二話不說就脫掉上身衣衫，跑進場中，手牽手形成一圈，圍攏住那一夥舉盾掄刀厲聲嗥叫正殺得性起的男生，開始舉行她們自己的儀式。安妮塔・布蘭登堡一聲號令下，這群西方大姑娘，環肥燕瘦高矮大小十幾個人，一起彎下身子，水蛇樣，扭擺起腰肢，嘩喇嘩喇甩晃著她們那一頭黃、橙、紅、褐各色髮絲，抖盪著胸口兩顆子汗溱溱沉甸甸的雀斑乳房，迎風，聚集在赤道線上好大一輪落日下，滿臉虔誠、肅穆，臀子猛一翹，頭髮一甩，學那陰曆七月旱季長屋祈雨祭典上，窈窕舞踊的達雅克姑娘，向她們的大神，天上的父辛格朗・布龍／耶和華，妖嬌拜舞。

太陽越沉越紅。大河口日落處血潑潑迸射出漫天沸騰的霞彩。剳哇剳哇，頭頂一群群歸鴉斜掠過河面，噪叫得越發峭急了。沒完沒了聲聲訴說，招魂似地，梅根・麥考密克依舊憑著艙窗，眺著天頂一朵彤雲，迎著河風，飄颺起她那一頭女學生樣的麥黃色齊耳短髮絲，自顧自，拔尖嗓子，清亮地唱她那首〈男孩所在的地方〉：

我焦急地等待
直到他摟住我
男孩所在的地方
男孩所在的地方
有個人等著我

船尾甲板上那群舞踊的紅毛男女，朝向大河口一輪落日，興高采烈舉行各自的祭典，妳祈妳的雨，我自管呼嘯獵我的人頭，個個中了蠱、著了魔似地，隨著夜幕的垂落和月亮的升起，跳得越發癲狂、沉醉了。

船頭船尾，四處堆疊起的一捆捆貨物間，沒聲沒息，影影簇簇背向落日，四下蹲坐著從桑高鎮支那街採購日用品歸來的達雅克人，男女老幼一家子，玎玎璫璫，晃盪著耳朵下懸吊的一雙黃銅大耳環，雕像似的木無表情，直直仰起他們那一張張風霜滿布的咖啡色臉龐，凝著眼眸，炯炯望著外鄉人，寸步不離，守護著腳跟前那裝滿好幾只籐簍的英國狗罐頭、澳洲超猛威士忌、印度菸絲、日本味之素和台灣製各種塑膠器皿。以物易物，一家子長途跋涉把山產帶到鎮上，向臉上一團和氣、滿腦子算計的唐人老闆換回這些舶來品。打一登船，我就看見這十幾家達雅克人蹲在火燙的甲板上，把手托住下巴，頂著中天大日頭，睜著兩粒漆黑眼珠，怔怔眺望天空中不知什麼東西，一臉木然各想各的心事。而今，船突然擱淺，一家子被困在大河中央，大夥鬧鬨鬨亂成一團，他們依舊不動如山，只管挺著腰桿，箕張著兩條短小強健的腿，牢牢地，蹲在那砰砰磅磅顛簸搖盪的甲板上，不聲不響，仰起面龐，觀看一群白人男女表演達雅克民族舞。夕陽下一臉安素。

我忽然想起，六月二十九，搭乘山口洋號渡過南中國海和爪哇海之間那片赤道水域，前來坤甸時，在船上邂逅的那群達雅克人。同樣的一臉安素，同樣的木無表情，同樣的頂著大日頭蹲在火燙的甲板上，寸步不離，守著他們的物品，同樣睜著兩隻空洞洞的眼睛，望著天空中不知什麼東西，想著自己的心事。莫非，他們——山口洋號的達雅克人和摩多祥順的達雅克人——是一族人，甚至是一家子，甚至（人生中竟有這麼湊巧的機緣）是同一群人。抵達西婆羅洲才六天，在大河中游一艘擱淺的船上，我又遇見他們！

此去，在卡江上游，航向我們大河之旅的終點峇都帝坂聖山之際，這群達雅克人，這一家子，會不會又像鬼月晝夜四處飄蕩的陰魂，沒聲沒息，忽然又出現在我們旅途中？

這樣的機緣又代表著什麼？

涼颼颼，我老覺得有一個聲音在我耳畔呢喃，柔聲告訴我，月將圓之夜，我肯定會在峇都帝坂山腳再遇見這家子人。

心頭一毛，我忍不住咬著牙滴溜溜打出兩個寒噤來，趕緊回頭尋找克絲婷。她不在甲板上，想是偷偷溜回艙房睏覺去了。昨天在魯馬加央長屋折騰了整夜，她好累。這一晌午，我獨自倚在船舷欄杆上，像個旁觀者，冷眼望著我那群紅毛旅伴，渾然忘我，聚集在擱淺的摩多祥順那高高翹起的船尾，歡欣鼓舞，載歌載舞，彷彿在開一場別開生面的船上嘉年華會。太陽沉落河口。歸鴉當空鼓譟。這場狂歡已經進行了個把鐘頭。梅根兀自在唱歌，一聲高亢過一聲——男孩所在的地方男孩所在的地方男孩所在的地方，有個人等著我——恨不得把心肝掏出來似地，直要叫斷人們的腸子。我們的英格蘭天猛公唐尼·畢夏普，打赤膊，披散滿肩金毛狨狨的髮鬈子，舉盾掄刀梟叫著狂舞半天，卡嚓，卡嚓卡嚓，手起刀落連砍十來顆人頭，這時就像附身的神靈離去後的乩童，一跤仆倒在地上，渾身虛脫了似的抽抽搐搐，整個人癱成一堆，面如金紙、口吐白沫，伸出嘴洞中紅涎涎一根舌芯子，猲猲猲只顧喘著大氣。

場中，唿哨聲四起。十幾個紅毛白皮勇士，兀自緊繃著他們那赤條條只繫條丁字帶的身子，𧽊𧽊地張開腿胯，蝦蟆樣翹起屁股，一窩兒蹲踞在甲板上，時不時睜圓兩粒血絲眼珠，倏地騰跳起身子，怪叫三聲，擎起救生圈甩起褲腰帶，滿場子追逐著，四下蹦蹬挑釁，吐舌頭扮鬼臉，互相叫陣起來，一言不合又掄起獵頭刀卡嚓卡嚓，砍殺成一團。妳瞧他們那股認真勁兒，還真像馬克·吐溫筆下那群扮演印地安戰士的美國頑童呢。場子外圍，一圈兒十幾個紅毛白皮大姑娘光著上身，手牽手，弓起身子撅起臀子扭擺著腰肢，嘩喇嘩喇，迎風搖甩起她們那映著晚霞火燄樣一頭蓬飛的髮絲，噗凸噗凸一晃一盪，抖著胸口兩隻汗湩湩的乳房，天際一輪火球下，如醉如癡，哼嘿唉喲不住呻吟著，只管朝向她們的天上之父拜舞。

這群男女原本天各一方，各過各的日子，各有各的世界和工作，只因克絲婷動念（真的只是為了我嗎？）才倉卒湊合一起，在陰曆鬼月從事一趟奇異的不知所終的航程。如今，人在航程中途，大夥聚集在一艘擱淺的客輪上，及時行樂，將這樁災難轉變成一場上帝所賜的派對，就在船尾五、六坪大的甲板上，一眾伊班乘客熒熒注視下，剝掉衣裳，瘋狂地、怪誕地跳起婆羅洲原住民祭神舞，旁若無人自得其樂，這副神采顯得多麼放浪桀驁，叫我站在一旁看了，心裡又是羨慕又是羞慚。夕陽照射下，只見他們那一條條赤裸或半裸的身子，白皎皎紅痘痘，花露似的綴著一蕊蕊晶瑩欲滴的汗珠。我瑟縮在船舷一角，看癡啦，忽然覺得好孤單，好想也剝掉身上的衣服，一夥兒，跟我這群萍水相逢有緣共享一條大河的旅伴們，拋掉心中的憂煩，一晌狂歡！可是沒人出面邀請我，而我又沒膽主動加入他們。正自怨自艾，機緣湊巧，我的豔羨目光跟那急公好義、待人熱誠的美國和平工作團團員安妮塔·布蘭登堡的慈藹目光，對上了。她停下舞步回眸瞅我，凝視半晌，眼一亮，臉龐上汗溱溱綻放出兩朵笑靨來，伸出手臂朝我招了招。我趕忙脫掉衣服，抽出褲腰帶，抓起船舷上那碩果僅存的一個救生圈，一頭衝入場內。場中，那十來個箕張雙腿半蹲著跳來跳去正廝殺得性起的紅毛戰士，猛一怔，呆了呆，霍地一齊跳起身來，高高舉起手中的盾牌和腰刀，狼樣，昂起脖子長嗥三聲，歡迎我這個小中國人加入他們的勇士隊。場子外圍，一圈兒手牽手，跳伊班甩髮舞正跳得心醉神迷的紅毛大姑娘們，也紛紛煞住舞步，一齊鼓掌喝采。

——歡迎永加入我們！

——永，我們是好夥伴、一家人，不是嗎？

——今晚我們可以在船上開一場轟趴弟，狂歡到天亮了！

——脫光衣服，

——伸展四肢，

——並排躺在船艙頂，

——看婆羅洲的星星，

——做月光浴。

——永，你不可以害羞哦，要跟我們這群大姊姊一起痛痛快快的玩喔。

像個小白癡，打赤膊，瘦楞楞的身子只穿條花色小內褲，我一手揝住救生圈一手甩著褲腰帶，佇立在這群紅毛白皮、赤身露體的大哥哥大姊姊們中間，仰起臉，環視一週，望著那三十張汗潸潸笑嘻嘻只管乜起海藍、天青、湖綠、火紅、茶褐各色眼珠瞅著我的臉龐，忽然覺得喉嚨哽噎，一時說不出話來，只好睨望著大夥吃吃笑，猛點頭，可我那顆心卻突突亂跳不停，因為這趟大河之旅，航程來到了中段，好不容易我終於成為他們的一夥——好夥伴、一家人——今晚可以共同參加一場驚心動魄的、我內心想像和嚮往已久的狂歡派對了。

這一聚，會給我十五歲那年暑假的成長之旅帶來最珍貴的紀念品，留下最香甜的見證。這不也是人生中神祕的、奇妙的因緣一樁？於是，我熱切期盼太陽趕快沉落河口，夜幕早早降臨大河上，月亮悄悄升起，彎彎，灑照著擱淺在大河中央這艘客輪的船艙頂……

可就在這當口，摩多祥順忽然陷入一片死寂，船頭船尾四下鴉雀無聲。

梅根・麥考密克的清亮歌聲戛然停止了。

轟然一聲，擴音器綻響。

——端端丹普安普安，各位尊貴的旅客，派對已經結束了！

大夥回頭望去，發現摩多祥順的馬來大副，幽靈般，突然冒出來，高高矗立在落日潑照下的船艙頂。只見他，帥氣地穿著一套潔白熨貼的印尼海官制服，黧黑的臉孔，亮閃閃齜著兩排白牙，手持擴音喇叭，喜孜孜地用英語向眾乘客宣布：

——感謝真主，今晚大家不必在擱淺的船上過夜了。在全能的、仁慈的阿拉感召和安排下，一位勇敢的達雅克青年，英仄．畢嗨，決定跳船泅水到岸上，向附近的甘榜請求援助。端端丹普安普安，各位乘客請立即停止一切娛樂活動，穿好衣服回艙房收拾行李，稍待片刻必有佳音傳來。依夏阿拉！聽從真主的旨意。特你馬加色！謝謝大家唄。

我們這一夥人乍然聽到這項消息，當場愣住了，一時間面面相覷，作聲不得，心裡不知該歡喜還是失望、沮喪。今晚這場月光下的轟趴弟泡湯啦。

這個半路殺出來的程咬金，什麼英仄．畢嗨，他的出現，不僅砸了我們夢寐以求的船上狂歡派對，而且挺詭譎的，無端又生出一段風波來，為我們的朝山之旅平白投下一個變數、一樁禍福難料的機遇……丫頭，那時我心中忽然湧起一種莫名的、不祥的兆頭：我害怕，我這趟單純好玩的暑假旅行，到頭來會變成一場夢魘——一場無休無止怎麼都醒不來的夢魘！

七月初六夜　借宿甘榜伊丹

營火會

這位被摩多祥順大副稱為「英仄・畢嗨」（畢嗨君）的年輕人，名叫納爾遜・畢嗨（後來我們才知道他的全名是納爾遜・大祿士・西菲利斯・畢嗨），卡江上游帝坂山區陸達雅克族人。約莫從桑高鎮開始，沒聲沒息如影隨形，他就一路跟著我們，倏現倏隱出沒無常，也不知究竟從哪裡冒出來，但並沒引起大夥特別注意，只知道有個原住民小夥子，三不五時就會倏地出現我們身旁，轉眼卻又消失無蹤，既然看不出這人有什麼不良企圖，也就隨他了。於是，說來莫非又是神祕、奇妙的因緣一樁，畢嗨成為我們大河探險隊的一名成員——一個不請自來的、隱形的、靜默的旅伴。有時他消失一陣子，我們想起了還會思念他呢。譬如，那晚魯馬加央長屋宴會上，靜悄悄地，他獨個兒坐在堂屋一角，小口小口，自管啜著杯中的阿辣革，當艾力克森兄弟起身跟蹤那兩隻晃啊盪的婆羅洲大木瓜，一路直追到長廊盡頭時，不聲不響，畢嗨君也站起身，倏地從堂屋中消失，一整晚再也沒回到酒席上來。可是，隔天中午，大夥登上摩多祥順號鐵殼船，繼續溯流航程時，克絲婷嘴裡還念著呢，霍然，我們就看見他——魅影般神祕的達雅克青年納爾遜・畢嗨——戴著一副圓墨鏡盤足趺坐在駕駛艙門口的日影裡，打坐似的眼觀鼻鼻觀心，對我們這群旅伴不瞅不睬……

畢嗨少年時被耶穌會教士，一個嗜酒如命，自願放逐赤道瘴癘之地，傳聞中似有斷袖之癖的義大利糟老頭，本尼多・魯奇安諾神父，從婆羅洲內陸蠻荒挾帶到沿海文明世界，英屬北婆羅洲首府古晉城。在號稱「殖民地菁英搖籃」的聖約瑟中學，畢嗨讀了六年書，學得一口好英文，通曉西方人情，見過一些世面，因此一路跟我們這群萍水相逢的旅伴共處，甚為相得，偶爾興致來時，會用漂亮的牛津腔英語，主動跟我們天南地北聊上一陣，每次都談得很高興。可今天上了船，他卻一直待在他的小角落，自管悠遊在他的玄祕世界中，一逕趺坐冥想，看來打算在擱淺的船上打地鋪，度通宵了，後來大約是看到乘客中那群伊班兒童，餓了一晌午，飢腸轆轆，不住喊爹喊娘要吃飯，於心不忍吧，便自告奮勇泅水到岸上向甘榜人家求援。在一船乘客倚欄相送下，畢嗨，好樣的達雅克男兒，拿下戴了整天的墨鏡，小心翼翼脫掉身上那套當時非常稀罕的愛迪達休閒服，兩膀子刺青斑斕，渾身筋腱虯虯突突，只在胯間紮一條小小的伊班纏腰布，縱身一跳，咻地躥入水裡。夜色中只見他那條身子烏鰍鰍亮晶晶，水獺般頭顱一聳一聳倏現倏隱，飛也似，穿過滾滾黃濤，越過河中一座又一座沙洲，在一隻小蒼鷺引導下直朝岸上奔去。炊煙嫋嫋晚禱悠悠，大小兩個身影一前一後，雙雙消失在河畔那暮靄蒼茫的椰林甘榜人家中。

大夥待在船上，耐著性子，伸長頸脖朝舷外巴巴眺望，直守候到滿山鴉噪停歇，弦月悄悄上升，這才死了心，正打算回到船尾甲板上找樂子消磨時間，眼一燦，登時又雀躍起來，紛紛攀趴回船舷上伸出雙手亂搖，嗨嗨嗨哈囉猛打招呼。

——嗨！畢嗨！納爾遜！我們的達雅克好朋友，天上的父！你讓我們想念死了。

——歐浪・普帖，我的白人朋友們，莫怕！救援到了。

月下大河中傳出勇敢的達雅克族好小子納爾遜・大祿士・西菲利斯・畢嗨君那夜梟似的磔磔笑聲，好久，一漩渦一漩渦只管迴盪在河上。

黯沉沉籠罩在無邊夜霧中的河面，驀地裡，紅潑潑一亮，篝火般出現好幾十簇火把，浩浩蕩蕩，朝向那被困在大河中央的鐵殼船，凌空破浪奔馳而來。哼嗨哼嗨，月光下只見槳花齊飛水星迸濺。村莊的大頭目，賈巴拉・甘榜，親自率領一支舢舨船隊，渡過滾滾洪流，穿越重重險灘，前來接應在他的地界內遇難的外鄉人。

* * *

一上岸，大夥就赫然發現，接待我們的是個鼻屎大的小甘榜，全村不過兩三百口人，聚居在椰林中十五、六幢用波浪鐵皮和白漆木板搭蓋的高腳屋。儘管村長賈巴拉・甘榜氣度恢宏，盛意拳拳，傾甘榜之力也終究容納不下全體受難旅客，幾經折衝樽俎，抽了三支羅各菸之後，遂決定讓女客和幼兒留宿村中，男客則請自便，賈巴拉備有舢舨和火把，晚膳後，送彼等回摩多祥順，附贈兩大包馬來點心和充足的飲用水。我跟在克絲婷身旁，在村長家中目擊交涉過程，心中暗忖：這下倒好！回到船上反而還有搞頭。我們團中一些愛玩的女生，譬如薩賓娜和安妮塔——說不定還包括梅根・麥考密克呢，而這正是我所巴望的——肯定耐不住夜宿甘榜的寂寥和無趣，會偷偷尾隨而來，趁著夜黑風高摸上船來，如此這般，我們當初在船上舉行派對的願望不就可以實現了嗎？新月下大河中，面對婆羅洲滿天笑盈盈的星星，大夥卸下一切偽裝，包括身上的衣服，聚集船艙頂，來一場盛大狂歡，就像七月初三鬼夜在桑高鎮白骨墩，紅毛城下，木瓜園中那樣，把熱帶原始叢林轉變成失落的伊甸園——而，說穿了，這不正是這批紅毛男女當初萬里迢迢，漂洋過海，冒險前來婆羅洲的目的嗎？我這個十五歲、混沌初開、對男女之事（尤其是白種人的男女之事）充滿好奇和嚮往的中國少年，有機會參與這場派對，不也是奇妙的一樁初體驗嗎？而梅根・麥考密克今晚可能參加……不知怎的，這個來自紐西蘭南島基督城，十九歲，皮膚白淨心地純良，一逕用美好的眼光看待世界，因而覺得世間一切事物都很美好的女大學生，總是——如今回想，令人寸心摧哪——莫名地牽動我的心弦。那時只要多望她一眼，我心裡的踏實就多一分……

我興奮得太早。偏偏就在這節骨眼上，急公好義、好樣的達雅克青年畢嗨又排眾而出，向賈巴拉・甘榜進言：讓客人夜登危船，有違馬來待客傳統，因此他建議將船難旅客中的華籍人士遣送到五哩外的山坳中，在那家姓關的客家人經營的胡椒園裡安置（這份名單不包括「永」，因為他有姑媽隨行，姑媽是來自坤甸的荷蘭籍普安・克莉絲汀娜・房龍小姐，姑姪兩個理應安頓在一塊）；至於白種男性旅客，則由他本人，納爾遜・西菲利斯・畢嗨君，帶領到甘榜附近河邊一處幽靜隱祕、風景優美的地點紮營，如此兩下可以互相照應，安全可保無虞。說著，這個好小子回頭瞅著羅伯多・托斯卡尼尼一干人，悄悄眨個眼睛，燈下他那張咖啡色臉膛漾亮著賊忒嘻嘻的詭笑：我的白人朋友們，端端歐浪・普帖，今晚我們哥兒幾個終於可以相聚啦，擺脫女孩們的糾纏，在婆羅洲第一大河卡布雅斯河畔紮營，生一堆火，煮一壺咖啡，仰望星星圍爐夜談，現摘現吃大啖婆羅洲野生木瓜。我畢嗨以生命，不，以婆羅洲之子的榮譽擔保，這一夜將成為你們這趟大河之旅中最羅曼蒂克、最難忘的一樁經驗……

於是就這麼著，摩多祥順的男性受難旅客（不幸也包括我在內，因為賈巴拉說，「永」已年滿十五，依照回教律例應視同成年男子，不方便與甘榜女眷共宿），一個個繃著臉，在村長家中用了簡單但溫飽的晚膳之後，席不暇暖，就在畢嗨催促下拖著疲累的步伐，馱著行囊，踉踉蹌蹌，一縱隊敗兵般魚貫往河畔進發。村中群狗嚎叫相送。屎！霉運！一路上只聽得大夥喃喃吶吶咒聲四起。畢嗨只管哈腰陪笑臉，一路溫言撫慰。來到河畔荒草灘，安營已畢，大夥散坐在沉沉暮色中，拿出羅各菸草和黃菸絲，仿照伊班方式捲成一條，伸到火堆中點上火，嘆口氣，邊抽菸邊眺望大河上下，空窿空窿，那晴天打雷般噪鬧得讓人心煩意亂的滾滾黃濤。百無聊賴，大夥只好懨懨地出起神來，各想各的心事。我們的達雅克朋友不動聲色，全都瞅在眼裡，笑笑，起立轉身，月下幽靈樣倏地消失在椰林中，不旋踵，悄沒聲又倏地鑽出來，懷裡抱著一只三加侖裝的汽油桶，笑嗨嗨沉甸甸往地上一放，拍拍手。神奇的納爾遜・畢嗨！在禁酒的馬來甘榜，不知打哪弄來一桶好酒。只見他臉不紅氣不喘，只一蹲，就像菩薩般趺坐在地上，手一翻，從他身上那條愛迪達休閒褲的後口袋中，變戲法似的抽出一根木杓子，隨即打開桶蓋，香噴噴火辣辣，舀出一杓尿樣金亮的液體來。大夥怔怔注視下，他不慌不忙，就著火光嘟起他臉上兩片粗黑的嘴唇，咂，咂，自己先品嘗兩口，然後將手一擺，示意大家將杓子依序傳遞下去，莫急莫急，慢慢地輪流喝一小口。

酒過三巡，人人肚中有了約莫五十西西的阿辣革伊班小米酒，只覺一股真氣颼地從丹田出發，沿著通體經脈直往心窩上升，暖烘烘地。大夥心情登時大好，於是放鬆身體舒展四肢或坐或躺或——就像那來自密蘇里州，一臉雀斑，滿頭蓬鬆鬈髮，成天咧嘴笑覽覽，長相神似馬克・吐溫筆下頑童的三十歲嬉痞桑尼・普林斯——枕著一截木頭，叼著一根自製的玉米軸小菸斗，支頤側臥在水邊沙地上，好不逍遙自適。赤道天空一弧新月下，十幾條漢子圍繞著營地中央那一堆撿河邊的乾浮木搭成、劈劈啪啪越餵越大越燒越旺的篝火，伸伸懶腰，仰天打個大呵欠，幽幽嘆息五六聲，一邊噴吐著煙圈，閒閒地瀏覽起那黯沉沉一片迷茫，實在無啥可看的大河夜色，一邊天南地北，興致勃勃地跟納爾遜・畢嗨君聊了開來。

——納爾遜，我可以不可以問你一個問題？

——交灣・桑尼・普林斯，我的白人好朋友，你當然可以向我提出問題，只要我能夠，我非常樂意回答你——以及在場所有朋友的任何問題。

——你去過峇都帝坂嗎？

——大河盡頭的山。我沒去過。

——那麼，有沒有人去過呢？

——我們部落裡老一輩的有人去過。

——這座山，長什麼樣子？

——不過就是一座石頭山嘛，湯米。

——山頂有什麼呢？

——沒人知道。上去過的人都沒有回來。

——為什麼不回來？遭遇山難？或發生某種不幸的事？

——不，桑尼。他們都不願意回來。

——為什麼？有特別的原因嗎？

——沒什麼特別原因，吉米。上去的人就是不想回來。

——聽起來挺有趣，這倒勾起我的好奇了。現在，還有人前往峇都帝坂嗎？

——每年陽曆八月陰曆七月，月圓之夜，你會看見一艘艘空舟溯流而上……

——空舟？沒有人操作的船嘍？

——是。船上空無一人的伊班長舟，一艘接一艘，迎著山巔初升的月亮，逆著水流一路航向大河源頭。越接近坐落在天盡頭的石頭山，空舟出現在河上的數目也越多，頻率越高。到了七月十五，一輪明月當空，整個河面密密麻麻布滿長舟，空盪盪靜悄悄，一艘追隨一艘井然有序地魚貫溯流而上，颼，颼，乍看就像成群結隊游回原鄉產卵繁衍子孫的鮭魚，場面非常盛大感人，但是，船上沒有半個人影，河上一點聲音都沒有……

——納爾遜·畢嗨，我敬愛的這位路上邂逅的、來歷不明卻熱心助人的達雅克族朋友，你親眼看見過這些……所謂的「空舟」嗎？

——我誠實回答你合理的質疑，湯姆·沃克——這位目前就讀史丹福大學，據說，挺有趣，主修東方人類學及考古學的年輕美國朋友——我，納爾遜·大祿士·西菲利斯·畢嗨，正直的驕傲的血統純正的婆羅洲之子，以宇宙大神辛格朗·布龍之名發誓，我確實曾經在卡布雅斯河上游，目擊數百艘空舟溯流而上，航向水源頭！但是，作為一個良心的忠告，我勸你們，我這群萍水相逢的尊貴白人朋友，歐浪·普帖·交灣，最好不要去看這些船。

——但為什麼呢？我們很想知道原因，以滿足我們的求知慾。

——原因非常簡單，湯米。圓月下叢林大河上出現的這幅景象，太陰森、詭異、神祕，你的白種心臟必定負荷不了。

——是嗎？船上載的是幽靈？鬼魂？還是你們達雅克族傳說中半人半神、專門收集孕婦血液的叢林之魔，峇里沙冷？

——這個敏感的問題，原諒我，湯姆・沃克，我必須保留拒絕回答的權利。

——唔，這倒勾起我的好奇心……

——容我提醒你，年輕的美國朋友，好奇心和求知慾有時是很危險的，甚至會讓你遭受可怕的報應，尤其是當你企圖刺探別人的隱私，干預別人的事務時……來來，醚醂醚醂，喝酒喝酒！我今晚為各位好朋友準備了五加侖上等的阿辣革呢。別只顧談話，忘了喝酒。大家再傳遞一輪吧。東尼，麻煩你拿杓子到汽油桶裡舀一杓，可以嗎？

二更天，河上霧色茫茫，偌大的一片河灘地只聽見柴火畢剝響，撲通撲通，三兩隻青蛙跳水。黃濤滾滾奔流不息，三不五時，潑刺一聲，只見兩條水蛇燦亮著身上蕊蕊花斑，妖妖嬝嬝扭擺著五、六呎長的皎白身子，倏地竄出河畔老椰樹根下的窟窿，一路只管互相追逐、繾綣、纏鬥，癲癲狂狂濺潑起一簇簇水星，穿越洪流，渡過沙洲，雙雙廝磨著消失在對岸水草窩裡。弦月初上，斜斜吊在椰林梢。月光下整座甘榜影沉沉，闃無人聲，只有村長家中透出兩三盞暈黃的燈火。全村的人，包括摩多祥順的女性受難乘客，想必都已經躺在高腳屋裡一張張溫馨涼爽的蓆床上，安歇了。看來，今晚我們不必指望安妮塔帶領一干女生，偷偷溜出來跟我們會合，在河灘上開趴。我闔起眼皮，正打算攤開毯子把自己放倒在火堆旁，窩蜷在椰樹下黑影地裡，抱頭好好睏上一覺，驟然間，靜夜中鬼吹螺似地，村中幾條守夜的土狗一齊扯開喉嚨，大放悲聲，嚎了起來。那一聲綿長一聲的呼叫，穿透過密匝匝窸窣窸窣不住搖響的椰林，淒淒涼涼地直傳送到營地上來，聽得我們頭皮發麻，面面相覷。大夥紛紛縮起肩膀，蜷著身子齜著牙，悄悄打寒噤。

——納爾遜，別再談峇里沙冷和峇都帝坂了吧！月光下聽得我滿頭冒汗，渾身起鵝皮。我們且換個輕鬆有趣的話題，可以嗎？

——我同意你的看法，羅伯多。瞧你——還有你們幾位，湯米、吉米、東尼桑尼強尼唐尼，可別裝成沒事人一樣哦，大剌剌坐在火堆旁悠閒地喝酒呢。瞧你們啊一個個臉色發青，眼珠骨碌轉，月光下看起來就像一群復活的殭屍。莫非，你們心裡有什麼不安？各位別一逕歪著脖子盡往椰林中窺望啦。今天晚上阿依曼不會出來遊蕩找人了，不會再尖著嗓子唱她的「英瑪・伊薩——噯——伊薩」，因為她的孩子生病了，發高燒，身子熱得像燒炭的火爐，眼睛骨碌骨碌轉不停，就像各位現在這副德性。阿依曼抱著她的孩子，找薩基哈帝巫醫治療去了啦。各位放心了吧？現在可以把視線挪回到火堆上來，好好喝酒聊天了吧？醚醁，醚醁！你們心裡想談什麼比較輕鬆有趣的話題呢？

——說到病，這倒提醒我了。路上我聽說，卡布雅斯河流域的長屋和部落，最近這陣子好像遭到天譴，突然流行一種怪病……

——唔，吉米，這是一種全新的疾病，在婆羅洲前所未見。

——這種病會出現什麼症狀？

——首先你的矛尖——龜頭——會出現好幾顆紅痘疔，看起來挺豔麗迷人，過不久你的整根矛頭——陽具——就會腫大潰爛，活像一顆熟透的可卻沒長好的畸形番石榴，再過一陣子，也許三年或五年吧，你發現，你走起路來全身關節咯咯響，原來你身上的骨骼已經變得又酥又脆，好似——不知這個比喻是否恰當？若有不當，請在場的中國人，永，糾正我——好似桑高鎮唐人街早餐店賣的一根根油條，但你一時還死不了，再過十年或二十年，病毒攻心，破壞你整個腦子，你就會像魯馬加央教區那個西班牙老神父一樣，變得神經兮兮，半夜獨個兒躲藏在教堂告解室，咯咯咯呵呵呵，放聲狂笑……最可怕的是這種天譴之疾會遺傳，父傳子，子傳孫，代代相傳，直到世界末日。

——症狀聽起來挺熟悉的。這個疾病有沒有英文名字啊？叫什麼來著？

——挺熟悉？莫非你也曾經……呵呵開玩笑莫介意！唐尼・畢夏普教授，雖然你是愛丁堡大學英國文學碩士，但這下可考倒你啦。因為它是一種全新的、婆羅洲前所未見的疾病，所以，很遺憾，目前它還沒有英文名字。我們達雅克人稱它為「西菲利斯」。

——西菲利斯？那是英文啊，納爾遜。

——不，是伊班語。婆羅洲的伊班人最先染上這種可怕的怪病，然後像踢足球那樣，從卡布雅斯河下游一路往上游傳遞，一個接一個傳染給我們陸達雅克人、肯雅人、加拉畢人、普南人……現在染上西菲利斯最多的是住在上游深山中的普南人，尤其是少男和少女，十個中至少有三、四個是帶原者……

——這樣的病應該有英文名字，畢竟英文是世界語言。納爾遜・畢嗨君，你曾在沙勞越天主教中學求學，應該知道它的英文名。

——如同我先前所陳述的，由於它是一種全新的疾病，而且首宗病例是在婆羅洲發現，事出突然，因此，當局還未來得及給它取個正式的英文名字。關於這點，我請教過我的恩師本尼多・魯奇安諾神父，獲得他的確認。

——天上的父！西菲利斯是一種古老的疾病，歐洲早就有啦，納爾遜。古羅馬詩人奧維德的《變形記》就收有跟這種疾病有關的故事，而聖經中某些章節，也有類似的影射……

——因為我耶和華——你的上帝是忌邪的上帝，恨我的，我必追討他的罪，自父及子，直到三四代。

——《舊約・出埃及記》第二十章第五節。羅伯多背誦得可一字不差。

——納爾遜啊，我們西方人為這種病的來歷，究竟誰是罪魁禍首，已經吵了好幾個世紀嘍。最先在歐洲發現這個惡疾的義大利人稱它「法國病」，法國人不服氣，乾脆把它推給英國人，說它是「英國病」。就這樣大家互踢皮球推來推去，直到今天都還沒有定論呢。

——義大利人管它叫「法國病」。

——法國人管它叫「英國病」。

——英國人管它叫「荷蘭病」。

——荷蘭人管它叫「西班牙病」。

——西班牙人管它叫「俄羅斯病」。

——俄國人管它叫「波蘭病」。

——到後來，連歐洲以外的國家和民族都加入戰局了，譬如中東的阿拉伯人，就把這種天譴的疾病稱為「基督徒的疾病」。最令人匪夷所思的是南太平洋的大溪地人，在法國人唆使下，把法國人帶到這個天堂之島的惡疾稱為「大不列顛病」。而今，它又有新的封號啦。據我們的好朋友納爾遜•畢嗨君所言，婆羅洲的陸達雅克人管它叫「伊班病」。永，我們感到很好奇，你們中國人管這種病叫什麼來著？

——梅毒。

——我們沒聽清楚。永，你再說一遍。

——梅。毒。八國聯軍在十九世紀帶到中國的。英國兵、美國兵、法國兵、德國兵、俄羅斯兵、奧地利兵和義大利兵都管它叫「西菲利斯」，只有日本兵稱它為「擺夷毒苦」，意思就是梅毒。西菲利斯是拉丁文。

——不對！西菲利斯是伊班語，因為此病是伊班人最先發現和命名的。神父都這麼說。

——西菲利斯是拉丁文。我們學校的老師講的。

——永，你的老師教得不對！西菲利斯是標準伊班語，意思是「宇宙大神辛格朗・布龍／耶和華的詛咒與懲罰」。

——納爾遜，你們伊班人和陸達雅克人都被騙了！我的英文老師約翰遜博士，是英國聖公會牧師，不會亂講的。西菲利斯是拉丁文，原本是一個牧羊人的名字。他冒犯阿波羅，遭受報應，因此成為人類歷史上第一個罹患這種疾病的人。

——不對不對！西菲利斯原本是伊班族一個養豬人的名字。他冒瀆大神辛格朗・布龍，因而遭受天譴，罹患此症。西菲利斯這個伊班名字的意思是「愛豬的人」。

——放羊的人！

——愛豬的人！

——西菲利斯是希臘牧羊人！

——西菲利斯是伊班養豬人！

——哈，西菲利斯是標準拉丁文。

——哈哈，西菲利斯是道地的伊班語。

——西菲利斯是歐洲人最先發現和染上的疾病！納爾遜・畢嗨。

——西菲利斯病，毋庸置疑，證據確鑿，乃是婆羅洲的伊班人首先發現和罹患的！永。

——永、畢嗨，你們兩個別爭論這個枯燥乏味而且毫無意義的問題了。來，醚醁醚醁！今晚有緣相聚，大河之畔弦月之下觀賞叢林美景，品嘗長屋佳釀，兩位卻喋喋不休，談什麼西菲利斯、牧羊人和養豬人、上帝的懲罰和亙古的惡疾之類的無聊事，可真有點殺風景哦。我說，好朋友納爾遜・畢嗨君，讓我們再換個羅曼蒂克一點的、有助酒興的話題吧。

——唐尼・畢夏普教授，謝謝你的提醒！但是請你先幫我捲一根羅各菸，讓我邊抽菸，邊想一個比較合適的話題。朋友們——我這群萍水相逢、在上帝巧妙安排下利用祂所策動的一場船難、相聚於卡江之畔圍爐喝酒的白人朋友們！你們看，今晚夜色多美麗。瞧，一彎新月高掛江濱椰林甘榜上空，驀一看，好似一個剛開始發育、蓓蕾般含苞待放的伊班少女，把她羞澀的臉龐遮藏在一襲白紗巾後面，悄悄地、悄悄地，將她的嬌小身影倒映下來，投射在那轟隆，轟隆，一條黃色猛龍般不停翻騰嘶吼的卡布雅斯河中。不知什麼緣故，朋友們，看到這枚孤單單漂盪在大河上的月亮，我就想到伊曼——各位記得她吧？那個披著一頭漆黑長髮，腰繫一條小紅紗籠，羞答答露出小肚臍眼的魯馬加央小美人！我納爾遜・畢嗨懇切祈求上蒼，萬能的仁慈的辛格朗・布龍／耶和華，切莫讓伊曼成為西菲利斯的使者——白人魔法師澳西叔叔的寵妾和祭品！噢，也許為時已晚，一切都太遲了……朋友們，婆羅洲的夜晚原本多麼純淨，赤道的月光如此美好，你們看，連平日隱匿在水草叢中行蹤詭祕的水蛇，今晚在新月召喚下也紛紛鑽出巢穴，成雙成對沐浴在月光中，求偶交配呢。瞧，就在我們前方三十碼處，兩條六呎長的雪白水蛇，颼地，閃電似的，從河畔樹根下的洞穴中竄出來，一前一後互相追逐著，齧咬著，迸迸濺濺翻滾在河心，穿越滔滔洪流，邊做愛邊渡到對岸河灘，鑽入水草窩裡劈啪劈啪纏鬥到天亮。這股激情和莊嚴，朋友們，多麼震撼人！彷彿是在舉行某一種亙古、神祕的大自然崇拜儀式。你們看兩條蛇通體皎白的身軀，亮晶晶點綴著成百顆黃色斑點，朵朵小菊花般，映著月光多聖潔，多燦爛。這就是真正的婆羅洲。這就是太初之時的洪荒世界——人類墮落之前、西菲利斯還未出世時的伊甸園！永，你看得太出神了，兩隻眼睛愣愣瞪瞪地，整個人好像墜入夢境似的。醒來！去河邊撿幾根曬乾的浮木，將火堆餵大些。今晚，我們這群遭遇船難、有幸一聚的哥兒們準備在此度通宵，圍爐喝酒欣賞月色，聊一聊浪漫的話題。唐尼・畢夏普文學碩士，來自約克郡自稱是勃朗蒂三姊妹同鄉和遠親的英國紳士朋友，謝謝閣下幫我捲羅各菸，手法還挺熟練靈巧哦。剛才你不是建議換個話題，別再談勞什子的西菲利斯了嗎？你心裡究竟想談什麼題目呢？

——我親愛的婆羅洲原住民朋友，納爾遜・畢嗨君，我倒有個挺有趣、全歐洲的男人都很好奇的問題，一直想提出來討論，不過可能涉及個人隱私，你也許會覺得……被冒犯。

——親愛的唐尼，我們兩個是達雅克人所稱的交彎峇固斯，意思是一見如故的好朋友，任何問題都可以提出來，莫躊躇。

——謝謝你把我這個西土浪人當成知交、好友！剛才我們兩個人，你和我肩並肩站在河畔椰樹下邊觀賞河上月色——唔，水蛇交尾的景象果然壯觀、浪漫，令人盪氣迴腸不已——邊小解，我不小心往旁偷偷瞄了兩眼。納爾遜・畢嗨，看不出你這個達雅克族小男子，身高不足五呎，體重不滿九十磅，胯下竟然裝備著一根巨大的長矛。這個稀奇傢伙你一掏出來，嚇！烏油油亂蹦亂跳，活脫脫就像一隻婆羅洲大泥鰍，好生猛嘢，讓我這身高六呎四吋、體重兩百磅的北歐條頓族男子漢，站在旁邊偷偷瞧在眼裡，心中頗不是滋味呢。

——人不可以貌相啊。中國的聖人孔夫子兩千年前就說了。永，我引述得對嗎？唐尼・畢夏普，你的偉大同胞，與我畢嗨有同名之雅的盎格魯英雄納爾遜海軍上將，不也是個小矮子嗎？你敢斷定，他胯下並未裝備一根巨大的長矛嗎？

——可是，納爾遜大將的矛頭並沒有裝上葩榔，哪像你納爾遜・畢嗨，矛頭上裝有一支大號葩榔，上面掛著野豬鬃、山雉爪、鯊魚牙、剃刀片和五彩玻璃珠，讓你那根長矛看起來毛茸茸張牙舞爪，走在路上一扭腰搖晃起來，叮叮噹噹挺壯觀、挺唬人的。

——葩榔葩榔！唉，你們白種男人對婆羅洲最感興趣、最好奇的就只兩件玩意兒：伊班婦女的乳房、達雅克男人的葩榔。

——納爾遜，我親愛的、受尊敬的達雅克朋友，這種婆羅洲土著特有的、神祕的、舉世獨一無二的傳統習俗——在男人的陽具上裝設五花八門奇形怪狀的飾物，所謂的葩榔——它的製作程序和所需材料，能否請你介紹一下？

——唉，湯米，那只不過是一道小小的不痛不癢的外科手術而已，實在不值一談，尤其是在，瞧，椰林月色如此羅曼蒂克的夜晚。醚醁醚醁！各位遠道來自北海西土、踐臨敝地采風搜奇的白人朋友們，乾杯！

——納爾遜，好朋友好夥伴好嚮導，納爾遜・畢嗨君，請你談一談葩榔嘛，拜託。

——我們大家都很感興趣喔。

——嗯，好。首先你得找一位圖坎葩郎。

——圖坎郎葩，他是誰？

——村中的龜頭師。

——哇哈，挺響亮的頭銜！這位老兄肯定是個大有來頭的人物。好，我找到了龜頭師，接下來我該做什麼？

——選個上上吉日，天剛破曉，母猿開始啼鳴喚醒林中猿群的時辰，懷著一顆虔敬、肅穆的心，帶著禮物登門拜訪圖坎葩郎。他就會帶你到河中……

——打造葩榔是否先得在河中沐浴、淨身，祈求神明的祝佑？

——否。你只須脫光衣服，在河中坐一坐。

——打坐嘛！我明白了。在矛頭上裝置一支葩榔之前，必須參禪打坐沉思默想一番。

——打造葩榔，不須參禪，湯米。河中坐的目的，是讓清晨冰冷的河水把你的屌縮小，而且，更重要的是冰冷的河水有麻痺的功效，方便手術的進行。

——謝謝你，托斯卡尼尼先生，幫我解釋這非常關鍵的一點。各位，羅伯多講得很正確哦，可見得他對此道頗有研究，不愧為聯合國教科文組織專員，嘖嘖。

——好，我的屌泡在冰冷的河水中變小了，麻痺了，接著該做什麼呢，納爾遜先生？

——圖坎葩郎就拿出一根針。

——幫我打麻醉針。

——湯米，笨蛋，別老插嘴好嗎？

——湯姆是個好學多問的孩子，畢夏普老師，你莫責怪他。圖坎葩郎拿出一根針，對準你的矛頭，噗！只一刺，這根尖銳無比的銅針，就從你龜頭的左邊直貫穿到右邊。

——媽媽咪，好痛啊。

——然後，龜頭師拈著針，在那剛刺出的孔穴中不斷來回琢磨，刓擦、刓擦，把你龜頭上的小洞打磨得又圓又直又漂亮，保證女人一看就喜孜孜。

——天上的父！達雅克巫醫施行龜頭手術，為何不使用麻醉劑呢？

——奉告我尊敬的畢夏普教授：我堂堂達雅克族好男兒，大神辛格朗·布龍的祭奠者、神鳥婆羅門鳶的飼養人、永恆的獵頭戰士，視肉體的疼痛為精神的鍛鍊。

——佩服！好吧，我忍痛讓巫醫用針在我的陽具上穿了個孔，接下來的手續呢？

——龜頭師圖坎葩郎握住你的老屌子，左看右瞧，用針磋磋磨磨，直到他對你矛頭上的孔穴感到滿意了，這才拿出一支插鞘（那是一根預先準備好的、中空的管狀物，譬如雞骨或竹籤）穿進孔穴裡，然後雙手合十，仰首朝天，感謝辛格朗・布龍和神鳥的照應。

——手術告成了？

——告成。

——我身上裝備有一支正宗的、值得引以為傲的達雅克葩榔了？

——半年後，倘若你的傷口未化膿，矛頭未腐爛，你便可以在插鞘兩端掛上你喜愛的任何飾物，譬如豬鬃、山雉翎、符咒、彩色玻璃珠或山羊眼睫毛，甚至刀片和釣鉤，還有人掛上令人匪夷所思的東西。譬如，你們的鄉先輩，大河上下鼎鼎有名的澳西叔叔，從菲律賓遊走到泰國，被泰國政府驅逐出境後，又化名遊走到婆羅洲，如今穿梭在各長屋之間，成為孩子們心目中尊貴無比的「峇爸澳西」：白人爺爺、來自南極澳洲的聖誕公公。這位老先生，他的矛頭上裝備一支精心打造的銀質葩榔，上面掛的是——

——納爾遜你先不要講出來，讓我們猜嘛！

——小鈴鐺。

——小芭比娃娃。

——吉列刮鬍刀片。

——伊班女人的毛髮。

——犀鳥羽毛，婆羅洲的吉祥物。

——唉，你們都猜錯了啦。正確的答案是：十字架。

石破天驚，大夥霍地沉靜下來。

柴火畢剝畢剝響。

月西斜。

納爾遜兀自盤足趺坐在營地中央篝火旁，氣定神閒，穿著他那件光鮮的愛迪達休閒服，滿眼風霜，仰起一張黧黑臉膛，笑吟吟舉起手中那支舀酒用的木杓，遊目四顧好不得意。

——醚醁，喝酒！我萍水相逢有緣一聚的白人朋友們，把杓子傳遞下去，讓我們對月再飲一輪，以紀念我們的相遇相知。永，你今年才十五歲，少喝點酒。聽話！哥哥是為你好。你過來坐在我身旁，別老跟這群醉貓溷在一塊。醚醁醚醁，好朋友喝酒！我們這一桶三加侖特釀加料的上品阿辣革，喝了十輪，也只消耗掉兩加侖而已。

——納爾遜，我們可以不可以問你一個，嗯，個人的小小的問題？

——唐尼・畢夏普，我這一生最要好、最尊敬的白人朋友，「身高六呎四吋、體重兩百磅的條頓族男子漢」，你可以問關於我這個「身高不足五呎，體重不滿九十磅，胯下看不出來哦，竟然裝備有一根巨大長矛的達雅克族小男子」的任何問題，只要我能夠回答。

——你到底是誰？

——我，納爾遜・大祿士・畢嗨，婆羅洲之子。

——我們是問你的身分。

——我，納爾遜・西菲利斯・畢嗨，伊班豬瘟神西菲利斯的使者，澳西叔叔的兄弟。

——別開玩笑！你從事什麼行業？

——你是指現在，這一刻？

——你從沙勞越天主教中學畢業之後，做過什麼工作？

——唔，這個問題恕我無法回答，至少不能夠直接回答。

——如果你願意，納爾遜，你可以間接回答我們。

——我是一個愛國組織的成員。

——哦？婆羅洲的愛國組織？那是幹什麼的呀？

——解放婆羅洲，保衛達雅克和伊班人民，驅逐歐洲人和爪哇人，在大神辛格朗・布龍見證之下，建立一個公正公義、純淨和諧的加里曼丹自由邦。

——哦！原來你是沙共。

——我不是共產黨。我不是無神論者。我是信仰宇宙唯一真神辛格朗・布龍的婆羅洲之子。但你們不必害怕，因為你們是我的交灣峇固斯，萍水相逢的好朋友，我請你們喝酒，絕不會傷害你們的。這是我們達雅克族的道義。

——可是，交灣峇固斯納爾遜，你在酒裡羼了什麼東西呀？怎麼回事？我們才喝了十輪阿辣革，就覺得腦袋乒乓響，渾身軟綿綿，頭頂上的天空兜啊兜好像就要翻轉過來，月亮也變成十顆了，河上，成千上萬條水蛇糾結纏繞在一起，劈劈啵啵在交尾……

——你真是個大笨蛋，湯米！聽著：你們這十六隻白皮豬公，你們中了我堂堂達雅克男兒大祿士・西菲利斯・畢嗨的圈套啦。若不是今晚喝酒喝得還算爽快，大家也還談得來，相信我，天父在上！我必定會拔出阿納克山刀，活生生，割下你們胯下那十六顆遲早會染上西菲利斯、腐爛生蛆的白矛頭，一顆顆血淋淋拎回部落裡，掛在長屋大門口屋簷下風乾了，當作戰利品，就像我英勇善戰的祖先們當年砍下的荷蘭頭那樣，懸吊在堂屋大梁，向全伊班族的婦女展示：瞧，這就是白皮豬的屌子！如今看在永——這個無辜的、糊里糊塗跟你們溷在一起的支那少年臉上，我就大發慈悲，暫且饒過你們這群騷豬公，只跟你們開個小玩笑，讓你們接受一個小小的別開生面的、保準會叫你們畢生難忘、終身回味無窮的教訓和懲罰。今晚，在豬瘟神西菲利斯指引下，我將用我的葩榔在你們矛頭上各留下一個血紅的烙印，永不磨滅。因為我耶和華——你的上帝是忌邪的上帝，恨我的，我必追討他的罪，自父及子直到三四代！阿門。《舊約・出埃及記》第二十章第五節。哈哈……磔磔磔……嗬嗬嗬嗬……

——好朋友好交灣納爾遜・畢嗨君，拜託你不要這樣笑，半夜聽來好像一群鬼在哭，讓我們聽了心裡發毛，滿身起雞皮疙瘩……

——唐尼，我撐不住嘍！阿辣革開始在我的腦子裡作怪啦。

——拜託你不要抱住我的大腿，湯米！我自己也撐不住，快要倒下來了。

——倒啦倒啦，這群白皮豬肥嘟嘟醉醺醺十六隻，一隻跟著一隻全都倒下啦。謝謝祢，辛格朗・布龍。特你馬加色，阿門。

* * *

半夜三更叢林河畔，萬籟俱寂之中只聽見一江流水滔滔不息，岸上一堆柴火畢剝響，此外就只剩下納爾遜・大祿士・西菲利斯・畢嗨那鴟鳥般令人身上根根汗毛倒豎的怪笑。丫頭妳聽那笑聲，磔磔哈哈嗬嗬嗬，一陣狂似一陣，空洞洞冰冷冰冷，卻又帶著一股無比深沉的悲涼、嘲謔和憤怒，有如大旱天綻起的焦雷，空隆空隆，只顧迴響在卡布雅斯河上一穹窿萬里無雲的星空中，久久不見一滴雨落下，好半天才逐漸隱遁遠去，終至完全消失，可那餘音嫋嫋卻如鬼魂般不住徘徊我耳際。柴火依舊畢剝畢剝響。流水聲變得越發凶猛，澎，澎，擂鼓似的一記一記只管敲擊我的腦門。眼前驀地一黑。天旋地轉一片混沌中，我好像乘坐一列突然失控的雲霄飛車，轟的一聲，整個人給彈到車外，變成一只斷線的紙鳶，失落在浩瀚無涯的天空中，身子翻翻騰騰飄飄蕩蕩，風潑潑，只管朝向天盡頭那黑漆漆深不可測的不知名所在，沒頭沒腦，直摔了過去……

也不知過了多久，我才悠悠醒轉，本能地睜開了眼睛打個呵欠伸個懶腰。眼一花。

頭頂上蔚藍天空中一顆碩大無倫的太陽，白燦燦，倒吊的一大桶雪水似的，刷地，一古腦兒直朝我頭臉上澆潑下來。

我嚇得趕緊閉上眼睛，雙手抱住腦袋，苦苦思索昨晚到底發生了什麼事。過了約莫三分鐘，猛一甩頭，我才又揉揉眼皮悄悄撐開眼睛。豔陽天。一輪麗日當空。十幾隻婆羅門鳶翻飛在卡布雅斯河上空，黑毿毿亮閃閃的一簇，迸濺迸濺孩童戲水似地，追逐嬉耍在河上一泓碧藍海水樣澎湃燦爛的陽光中。三不五時，眼瞳子猛一睜，這群大鳥朝地面伸出脖子，炯炯覷準河心一個目標，鼓動起雙翼倏地一齊俯衝，箭也似掠過黃浪滾滾的河面，啣起一尾活蹦亂跳的游魚，刳——刳——嗥叫著又爭相飛回天空。婆羅門鳶！一路出現在我們旅途中的猛禽，伊班大神辛格朗・布龍的信使、婆羅洲天空的獨行者，原來也會這般調皮、愛玩，就像馬克・吐溫筆下一群呼朋引伴結成一夥四處流竄尋找樂子的頑童！

丫頭，這可是我在旅途中第一次看到這幅奇景，一時間，看呆啦。

一陣河風驀地吹來，身子忽覺一涼，我低頭看了看，發現自己身上的衣服全都被剝光，只穿條小三角褲，整個人——丫頭，妳莫噗哧笑——光溜溜地只剩得一條瘦巴巴發育未全，唉，看起來有點寒磣的身子，出水魚兒似的朝天躺在河岸，毫無遮蔽地，曝曬在火熱的赤道豔陽中。一咬牙，我使勁拐起肘子狠狠一撞，把那壓在我身上的兩隻毛手和一條毛腿推開，翻身坐起，揉揉眼皮定睛一看，當場就愣住啦。陽光潑照下，只見昨晚一塊圍爐喝酒的那夥人，十六條紅毛白皮大漢，兀自沉醉未醒，身上的衣服全都被剝光了，寸縷不留，渾身精赤條條，死屍樣，橫七豎八一窩子交疊著纏抱著，昏睡在河邊營地那一堆早已死滅的柴火旁，無聲無息，了然不動。唐尼・畢夏普——來自英格蘭古約克郡、自稱是勃朗蒂三姊妹遠親的坤甸聖方濟中學英文教師，平日衣履光鮮，多麼意氣風發，如今變成一具待宰的屠體，被剝光了身，臉孔朝上，無助地伸展著他那金毛狨狨的四肢，仰天躺在人肉堆中，整個身子箕張開來，大剌剌攤放在河邊。這副形狀，看起來好像上帝大筆一揮，豪邁地在空曠的沙灘上寫出一個「大」字呢。河風吹拂，鬚毛飄飄，只見唐尼張開嘴巴流著口水，軟軟垂著他那顆半禿的大腦袋瓜，直條條地挺著腰桿撅著大屁股，袒裎著他那昂藏六呎四吋、白蒼蒼終年不見天日的雄偉身軀，赤道太陽照射下，一身肌膚浮屍般臌脹，花蕊樣斑斑點點，四處冒出不知來歷和名堂的鮮紅痘疔。河上陽光耀眼，乍看，他這副模樣和神情又好似一位異類、淫邪、誤闖禁地的阿波羅，被復仇的一群達雅克人輪番雞姦後，釘在大河之畔，婆羅洲之心，那座紅毛城白骨墩的十字架上。

天上一群猛禽不住盤旋梟叫，呱，呱，呱，黑魆魆虎視眈眈。

納爾遜·大祿士·畢嗨君，自稱「伊班豬瘟神西菲利斯使者」的婆羅洲之子，幽靈般倏現倏隱，來去無蹤，這會兒在陽光普照的卡布雅斯河畔早已不知去向。

但事後追憶，我必須感激他，甚至思念他，這位萍水相逢好樣的達雅克族小夥子，因為不知為了什麼緣故，他對我這個「無辜的、糊里糊塗跟一夥白人男子溷在一起的支那少年」手下留情，讓我終於能夠全身而退，毫髮未受損傷……

可那天早晨在河邊營地，一覺醒來，發現自己光著身子躺在活死人堆裡，一時間，我只覺得腦袋空空，心中一片茫然，努力思索好半天，才想起昨天遭逢船難，獲救後夥伴們被分兩處安置，女生留宿村中，男生在河邊紮營，大家約好今早在營地會合出發，繼續未了的大河旅程……這一想起來，我心頭倏地一抖，背脊上竄出一片涼汗，殘存的酒意登時全都消散了。猛抬頭，使勁揉揉眼睛，我果然看見我們大河探險隊的女性成員們，在全村人家，男女老幼三百口人殷殷相送下，正談笑風生走出椰林中的甘榜，依約前來河邊營地跟我們這群男生會合，準備換乘另一艘船前往旅程的下一站，新唐鎮。

接下來的場景——〈營火會〉這齣活劇的最後一幕——我將會終生銘刻在心，沒齒不忘。它就像電影畫面嘎的一聲突然停格，硬生生被時間凍結住，永遠凝固在我腦海中：赤道翠藍天空一輪燦白大日頭下，卡布雅斯河畔，甘榜伊丹渡口，一群扶老攜幼盛裝送客的馬來村民，在村長賈巴拉・甘榜率領下，陪同十幾個在村中洗過了澡，飽睡一覺，神清氣爽，揹著行囊重新踏上旅途的西方女子，浩浩蕩蕩來到河邊等船。驟然間中了邪似的，全村三百人齊齊煞住腳步，一聲不吭一動不動，只管怔怔佇立在河畔晨風習習的椰林中，圓睜著三百雙烏溜溜眼珠，望著眼前這幅奇景：營地上一堆焦黑柴火旁，十六條紅毛白皮西方大漢加上一個瘦巴巴、愣瞪瞪、白癡樣的黑髮黃膚支那少年，光天化日之下，渾身精赤條條，橫七豎八交疊著緊緊相擁在一起。

七月初七　太初之時

雨林，雨林！

丫頭，從沙勞越我的老家，古晉，出發了整整一個禮拜，我們的行程，酷暑天，馱著鬼月的大日頭進行的婆羅洲大河卡布雅斯探險之旅，到今天陽曆八月六日，陰曆七月七，七夕好日子，恰好進入中段，距離河口四百公里了，目前正朝向終點，千里長河盡頭處的石頭山峇都帝坂，穩定地——但願平安地——前進。特你馬加色都漢！感謝大神辛格朗•布龍／耶和華一路的眷顧和指引。依夏阿拉！我們這群擅闖禁地的外邦人必得遵從真主的旨意。

我們的船，摩多翔鳳——同款的八百噸級鐵殼船，同樣的鐵鏽斑斑滿身泥污，卻取了個樸實嫻雅、令人安心的好名字「翔鳳」——七月初七正午駛抵甘榜伊丹渡口，接替擱淺的兄弟船摩多祥順號，載上我們這群受難的旅客。她只停留十五分鐘，喘口氣，就慌慌急急頂著天頂一輪火球，繼續溯流而上，趕在日落之前，抵達卡江中游最後一個城鎮「新唐」。怦怦怦，噗，噗，她鼓著她那母親般疲憊的心臟，衝破迎面而來的滾滾黃流，攪起一渦渦泥漿，忽然轉個大彎，繞過一座群鴉鼓譟的懸崖，駛進那一段倏地沉黯下來、冷颼颼陰森森、彷彿大白晝的太陽突然消失無蹤的狹長河面。這時，丫頭，只有在這個時候，妳才會看到真正的雨林。妳，一輩子住在都市，畢生見識過的最大森林是陽明山國家公園的台北小姑娘朱鴒，這時佇立在摩多翔鳳船頭甲板上，才有機會親眼目睹，世界碩果僅存的三大雨林之一，聽聞已久的婆羅洲內陸原始叢林，究竟長什麼模樣。

我，永，卻是出生長大在南洋群島的一個支那少年，從小就見識到雨林，不，就生活在雨林之中，至少是在它的邊緣一個名叫古晉的鼻屎大的城市。這個英屬北婆羅洲第一都會，沙勞越邦的首府，說來寒磣，那時人口區區六萬，偌大的殖民地政治、教化和金融中心，全城橫七豎八，總共不過十五、六條終年濕答答青苔斑斑的街道，沿河那幾排三層樓高，用石灰水粉刷的磚造店鋪，在建築風格上——如果這個城市還有建築風格——混合著唐山市井傳統、馬來情調、濃濃南印度氣味和妖媚的葡萄牙東方殖民地風韻，烈日下，虛誇地、卡通式地洋溢著歐洲人心目中的異國風情。從小，我對這類建築就不感興趣，視若無睹。吸引我的目光，引發我遐思的反而是鎮心那八、九幢門禁森嚴，通體皎白的大理石英國衙門，還有那一座矗立對岸河畔山坡，鷹眼也似晝夜不寐，牢牢監控河口和全城動靜的粉紅沙岩碉堡，紅毛城瑪格麗達•阿斯坦納……這就是我的古晉，「永」的家鄉。赤道大日頭長年照射下的南洋城鎮，就像一隻打盹的貓兒（乘便告訴妳，古晉這個名字本是馬來語，意思就是貓，所以古晉有個雅緻的別號叫「貓城」呢）。牠懶洋洋將自己蜷成一團，窩在那溷黃溷黃當年曾被伊班海盜血洗的沙勞越河畔，鎮日一動不動，對眼前熙熙攘攘的過客——那絡繹不絕各懷鬼胎的唐山頭家、印度商賈、英國官吏和銀行家、馬來傭兵以及各門各派形形色色的歐洲傳教士／冒險家——總也不瞅不睬，連呵欠也懶得打一下哩。丫頭，這就是傳奇叢林城市古晉，達雅克長屋世界的入口，毛姆的最愛，而我從出生那日起就住在這兒，直到十九歲才出走。

家在古晉城，不管妳住哪條街哪個旮旯角落，每天出得門來，一抬頭，躲也躲不開妳準會看見它——雨林。

陰魂不散。

白天，它像鬼魅一樣，飄忽在赤道線上那鋪天蓋地白花花一片燦爛的陽光中，幽幽地，閃爍著藍紫色的燐光，忽東忽西，跟妳玩捉迷藏似的只顧逗弄妳，捉摸不住，到了夜晚搖身一變，黑魖魖影影幢幢，它又幻化為拉子（達雅克人）的神魔峇里沙冷，衝妳齜著滿嘴爛紅牙，磔磔冷笑，拱起腰背躡手躡腳，徹夜徘徊逡巡在荒冷月光下婆羅洲島上鬱鬱蒸蒸，一口大燜鍋般，漫天氤氳起的瘴霧裡，時不時扯開破喉嚨，拔尖粗嗓子淒厲地發出一聲梟叫，剮——嗬嗬哈哈磔磔——只嚇得樹梢頭棲息的各種巨鳥猛禽，夜鷹、犀鳥、大冠鷲，帕噗帕噗紛紛鼓起翅膀，沒頭蒼蠅樣四下亂飛。雨林，原始雨林，黑暗神祕深不可測，時時蠱惑一個支那少年的心靈的雨林，獵頭族的巢穴，半開化的拉子的家園，一開始就存在於我的生命中。陰魂不散。不管白晝黑夜天晴天雨，它，雨林，總是赫然聳立古晉城外，沙勞越河畔，涎瞪瞪直逼妳的眼睛，無時無刻不在監視瑟縮在城中的妳，跟屁蟲似的如影隨形，叫妳躲也無處，罵可不敢，最慘的是——妳逃不掉。從小我就煩透了它，恨它。它把我耍得團團轉長年病懨懨。所以打七、八歲起，我就立定志向，在古晉讀完高中就立即逃離這座生我養我、教育我的城市，這輩子再也不回來定居了，從此擺脫雨林的糾纏，告別那個老是潛行在暗夜中，鬼鬼祟祟伺機而動，不知想幹什麼勾當的峇里沙冷，還有還有，他的老姘頭，那個遊走在長屋和甘榜之間，長髮飄飄，頭顱不時會脫離她的頸脖，飛竄在半空中，四處尋找對象的馬來女吸血鬼，美麗而恐怖的孕婦，龐蒂亞娜克……

果然，丫頭，我這一出走幾乎真的就是一輩子了。

最初整整九年，我沒踏進過家門，而台灣和婆羅洲之間只不過隔著一個南中國海。心腸夠狠，妳說？但妳知道嗎？不管人在台灣或後來在北美，說也奇怪，我心裡最記掛、真正夢牽魂縈的便是那從小看到大、陰魂不散、內心對它厭煩已極無奈也已極的婆羅洲景色：它的原始，它的猩紅日頭，它的高山大河莽莽蒼蒼百里無人煙，它的一弧，瞧，淫黃淫黃睒笑笑地巡弋在椰林梢的鬼月，還有它的——雨林。

直到離家出走第九年，台灣的學業和工作告個段落，某天，午夜夢迴，我突然憬悟自己原來是個遊子，而這些年來遊子心中藏有對家人的一份愧疚和對母親的思念，於是咬咬牙，隔天一早收拾行囊踏上歸途。那是一趟……丫頭，我該怎麼形容？盪氣迴腸的情感之旅吧。

我從台北松山機場出發，穿越夢樣南中國海，飛到北婆羅洲的沙巴，在亞庇轉機直飛沙勞越古晉。亞庇↓古晉。沙巴↓沙勞越。沿著赤道線自東至西的一千餘公里航程，晌午時分，頂著雲海中一輪火光四射的大日頭，橫貫整個婆羅洲島。飛機升空，航行在神山「支那峇魯」之野，遊弋在中國寡婦峰窈窕陰影下，眼一眩，我就看見排山倒海一濤又一濤的綠色巨浪，連綿不絕，沒頭沒腦朝我迎面直撲過來！叫我措手不及，甚至讓我感到心慌——不，心虛，以至於整個人瑟縮著癱在座椅裡，只管呆呆地、愣愣睜睜地俯望著機艙窗外那暌違九年的婆羅洲大地，一時間，渾身竟打起擺子，簌落落簌落落不住顫抖起來，像個受到驚嚇的傻瓜。綠。

腳底下盡是一片綠，極原始，極純淨，眨亮眨亮只顧閃爍在晌午赤道雪似燦亮的陽光裡，悄沒聲。

很久很久，久到時間彷彿驟然停頓了，孤單單，有如一隻大漂鳥，我們搭乘的這架婆航雙螺旋槳四十人座老舊飛機，半翱翔半浮盪，晃晃悠悠，漂掠過那密密匝匝一簇高過一簇怒海般洶湧起伏的熱帶樹木，無休無止，一路朝西，迎向那顆逐漸下沉的日頭，只顧飛，飛。間或，約莫每隔二、三十英里，百無聊賴之際，妳趴著窗口伸長脖子朝下眺望，眼乍亮，看到了一條河蜿蜒穿梭翻滾在樹海中，驀一瞧，還真像一隻巨型的黃色蚯蚓，嘶叫著從雨林中牠那暗無天日的泥窩鑽出來，到外頭尋找樂子，曬曬晌午的大好陽光，好不逍遙快意。更間或，約莫每隔十五、二十分鐘，妳會看見一綹炊煙，藍幽幽魅影樣，穿透過綠海中層層疊疊一支青羅傘似的密不通風的樹冠，倏地陡直升起，風一吹，分散成幾十縷，飄失在白花花的天空中。這時，丫頭，妳就會知道底下有一座長屋。晌午時分闃無人聲，武陵洞天，掩映在青翠的芭蕉叢中，或藏匿在那滿山坡黃澄澄蓏果纍纍，令人垂涎欲滴的木瓜樹下。妳恨不能從飛機窗口伸出手來，摘它幾顆，飽啖一頓！妳以為這是一個荒廢的村墟，一座無人看管的果園。可是若妳耳朵夠尖（朱鴒丫頭，還有誰的耳朵比妳的靈敏呢？咱兩個結伴夜遊台北城那時節，我就已經領教過啦），妳準會聽到喔——喔——那此起彼落，比賽誰的嗓門最大似地一陣高亢過一陣的雞啼。偶爾，非常非常偶爾，妳會聽見（妳莫給嚇著）大白晝鬼吹螺。不知哪座長屋的狗先吠，叫聲方歇，接棒似地附近一座甘榜的狗就伸長脖子，拉扯起嗓門厲聲呼嚎起來。於是一家傳一家，一村傳一村，好像古代邊疆烽火台白天用狼煙傳遞訊息那樣地，不到半盞茶工夫，方圓數十英里內的叢林四下綻起狗螺聲，嗚——嗚嗚嗚——淒淒涼涼急急切切，叫魂似的悠悠不絕混響成一片。這時，坐在飛機上的妳，就會感受到一股莫名的寒意颼地竄上妳的背脊，讓妳渾身泛起雞母皮，叫妳忍不住縮起脖子，咬著牙咯咯打出兩個哆嗦。天生好奇的妳，永遠睜著兩隻滾圓的瞳子、專注地觀察周遭的世界、彷彿在探索什麼新奇事的妳，朱鴒，漂飛在台北城頭的一隻小紅雀，這時，心裡肯定好想好想知道，妳腳底下的叢林世界這會兒究竟發生了什麼事。大白天，狗吹螺。事屬不尋常。莫不是有一位受到天大冤屈的鬼魂，遊走長屋間，顯現在光天化日之下？莫不是有一隊伊班老戰士渾身帶血，拎著人頭，從戰場歸來？莫不是一夥赤髮紅鬍怪客，一身迷彩，攜著火銃和羅盤，趁著白天長屋男人都不在家，闖進村子展開姦淫？莫不是這些年來，阿依曼她不曾託生轉世，依舊抱著夭折的孩子在大河兩岸徘徊流浪……聰明如妳，朱鴒，也揭不開這個謎，也許永遠都找不到答案，因為這是神祕的、文明世界的邏輯所不能測度的婆羅洲。妳只好放棄，把妳的目光和耳朵轉移到別的地方，繼續妳的探索，尋找別的新鮮事兒。漂鳥一般，我們的小飛機兀自穿行在雲海之下、樹海之上的一條蔚藍隧道中，向晚時分，飛向叢林盡頭，天際，海平線上那一蕊蕊春花綻放般開始出現的霞彩。久久，久久——究竟多久？那可說不準，端看妳的運氣和機緣，同時也得瞧我們這架雙螺旋槳老舊西斯納，啪嗞啪嗞，能飛得到底有多低——突然眼睛一亮，妳在座位上倏地坐直身子。窗外，腳下那綠汪汪浩瀚無涯的樹海中，在一座孤島似的灌木林裡，終於（瞧妳那股興奮勁兒）讓妳看到了妳整個晌午在尋找，但迄今還未出現在婆羅洲雨林中的東西：路。不，精確地說，妳看到一條羊腸小徑。

羊腸小徑！

再恰當不過的比喻。

從空中鳥瞰，那千條萬條微血管般遍布婆羅洲全島，自中央高原輻射，四下貫穿在原始叢林中的小徑，不知幾世代人用腳——赤裸的長著厚厚一層老繭的、從不知鞋子為何物的達雅克腳、伊班腳、加拉畢腳、普南腳……一腳一腳硬生生地踩踏出來，斧鑿刀刻一般，印記在婆羅洲的赤紅泥土上，柔腸百結，婉轉流傳，果真像一窩子剛從山羊肚裡熱活活掏挖出來的腸子，被布龍神一把撒棄在莽莽雨林中。

　　而就在一條羊腸小徑上，丫頭，緣分到了，妳會看到一群皮膚白皙面目清秀的普南人，婆羅洲森林的最後遊獵者，天性害羞、畏懼生人、難得在天光下曝露臉孔的神祕民族，在妳返鄉這天，日頭燦爛，赫然出現在妳腳底下的曠野！仔細瞧：男女老幼五六十個，全都馱著黃籐簍，沉甸甸，裡頭裝滿從鎮上採購回來的日用品，或準備送進城去交易的山產，行軍似地一家子排列成一長縱隊，低著頭，躲開耀眼的陽光魚貫行走在樹影中，忽然聽見頭頂上飛機掠過，紛紛仰起臉龐，把一隻手舉到額頭上遮住眼睛，蹙著眉，呆呆眺望。那一張張長年不見天日的蒼白面孔，陽光直射下，猛一燦亮，驀地綻放出一朵朵孩童般無邪的笑靨。隊伍末端——迎面陽光潑照，莫非妳的眼睛昏花看錯了——妳看到在台北城古亭區一條巷弄中邂逅、相知相惜一年的亞星！丫頭，妳太思念妳的亞星姊，十五歲就失落在紅塵大都市中、從此不知所終的南投鄉下女孩，以至看錯啦。眼前出現在妳腳底下的，是個脫離家人的隊伍踽踽獨行小徑上的普南姑娘，十五、六歲，跟亞星一般的豆蔻年華，可身上穿的卻是普南族花樣的手工織錦衣裳，俏麗地用一根猩紅帶子紮住額頭，把黃籐簍負在肩後，這一路走來，頭也沒抬一下，只顧低垂著眼瞼，邊走邊甩晃她脖子後一根油亮亮麻花黑辮子，掉失了心魂似的一逕望著自己的腳尖，怔怔地想自己的心事……

紅日西沉。我們的飛機鼓著兩支螺旋槳，啪噠啪噠，遊弋在叢林上空那滿穹窿一毬毬驟然洶湧起的彩雲中，飄向婆羅洲島西端，天際日頭下「永」的家鄉。

刳——刳——石破天驚，機翼下的天空中驀地傳來一陣鼓譟。

妳從窗口朝下探索，豁然，眼一燦，在雲層縫隙中看到了遼闊的三角洲。洲上柴煙十幾縷，悄沒聲，繚繞著零零落落十幾幢高腳屋，五六戶甘榜水上人家。村莊外頭，綿延不斷的沼澤中只見金光燦爛一片紅樹林，靜靜閃爍在血似夕陽下。拉讓江！我們飛臨沙勞越第一大河上空，距離古晉只有半個小時航程了。妳趴著機艙窗口，把一隻耳朵貼住窗上的玻璃，傾聽機翼下傳來的聒噪聲，凝起眼睛，循聲覓去，終於看到了河口方圓兩三百英里的紅樹林濕地上，東一簇西一群，蝙蝠似的魅影幢幢，日頭下盤旋著數不清的黑鳥。

婆羅門鳶！

那平日逡巡在碧空，孤單單，伸展著強勁的雙翼，炯炯俯視，無時無刻不在守望長屋子民的達雅克神鳥，婆羅洲天空的獨行者，這會兒，竟也聚集了上千隻，浩浩蕩蕩，迎著拉讓江口南中國海中載浮載沉的一輪碩大火球，戲水般撲打著翅膀，濺潑著落霞，好像一雙雙小情侶，唼喋囁啄卿卿我我，只顧互相追逐嬉耍，在紅樹林中尋覓死魚互相哺餵。刳刳——剮剮——偌大的三角洲漫天綻響起急切的、尖厲的啼喚。久違了！我瞇攏起眼睛，迎向那九年不見、依舊火紅紅懸吊在赤道線上的婆羅洲落日，一邊豎起耳朵，聆聽滿天神鳥聒叫，一邊伸長脖子，望著牠們那千百幅襯著彩霞的剪影，黑魆魆亮晶晶，咻咻，不住飛掠過我眼前，巡弋在機艙窗外滿江染血的雲堆中。一時間，我看癡啦，覺得自己也彷彿幻變成一隻婆羅門鳶，與神鳥們作夥，翱翔在晌晚越沉越紅的赤道天空，居高臨下，鳥瞰婆羅洲大地，孜孜不倦地守望她的高山大河、她的朝霞夕照——還有她的雨林。

無邊蒼茫暮靄中，滿城人家炊煙四起。

古晉在望。

* * *

回家了。

可那次返鄉，丫頭，是在我長大後離家出走第九年，都快三十歲的人啦，在外經歷過一些滄桑和挫折，心情鬱鬱容易感傷，所以那一趟自東而西，從亞庇到古晉，飛越婆羅洲島的航程，對我個人而言是一樁充滿感恩和懺悔、甚至帶點朝聖色彩的情感經驗，而我十五歲那年暑假，機緣湊巧，隨同一群西方人從事婆羅洲大河探險之旅，卻還只是個混沌未開、懵懂桀驁的少年，帶著血氣方剛的好奇心，以及，後來事實證明，不切實際的浪漫想像和期待，乘船溯流而上一站又一站的逐漸深入雨林，感受自然不一樣。

我頂記得七月初七那天中午，我們離開了甘榜伊丹和那個萍水相逢、鬼魅般的達雅克族小夥子納爾遜・大祿士・西菲利斯・畢嗨，搭乘鐵殼船繼續我們的溯流航程，前往大河之旅的下一站，新唐。天頂孤零零一隻婆羅門鳶盤旋注視下，我們的船，摩多翔鳳，冒著酷暑，怦碰怦碰航行在溷黃溷黃水霧迷濛的遼闊江面上，疲憊地奮力逆水前進，忽然煞車，轉個大彎，有如遊樂場上一匹突然失控的旋轉木馬，船身猛一兜，群鴉聒噪聲中，繞過一座陡然從水中拔起的亂石崖。大白晝，豔陽天，天頂那顆明晃晃大日頭迸地一亮，閃電般隱沒了。毫無預警地，摩多翔鳳號駛進了一條陰涼無比、深不可測的綠色甬道——不，不是我們平常在樹林中看到的綠色，而是一種帶著形而上的靈異色彩、我前所未見的靛青色——深澄幽闇，陵墓也似地寧謐無聲，感覺上妳好像進入深山中一座荒廢已久的天主教堂或印度神廟。

就在這當口，甬道中有個女性的嗓音——莫非是阿依曼？莫非是克絲婷或我母親？咦，莫非是妳，朱鴒丫頭——在我耳畔悄聲告訴我：

你一心嚮往卻又莫名地畏懼、嫌惡的婆羅洲雨林，到嘍。

摩多翔鳳航行到這兒，江面一下子收攏，河岸直逼我們船身。河水也突然變得清澈起來。天光幽微中，妳看見一圈一圈水漩子，眨亮眨亮，好像滿天星靨靨的婆羅洲夜空，黑漆漆烏晶晶，只管靜靜地悠悠地映漾著、搖盪著岸上站衛兵也似，一長排巨人般大樹的倒影。這是迪士尼的奇幻卡通世界。這是卡布雅斯河？那黃浪滾滾，挾著數以億噸計的爛泥巴，惡龍般晝夜嘶吼咆哮，頂著赤道一輪火日頭，橫衝直撞奔流過西婆羅洲原野的千里蠻荒大河？站在船頭甲板上，我登時看得癡呆啦。猛抬頭，眼睛驀一眩。兩岸的樹可高大。妳看那亭亭蓋蓋一簇簇高聳的樹冠——至少七、八層樓高吧——窸窸窣窣閃爍在晌午的豔陽中，綠，可綠得發出紅光，扎人眼睛，彷彿只要妳不小心劃一根火柴，馬上就會聽到畢剝一聲響，整座森林著火，霎忽之間，漫天遍野霹靂啪啦燃燒開來。這千百株赤道古樹，扎根在猩紅色腐植土裡，麗日下，好似千百支張開的巨大羅傘，一行一行浩浩蕩蕩從山坡頂端直排列到水邊，夾江而立，在這無風的晌午，森森然佇立不動。各種各樣不知名堂的蕨，猖狂地從樹身上每一個枝椏間竄生出來，擾擾攘攘互不相讓，爭奪那從樹梢小小縫隙間篩落的零星陽光。丫頭妳看，這些蕨，熱帶特有的寄生植物，奇形怪狀五彩繽紛，可不就像一群身穿斑斕綵衣的頑童，挺舒適的依偎在母親腋窩裡，可偏偏又想掙脫娘的懷抱，一個個齜牙咧嘴，撒起野來，使勁扭動身子伸張雙臂，呼朋引伴，跟鄰村的小潑皮爭搶太陽伯伯隨手撒出的一把糖果。這些蕨！赤道樂園裡的小頑童，每每讓我看得目眩神馳，十分窩心。但樂園裡也有蛇呀。妳看那一條條胳臂般粗的蔓籐，蟒蛇樣盤盤蜷蜷，從千百棵巨木頂端直直垂掛下來，鬚毛毿毿張牙舞爪，一路只管互相糾纏，扭打，嚙咬，爭著把頭顱伸進沁涼的河水裡，盪啊盪，成雙成對繾綣交尾在婆羅洲最大河流中，隨波逐流快樂無比⋯⋯

丫頭，我們進入了真正的雨林——太初之時，冰清玉潔，還沒被亞當和夏娃的子孫強行玷污的婆羅洲雨林。

空窿空窿，我們搭乘的八百噸內河商船，風雨斑駁的摩多翔鳳，獨個兒航行在卡布雅斯河中游，林木深處，這條深邃無人的靛青甬道中，霎時也變得安詳起來。她放鬆引擎，任由船身漂盪水上，就像一個疲倦已極的逃難客，不想趕路了，索性把一條命豁出去，徹底放鬆身心，只管讓腳下的步伐夢遊般一步一步引導自己的身子前行。

經歷昨夜那一齣荒誕的活劇——伊班豬瘟神的使者納爾遜・大祿士・西菲利斯・畢嗨在河畔主持的奇異營火會——我只感到身心俱疲，肚子裡那一杓阿辣革還在作怪，兀自翻翻湧湧，嘔喇喇的，好幾次逼得我一個箭步衝到船舷旁，趴到欄杆上，望著河水，把兩隻手掐住心窩呼天搶地不住嘔吐起來。如今，離開了夢魘的甘榜伊丹，人在船上，還沒來得及回神，就發現自己剎那間置身在婆羅洲心臟一座無比陰涼、古遠、如同教堂般幽深寧謐的原始雨林中。這時的我，丫頭，便是以一種厭倦了趕路、厭倦了旅途，也厭倦了旅伴的心情，獨自個站在摩多翔鳳船頭甲板上，敞開衣襟，迎著粼粼流水，啥都不想，只管怔怔看著我們的船，在水湄一隻小蒼鷺蹦蹬蹦蹬啾啾唧唧一步一回頭的引導下，悠悠地穿行在蜿蜒的水道中。霎時，我只覺得心中惡氣盡出，心頭一片澄明，在這陽曆八月陰曆七月婆羅洲旱季，酷暑天，渾身竟感到十分涼爽暢快。好久，我就這樣呆呆佇立船頭，聳出鼻尖，一大口一大口，吸嗅著岸上濃蔭裡嫋嫋傳出的腐植土香，一邊歪起脖子，豎起兩隻耳朵，仔細捉摸、諦聽雨林中一群詭祕隱形的樂師和歌手，聚集在曠野大會堂，操弄各自的奇門樂器，隨心所欲，無休無止地協奏一首即興的、瘋狂的、紛亂雜沓聒噪無比可卻又極度和諧的浪漫大樂章。

妳聽：

昆蟲嚶嗡。

泉水叮咚。

知了知了滿山蟬鳴浩浩蕩蕩一濤高亢過一濤。

林中眾鳥各據枝頭，引吭競練嗓子，咭咭唧唧，卡嗒！嘘噗哧，呼——颼，唿——哨，啁啁啾啾唼喋嘬啄唏唏唏呵呵。

嗚噗！嗚噗！一匹打光棍已久的老邁公猿匍匐樹下，急切地，諂媚地，向蜷伏在樹梢頭愛理不理的年輕母猿們發出求偶的呼喚。

風聲簌簌，草木萋萋，滿林子枝椏刉擦刉擦不住相互摩挲。

億萬隻白蟻悄悄啃齧樹葉，沙沙，沙沙。

丫頭，妳的耳朵夠尖，肯定聽得見赤道雨林中一些最輕微、最細緻、凡夫俗婦們絕對聽不到的聲音：那為數不知幾兆億的細菌，矻矻營營晝夜不休，正一點一點分解滿地枯枝和落葉，霎忽之間，轉化為土壤的養分，孕育新一輪的生命……噠！啪噠！樹上萬千顆露珠蓄積了數晝夜的能量，變得有如鵪鶉蛋般大，這當口，正悄悄溜出葉心，沿著葉脈滑翔下來，啪噠一聲墜落到下面另一枚樹葉上，擊中葉心的窩子，在那兒又棲息數晝夜，如此不知經歷幾晝夜，才結束一顆露珠的漫長旅程，從那直直插入雲霄陽光普照的樹冠，一站又一站降落到陰濕的林床，回歸大地……偶爾，約莫每隔十幾分鐘，毛骨悚然，妳會突然聽到啀喍一聲。叢林深處，某個我們看不見的旮旯角落，光天化日之下，正在慘烈地進行一場力量懸殊、弱肉強食的搏殺。有一隻落單的小動物，麋鹿或野兔，誤闖禁區，落入了一群山狗或紅毛猩猩的爪牙中。臨死前，牠顫抖著嗓子，鼓著牠那被咬破或硬生生被撕裂的咽喉，溫婉地，無奈地，發出了一聲驚叫和哀鳴……

丫頭，就是在這樣一座光影變幻，百樂齊奏，沒有聽眾，也不需要指揮的大自然音樂廳正門口，婆羅洲大河中，我們乘船東上，一站又一站航向水源頭。聽啊聽我忽然想起，在古晉時，我喜歡漫無目的躑躅在城中的街道，四處遊逛晃悠。每回走累了或厭倦了，腦子被無所不在的太陽曬昏了，我就會身不由己，彷彿受到心中某種深沉、迷魅的聲音召喚，不管此刻身在城內何處，我一定改變行程，轉向城西，步上那條空曠的大石路，穿過虛掩的側門，神不知鬼不覺，溜進那幢花崗石砌成、光禿禿赤裸裸矗立在赤道日頭下的東印度殖民地哥德式聖殿，聖約瑟大教堂，歇歇腳喘口氣。陰森森，一屋子七彩玻璃映照。聖壇上血光瀲灩。就在那一簇詭祕神聖的光環裡，成群躲藏在暗處竊竊私語、炯炯環伺的無頭幽靈注視下，滿堂風琴嗚咽中，我，支那少年，獨自個面對孤零零受難的耶穌，坐在後排一張板凳上，享受片刻的清淨和涼爽……

大河西流，日頭西沉，就在我佇立摩多翔鳳船頭，目眩心醉，暈陶陶神遊物外之際，忽然鼻端一涼，聞到一股特異的奇妙的氣味。那可不是岸上的腐葉土，不是草木香，也不是臨河一株不知名大樹頂端，兜啊，兜，悠悠飄落水面的一蘘子淡紫五瓣小花，更不是，說來可有點殺風景，那一坨一坨不時從林中溢出的動物屍臭和堆肥，而是——ㄚ頭想到了吧——來自另一個截然不同的世界，屬於另一種文化、帶著麗仕香皂味的氣息。這鬼氣森森的陰曆七月，酷暑天，晌午，在婆羅洲心臟原始叢林蠻荒大河中乍然嗅到這股氣味，感覺有點唐突，甚至扞格不合，但在我鼻端它卻變得熟悉親切無比，此時聞起來格外香甜鮮美，莫名地讓我覺得心安，彷彿孤零零置身在一場茫然失措的噩夢中，忽然看到親人，而在這之前，我和她兩個人只不過相處了七、八天而已。

——克絲婷！

——永，你還好嗎？

七月初七晌午

摩多翔鳳

航經紅色雨林

——自己一個人看風景？

——嗯。

——好看嗎？

——好看，很美。很安詳很原始。謝謝妳帶我來看這座真正的婆羅洲雨林，克絲婷。

——永，只要你高興就好。

好一會就我們兩個人，姑姪倆，靜靜站在摩多翔鳳船頭甲板上，倚著欄杆伸出脖子，肩並肩迎著河風，觀看大河兩岸那暮靄四合，群鴉開始聒噪飛竄的雨林。

——昨晚到底發生什麼事情？

——什麼什麼事情？

——永，別裝傻，我知道你們出了事。

——沒什麼，只不過多喝了點酒。

——多喝了點酒！唐尼・畢夏普嚇得都快發瘋了，醒來後整個人一直在發抖呢，好像瘧疾發作似的。他不跟大夥一起繼續溯流而上，自己搭下班船回坤甸找醫生。

——唐尼懷疑自己被毒蛇咬到了。

——毒蛇？營地上有毒蛇嗎？

——不知道。我沒被咬到。

——湯姆・沃克偷偷跟我們女生說，唐尼懷疑自己染上了一種可怕的婆羅洲疾病。

——西菲利斯！我們的達雅克好朋友送給唐尼的禮物。

——永，你是說那個納爾遜——

——納爾遜・大祿士・西菲利斯・畢嗨，我們在旅途中遇到的那個土著青年。他待朋友很熱誠，請大夥喝酒。不知哪裡弄來的三加侖上等精釀阿辣革，好好喝，可後勁真強，把十六條牛高馬大的西方壯漢都撂倒了。

——你沒喝醉吧？永。

——沒。納爾遜說我今年十五歲，未成年，不准我多喝酒。

——很好！你真的沒事吧？

——我沒事，克絲婷。我很好，妳放心。

克絲婷瞅著我，好一會，只顧凝起瞳子眼上眼下把我全身端詳個透，還將我的身子反轉過來，察看我的尾椎，確定完好無傷，她這才滿意地點點頭，長長吁兩口氣，眉心一舒，笑了，伸出一隻手來使勁拍拍自己的心窩口：

——只要你沒受到任何傷害和凌辱，我就安心。

向晚時分，大河上陡然風起，一漩渦一漩渦直捲上船頭來，呼颸，呼颸，撩盪起克絲婷滿肩飛蓬般火紅紅四下飄漾的髮毬子。夕陽潑照下，她那張臉龐笑容燦爛，汗湫湫，我卻看到她的眼角水亮水亮，彷彿綴著一顆淚珠，泫泫然晶瑩欲滴。

我想起六月二十九，我搭乘山口洋號大海船跨越赤道線上的爪哇海，初抵西婆羅洲，在坤甸碼頭下船時，我未來一個月暑假的接待者，房龍農莊的女主人克莉絲汀娜•房龍小姐，親自前來接船。同樣是紅雲滿天的赤道晌晚，同樣颾河風，那時看見她獨自佇立棧橋上，高䠷䠷，趿著兩隻皎白的只趿著一雙紅涼鞋的腳，昂聳起胸脯，迎向大河口的落日，揚起她那張被婆羅洲日頭曝曬成銅棕色的雀斑臉龐，滴血般，噘著兩蕾猩紅嘴唇，高高地將一隻手舉到額頭上，瞇著眼，絞起眉心，朝向那暮色瀰漫轟隆轟隆成百艘駁船來回穿梭的江心，怔怔眺望。滿城霞光灑照下，她一臉焦急，滿頭汗，乍然看到山口洋號進港，眼一燦，登時舒開緊鎖的眉心，慌忙拎起裙襬，踢躂著涼鞋蹬蹬蹬邁步走到棧橋末端，笑吟吟接我下船⋯⋯

她就是克絲婷。我那初次與我見面的「洋姑媽」。

往後八天，從六月二十九到七月初七，我們幾乎天天相處，在房龍農莊度過兩天（那是我這個暑假中最寧謐、最美好的兩天，因為只有我們姑姪兩個在一塊），在卡布雅斯河上航行五天。對我這個混沌初開，頭一次出遠門，而且是跟一群陌生的白人男女作夥旅行的中國少年來說，短短八天中，經歷一連串荒誕事件，一下子被拉拔長大，感覺上彷彿經歷了一世人，心中竟開始有一點滄桑之感。

讓我百思不得其解的是，不知為何，隨著旅程的開展，克絲婷的脾氣變得越來越古怪，旅途上待我一霎熱一霎冷，陰晴不定，好像連環瘧疾發作了似的。我想不透，只好歸咎於鬼月群鬼和叢林神魔峇里沙冷聯手，擾亂世道蠱惑人心，促使人們做出一反常態的乖張舉動。我這群紅毛旅伴，男男女女，平日不都是極有教養、挺體面的知識分子和專業人士嗎？妳看那些個歐美名校大學生、美國和平工作團女團員、聯合國文教組織專員、坤甸天主教女校教師、農莊女主人……還有還有，那兩個令人印象深刻，裝扮突兀舉止怪誕，讓伊班小女娃兒半夜做夢都會驚叫出來的北歐大漢，歐拉夫•艾力克森和艾力克•艾力克森，荷蘭皇家蜆殼石油公司探勘員。記得嗎？這對牛高馬大的孿生兄弟，穿著一式迷彩裝，頂著同款金黃水手頭，在魯馬加央長屋夜宴上狂飲阿辣革，兩對眼珠涎瞪瞪，搜山狗般，緊緊盯著兩顆晃盪在酒席間的咖啡色婆羅洲野生大木瓜，後來神不知鬼不覺，雙雙消失在長廊盡頭，從此不知所終……丫頭，妳瞧這群來自文明世界，自詡為地球上最尊貴體面、容貌神似耶和華的男女，如今在蠻荒海島，鬼夜一鉤冷月召喚下，個個爭相抹掉假面，剝去體面衣裳，把達雅克人和伊班人的原鄉，赤道原始森林，仿如澳西叔叔變戲法一般，倏地，幻化成聖經中那座荒廢、失落、幾千年後終於復得和重返的伊甸園。

這當口，大白晝，航行在卡江中游那宛如武陵洞天的一條青翠甬道中，克絲婷好像又變了個人，再次穿上體面的衣裳，腮幫抹上粉彩，這天早晨登船前，還特地將肩上一窩亂草般的赤髮鬃用洗髮精清滌過，梳整齊，綰起來，束成一個貴氣的大圓髻，壓在頭上那頂白草帽底下，把自己打扮得清清爽爽，若無其事，悄然出現在我身旁，倚著船頭欄杆，挨靠著我，神態一如五天前在房龍農莊上那樣親暱自然，好像真的把我，她成天掛在嘴邊的「永」，當成自己的親姪子，她在僑居地印度尼西亞共和國的唯一親人。

這會兒，我又聞到了那一縷體香，濃冽、溫熱，帶著沁涼的香皂味，無比熟悉但也奇異地陌生，在這條午後空氣變得十分鬱悶的赤道河流上，隨著河風，遊絲似的飄飄嫋嫋。克絲婷的味道！它悄悄地穿透她身上那襲連身過膝洋裙，持續地，從底下那條綢質白襯裙滲溢出來，挾著她的體溫和汗汁，電流般一波催送一波，源源不絕生生不息只管傳遞到我身上。像個飢渴已極的孩子，眼眶一紅，悲從中來，猛一轉身，我張開雙臂一把抱住她的腰，把頭埋進她心口，抽抽噎噎，讓她胸脯一窩子濕濕暖暖的體香和那一蕊露珠般晶瑩的汗珠，帶著一種來自歐洲的古老、幽祕、與我母親的氣味迥然不同、但卻莫名地甘美誘人的陳年乳酪味，一古腦兒，將我的身子環繞住，把我整個人包裹在她的氛圍中。

——克絲婷，妳不好！這陣子都不理我。別忘了是妳帶我來的。

克絲婷挺著胸脯，只是佇立不動，好久她才垂下頭來沉沉嘆出一口氣。

——永，你是不是後悔跟隨我從事這趟航程？你知道嗎？我們是一支被詛咒的隊伍。出發才五天，就發生一連串怪事。艾力克森兄弟失蹤了。答應當我們的嚮導、帶我們攀登峇都帝坂的安德魯爵士，在魯馬加央夜宴後就改變主意，帶著他的妻子安妮博士脫離隊伍，說要前往尼雅古洞，從事田野調查。然後，昨晚你們又遇到伊班豬瘟神……這會兒男生們都疑神疑鬼，擔心自己也跟唐尼・畢夏普一樣染上婆羅洲怪病，今天中午上了船，就一窩兒聚集在艙房裡，開祕密會議，咬耳朵不知商量什麼。桑尼・普林斯早就跟唐尼回坤甸去了。另外幾個男生也打算走人。女生們開始騷動不安……旅程才開始，整個隊伍被弄得支離破碎七零八落，到後來也許只剩下五、六個人。永，你還要繼續走下去嗎？

——天塌下來，我也要跟隨妳走完整段旅程。

——就算最後只剩下五、六個人？

——就算，嗯，最後只剩下妳和我兩個人。

——直到河盡頭的石頭山？

——直到峇都帝坂。

——直到……陰曆七月十五，月圓之夜？

——直到我們登上了伊班人的冥山！不管能不能平安回來。

克絲婷又嘆了口氣，眼一柔，瞅著我，終於伸出雙手來，牢牢環抱住我那兩隻兀自簌簌抽搐不停的肩膀。

霹靂一聲，河上飛濺起片片浪花，直潑到我們船上來。

克絲婷和我齊齊回頭望去。

漫天飛灑的水星中，只見五艘簇新的鋁殼快艇從我們背後駛來，一群飛魚也似咻、咻、咻，以極限速度超越摩多翔鳳，一艘接一艘擦肩而過，揚長而去。我還以為又在河上遇見他老人家——那終年風塵僕僕，乳白西裝筆挺，滿頭銀髮燦爛，一臉慈祥端坐船首，彌勒佛似的腆著個皮鼓樣的大肚膛，眼瞇瞇四下睥睨顧盼，笑看大河風光兩岸人家，颼，太陽下呼嘯而過的澳西叔叔，伊班孩子們口中的「峇爸澳西」！可我凝起眼睛仔細一瞧，卻發現快艇上載的竟是一群東方男子，只見他們一個個直條條挺著他們那短小精幹的腰桿子，臉孔灰蒼，木無表情，下巴刮得乾乾淨淨，纖毛不留，滿面風塵排排端坐船艙中，身上那套雪白夏季西裝卻是十分光鮮熨貼。乍看，活像一群體面的殭屍，白晝出現在婆羅洲大河上。

好快！這五艘三菱重工打造的摩登汽船，霹靂也似，從我們身後大河上那武陵洞天似的綠色甬道中竄出來，轉眼，鬼魅般倏忽消失在甬道的另一頭。

眉心猛一蹙，克絲婷甩甩頭，伸手撥掉衣裙上沾著的幾十顆水珠，霍地睜起她那雙海藍瞳子，齜著牙，狠狠瞪了來船兩眼，往船舷外呸地啐出一泡口水來。

——日本人！前進婆羅洲砍伐森林。

——原來是一群日本木材公司高級幹部。

——船身漆著的七個紅色日本字，永，你讀給我聽。

——西。渤。泥。嶋。拓。植。（株）。西婆羅洲島開發股份有限公司。

——八個野獼！豬。

克絲婷噘起嘴唇又往河中啐出兩泡口水，用日本話詛咒一聲。不知怎的，她的嗓子突然變得粗糲起來。

我回頭看她一眼。向晚，流水叮咚落花悠悠，河上開始出現天空彩霞的倒影。落日紅通通的一輪，悄沒聲，從克絲婷身後的大河口直射過來，潑血似的灑滿她一身子。夕照裡，我看見她的臉龐雪樣蒼白，一下子失去了血色，木乃伊般整張臉皮繃得死緊，神色變得十分森冷，帶著些許淒厲。我忽然想起她告訴過我的她在二戰期間的一些經歷，心頭猛一抖，這當口卻又不敢提起，只好默默伴著她站在摩多翔鳳船頭，好久，望著那五艘簇新鋁殼快艇，丸紅旗飄飄，鼓著船尾那具五百匹馬力柴油雙引擎，啪啦啪啦攪起陣陣紅浪，昂翹翹揚起船頭，咻咻咻互相追逐著全速掠過江面，火爆地溯河而上。叢林一輪紅日下，驀一看，這五艘首尾相連魚貫行駛的汽船，尖挺挺血亮血亮，還真像一支又一支裝上刺刀的二戰皇軍步兵銃，直指卡布雅斯河的源頭，粗魯地，刺入婆羅洲的心臟，穿透她的處女林，紅灩灩迸濺出一簇春花似的燦爛落霞來。向晚滿天烏鴉四下亂飛，聒噪不休。

克絲婷凝起眸子只顧癡癡眺望。

忽然，臉一亮，她抹掉腮幫上的淚痕，使勁揉揉眼皮，雙手拎起裙襬，猛一個箭步就躥到船頭尖翹的甲板上，顫顫巍巍把整個身子趴伏到欄杆頂端，迎著河風，髮絲飛颺，伸出脖子只管一眨不眨瞪著前方河道轉彎的地方。落日潑照下，只見她那兩隻冰藍眼瞳，瘋婆子似的血絲斑斕，淚盈盈閃爍著一種奇異的、炯炯的、無比亢奮幾近絕望的光彩。

——快到了！快到了！

——什麼快到了呀，克絲婷？

——永，待會你就知道啦。

克絲婷突然靦腆起來，回過眸子羞澀地瞅我一眼，臉飛紅，一副欲語還休的模樣，忸忸怩怩像個初戀的少女。猝不及防，我被她那雙火辣的眼光猛一瞅，好像隆冬天觸電，渾身冒出一粒粒冷疙瘩來，忍不住咬著牙偷偷打個哆嗦。她的這一瞅，倒也勾起了我的好奇心。於是，就像得不到答案絕不罷休的孩子，我一個勁的求她磨她，拜託她告訴我，我們就快要到什麼地方呀？幹嘛要那樣興奮呢？

——好！我可以告訴你，永，但你必須承諾絕不告訴第三人，因為這是我一生最珍貴、最神聖、最清潔的祕密。「清潔」。永，你懂它的意思嗎？

——我現在不懂，但我可以向辛格朗・布龍大神起誓：我將永遠守護克莉絲汀娜・房龍小姐的祕密，否則讓我被神鳥……

克絲婷伸手制止我，搖搖頭，沒再理睬我，自管漫步走到船舷旁側，脫下遮陽帽，拔掉髻上的釵，只兩甩，就將她那滿頭浸染著落霞野火樣燎燒的赤髮鬃，一古腦兒披散開來，撒落到肩膀上。好一會她瞇著眼睛，眺望河道前方林木幽闇處一個不知名的所在，只管怔怔發呆。我再三追問，她才回頭笑笑地看了看我，嘆口氣，然後眼神一柔，呢呢喃喃夢囈似地說出一段往事來。

——那是二戰前夕，我還是個少女，比你現在稍大一兩歲，在坤甸女子修道院附屬中學讀書。那年夏天，我的父親亨利・克里斯朵夫・房龍醫生帶我搭乘荷蘭皇家炮艇聖文生號，前往那時非常荒涼、很少白人進入的卡布雅斯河中游，住在河灣一座名叫「魯馬平澎」的長屋，度過三個月的暑假。我出生以來第一次看到那麼遼闊、那麼翠綠、那麼原始的森林。但那年的八月是一個怪異的聽不見鳥叫聲的夏季。日本軍已經登陸坤甸港，正準備溯流而上，進攻大河灣的荷蘭要塞，新唐。八月豔陽天，日本飛機每天飛來三次，投下上百顆，不，上千顆燒夷彈，好像一大群母雞在空中一起下蛋，又好像——你能想像嗎——大白天有人在叢林中放七彩煙火，太陽下舉行一場華麗的詭異的慶典似的。天空電光閃閃，地上火光四起，場面非常壯觀好看。但那是婆羅洲前所未見的一場叢林大屠殺。整整一個月的轟炸，把大河灣的森林燒焦。所有的動物和鳥兒都被燒死，僥倖存活的，也都逃到更深的山裡去了。無鳥的夏天！太陽下非常非常安靜。那麼大的森林安靜得有點肅穆、恐怖，好像布龍神突然死掉一般。但是，永，那年夏季在魯馬平澎長屋的日子，我過得很逍遙自在，心裡很快樂。永，那時我真的很快樂喔，因為我認識一個男孩……

——不難猜嘛。這類故事基本上都具備相同的、一成不變的情節和結局，譬如毛姆和吉卜林的小說，便是環繞這個主題進行。我的英文老師，美國和平工作團的黛安・布朗小姐，推薦我們讀過幾本，確實寫得挺浪漫淒美，但容我直說，這種小說讀多了會讓人反胃。

——永，你愛怎麼說怎麼嘲諷我都可以，我現在不跟你爭論，也不與你計較，但是，那年夏天確實是我一生最美好、最值得回憶的時光，希望你不要褻瀆它，好嗎？將來你有了初戀的經驗，你就會了解我十六歲那年在魯馬平澎度過暑假的感受。

——妳怎麼知道我現在還沒有初戀經驗？妳怎麼可以那麼武斷？

——你有？看不出來呢。

——我十歲讀小學四年級就……

——哦，偷偷愛上同班一個受到全校男生仰慕的女同學！這個可愛的女孩叫什麼名字？

——田玉娘。

——唔，後來呢？

——她死掉了。

——才十一、二歲怎麼就死了呢？

——我現在不想跟妳講。

——好吧，以後你想跟我講時再告訴我，可是，那時我不一定有興趣聽這種老掉牙的故事喔。她叫什麼來著？田——？你生氣啦？

氣氛一下子僵住了。

我和她，克莉絲汀娜・房龍，肩並肩站在摩多翔鳳船頭，憑著欄杆望著向晚的大河中，滿江霞光粼粼，五艘日本拓植會社快艇飛駛過去後遺留下的一渦一渦、血泡也似紅滾滾、兀自蕩漾不散的浪花，好久誰也沒吭聲，繃著臉自顧自想自己的心事。忽然，我聽到一聲低沉的哽咽，好像噩夢中發出的啜泣。回頭望去，傍晚吹起的河風中，只見夕陽下一肩火紅髮絲潑刺刺潑刺刺不住飛撩。克絲婷的臉龐——那高傲的鼻翼兩旁，俏生生地，綴著十幾粒小雀斑，被赤道的太陽長年曝曬成金銅色的臉龐——好像一下子變得憔悴失神起來。仔細一瞧，她眼眶裡眨啊眨，依稀滾動著一顆清亮的淚珠。我心軟了，伸出手來拂了拂她的頭髮，勾起食指，輕輕地彈掉她眼角那蕾子即將奪眶而出的眼淚。

——克絲婷，對不起！我雖沒有豐富的戀愛經驗，但我不笨，我想我能夠理解，也尊重妳的感受。我願意相信那是一段珍貴的、美麗的、如妳所說的妳一生中最「清潔」的回憶。真的，我對著這條婆羅洲母親河發誓！唔，順便一問，妳十六歲初戀的對象，那個魯馬平澎長屋男孩，是婆羅洲土著嘍？

——是，他是婆羅洲原住民，達雅克人。

——叫什麼名字？

——畢嗨。

——納爾遜・大祿士・西菲利斯・畢嗨？世界多麼小哇！人生何處不相逢啊！這可是我們中國哲人說的喔。

——永，你又來了，你又開始嘲弄我了。你今天到底吃錯什麼藥，對我講話句句帶刺？我不認識什麼大祿士・納爾遜・畢嗨。我在魯馬平澎結識的男孩就叫畢嗨。畢嗨・平澎。畢嗨是很普通的達雅克名字。你說的那個畢嗨，他是什麼人？

——只是旅途上遇到的一個達雅克小夥子，自稱「伊班瘟神西菲利斯的使者」。唐尼・畢夏普就是著了他的道兒，嚇得逃回坤甸。妳也見過這個畢嗨。瘋子一個。我們現在別談他吧。妳那個畢嗨，那時他十六歲了嘍？依照他們達雅克族的習俗，族中長老肯定已經在他的矛頭上裝一支葩榔了吧？

——矛頭？葩榔？你胡說什麼，永！

——克絲婷，我高貴的房龍小姐，妳沒見過英俊的達雅克小夥子畢嗨的葩榔？

——我沒見過那種東西！

——在那個怪異的無鳥的夏天，妳和他，克莉絲汀娜・房龍和畢嗨・平澎，一對邂逅在婆羅洲原始雨林的異國小情侶，兩小無猜，共度過一段快樂的時光？

——是，非常快樂。我沒騙你，永。

——那整個夏季你們兩個在魯馬平澎長屋——對不起！我不該刺探別人的隱私——都在幹什麼來著，竟然那麼快樂喔？

——在果園中散步，在河裡游泳，爬上山丘看日本零式飛機一架接一架颼地劃過卡布雅斯河水面，飛臨新唐鎮上空，耀武揚威。

——如此而已？

——是的！如此而已。

——真的那麼純真——清潔？

——永，你以為我們會做什麼事？

——房龍小姐，妳的這部克莉絲汀娜・房龍羅曼史，裡頭有沒有比果園中散步、河裡游泳、山丘上觀看日本飛機這類勞什子更精彩、更刺激、更有看頭的情節和插曲，值得向讀者推薦，當然除了葩榔之外？

——我和他做過的最精彩刺激的事情，永，你真的想知道嗎？有一晚月色特美，我們在河邊散步，好久好久誰也沒開聲，忽然我情不自禁轉過身子，跂起雙腳伸出雙手環抱住他的脖子，在他的嘴唇上，用力啄了兩下！順便告訴你——如果你想知道——那時我還是個十六歲在女子修道院就讀的處女！你滿意了吧？你今天究竟怎麼搞的？你再三對我冷諷熱嘲，一再刺傷我的心，狠狠踐踏我侮辱我。我，克莉絲汀娜・馬利亞・房龍，不是阿姆斯特丹港口的娼妓，我是法蘭德斯一個體面家族的後裔，坤甸房龍農莊唯一繼承人！若不是太平洋戰爭爆發，日本兵登陸西婆羅洲，一路溯河而上，攻占叢林中這個隱祕的小鎮，新唐，我就不會被俘虜，就不會跟荷屬東印度群島所有荷蘭女子一樣，被押送進特種集中營……那時我才十六、七歲啊。從此離開了我父親——可憐他死在另一座集中營，我都沒能見他最後一面——離開了魯馬平澎長屋和那個男孩畢嗨。這就是克莉絲汀娜・房龍的羅曼史！裡面沒有性愛，沒有冒險，沒有親人的團圓和盛大的婚禮。我這本書裡面只有一個子宮，一個被成群野獸的陽具捅破的、搞爛的、從此再也不能生育的子宮。你竟敢說，我這部羅曼史不夠精彩沒啥看頭？永，你跟那群日本兵沒兩樣！你們是一匹一匹的豬。不不，你們不配做豬，你們是一隻一隻的鬼，光天化日之下流竄在人間的夜叉。你們不是人。

克絲婷終於爆發。

大河上，赤道落日火樣潑照，只見她一臉紅通通滿頭赤髮絲隨風飛舞，瘋婆子似的，只管咬著牙格格格打牙戰。她把一根手指伸出來，直直指住我的臉孔，簌簌抖不停。滿瞳子的怨憤和鄙夷，映著河口一丸紅日，血絲斑斕，好像隨時都會起火熊熊燃燒。

我嚇著了，膝頭癱軟，當場就在克絲婷裙襬前乖乖跪了下來。

——原諒我！我不是存心譏笑妳，刺傷妳的心，我只是……

——你只是什麼？

——嫉妒。

——你嫉妒誰？

——我嫉妒那個畢嗨・平澎。什麼名字嘛！我嫉妒他是妳初戀的情人。我恨我自己沒有機會成為妳在魯馬平澎長屋邂逅的男孩，快樂地、一生難忘地，與妳共度一個奇特的無鳥的夏季。我恨……這輩子我只能當妳的姪兒，而且是個假姪兒。我真不甘心哪！克絲婷。

克絲婷一怔。她那兩道冰藍藍直勾著我一逕恨恨瞪著的目光，驀地柔了下來。噗哧！她終於忍不住咧嘴笑了。我也笑，可笑得像個傻瓜。她又嘆口氣，弓下腰身伸出雙手捧起我的兩隻腮幫，瞅著我的眼睛，定定端詳半晌，忽然板起臉孔，勾起一根指頭，咬著牙使勁往我腦袋瓜上響梆梆敲了兩個爆栗，隨即又嘆口氣，甩開臉，不再理睬我。

向晚了，摩多翔鳳甲板兀自空盪盪，就我和克絲婷兩人。一整個晌午，我們那群旅伴窩在艙房中，大白晝不知在幹什麼勾當，半點聲息都沒有。

我們姑姪倆，就這樣面對面一個站著一個跪著，迎向晚風，靜靜守望在船頭，任由腳底下這艘風雨滄桑鐵鏽斑斑、怦碰怦碰空窿窿、鼓著殘破的引擎一路逆水航行的鐵殼船，在河心一隻小磯鷸蹦蹬蹦蹬、啾啾唧唧一步一回頭的引領下，悠悠地，穿梭在洞天般幽深曲折的河道中，追隨滿天歸鴉航向新唐，卡江中游最後一個城鎮，婆羅洲之心。此去還有五百公里航程。從新唐開始，我們就必須改變交通工具了。在大河上游，我們得捨棄坤甸華人大頭家經營的商船，在伊班嚮導領航下，搭乘達雅克人打造的長舟，穿渡無數險灘、峽灣、急流、瀑布和一漩渦又一漩渦盤據河道中央伺機坑殺旅人的陷阱，在天空那越聚越多，剮呱剮呱啼叫聲越發嘹喨、淒厲的婆羅門鳶注視之下，航向水源頭，試圖——如果運氣夠好——登臨伊班人和達雅克人的禁地，冥山峇都帝坂……

白癡一樣，我在火燙的甲板上跪了約莫七、八分鐘才站起身來，揉揉膝蓋，一抬眼，看見克絲婷拎起裙襬踮著腳，站在船頭最前端，把一隻手舉到眉心，遮蔽住河上耀眼的夕照，正出神地眺望前方，河水蒼茫處，悄沒聲，條條幽魂般從樹梢頭飄升起的三兩縷淡藍炊煙。

——克絲婷，妳還記得那個地方嗎？妳十六歲那年暑假住的長屋，魯馬平澎。

——記得！來生都不會忘記。就在前面不遠，河道轉彎的地方，河畔矗立著一座高大的山岬，形狀像一頭喝水的婆羅洲犀牛，站在河邊把鼻子直直伸入水中。岬頂上生長著上千株紅毛丹樹，每年八月，果實成熟，太陽下滿山紅通通的一片。我頂記得，每天傍晚太陽一沉落，漆黑的天空一輪明月湧現的一瞬間，那野生的紅毛丹，瞧！成毬成串映著月光，爭相閃爍在大犀牛的背梁上，眨啊眨亮晶晶，好像聖誕節的燈飾掛滿了整座林子的樹枝。婆羅洲的八月，赤道上的聖誕節！到今天都二十年了，晚上做夢，時不時還會夢到這座根據達雅克人的傳說，自從布龍神創世以來，不知歷經幾世幾劫，一直屹立在卡江轉彎處魯馬平澎山岬上的豐饒果園。二戰期間，日本戰機飛臨它上空，飛行員也被它的美麗震懾住了，狠不下心腸來投下燒夷彈。那年我就在這座古老果園度過一個安靜的、無鳥的夏天。溯河而上的船，穿過我們剛才經過的那座像隧道般幽深的原始雨林，航行到這兒，繞過山岬，眼前豁然一亮，就會進入一個彎彎的天然港灣。從山岬上俯瞰，它像極一枚皎潔的新月，從太空中掉落到地球上，無巧不巧，正好降落在婆羅洲的心臟，再也離不開了，如今靜靜地漂盪在雨林深處那片翠綠無涯的樹海中。進入了河灣，永，你會看見一群達雅克兒童，男女幾十個一夥兒，打赤腳，蹦蹦濺濺，光著他們那咖啡色的小身子頂著大太陽在河灘上奔跑，追逐戲水。乍看你會以為他們是一群叢林孤兒——這些年，內陸叢林中流行一種怪病，伊班人叫它西菲利斯，也許是歐洲梅毒的一個突變種吧，像一場黑死病，奪走了整座整座長屋成年男女的生命，留下無數孤兒……但是，如果你的想像力夠豐富、夠浪漫，在你心目中這群河灘兒童卻變成一群山林小精靈、小水仙子，瞞著大神，偷偷溜下冥山峇都帝坂，結夥到新月灣中玩耍。方圓幾十英里之內，你看不到一座長屋。要一直等到你聽見公雞啼叫聲喔喔喔，從山岬背後傳出來，或望見一條炊煙從樹梢飄起，直直升入黃昏的天空，這時，永，你才驚訝地發現，原來有一座人煙稠密生氣蓬勃的好村莊，隱藏在雨林深處一個肥沃的、幽祕的、連爪哇警察也不敢隨便闖入的所在。這個村莊，就是魯馬平澎長屋。

果然，當摩多翔鳳奮力鼓著疲憊的馬達，嗚噗嗚噗，衝破河上茫茫暮靄，穿過原始森林中那條幽黯的靛青甬道，下午五點，終於喘口氣，駛近克絲婷癡癡眺望的那段河面時，豁然，眼前一片開朗，我們終於看見一座魁梧奇偉的山崖陡然矗立水湄，頭角崢嶸，直直伸入河心，形狀還真有幾分像一頭喝水的婆羅洲野生犀牛。向晚時分，一輪落日懸吊西方天際，從大河口直潑過來，恰好灑照在牠身上。紅漬漬的一片山壁，茅草萋萋迎風搖曳，映著燦爛的霞光，霹靂啪啦好像突然著火一般。山岬頂端果然生長著一大叢紅毛丹樹。八月豔陽天，果子熟透了，成毬成串盈盈滿滿吊掛在枝椏間，從水岸一路綿延到叢林邊緣，站在船頭仰望，好像天上城闕掛起千百盞大紅燈籠，慶祝元宵似地。大神布龍的果園！雖沒克絲婷說的那樣壯盛輝煌，有如童話般浪漫神聖，但在夕陽浸染下卻也顯得格外鮮美紅亮，誘人口水。

——快到了！就快到了！

肩膀子猛一顫，瘧疾暴發也似，克絲婷渾身突然打出十來個連環哆嗦。

我趕緊順著她的目光望過去。

——魯馬平澎長屋！前面就是妳講的新月灣吧？恭喜，克絲婷，妳就要回到妳做夢常常夢到的家園啦。

臉一紅，克絲婷回頭乜著眼羞澀地瞅我一眼，雙手抖簌簌拎起了裙襬，猛一個箭步就躍到船頭最前端，把整個身子趴伏到欄杆上，翹起屁股，直豎起兩隻耳朵，凝神傾聽山岬背後那片新月形河灣中伊班孩兒們的戲水聲。

——聽聽！永，你過來幫我聽！

——我正在聽啊！天哪，克絲婷，妳怎麼了啦？

丫頭，我生生世世都忘不了，就在克絲婷重返她少女時代的夢幻莊園，只須一舉腳，跨過門檻，就可以踏入那扇私密的門，走進她一生最美好的記憶之中，早不早晚不晚，偏偏就在這一瞬間，電光石火，我看見她臉上的表情起了劇烈的變化：最初是迷惑悵惘，繼而是錯愕，然後是驚恐不解，最終竟是泫然欲淚差點就哭出聲來，像個被出賣的孩子。

我們沒聽到河灘上兒童的戲水聲。

我們聽見，轟隆轟隆嘎嘎砰碰，大晴天裡打雷般，叢林中驀地綻響起一連串狂亂暴戾、奇異無比、好像一群鋼鐵怪獸互相扭打撕咬所發出的怪聲。

這群巨獸是成百輛的科馬子小松推土機、三菱怪手、日野堆高機、五十鈴超級重型十輪大卡車。

處女林中橫衝直闖。

落紅斑斑。赤道血似燦爛的晚霞漫天潑照。刳哇刳，天頂一隻巨大的婆羅門鳶炯炯盤旋注視下，只見大河中游，犀牛岬下的新月灣，河灘旁草木蔥蘢的山坡上，夢境般赫然出現一群碩大無朋的黃螳螂。這群史前大昆蟲，蟄伏了千萬年，如今，借屍還魂又現身在二十世紀的地球。妳看這群螳螂渾身披著重鎧，幾十隻，金光閃閃，爭相揮舞牠們那精鋼打造、嘎嘎響、靈敏一如蛟龍的修長胳臂，縱橫出沒在婆羅洲原始森林中，齜著一排排尖利的鋼牙，張著鋼爪，厲聲咆哮嘶吼，不停往地面上刨著囓著剮著，連根拔起千年老樹，鏗鏗鏗，一鐵杓又一鐵杓挖掘起那億萬年未曾見過天日的底層紅土，把整個山頭都翻轉過來，夕陽下紅灩灩一片，好不慘烈！浩浩蕩蕩密密麻麻，成群體型龐大粗獷的鐵殼黃螞蟻滿布山坡，身上漆著猩紅的五十鈴標誌，背上馱著成捆圓木，來回奔馳呼嘯。瞧牠們那股忙碌勁兒，似乎想趕在日落前，將今天採集的物品一古腦兒全都搬回巢穴貯藏呢。

水草蕭菽，迎風嗚咽。河川一望無際的平野上，傷疤纍纍，好像一張秀麗的女人臉龐，硬生生，給抓出滿腮血痕似的。幾十條新闢的產業道路蜿蜒穿梭在水草間，一條條濕潤潤鋪著新鮮紅土，四下伸張，從那已覆蓋上一層漆黑柏油的河灘出發，朝向周遭雨林中，光禿禿幾百顆癩痢頭似的山丘輻射。從河中船頭望去，這個嶄新的、阡陌縱橫規模宏大的道路網，宛如洪荒時代一隻紅色大章魚，盤據整片森林沼澤，伸出牠那幾十條猩紅爪子，鑽入婆羅洲的胸膛，直搗她的心窩。滿山遍野招展著丸紅旗，暮色中迎著河風潑剌潑剌呼嘯飛蕩，驀一看，好似陰曆七月鬼節傍晚，豎立在河岸呼喚過往亡魂前來取食的一幅幅招魂幡。

西。渤。泥。嶋。拓。植。（株）

白底紅字巨幅看板，滿山頭四處矗立，落日下聲勢浩大熠熠生輝。

天神似的一縱隊魁梧奇偉的鐵甲金黃武士，科馬子，赫赫有名的日本小松推土機，森然列陣河濱，有如一營借屍還魂的皇軍，在幽靈指揮官一聲號令下，倏地舉起他們那亮晶晶精鋼鍛造、足足有半人高的巨大鏟刀，鏘，鏘，帥氣地抖兩下，向河中路過的摩多翔鳳致敬，行注目禮，旋即我們就聽到砰的一聲，只見那一排高舉在空中的十幾把大鏟刀，猛然墜落，齊齊切入地表，猛一刨，恐龍般仰天嘶吼著鏟起河岸整片整片的赤土，一古腦兒轟隆轟隆推送入河中，瞬間將河水染紅。

——永，他們把我的家園鏟平了，準備興建一座很大的木材集散場。

克絲婷哀哀望了我一眼，嘶啞地吶喊一聲，兩隻膝頭登時軟了，整個人癱坐在船頭那曝曬了一整天變得火燙的甲板上，把兩隻手蒙住眼睛，垂著頭，身子蜷縮成一團。

我沒答理克絲婷，因為不知怎的，我腦子裡忽然綻響起那個伊班小美人，伊曼，七月初六那天早晨天矇矇亮時，一鉤暗淡的弦月下，在魯馬加央木瓜園中高腳屋裡發出的呼叫：

——薩卿，痛！達拉，血！

這聲聲淒涼的哀求，遊絲般時斷時續纏綿不絕，在晌晚天空孤零零一隻婆羅門鳶巡弋俯視下的卡布雅斯河，新月灣，滿山母猿們嗚噗——嗚噗——啼喚聲中，好久好久不住迴盪在亙古永恆，母親那般寬容博大、默默無語，一輪落日潑照下血似猩紅的婆羅洲雨林中。

怦，怦，摩多翔鳳迎著陣陣飛撲而來的歸鴉，鼓起最後一口氣，駛向這段航程的終點。

新唐在望。

七月初七傍晚　抵達新唐

參拜科馬子神

丫頭，如果妳有機會像我先前告訴妳的那樣，少小離家出走，在台灣混跡九年後，第一次踏上歸鄉路，搭乘婆航雙螺旋槳四十人座老舊飛機，晌午時刻日正當中，從婆羅洲東端的亞庇市起飛，一路往西航行，低空飛掠赤道，朝向島西端的古晉城進發，妳，朱鴒，想像力異常發達的小女生，就能夠把自己設想成一隻婆羅門鳶——那老鷹般伸張著幽黑雙翼，獨自盤旋逡巡在碧空中的伊班神鳥——飛臨雨林上空，迎著車輪般大的一顆赤日頭，炯炯俯視，恣意覽望婆羅洲山河那連綿不絕的壯美。如果機緣湊巧，航道再偏南幾度，妳就能看到婆羅洲第一大河，卡布雅斯。飛機沿著雨林中這條蜿蜒咆哮翻騰的千里黃蟒，一路滑翔，順流而下，傍晚落紅滿天，木瓜樹下長屋人家三兩縷炊煙悄悄升起的時刻，妳趴著機艙窗口，睜著妳那雙烏亮亮充滿好奇、老是在探尋新鮮事的機靈眼眸，呆呆伸長妳的細嫩頸脖，朝腳底下張望，這一剎那，妳準會鳥瞰到一個奇觀，一幅綺麗萬端、卻也怪誕得令妳這個台灣小姑娘張口結舌的景象：

眼一眩，好似澳西叔叔變戲法，妳從婆羅洲東岸出發，一路朝西飛行過來，整個下午所看到的無邊無涯滾滾綠濤茫茫樹海中央，驀地裡，無中生有，冒出一座嶄新的紅色城市，海市蜃樓般，聳立大河灣，坐落在河畔一座硬生生用成百輛推土機和怪手夷平的山丘上，物阜民豐車馬輻輳，端的十分熱鬧繁華，有人管它叫南海的艾爾度拉多：黃金城。

那兒，丫頭，就是我們今天——陰曆七月七日七夕好日子——搭乘摩多翔鳳鐵殼船穿過紅色雨林之後，即將造訪的卡江中游城鎮，新唐。

新唐——紅色城市，但見四處紅土翻飛遮天蔽日，整座城終年籠罩著紅潑潑一片沙霧。霧裡熙熙攘攘，人頭晃盪人影飄忽，樓台燈火縹緲，驀一看好像是伊班傳說中，神魔峇里沙冷在叢林祕境建造的紅色迷宮，狐媚地，誘引誤闖禁地的生人。

新唐——我十五歲那年大河之旅的中繼站，印尼共和國西加里曼丹省的邊城，內河航運的終點、長舟旅程的起點，宛如箭靶上那顆紅心，就坐落在世界碩果僅存的三大雨林之一，婆羅洲雨林的心臟。

新唐——卡布雅斯河中游最後一個聚落，新興的林業重鎮，忙碌的河港，每年數以億計立方米木材的集散中心。妳看，滿城丸紅旗招展，迎風獵獵猋飛。一戰皇軍借屍還魂，搖身變為拓植會社（株）幹部，身穿漂白西裝足登尖頭皮鞋，重新登陸「渤泥」，以新唐為灘頭堡，搭乘五艘、十艘、二十艘長崎造船廠打造的五百匹馬力簇新銀亮鋁殼快艇，一縱隊飛魚也似颼颼溯河而上，準備再度長驅直入冥山峇都帝坂。

新・新唐——戰後復興年代的標竿，一夕暴發的叢林城市，各色人種薈萃的大熔爐：東洋人支那人爪哇人、歐洲佬美國佬澳洲佬（噢！澳西叔叔）以及婆羅洲各族原住民，伊班人肯雅人加央人普南人陸達雅克人……嚶嚶嗡嗡汲汲忙忙各懷鬼胎各取所需，一窩子蠅集於臨河五條老街，有志一同，合力鏟平鎮後山坡那片處女林，在那塊鮮嫩的紅土地上輪暴，強行植入水泥鋼筋，鋪上柏油瀝青，架設霓虹光管，打造一座不東不西非驢非馬簇新摩登城鎮：新・新唐。每天傍晚天一黑，夜幕垂落，丫頭妳看咱們那位偉大的白魔法師又隨性耍了個小戲法，舉起手中小棒子，朝向大河口一丸漂盪的紅日，喝聲：「變！」這座蠻荒旮旯小鎮一幌眼就幻化成一幢妖美水晶宮，滿鎮霓虹四下綻亮，流星般一簇追逐一簇，漫天嬉鬧。陰曆七月初七，大河盡頭峇都帝坂山巔鬼氣森森一瓢初升的半圓月注視之下，新唐城中千盞花燈大放，兜啊兜，眨啊眨，朝向卡布雅斯河上的舟旅，爭相閃爍招徠，把江中游竄的千條金蛇映照得癲癲狂狂，只管婀娜起舞。

這就是新唐嘍，丫頭。

* * *

十五歲那年因緣際會，我伴隨一群素昧平生的紅毛男女溯卡江而上，航向峇都帝坂，抵達這個中繼站時，太陽才剛墜入大河口，晚霞依舊滿天。我們的船，摩多翔鳳，空窿空窿鼓著她那顆殘破的心臟，在卡江綠色甬道中航行一整日，抖簌簌小心翼翼，穿過新月灣的紅色雨林，這會兒正奮力鼓足最後的一口氣，使勁扯起嗓門，嗚哇嗚，闖開港中幾百艘穿梭來回忙亂地搬運一筒筒巨大圓木的駁船和舢舨，由成群水鳥領航，朝向新唐碼頭駛去。

可憐我那群男旅伴，昨晚在甘榜伊丹渡口河灘營地，莫名其妙遭到暗算，著了道兒，被好樣的達雅克青年納爾遜・大祿士・西菲利斯・畢嗨，在酒中下蒙汗藥，昏死了一夜，今早被甘榜人家救醒，繼續旅程，卻又打著赤膊光著兩條毛腿，頂著赤道的毒日頭，在火燙的船艙中窩藏一整個下午，這當口，一個個紅毛夜叉樣面容枯槁頭髮箕張，下得船來，宛如大夢初醒，紛紛睜開兩隻血絲眼，茫然四顧，拔腿直朝碼頭旁臨河大巴剎奔去，找家小吃攤，先喝杯冰涼的卡士伯啤酒，再胡亂吃了頓晚餐，隨即直奔城中我們預訂的冷氣旅館，沖個澡，不聲不響，便一跤趴倒在席夢思軟床上，夢也不做，一覺睡到大天光。

但是我，永，他們那個來路不明、個性孤僻的支那少年旅伴，下了船，踏出碼頭大門，便掉頭跟他們分道揚鑣，身不由己彷彿被神魔峇里沙冷蠱惑，或是受到記憶深處某一個淫邪、淒切的聲音召喚，也不跟大夥打聲招呼，自顧自揹起行囊，愣睜著眼睛豎起兩隻耳朵，癡癡呆呆，沿著碼頭外那條光溜溜新砌的水泥河堤，朝上游，尋尋覓覓一路走去。

走沒多遠，果然我就聽見一群姑娘的嬉笑聲。

落日下，大河中，三十來個普南少女赤裸著皎白的身子，只在腋下繫一條小小紅紗籠，緊繃繃地包裹住兩顆圓嫩奶子，一窩兒躲藏在河堤下黑影地裡。我走到堤邊往下張望。水花迸濺中，只見她們跂著腳尖，麻雀般靈巧地翹起臀子，四下蹲在水邊堆疊起的一垛垛巨大的水泥消坡塊上，弓著腰，垂著頭，正在從事長屋姑娘每日必做的一門功課：傍晚，幹完一天的活，大夥聚集河邊，解開她們脖子後那根紮了整天的粗油麻花大辮子，把頭髮打散，將髮梢從頭頂上翻到前面來，一綹一綹送入河中，讓那悠悠流淌的河水，像母親般，漂洗她們那一頭心愛的黑髮絲。

我卸下背脊上的帆布包，在河堤上坐下來，解開衣襟脫掉鞋子，面對大河，兜盪著兩隻懸空的腳，自在地，享受對岸野生椰林中吹拂起的一江晚風。

——永，你又躲我了。

——我沒躲任何人。我只是想吹吹風，獨自想想事情。

——那麼，我就坐在這裡跟你一起吹風，互不打擾，各想各的事情，可以嗎？

克絲婷打眼角裡瞄我一眼，笑了笑就往水泥地上一蹲，挨著我，攏起裙襬，一屁股就坐在河堤邊緣，也甩掉鞋子兜著腳，迎向大河口煙波中那凝血般一丸紅日，汗湫湫仰起她那張雀斑臉龐，伸出一隻手爪子，若有所思，好久只顧刨梳她那火紅紅、滿肩燎燒在夕陽中的髮毬子。河風潑潑。克絲婷髮梢的汗酸，羼混著她身上特有的一股沁涼的麗仕香皂味，和濃濃陳年乳酪香，隨風不住傳送到我的鼻端，一拂一拂只管揉搓我的臉頰。感覺甚好。誰也沒開聲。兩個人就這樣肩並肩坐在高高的河堤上，各想各的心事。我把雙手環抱住膝頭，睜著眼怔怔望著河堤下，水湄，那群邊洗滌頭髮邊嬉鬧的普南族少女，忽然就想起八天前，六月二十九，我初抵坤甸，向晚時分驚鴻一瞥，在碼頭大巴剎看見的一條幽魂樣、俏生生飄蕩在漫街暮靄煙塵中的麻花長辮子，還有——還有那夢魘中兩撮燐火般，幽亮幽亮閃爍在夕照裡，深澄、遙迢，好像婆羅洲夜空中兩顆孤星的眼瞳。

夕陽染紅卡江水。血似流水中，只見一綹一綹柔柔長長的黑嫩髮絲四下漂盪，好像一窩隨波逐流的水草。

吱吱喳喳濺濺潑潑，姑娘們的嬉鬧聲隨著夜色的降臨，越發高亢、放縱起來。

——永，你又在思念她。

——她被賣了。

——是嗎？你怎麼知道？

——我心裡有個聲音告訴我。

——喔！你夢見她了？

——沒有。但今天一下船我就聽到她的呼喚。克絲婷，我有預感，今天晚上我們會在新唐找到她。

克絲婷撇著嘴又笑了笑，一逕歪著頭看我，打眼角裡深深睋了我兩眼，不再吭聲了。

河上暮色沉沉，忽聽得霹靂一聲響，好似晴空驀地打起一陣焦雷。

我和克絲婷齊齊抬頭望過去。滿江水花飛濺。眼一燦，我們看見十艘簇新鋁殼快艇霍地出現河上游，一縱隊首尾相啣，鼓足馬力，漫天彩雲下一長串銀色飛魚也似咻、咻、咻飛掠過江面，潑剌潑剌，驅開那群棲停在沙洲上覓食的婆羅門鳶，衝破重重暮靄，朝新唐鎮碼頭直猋過來。又見澳西叔叔！我使勁揉揉眼睛，凝神望去，領頭那艘金碧輝煌漆著「鷹與盾」國徽的官船上，果然看見陰魂不散的峇爸，胖墩墩一尊彌勒佛似的，鼓鼓地腆著大肚膛，在四名頭戴黑色宋谷帽身穿仿綢白長衫的爪哇隨從環侍下，大剌剌，端坐船首一張太師椅上，談笑顧盼，呼嘯而過。河口一丸紅日直潑過來。風塵僕僕，只見他老人家依舊是一身光鮮乳白西裝，滿頭燦爛銀髮，笑瞇瞇憨態可掬，一臉慈祥，就像三天前的夜晚，月一瓢，狗吹螺時節，我們在魯馬加央長屋讌會上遇到的那位偉大魔術師，峇爸澳西，風采絲毫未減，臉色似乎更加光滑紅潤了，更像長屋孩子們心目中來自南極澳洲的聖誕公公。這三天，在大河流域，他老人家想必又邂逅了幾位伊班小美人、肯雅小美人、普南小美人、陸達雅克小美人（好樣的達雅克青年納爾遜・畢嗨的同胞姊妹喔）……眼一亮，克絲婷提起裙襬從河堤上跳起身來，舉起手臂揚起手帕使勁揮舞。船上太師椅中，澳西叔叔撐起膝頭抬起臀子，朝岸上哈腰，向這位在魯馬加央有過一面之緣，如今——人生何處不相逢——竟又在鳥不生蛋的叢林旮旯小鎮，新唐，不期而遇的房龍小姐，以及她身邊那個來路不明、關係可疑、跟屁蟲似的老跟在她裙後的支那少年，鄭重地致意一番。嘩喇喇十艘快艇一縱隊，競相鼓著船尾那具五百匹馬力強生牌柴油雙引擎，高高揚起銀亮的船首，尖挺，昂翹，颼颼颼相繼飛駛過我和克絲婷眼前，攪動一江落霞，捲起陣陣紅浪。迸迸濺濺，大片大片水花飛騰，沒頭沒腦直朝堤岸上潑灑過來，把那三十個蹲在河邊洗髮的姑娘，倏地，嚇得蹦起腳，扯起嗓門齊齊發出一聲喊，一群受驚的痲雀般吱吱喳喳，紛紛從河中撈起她們心愛的一把髮絲，滿頭濕漉漉，鬼趕似地，一頭鑽進河堤下那堆消波塊之間的縫隙，抖簌簌躲藏起來。船上太師椅中，澳西叔叔伸出蒲扇般的雙手，只管撫摸他肚臍上那皮鼓樣的一個大肚膛，仰天呵呵長笑。

只一轉眼工夫，風平浪息，這一隊印尼官船驟然關熄引擎，夕照裡悄沒聲，滑駛入新唐港。滿天歸鴉狂飛噪鬧中，十艘鋁殼快艇披著一身彩霞，斑斑落紅，消失在港灣內那成百艘牽引一筒筒原木，砰碰砰碰，窿窿窿，從上游伐木場順流而下的駁船中間。煙霧黑茫茫，籠罩整個河港。霧中，只見快艇上插的十幅紅白雙色印尼旗，簇新的，幽靈樣倏現倏隱，只管飄忽在港中那四處飛颺一片燦爛壯烈的丸紅旗海裡。

剞剮——剞剮——河上一穹窿落紅中但見幾十枚鬼魅也似幽黑的剪影，濺潑著霞光，厲聲啼叫。受驚的一群婆羅門鳶！劈啪劈啪雙翼箕張，在城頭滾滾彤雲中盤旋了五六圈，等河道淨空後，才又悠悠滑飛回河中，降落在沙洲上繼續覓食，一窩兒爭搶那成堆被快艇的一雙雙螺旋槳掃蕩上來，噗突噗突，兀自蹦跳不已的小魚。

河堤下驀地綻響起一團嬌笑聲。

一個推搡著一個，姑娘們從躲藏處鑽出來，清清爽爽，早已擰乾了頭髮，脫掉沐浴用的小紅紗籠，換上寬鬆的家常印花紗籠，拎起籐簍一縱隊拾級登上河堤，迎著晚風搖甩著滿肩烏湫湫的髮絲，談笑著，沿著河堤一路走下去。我挨著克絲婷坐在堤邊，一逕扭頭，呆呆伸長脖子，望著那一襲一襲鼓著風潑刺潑刺不住飄飈在河堤上的花紗籠，霎時間看得癡了。傍晚六、七點鐘，大河口一丸子猩紅太陽兀自懸吊在蒼茫煙波中，戲水似的載浮載沉。呱嘎嗚哇，河上歸鴉叫得越發急切。大河上游天際石頭山巔，水月一瓢，濛濛升起。河畔甘榜人家燈火乍亮，炊煙三兩縷，靜靜繚繞椰林梢頭。月下只見新・新唐城中一塚一塚五光十色新砌的水泥鋼筋樓房，亂葬崗般，堆堆疊疊，散布在幾座新近鏟平的紅色山頭上，日落，河風猛一颳，遍野沙塵暴起，整個市鎮雰雰霏霏，夢樣幻盪在那漫山漫谷一漩渦飛騰起的紅霧中。一切宛如一婆羅洲內陸原始雨林深處，金碧輝煌，幽然浮現一座簇新摩登迷城，鬼氣森森。一場華麗的、無比怪誕蒼涼的嘉年華。我使勁揉揉眼睛，敲敲自己的額頭，突然伸手攫住克絲婷的臂膀，悄悄用力掐捏兩下。克絲婷嚇一大跳。

——永，你要幹什麼？

——對不起，我只想確認一下妳是個有血有肉、活生生的女人。

——你今天到底怎麼啦？神經兮兮。

——走！我們跟過去瞧瞧。

不由分說，我一把抓住克絲婷的手，蹦的跳起身來，拖著她沿著河堤蹬蹬一路跑，追跟那群普南少女去了。

河堤盡頭地平線上，天際一片殘霞挾著雨絲般點點落紅，悄沒聲，貼地迎面灑來。

我瞇起眼睛迎著夕照，只顧往前走。

噗哧！前面姑娘窩裡忽然傳出一聲笑。隊伍中一個頭髮忒黑、皮色忒白的普南少女，小二八，十五六歲，輕巧地踮著一雙赤腳，在那曝曬了整天太陽、晌晚變得火燙的新砌水泥堤上，邊遛達邊搖甩肩後一叢濕髮梢，驀地回頭，迎著大河口的落日，狡黠地乜起她那兩隻漆黑眼眸，睨我兩眼，又打眼角裡瞄瞄克絲婷，眼瞳子骨碌骨碌溜轉兩下，猛一甩頭，昂聳起她胸前兩顆滾圓小奶子，揚起臉噘著嘴，自顧自跟隨姊妹們沿著河堤繼續走下去。噗哧，又是一聲輕笑。

好久好久我只管揹著行囊，牽著克絲婷的手，癡癡跟在小二八後頭，兩隻眼睛愣睜睜，盯著她身上那條緊繃繃包裹住一雙小臀子的花紗籠，夢遊似地亦步亦趨。走著走著，我心中就想起三年前，一個酷暑天的晌午，在沙勞越叢林小徑上，驚鴻一瞥，我偶然遇見的那個也愛笑的普南小丫頭兒。

那時我十二歲，在古晉聖保祿小學念六年級。有個週末，恰逢英女王華誕大日子，學校放長假，校長龐征鴻神父率領我們應屆畢業生，遠征成邦江上游，在荒野中健行。那天午後行走在山路上，忽然看見一群普南人，男女老幼三四十個揹著籐簍，一縱隊魚貫行來。隊伍末端，踽踽行走著一個十二、三歲的小姑娘，脖子後烏湫湫拖著兩根小花辮。她弓著腰，把裝滿物品的籐簍子用一條紅布綁住，紮在額頭上，沉甸甸的馱在背脊，打赤腳，跟隨她的父母叔伯嬸娘和一群堂兄弟姊妹，從成邦江鎮上採購日用品回來，這時一家子正朝向叢林深處的部落行進。日影西斜，兩隊人馬在狹窄的山徑上迎面相逢。我和她打個照面。我怔怔望著她。她伸手撥了撥紮在額頭上的紅布條，揚起眉梢，挑起眼皮好奇地睞著我，嘴一咧，齜著兩排皎潔的小白牙，待笑不笑的又瞅我兩眼。滿瞳子謎樣的笑意。就這樣，兩下裡只一照面就擦肩而過了。半晌，我聽到身後傳來一聲笑：噗哧！回頭望去時，只見這群普南人無聲無息一縱隊走著走著，忽然就拐了個彎，轉入一條幽闇的岔路，一家子倏地消失，再也望不見了，彷彿被那密匝匝暗無天日的婆羅洲原始森林，一古腦兒吞噬掉……

就這一聲發自叢林深處的輕笑，噗哧，在我回到文明城市古晉後，三年中，陰魂不散，時不時便在我腦海中綻響一遍，午夜回音般，清亮亮空盪盪，只顧纏繞我，直到十五歲初中畢業，趁著上高中前，我伴隨一群紅毛男女從事一趟婆羅洲大河之旅，陰曆七月初七，搭船來到旅程中繼站，新唐港，我又在向晚日頭下真真切切聽到了這一聲笑。

所以，我現在就像中了蠱似地，揹著行囊，牽著我的洋姑媽克絲婷的手，白癡樣，亦步亦趨，緊緊跟隨這一隊在河邊洗完頭髮正拎著籐簍回家的普南少女，晃晃悠悠，沿著河堤一路走下去了。

落日餘暉中又走了一程。姑娘們停下腳步，拾級而下，沿著河堤腳那條新鋪的紅土路繼續行走。噗哧！又是一聲輕笑。隊伍中那個小二八，十五六歲眼波流轉風情萬種的大丫頭，又回過眸子來斜睞著我，忽一甩她身後腰肢上一把濕漉漉不住飛盪在河風中的漆黑髮絲，抿住嘴唇，鼓起兩片臙脂腮幫，忍著笑，滿瞳子漾亮古怪的笑意。眼勾勾，她又瞅我五六眼，隨即一掉頭，邁出她那雙塗著鮮紅蔻丹的光腳丫，搖曳起花紗籠，款擺起臀子，裝著沒事似的自管往前行走。電殛般，我倏地打個哆嗦，猛一把抓住克絲婷的腕子，硬生生拖著她，三步併作兩步跑下河堤，沿著紅土路拔腿一路追跟上去。

克絲婷突然臉色一變，煞住腳步。

——科馬子！

——小松怪手！

悄沒聲映照著夕陽，金光燦爛，河灘上彪彪然出現幾十匹黃色鐵甲獨爪巨獸，長長一列蹲踞在河堤下工寮前，肅然一動不動，只顧低垂著牠們那一排白森森精鋼打造、尖利無比的鯊魚牙，沉著臉，炯炯地，圓睜著頭頂那顆水晶球般的火眼金睛，一眨不眨，凝視天際一瓢初升的半圓月，守望著什麼似的，準備隨時扯起嗓門，朝天梟叫一聲。大河口一丸紅日直直照射下，只見牠們滿身沾著鮮紅土壤，爪牙箕張，血漬斑斑，彷彿剛從河上游原始處女林中闖蕩廝殺歸來，完成任務返回基地，列陣河濱，等候主子校閱。

姑娘們只顧談笑，聒聒聒聒，一路走一路搖曳她們的水柳腰肢，一縱隊踮著赤腳尖，踩著河堤下那條滿布鐵輪轍跡的紅土路，行經那群鐵甲怪獸面前，一躬身，就從牠們那一支支垂拱的鋼爪子底下，魚貫鑽過去。

我緊緊牽著克絲婷的手，站在工地入口，愣愣睜睜地伸長脖子，眺望姑娘們身上那一襲一襲嘩喇喇嘩喇喇，暮色中迎風不住鼓動飄蕩的花紗籠。

入夜，河風大起。滿城捲起一漩渦一漩渦飛沙。鋪天蓋地茫茫紅霧中，呱，呱，只聽得城頭群鴉狂噪。

忽然心中一慌，我撍住克絲婷的腕子，拔起腳跟，朝向姑娘們那一列越走越遠逐漸隱沒入紅霧中的背影，沒頭沒腦又一路追跟上去。嘎嗤，科馬子齜著牙仰天打個噴嚏。一排幾十匹靜靜蹲伏路旁的黃甲獸，驟然甦醒，昂起頭顱嗥叫一聲，倏地舉起牠們那血亮亮閃照著落日的大鋼爪，鏗鏗，抖動兩下，向一縱隊路過的姑娘們致敬，行注目禮。接著我就聽到鏜鎯一聲，眼一花，只見半空中那一整排三、四十隻巨靈怪手，彷彿聽到幽靈主子的指令，砰地猛然擊落，深深切入地表，刨起一鐵杓一鐵杓的紅土，嘎嘎笑，順手抓起姑娘們，一古腦兒拋入河堤外那熔爐也似的滿江火燒火燎的落紅中……

我扯起嗓門淒厲地發一聲喊。

——克絲婷，快救她們！

——你怎麼啦？永！大白天走在路上做噩夢喔，看你臉都嚇白了。

我慌忙定一定心神，使勁搖晃腦袋，伸出雙手掃撥開眼前那片猩紅飛沙，揉揉眼睛仔細一瞧，夕照溶溶晚風習習，只見那群普南少女依舊言笑晏晏，一縱隊招展著花紗籠，若無其事，魚貫走過河堤下工寮前一排停放著的三、四十輛日本小松挖土機——科馬子——面前，頭也不回，直直走到紅土路盡頭，拐個彎，忽然一齊回首，勾起她們那幾十隻烏黑眼眸，睨住了我，抿嘴吃吃笑，猛一甩她們腰間那一把濕髮絲，揚起臉開步走，自管朝向工寮後面那片建築工地，漫步遛達過去了。

姑娘們的背影才消失，我前腳便跨了出去，整個人好像迷失掉心魂，晃晃悠悠，夢遊似地，愣睜著兩隻眼睛又只顧一路追跟。滿面風塵一身臭汗又餓又累，克絲婷只是嘆了口氣，任由我牽著她走。

河堤盡頭，天地豁然開朗。

展現在我們眼前的是一幅無比壯闊的全景畫，瑰麗、亮眼，鬼域般陰森，有如科幻神怪電影裡，或某種迷魅的不可告人的春夢中，妳赫然看到的一個場景。

首先，妳聽見卡布雅斯河灣那片廣袤的赤紅曠野上，大晴天，空窿窿，猛然綻起一串焦雷，接著妳便看見成百輛挖土機、鏟土機、推土機、壓土機和成群五十鈴十輪大卡車，以及各種型號四處流竄張牙舞爪的怪手，全員出動浩浩蕩蕩，滿林子奔波穿梭遊走，夕照裡，驀一瞧，好似一窩碩大無朋的黃色工蟻傾巢而出，汲汲忙忙各司其職同心協力，鏟掉一座又一座山頭，連根刨起千株赤道古木，硬生生將河灘丘陵地夷平，晝夜趕工，正在鬮建一座——天上的父！——雄踞卡江中游，豢養成群黃鐵甲怪獸，鬼門關似地，牢牢鎮守婆羅洲雨林心臟的現代超級木材集散中心。工地外，滿山頭插著日本旗，五十顆斗大的渾圓的猩紅太陽四下招展飛颺，迎風獵獵響。潑刺潑刺閃電也似，一艘接一艘簇新銀亮鋁殼快艇，昂然揚起船首，鼓著五百匹馬力柴油雙引擎，咻咻咻，掠過河堤外寬闊的江面，激起陣陣紅浪，成群結隊呼嘯溯河而上。西。渤。泥。嶋。拓。植。（株）。白底紅字巨型看板一幅接一幅連綿不絕，插遍水湄山坡，夕陽下熠熠生輝端的十分壯烈！落紅血如花。城頭天際一抹殘霞中，剮啊剮黑魆魆，只聽得一窩子幾百隻婆羅門鳶厲聲啼叫，久久盤旋不走。赤道長日漫漫。晌晚七點，天終於入黑，曠野上那群巨大黃色工蟻兀自操弄各自的工具，著了魔般不眠不休，這會兒趁著落日將盡，餘暉猶存，就著峇都帝坂山巔一瓢乍亮的月光，厲聲嘶吼，鏗鏗鏗鏘鏘鏘，一鐵杓接一鐵杓，鏟起那億萬年從沒見過天日的婆羅洲原始土壤，一古腦兒推入河中，將大河的水染得臙脂般紅。血淋淋東奔西突，幾十隻巨靈怪手張起鋼爪，四下揮舞翻攪，刨起一窩窩千年老樹根，隨手一拋就棄置在光禿禿曠野上，任由赤道日頭曝曬烘烤，最後放一把火燒掉。入夜狂風起，漫天飛沙，一穹窿混沌籠罩住整座新唐鎮，城中聽不見半點聲息，但見萬顆人頭漂盪，條條人影四下閃忽出沒。河堤下工地小徑上，那群普南少女兀自搖甩著腰後一把濕髮絲，迎風一縱隊飄飄鬖鬖，談談笑笑，打赤腳踮著腳尖，朝向城中那東一簇西一蕊悄悄綻亮的燈火，躡手躡腳走入這一漩渦茫茫紅霧中。

旅途困頓又累又餓又渴，膝頭癱軟，我攙住克絲婷的腰肢，卸下背上的行囊，長長吁了好幾口氣，一屁股就在河堤盡頭一株傾倒的老樹身上坐下來。

傍晚七點了，婆羅洲天空依舊一片清朗，我們頭上，穹窿頂端靜悄悄蹦出十來顆星星，冰雹似的皎潔，眨啊眨。太陽早已墜落入河口，好久好久只管盪漾在爪哇海蒼茫煙波中，戀戀不捨，載浮載沉。大河中游的紅色雨林颳起了沙塵暴。新唐鎮沉陷在巨大沙渦中。天際殘霞兀自潑照，直如一灘灘天外飛濺來的污血，塗鴉般，淫亂地，搽抹在那滿鎮甸炊煙四起的人家灰撲撲的屋瓦上。河上呱——呱——漫天鴉噪聲倏地全都停歇了。

肩並肩，我和克絲婷靜靜坐在河邊曠野一根樹幹上，迎著風瞇著眼，仰望城上的星星，好一會只顧各想各的心事。

風沙中人聲乍響。

——哈囉，仙諾麗達・克莉絲汀娜・房龍！

——嗨，永！

——原來你們兩個躲在這兒呢。

——到處找你們，沒找到。

——抱歉，我們只好先吃晚餐嘍。

——吃完飯，回旅館休息前，到河邊散散步看看新唐的夜景，沒想到碰見你們兩個。

河堤下紅土路上，披頭散髮汗湫湫，驀然出現一行人影。男女十幾個，一身邋遢滿面風塵，馱著各式背包，校閱儀仗隊似地齊齊邁步走，橐，橐，魚貫行經工寮前停放的長長一排簇新超級小松挖土機——喔！科馬子——邊走邊回眸行注目禮，直走到紅土路盡頭，忽然看見我和克絲婷，眼睛燦然一亮，紛紛揚手招呼，拔腳就奔跑過來，一屁股在我們身旁那條樹幹上落座，卸下肩頭行囊，喘著氣擦擦汗水揉揉眼睛，頭一抬，正打算好好觀賞新唐夜景，猛一愣，個個拉長臉皮睜大眼睛，看呆啦。

——天上的父！他們把整座原始森林一古腦兒全都鏟掉了。

——變成一座巨大的紅色廣場。

——瞧，好多好多推土機、鏟土機和運土車——

——還有幾百隻怪手，張牙舞爪——

——鬼魅般，突然出現在婆羅洲內陸！好像一群史前怪獸復活，重新浪遊在洪荒曠野。

——這簡直就是一場科幻電影嘛。

——喔，他們到底要幹什麼呀？羅伯多。

——傻女孩，薩賓娜，他們正在興建全亞洲規模最大的木材集散場。

七嘴八舌指指點點，我這群萍水相逢有緣結伴一遊婆羅洲第一大河的紅毛旅伴們，肩並肩手牽手，一排坐在河邊一株傾倒的老樹身上，孩兒樣，兜邋著兩隻腳，睜圓一雙眼瞳，風中只管聳著滿頭蓬飛的亂髮絲，久久，久久，只顧愣愣睜睜，眺望那暮色越沉越黯、轟隆鏗鏘成群黃色鐵甲工蟻兀自奔忙幹活的工地，在這陰曆七月天時，鬼月大熱天，瘧疾突然發作似地，渾身冷颼颼打起陣陣哆嗦來，一邊驚嘆一邊議論。

——喔，天父在上！

——薩賓娜又發現了什麼新奇的東西啦？

——你們看，那個黑忽忽的東西，是什麼怪物？

——那是全世界最大的推土機。

——小松五七五型。

——是的，伊班人管它叫科馬子神。

——沒想到這個超級大傢伙竟會出現在婆羅洲荒野中。

大夥紛紛轉頭，循著薩賓娜指點的方向望過去，果然看見了祂，科馬子神。

烏鰍鰍，鐵甲鏗鏘，一個彪然大物幽幽浮現。大夥定睛一看，只見祂從曠野上鋪天蓋地迷濛一片的紅霧中倏地鑽出來，渾身金光燦爛，迎著西天最後一抹殘霞，有如一位尊貴、魁梧、其醜無比的蟻后，在成群黃色工蟻浩浩蕩蕩拱衛下，砰磅砰磅，賁張著祂那顆一千匹馬力的強大心臟，噗，噗，噴吐出嫋嫋黑煙，橫衝直闖翻山越嶺，正朝著我們匍匐前進。大夥愣了愣，慌忙跳起身來起立迴避。暮色沉沉，宿鳥滿林子聒噪驚飛，只見祂驟然揚起祂那支雪亮大鏟刀，朝向峇都帝坂山巔一瓢月，敬禮似的抖兩抖，隨即扯起破鑼嗓子猛一聲嗥叫，將鏟刀高舉到空中，奮力一揮，颼的切入地表，嘩喇嘩喇刨起滾滾紅土，轟隆轟隆一步一步朝向河濱推進。大夥發聲喊，蹦地，拔起腳還沒來得及逃走，只聽得嘎——一聲嘶叫，祂就在我們面前約莫五十碼處硬生生煞住步伐，霍地停下來。月光下一漩渦紅塵漫天飛飆中，科馬子，小松五七五型超級推土機，停駐河堤下，炯亮炯亮，睜著祂那兩顆斗大的雪白眼珠，冷森森，不聲不響，只顧睨瞅著我們這群誤闖禁地的外鄉人。

大夥全都愣住啦，只管弓著腰屏著氣，一排，站在祂那血淋淋的大刀前，瑟縮成一窩。

——科馬子！新叢林之神。

——喔，你們看祂那支超級大鏟刀，足足有一層樓高呢。

——一次可以鏟起整座網球場。

——乍看，這台機器就像一座鋼鐵打造的黑色堡壘，矗立在婆羅洲的紅土地上。

——天父在上！羅伯多，這麼巨大、這麼笨重的一個怪物，他們到底是用什麼法子弄進叢林裡來的呢？

——日本人總有辦法，薩賓娜，妳莫操心。

幽靈似的一條細瘦人影，一身白上衣、墨綠軍式長褲、米黃軍便帽的裝扮，悄悄從科馬子頭頂那鴿子籠似的駕駛艙中鑽出來，躡手躡腳攀爬下祂那龐大的身軀，無聲無息，朝河堤下的工寮走去，一幌，變魔術般，整個身影霎忽消失在大河灣茫茫月色中。今天收工嘍！偌大工地上，工蟻們全都停下手上的活兒，彷彿乍然聽到蟻后的號令，鐺鎯一聲，齊齊垂下牠們那血漬斑斑沾滿鮮紅土壤的各式工具——鏟刀、挖斗、奇形怪狀的鋼爪——隨即紛紛關燈熄火，就地露宿在夜色漸濃、紅霧依舊瀰漫的曠野中，就地歇息，等候明日的任務指令，繼續趕工興建「西渤泥拓植株式會社」的卡江總部。

霎時，遼闊的工地陷入一片死寂。

大河口那一丸子猩紅太陽懸吊在海平線上，戲水似地浮沉煙波中，盪漾了一整個黃昏，砰然，終於墜落，隱沒在浩瀚的印度洋裡，再也望不見了。婆羅洲的天空經歷漫漫長日和毯毯太陽，終於入黑，一下子沉黯下來。

朱鴒丫頭，記得有一個晴朗的夏夜，妳坐在陽明山頭，觀賞輝煌的台北夜景，目眩神迷之際忽然說出了一句沒頭沒腦，可回想起來卻非常有意思的話：黑夜是一位偉大的魔術師。

沒錯。妳看他，這會兒又舉起手中小棒子，隨便一揮，婆羅洲叢林中那烏漆麻黑的荒野上，好似閃電驀地劃過，熠亮熠亮，四下迸冒出點點星火來。才一轉眼工夫，妳便看見千盞花燈綻放，漫天流星雨般一蕾蕾一蕊蕊只管互相追逐嬉耍，爭奇鬥麗，瞬間就把這個蝸蜷在世界三大雨林之一——婆羅洲雨林心臟的小鎮新唐，新興的林業城市，興建中的亞洲最大木材集散中心，妝點得花枝招展風情萬種，驀一變，瞧，一瓢水月光下整個鎮甸蛻化成了蠻荒叢林深處一座燈火高燒、絃歌處處的水晶宮城。初更天時，曠野上漫天蒸騰起的紅霧裡，只見滿城簇新摩登霓虹，花蛇樣一窩窩，盤繞著城頭蜿蜒流竄繾綣，眨啊眨，擠眉弄眼，爭相朝拜峇都帝坂山巔水紅紅一瓠初升的半圓月。

月下，那群普南少女猶自行走在曠野上，一縱隊搖曳著髮絲，踮著腳踩著紅土路，一直走到工地盡頭，倏地轉身，鑽入那一城喧囂的燈火裡。月光中忽現忽隱，只見姑娘們腰間的一條條花紗籠鼓著風，潑剌潑剌，飄飄蕩蕩地不住飛撩起來。

偌大的工地空盪盪，只剩我們一夥人：克絲婷、永、羅伯多和薩賓娜、美國嬉痞湯姆．沃克和他那個我老是記不住名字的混血男伴，還有我喜歡的兩個大姊姊——清純、善良、總是用美好的眼光觀看世界的梅根．麥考密克，紐西蘭女大學生；個性豪邁、心胸開闊、不把我這個中國少年當異類看待的安妮塔．布蘭登堡，美國和平工作團女團員——以及其他八、九個我不熟，但也不討厭的紅毛客。

陰曆七月陽曆八月，婆羅洲旱季，好久好久沒下過一滴雨，河風怒號，新唐鎮滿城颳起的紅色沙塵暴籠罩下，我們這一夥人肩並肩，身子挨著身子，呆呆坐在河邊一株被連根刨起的老樹幹上，昂著頭睜著眼，中了蠱般，只顧靜靜瞅著眼前這一匹魁梧奇偉的鋼鐵巨獸。紅月下，遍野風沙中，只見祂兀自瞪著兩粒血紅大眼珠，揚起一支雪白大鐮刀，渾身烏鰍鰍，尨尨然一動不動蹲踞在河堤下工地上，沉住臉孔，鼓起身上層層鎧甲，一副蓄勢待發伺機而動的姿態，心裡不知在想什麼，樣子還挺嚇人的呢。

科馬子。

小松五七五。

史前縱橫地球而今早已絕滅卻又突然復活的暴龍。科幻世界最新、最炫、最酷的金屬怪獸。婆羅洲叢林的新神魔。伊班人心目中新轉世、新誕生、法力更驚人的新峇里沙冷。

——主、天主、天上的君王，全能的聖父：我們為祢無上的光榮，讚美祢、稱頌祢、朝拜祢、顯揚祢、感謝祢。主、天主和天主的羔羊、聖父之子，除免世罪者，求祢垂憐我們。除免世罪者，求祢俯聽我們的祈禱。坐在聖父之右者，求祢垂憐我們，因為只有祢是聖的，只有祢是主，只有祢是至高無上的。科馬子小松五七五，我要每日不斷讚美祢，永遠頌揚祢的聖名。祢和聖靈同享天上聖父的光榮。阿門。

呢呢喃喃夢囈般，我們大河探險隊中的一位好隊員，坤甸女子修道院中學教師薩賓娜，坐在大夥中間，蒼白著臉膛，瘋婆子樣披著滿肩焦黃的亂髮絲，圓睜著兩隻枯黑的眼塘子，望著科馬子神，一臉誠敬合十頂禮，邊膜拜邊念唱「光榮頌」。這段經文是我在古晉聖保祿小學禮拜堂聽慣了的，可是，黑天惡夜裡，在婆羅洲心臟這片紅霧瀰漫的曠野上聽來，直似針螫一般，句句刺著我的耳鼓，讓我聽得渾身汗毛倒豎，禁不住咬著牙打出一連串哆嗦來。

大夥只管愣愣坐著，默默不語。

心中一動，我回頭看看我的紅毛旅伴們。

月下大河之水滔滔奔流中，披頭散髮影影幢幢，只見他們呆呆睜著各色眼珠子，海藍、天青、湖綠、茶褐色，瞳孔中蕊蕊血絲閃爍，眼神裡幽幽流露出一種異樣的、既惶惑驚恐可又充滿敬意的光彩。他們都在——看祂！霎時，我心中靈光乍現。頭一回我覺得，在旅途上相處了五天，我總算認識了我的夥伴，心靈上第一次真正親近他們。今天陰曆七月七日，七夕好日子，赤道月亮半圓之夜，我們這群異鄉人有緣相聚在一座蠻荒叢林城市的碼頭，肩並肩互相依偎著，坐在一株被新暴龍連根拔起的樹身上，一齊昂起頭瞻仰科馬子神。經歷了這樣一段因緣，我們這十幾個人再也不是萍水相逢的一群過路客，再也不是，在克絲婷吆喝下臨時湊合，互相猜疑，莫名其妙地共同從事一趟荒誕航程的烏合之眾。我們現在是「一夥人」了。我們已經成為休戚與共，被科馬子神捆綁在一起，直到旅途終點站，達雅克人的幽冥聖山峇都帝坂——天父布龍在上！——誰也不能叛離誰的一夥人。

丫頭，這是整趟旅程中最讓我感念的一瞬。

七月七日七夕　浪遊紅色城市

姑媽帶我尋找一個普南姑娘

那天傍晚，丫頭，在卡江之畔參拜了科馬子神，大夥踏著水紅月色，循著那群普南少女遺留下的一行嬌小足跡，穿過遼闊的工地，進入城中，遊走在叢叢簇新霓虹之間，回到坐落在新唐新市區的歐羅拉冷氣大酒店。說來也真邪門，進得旅館，無緣無故，我就忽然發起羊癲瘋，整個身子一轂轆摔倒在地板上，抽抽搐搐抖抖簌簌，雙手抱住膝頭蜷縮成一團兒，兩眼翻白，口吐白沫，瘋言瘋語把我那群紅毛旅伴嚇慌了，紛紛從行囊中挖出各種救命仙丹，虎標萬金油、五塔標行軍散、正骨水、天師茯苓丸……大夥邊在我頭臉上塗藥膏，邊撬開我的門牙，把藥丸餵進我的嘴巴，七手八腳瞎弄半天總算將我制服，隨即把我抬進克絲婷的房間，安頓在她的床上。我沉沉睡去。丫頭，我可從沒有癲癇症病史喔，直到今天，一生就只發作那麼一次。如今回想起來，應許是在河堤下紅土路上行走、參拜新神科馬子時，不小心踩著伊班舊神魔旮里沙冷的乩禡符咒，或碰觸到降頭之類不淨的東西，中了邪，一時迷失了心竅，就像我大姊十六歲時有一回在甘榜同學家作客回來，好好一個人忽然得了失心瘋，當天夜裡差點跳井死了。不管什麼緣由，那晚住旅館，在克絲婷戒護下，我在她床上昏睡了約個把鐘頭，睡夢中突然聽見城外深山母猿們泣血般一聲急似一聲的呼喚：嗚噗！嗚——噗！嗚嗚嗚——噗！心一慌，我登時驚醒，霍地跳下床來沒頭沒腦一把抓住克絲婷的手，口口聲聲說：她被賣了，她被送到新唐鎮來了，潮州人口販子把她拐到城中紅燈區的妓院裡去了，我們得趕快去尋她，否則就遲了。這時晚上已過十點，旅伴們在摩多翔鳳船上顛簸一晌午，身心俱疲，早就癱倒在各自的席夢思床上，睡得不省人事。克絲婷一時沒了主意，不知如何是好，禁不起我像撒潑的孩子那樣死纏活賴，咬咬牙，嘆口氣，打開落地玻璃大窗，走到陽台上跂著腳伸出脖子往外一眺。月色甚好。大街上霓虹依舊閃爍，騎樓下還有三兩行人。克絲婷又嘆口氣：好，我們兩個就上街逛一逛吧，踏著陰曆七月七日中國情人節的月色，遊覽夜新唐，順便，天哪，尋訪你在坤甸碼頭巴剎邂逅的那位紮著一條漂亮的黑辮子，幽魂一樣飄蕩大街上，讓你神魂顛倒日思夜想，還害你今晚得了羊癲瘋的普南姑娘。

——謝謝妳，克絲婷，姑媽。

——但你總該讓姑媽先沖個澡，洗掉這一身臭汗，換件體面的衣裳再出門逛街，對不？永，我的好姪兒好旅伴。

可她這一澡卻叫我在陽台上足足罰站四十五分鐘！左盼右盼，好不容易才盼到她打開浴室的門，拉開落地窗簾。豁然，我眼睛一亮，嘴巴不自禁張開。我那旅途上風塵僕僕蓬頭垢面——唉，說實在的——活像個老番鬼婆的克絲婷姑媽，在浴室轉了一圈，搖身一變，容光煥發出現在我眼前。平日她那一頭火紅紅、野火樣四下怒燒的赤髮鬈，經過一番調理，霎時油光水亮起來，爽利地梳編成兩毬子，垂掛在她胸口兩片皎白的鎖骨間，非常標致好看。她往前踏出一小步，燈下一旋身。我凝起眼睛看個真切，只見她身上穿著一襲天藍底小黃花過膝連身洋裙，窈窕，高䠷，還真有一股娟然的風姿，腳上——我看清楚了——蹬著一雙從行囊深處挖出的兩吋半銀色高跟涼鞋，十顆趾頭亮閃閃，竟還塗著鮮紅的蔻丹。這身打扮！三更半夜出門，屁股後跟著一個衣衫邋遢面黃肌瘦的支那少年，在一個蠻荒小鎮逛街……

我杵在陽台上，看傻了。

似笑非笑，克絲婷乜著她那冰藍藍兩隻眼眸，站在浴室門口，一如七天前的傍晚，她迎著河口一輪落日，佇立坤甸碼頭棧橋上接我下船時那樣，只顧噘著嘴瞅著我，眼上眼下打量不停。忽然想到了什麼似的，她皺起眉頭，雙手提起裙襬邁出腳步，硌磴著她那雙高跟鞋，穿過房間，打開櫥櫃拿出我的行囊，掏挖半天，找出我父親當年浪遊南洋群島時終年不離身的那套漂白夏季西裝，一爪子就將我揪過來，不聲不響，幫我把這副挺老氣、可也還算體面的行頭一古腦兒穿到身上，然後，她左手拎個銀色小皮包，左手挽著我的胳臂，喜孜孜，神采飛颺，帶她的姪兒出門逛街逛逛去嘍。

咱倆，一個三十八歲荷蘭女子和一個十五歲中國少年，頂奇特、頂招人目光的一對，肩並肩手挽著手，昂然穿過歐羅拉旅館豪華大廳，在櫃檯人員滿瞳子狐疑相送下，頭也不回，直直鑽過玻璃旋轉門，出得客店來。

嘩喇喇一股落山風挾著一漩渦飛沙，猩紅猩紅潑血也似，沒頭沒腦朝我們照面直撲了過來。克絲婷猛打個哆嗦，蹌踉踉，跂著她那兩隻細高挑的銀鞋，硬生生在門廊下煞住腳步，舉手遮在眉心上，瞇著眼，二更天時遍野颳起的沙塵暴中，怔怔地，瞭望對街山坡上那一片樓台林立繁燈似錦的荒城月色。

旅店門口一條新闢的八線道大馬路，筆直地朝東延伸到城外深山中，空落落不見人車。路面新鋪的柏油，鍋底樣黑漆漆，一灘灘悄沒聲流淌著殭冷的月光。大道旁，雪似皎白，如同聖經中所講的法利賽人的白色陵墓，一幢毗連一幢，簇新新，矗立起長長兩排粉刷得十分光潔、莊嚴的水泥鋼骨樓房，無聲無息直條條，月下列陣閱兵也似，煞是陰森壯觀。河風呼號，滿城紛紛揚揚捲起的紅霧中，只見東一簇西一窩，孑孓樣，蕊蕊霓虹浮游，在這子夜將臨的時分，爭相朝向城頭一枚水紅紅半圓月，妖嬌睞眨不停。人行道上不見人蹤。街頭五六家新加坡人開的豪華觀光桑拿理髮廳：虎豹堂、白金漢宮、金閣寺，家家簷口兩支紅藍白三色燈大亮。簷下門洞口，兩扇黑水晶玻璃門扉咿呀咿呀不斷打開又闔起，光影掩映中，但見一條條西裝人影弓著腰桿摀著褲襠，急急鑽進鑽出，鬼火般，兩瞳子斑斕血絲飄忽在一城普照的水月光中。霹靂啪啦，東奔西突，幾十輛由二戰後第一代德國金龜車改裝成的德士，通體鮮黃，鼓著強勁的克魯伯引擎，有如一隻隻碩大的史前金甲蟲，流竄在這座赤道叢林城鎮中，黑天半夜四處嗥叫，出沒。車中後座，依稀可見三兩條人影交纏繾綣，數顆人頭晃盪，吃吃浪笑不停。

克絲婷牽著我站在旅館門口呆呆眺望半天，肩膀子一縮，悄悄打個哆嗦。

——永，夜深了，我們不逛街，回房間休息吧！明天一早還得上路，搭乘伊班長舟，趕在陰曆七月十五月圓之前，抵達峇都帝坂……

——克絲婷，妳不講信用！

——我什麼時候騙你啦？

——妳讓我在陽台上罰站四十五分鐘，等妳洗澡、換衣服、梳妝。妳還強迫我穿上這套土里土氣、又寬又大又長的西裝……

——好好。唉，我就陪你上街尋找你的普南姑娘去吧。

克絲婷恨恨瞪我兩眼，無可奈何嘆了口氣。夜深，河風大起。克絲婷縮起肩窩，伸手捏住鼻尖，迎著那呼颼呼颼橫掃過河堤下的工地一漩渦直撲進城來的飛沙，機靈靈打出了個大鼽嚏。哈啾！一咬牙，她直起腰桿挺起胸脯，挽起皮包揝住我的手，邁出腳步，硌磴著腳下那雙兩吋半高跟鞋，搖曳起身上那襲飛撩風中的長裙，頭也不回朝向大街直直走去了。

於是，就真的像一對結伴逛街的姑姪，肩並肩，手挽著手，一城風飛沙中邁步迎向城頭一瓢水紅月，徜徉，遛達，我們一步步走進了午夜新唐鎮城心叢叢霓虹深處。

* * *

嚀叮叮嚀叮叮，城心忽然綻起一串風鈴聲。

——你聽！婆羅洲內陸竟然有鐵路，半夜有火車行駛！

猛一怔，克絲婷攫住我的手，在十字路心站住了。平交道上兩排鐵柵欄燦亮著紅晶燈，早已放落下來，風中警鈴狂響。城外鐵軌轉彎處，一盞斗大的車頭燈雪亮亮朝天空潑照，嗚嗚，噗噗噗，月光下只見一列簇新的火車嗚著汽笛，噴吐出一蓬蓬黑煙，山妖鬼怪般從黑魆魆森林中跳躥出，朝城中直直奔馳過來。我握住克絲婷的臂膀，站在鐵柵口，看到列車上堆疊的一筒又一筒巨大的婆羅洲原木，亮晶晶，渾身綴著露珠，連綿不絕飛閃過我們眼前。好久，這好長好長一列森林火車終於通過城心平交道，半夜深更，鬼趕般急急忙忙朝港口新建的林業碼頭駛去。鬼眼樣，車尾兩盞水晶警示燈，曳紅曳紅只管飄蕩、閃忽在河畔工地不斷颳起的一渦渦沙塵暴裡。風鈴驟然靜止。鐵柵嘎嘎升起。我拖著克絲婷的手跑過平交道，一回頭，看見我們投宿的旅館，歐羅拉大酒店，一幢簇新仿印度城堡式粉紅沙岩大樓，載浮載沉，倏明倏滅，早已隱沒在一城洪水似的渾濛月光中。

中天那一枚半圓月，西斜了。

平交道口，黑燻燻孤蹲著一間狗屋似的小小柵房。窗洞內一星火光閃亮。看柵的達雅克老人窩蜷著枯瘦的小身子，猴兒樣，跂著腳棲停在高腳凳上，手裡拈著一根羅各菸，呆呆吸著，聽見腳步聲，兩隻眼塘子醉茫茫只一睜，朝向我咧開癟嘴巴，綻露出兩枚血紅大覽牙，笑了笑。忽然眼一亮，他從板凳上蹦的跳下來，鑽出柵房，聳起他那顆刺青斑斑刀痕纍纍的花白小頭顱，畢恭畢敬深深一鞠躬，用馬來話向克絲婷道一聲晚安：

——史拉末馬蘭姆！普安・克莉絲汀娜・房龍，十多年沒見，布龍神眷顧！今天晚上又在新唐鎮看到您和您的……支那小朋友。

颼地又一簇斗大的水晶燈光，白燦燦雪花花，從城外原始森林幽闇處直潑灑出來。嗚，噗噗，鐵軌那頭又綻響起汽笛，嘔吐著黑痰，靜夜裡一聲淒厲一聲，刀也似，硬生生剮破了婆羅洲旱季那萬里無雲一碧如洗的星空。

耳朵陡地豎起，守柵人慌忙向克絲婷點個頭哈個腰，朝我鬼笑鬼笑，揚揚手，回身鑽進柵房，嘩喇喇放下鐵柵欄阻斷平交道口。

——妳認識這個達雅克老人嗎？克絲婷。

——不認識。

——咦？他好像認識妳喔。

——我從沒見過他！永。

嚀叮叮嚀叮叮。

風鈴聲中倏地又竄出一條黑色巨蟒，血盆大口不住噴吐著嫋嫋黑煙，喘著大氣，嗬，嗬，嘰嘎嘰嘎空窿空窿，馱運一捆一捆汽油桶般粗大、切痕猶新、露珠瑩瑩兀自散發著木頭清香的赤道圓木，從深山中奔騰出來，半夜抵達新唐港。

一甩頭，克絲婷抓住我的手，拖著我，轉身昂然走進城心那燈火依舊燦爛的小紅町。

* * *

町中空盪盪。頂頭城天上一環環五彩虹蜺兀自閃爍兜轉，闃無人聲。我和克絲婷索性邁開大步，迎風行走在馬路心，手拉著手，橐，橐，踩著街燈下一灘灘水銀燈光，抬頭眺望城頭月，自管迢迢遛達好不自在。

——八嘎！

有人拔尖嗓子嘶啞地咒罵出一聲。

克絲婷揝住我的手，蹦地竄到騎樓下，躲開那輛從街角一團濃霧中顛顛簸簸飆駛而出的小汽車。車中後座五六個男女，挨挨擠擠糾纏成一窩。兩名中年男子西裝筆挺，聳著滿頭油黑髮鬈子，孿生兄弟似的，一左一右從兩邊車窗中各伸出一張蒼黃瘦削臉孔，隨即又伸出一隻手來，豎起中指對準我，嘰哩呱啦破口大罵。兩對鼴鼠眼骨碌骨碌，忽一轉，看到了站在騎樓下陰影裡的克絲婷。臉煞白，好像撞見鬼魅，這兩位男士倏地縮回脖子，咬著牙，愣愣瞪瞪打個哆嗦，隨即端整起臉容來，撣撣身上那件雪白夏季西裝，肅然，從座位上抬起臀子挺起腰桿，雙雙朝向車窗外深深哈個腰：

——看板娃，蜜蘇克莉蘇汀娜・房龍，古德伊芙寧！好久不見……拜拜。

霹靂啪啦猛一掉頭，這輛蛋黃金龜車鼓足引擎，踩足油門，飆過十字路口的紅燈，轉眼消失在路底河堤下工地上浩瀚風沙中。格格格一串嬌笑聲，淫蕩地，從後座那翻翻滾滾一堆頭顱中傳了出來，好久好久，嫋嫋不絕，只管迴盪在子夜時分空寂寂霓虹兀自閃爍的町心。

著了魔魘似的，克絲婷只顧挽著她那只銀色小皮包，聳著一頭火紅髮毬子，俏生生，跂著高跟鞋站在騎樓裡，兩眼發直，一眨不眨望著半空中不知什麼東西。忽然，磔磔一咬牙，眼翻白，她鼓起腮幫伸出脖子朝那輛德士流竄的方向，呸，呸，使勁啐出兩泡口水。我登時嚇一大跳，蹦起腳來蹬蹬蹬往街心上退出三步。

路燈下只見克絲婷一臉殺氣。

——克絲婷，妳生病了嗎？妳的臉色看起來好嚇人喔。

——永，我嚇到你了？瞧你臉都嚇白了。我現在的樣子看起來，像你半夜在街上撞見的一個紅髮綠眼女鬼嗎？

——我是第一次看見妳吐口水。

——吐口水？嘿嘿，我還會殺人呢。

滿盯霓虹潑照。五顏六色不住旋轉的光影中，克絲婷那張被赤道太陽曝曬成銅棕色，雀斑蕊蕊，今晚為了逛街特地搽上兩片臙脂的容長臉龐，好像走馬燈，一霎青一霎紅，一忽兒白一忽兒紫，好半天變幻不停。她那兩隻眼眸依舊海樣湛藍，直勾勾，只顧瞅乜著天上那半枚飄忽在飛雲中的斜月。

——克絲婷，妳認識他們？

——死也認得。

——他們是日本人？

——永，他們不是人。他們是兩個鬼。脫掉軍裝改穿西裝、人模人樣又突然出現在婆羅洲內陸叢林的鬼。我做夢也沒想到，今晚我陪我姪兒逛街，會在街上遇到他們。陰魂不散。永，他們是兩隻你想逃避都逃避不了的千年老鬼。

十五歲、瘦巴巴、身高剛長到一米七的我，穿著我父親那件寬大的白色夏季西裝，活像個稻草人，愣愣杵在街心，迎著卡布雅斯河上子夜捲起的陣陣風濤，潑刺潑刺，飄飅起衣襟來，好久只顧跂著腳尖仰起臉龐怔怔望著克絲婷。心一酸痛，眼眶驀地紅了，我鼓足勇氣邁出腳步，趑趑趄趄走上前，挨到克絲婷身邊，伸出右手小指頭悄悄勾住她左手小指頭，往她手心上使勁摳兩下。

觸電似的，肩膀子一顫，克絲婷猛然打了個哆嗦。

——永，我是個不潔的女人。

——我不管。以後如果有人侮辱妳，我就殺了他們。

——你真的願意為我殺人？永。

——天父在上，我願意。

——好，我記住了。說不定哪天我會要你幫我殺一個人喔。

雲破月湧。月光下只見克絲婷一臉水白，神色變得十分嚴肅。剪刀一般，她那兩道目光冰藍藍冷森森只管勾住我。我呆了呆，一顆心突突亂跳，忍不住咬起牙根悄悄打個寒噤。噗哧，克絲婷抿嘴笑了。她怔怔瞅了我兩眼，跨步上前，攏起我身上那件西裝的衣襟，幫我把鈕子扣好，順手撥了撥我那一頭一臉風亂髮絲，這才嘆口氣，拂拂自己的頭髮，搖曳起她身上那襲水藍底小黃花連身洋裙，挽著我的臂膀蹬著高跟鞋，硌磴硌磴，穿越過城心一灘空盪盪的月光，頭也不回，帶頭闖進了夜新唐小紅町那一條條燈火妖媚、人影飄竄出沒的衚衕。

——永，抬頭挺胸，像個男子漢！我們姑姪兩個現在可要去尋找你的普南姑娘嘍。

跫跫，抬頭挺胸行走在克絲婷身邊，我豎起耳朵，一聲聲聆聽克絲婷的步履聲，鼻端聞得她身上迎風飄散的沐浴乳香，感覺她的氣味很好。霎時間，我只覺得海天寥闊，婆羅洲心臟一片空寂，偌大的河灣但見滿眼飛沙，呼飁呼飁，整座城鎮霓虹燦爛闃無人蹤，城心，只剩得我和克絲婷兩人，肩並肩行走在路心上……猛回頭，眼一花，卻看見巷口大街一殿燈火輝煌人影雜遝。東京玫瑰。金黃霓虹招牌，由九個車輪大的花式羅馬字母綴成，閃閃熾熾一條金蟒蛇樣，盤蜷蠕走在高聳的大理石門廊上。簷下黑影地裡一星火光閃亮，長板凳上幽幽孤蹲一條枯癟人影，門燈映照下，只見他老人家痀瘻著身子，抖簌簌抱住膝頭吸著羅各菸，兩隻眼瞳血絲炯炯地只顧狩望街口。啪啦啪啦，一輛蛋黃金龜德士飛駛過來停在門廊下，叭叭，撳兩下喇叭，一古腦兒載上五個嘰嘰喳喳一嘴酒氣滿身香水的長髮小美人，砰碰，闔上車門，迎著河風呼嘯而去。凳上老者噘嘴噴吐出兩口煙，抬起臀子哈腰相送。

嚀叮叮嚀叮叮，城心平交道口又搖響起一串風鈴。

城外，鐵軌另一頭，叢林深處黑天半夜驀地又綻起焦雷聲，窿，窿。我看看手錶：零時十五分。又一列火車運載原木駛往新唐港。

克絲婷抓住我的衣袖，猛一扯，拖著我走進黑衚衕。

*　*　*

長長一條弄堂，瓦簷低低，簷口兜掛著一環環血紅霓，從弄口望過去，好像幾百隻鬼火眼，一縱隊列陣從巷頭一路閃爍旋轉到巷尾。眨啊眨睞啊睞。桑拿八〇〇盾。馬殺己一五〇〇盾。全套殺必死三〇〇〇盾。家家門口掛著價目牌，公平交易不欺生客，就像我後來在台北江山樓看到的妓女戶（聽說這是日本人定下的規矩呢）。屋簷下，兩扉子水晶紅門洞內，花塢般蕊蕊閃亮著一簇聖誕彩燈。蓬蓬鬘鬘一窩子披頭散髮，端坐著幾十個少小姑娘，個個穿著花樣和式小浴袍，交疊著雙腿，繃著臉孔，挑起兩隻陰藍眼皮眺望天花板，呆呆想自己的心事。迸迸濺濺，屋後有人瓢著水不知洗什麼。簷口小閣樓兩扇毛玻璃窗，燈火朦朧，紅幽幽，蕩漾著一大一小兩條白蛇樣盤蜷交纏的身影。一家閣樓中有顆頭顱探出來。噗哧！窗中燈光忽一沉，黑裡傳出格格格三聲嬌笑。挺熟悉的聲口！心一蹦，我拔起腳來躥到紅門洞口，前腳才跨過門檻，耳朵便給克絲婷揪住，猛一擰，硬生生將我拖回簷外巷心上來。克絲婷揑住我的耳垂子，牽著我，頭也不回只顧搖曳著裙襬蹭蹬著高跟鞋，邁步走，朝向衖衖深處徜徉過去。弄心一間黑漆木板樓。千鳥屋。壽司刺身專賣店。矮簷下掛著六對月白油紙圓燈籠，每只燈籠漆著一個妖嬈的黑色漢字「鳥」，翩翩躚躚迎著河風不住飆盪，好像一群扶桑小女人穿著素淨和服，臉上搽著兩腮白粉，佇立屋簷下一字排開，笑吟吟探出她們那滿月樣十二張小圓臉，哈著腰招徠路過的客人。巷尾街口飄蕩進一行人影來，邊走邊吐痰，狃，狃，路燈下只見一蕊一蕊黃痰花飛濺在空中，競相綻放。猲猲猲，隊伍中兩條人影伸出舌頭不住喘著氣，狗似的忽然膝頭一軟，雙雙趴到巷心上，把兩隻手死命掐住心窩，呼天搶地嘔吐出滿肚子的酒餿。八個野玀！騎樓下黑影地裡有人破口詛咒出一聲。血花花一團檳榔汁，颼地從簷口直啐到路燈下。巷心上那一縱隊人影又是哭又是唱，趕屍一般，直條條僵挺著腰桿子，蹦蹬蹦蹬，趿著尖頭白皮鞋一路遊走進衖衕裡來。君為代呢，千代呢，八千代呢……東洋浪人歌淒涼地迴盪在長長一條弄堂中。歌聲中，只聽得東一聲咿呀，西一聲嘩喇，衖衕兩旁的閣樓紛紛打開窗子，惺惺忪忪蓬蓬鬆鬆，披頭散髮，一古腦兒探出了幾十顆大小男女頭顱，個個睜著兩隻血絲眼眸，朝閣樓下巷道上張望，一看登時愣住啦。瞧，蘇丹夏立夫・艾爾卡德里小學圍牆下，肩並肩，一群小學生似的，排排站著八個西裝革履一身光鮮筆挺的中年男子，大剌剌朝著滿弄堂人家，解開褲襠，捉出他們那一隻隻毛毿毿烏鰍鰍的小鳥來。閣樓上，大夥看傻了，伸手指指點點嘻嘻哈哈笑作一團。路燈下八位男士卻不瞅不睬，一齊伸出雙手，捧住各自的命根子，揉著，搓著，忽然繃住腮幫拱起屁股，磔磔一咬牙，嘩啦啦金光燦爛撒出了好一泡黃尿，隨即幽幽嘆息兩聲，一個窺瞄著一個的鳥兒，慢吞吞扣上濕答答的褲襠，回身突然看見克絲婷，怔了怔，登時端整起臉容來，拂拂身上雪白夏季西裝，緊緊夾起了雙腿，立正，舉手，倏地敬個皇軍的最敬禮：

——看板娃，蜜蘇克莉蘇汀娜。

——朗格泰姆諾西！

——嗨，好啊由？房龍桑。

克絲婷只管冷著臉孔木無表情，靜靜站在蘇丹小學對面騎樓下。風中只見她裙裾飄飄，火紅紅滿肩髮毬子飛飈，一雙眼睛冰樣藍，眨也不眨，滿瞳子鄙夷，定定睨瞅住眼前這八個公然隨地便溺的中年西裝客。兩下裡，隔著窄窄一條巷道，就這樣對望著。八個西裝客終於低下了頭，彷彿聽到幽靈指揮官的號令，砰然併攏雙腿，板起腰桿子，畢恭畢敬朝向克絲婷深深一鞠躬，回頭整整身上白西裝，扣好褲襠，蹬起腳上那雙尖頭高跟白皮鞋，槖躂槖躂，齊步向後退走，夜半三更猛一扯嗓門，放聲悲歌起來：

——千代呢——八千代呢——八嘎！

風中一縱隊幽靈皇軍，西裝革履抬頭挺胸，迎向城頭天際一枚緋紅月，鼓起褲襠，擂著胯子踢著正步，歌聲中身影一幌，又隱沒進了那滿城飛沙中，城心一蕾一蕾兀自妖嬌閃爍的霓虹燈海裡，驀然消失，不知去向。

砰碰砰碰一巷人家紛紛關上閣樓窗，縮回脖子，自管繼續睡覺或嬉耍去了。

——屌他媽，醉鬼阿本仔！

有人咬著牙磔磔詛咒出一聲。七巧桑拿茶藝館門洞裡，紅灩灩點著一龕佛燈。那個華人三七仔，十七八歲少年郎，抱著胳臂嚼著檳榔打著呵欠，歪站在矮簷下，抖著一條瘸腿子，呸啵呸啵，吐血般不斷從嘴洞中啐出一團團血痰子。眼一勾，他瞄瞄克絲婷又瞅瞅我，打量半晌，曖昧地笑了笑，回眸望著巷底紅霧深處那一行飄飄忽忽早已消失無蹤的人影，燦然咧開滿嘴小紅牙，操著邦戛客家話笑罵道：

——呸，死豬哥，喝醉酒到處痾屎痾尿，臭溞溞！一群人面畜生嘍。

我趕忙點頭，學他的樣也噘起嘴唇鼓起腮幫，猛一使勁，啵地，朝巷底路口風沙中一殿輝煌的燈火，東京玫瑰桑拿休閒中心，啐出白花花兩大泡口水：

——呸呸，八個野羅！一起打炮一起痾尿。

客家郎從腋窩底下掏摸出一包七星菸，拈出一根叼到嘴邊，點上火，兩粒病黃眼珠子只管乜斜著，不聲不響端詳我。忽然，眼一笑，他從簷下扭走出來，拖曳著他那條黑喇叭褲下趿著的一雙桃紅塑膠東洋涼鞋，嫋嫋猱身上前，嘟著嘴，把叼著的一根菸伸出來，直直拱送到我的鼻尖上，順手扯了扯我身上那件寬大老氣西裝的襟口。

——小頭家，吃不吃菸？

——不吃。

——要不要叫個靚細妹，泡功夫茶，談心？

——不泡不泡。

——那阿哥就給你找個十二歲細妹仔，正牌普南妹喔，給你摸伊的小椰葩，好莫？

椰葩？葩椰？細妹？我心頭一震。客家小郎眼勾勾瞅著我，呸，啵，兩泡檳榔汁又直直啐到對面蘇丹小學圍牆下。我掙脫他的爪子，一個勁搖頭。幽幽一嘆，小郎扭擺起水蛇腰肢來，嫋嫋娜娜搖盪著他那條黑綢喇叭長褲，踢躂著紅拖鞋又蹭回到七巧茶藝館矮簷口。我伸長頸脖，朝簷下那兩瓣兒紅門洞內探望。小郎又勾起眼眸，睨了克絲婷兩眼，笑笑，朝向她綻開嘴洞中兩排紅糯米樣的小血牙，翹起舌尖，骨碌碌骨碌碌，只管舔起嘴裡含著的一顆翠綠苞子來。我踅到紅門洞口，探頭往洞中張一張。堂屋裡，當門供奉著一個金漆雕花神龕，龕子裡垂拱著一尊神佛，肥頭大耳披紅掛綵，笑瞇瞇噘嘟著兩片肥翹嘴唇。燊燊佛燈映照下影影綽綽，只見一窩子三四十個正牌普南少年兒郎，剃光頭，個個唇紅齒白眉清目秀，寶相莊嚴，活像一群標致的小沙彌，上身卻穿著夏威夷花襯衫，腰繫一條小紅紗籠，光著一雙白淨無毛的細腿，盤著腳，排排坐在地毯上候客。細妹仔？一窟小人妖！我咬著牙狠狠打個寒噤，掉頭，推開客家小郎，一把抓住那依舊杵在騎樓下望著城頭月發呆的克絲婷，拖著她，慌慌衝出黑衚衕。

* * *

月兒紅紅，掛城頭。

眼前霍地一亮，衚衕口，三岔路，滿町白花花水銀燈光中驀然出現一座簇新的小公園。光溜溜水泥地上叮噹叮噹，兩支鞦韆盪漾著一城水月光，風中只管搖晃不停。

賈蘭墨迪卡、賈蘭蘇加諾、賈蘭蘇丹夏立夫•阿都拉曼•艾爾卡德里——三條新闢的八線柏油通衢大道貫穿城心，殭冷冷空落落。

手挽手，我和克絲婷姑姪兩個佇立在城心三岔路口，迎著風，睜著眼，半夜凌晨眺望一城兀自喧鬧的花燈。城外叢林莽莽，悄沒聲，沿著大河兩岸朝上游一路綿延到河源頭，天際，磈磈礧礧群魔聳立似的一列石頭山下。峇都帝坂。一篷嵐煙繚繞山巔。嗚——噗！嗚嗚嗚噗！山中母猿們不知何故突然又一起扯起嗓門，仰天厲聲啼喚起來。鏘鏨鏘，鏘鏨鏘，敲鑼打鼓般，又一列森林火車運送大捆大捆新近砍伐的圓木頭，搖搖盪盪顛顛簸簸，半夜趕赴鬼門關似地，追逐著那漫天嗥起的汽笛聲，翻滾過城心，闖過平交道口，朝向那轟隆轟隆半夜趕工擴建的新唐港碼頭，奔馳過去。嚀叮叮嚀叮叮。一串又一串清脆風鈴聲，宛如狗吹螺，此落彼起一聲急似一聲，沿著鐵路連綿不絕，從一個平交道口傳遞到下一個平交道口，嚀叮嚀叮嗚嗚嗚……好久好久才完全停歇下來。我看看手錶：子夜一點正。

蹭，蹭，蹭，大街上不知何時悄然綻響起一雙高跟鞋聲，怯生生一步趑趄著一步，風中只管迴盪在半夜凌晨荒冷的三岔大馬路口。水銀街燈下只一亮，那折柳般一把細腰，飄搖著一襲紫藍小長裙，轉眼又隱沒進了清早滿城氾漫起的紅霧裡，蹬，蹬，蹬，漸行漸遠，終於消失在大河畔漫天颳起的飛沙中。我心中一凜，豎起耳朵仔細諦聽、捉摸那空洞洞飄飄忽忽的足音。呼颼呼颼河風怒號，砰地，捲起河堤下遼闊的工地上被赤道日頭曝曬了一整天的紅土，紛紛揚揚一漩渦追逐一漩渦，轟然撲入鎮口老街，沿著長長一條氣派恢宏的簇新墨迪卡大道，嘩喇喇直湧進新・新唐城心來。水銀街燈下那枚紫藍身影又一閃，風中一把黑髮絲，飄飄鬖鬖，那條小洋裙在大街上驀亮了亮，又浮現在我眼前。克絲婷回頭看看我，悄悄伸過手來，猛一揪我的耳垂子，噘起嘴唇朝向三岔路口一努。

——那可不就是她？你日思夜想苦苦尋找的普南姑娘呀。永，你還只管杵立在這裡幹什麼？趕快上前去跟她搭訕。

——可是，我跟她又不認識。我怎樣跟一個陌生女孩搭訕呢？

——向她問路呀，傻小子。

——問什麼路？

——笨！就問她歐羅拉旅館怎麼走。

——我不會講普南話。

——講英文呀。

——可是，克絲婷，妳確定是她嗎？

——今天是陰曆七月七日，不是？七夕是你們中國人的情人節，不是？上帝的安排自有美意。永啊，我的好姪兒，姑媽就坐在這裡等候你達成使命，完成你的心願，凱旋歸來。

說著，克絲婷伸出雙手捧住我的臉頰，弓下腰，噘嘟起嘴唇，啵的一聲就在我額頭上用力啄了一啄。吃吃笑，一轉身，她自管搖曳起她身上那襲在紅色新唐浪遊了半夜、沾上一片紅塵飛沙的藍底小黃花長裙，邁出高跟鞋，硌磴硌磴穿過大馬路，頭也不回，走上三岔路口小公園，抓住一支叮噹叮噹飄盪風中的鞦韆，攏起裙襬，一屁股坐在板子上，獨自個沐浴在一灘水紅月光中，腳一蹬，望著頭頂一穹窿寒星，自顧自邊起鞦韆來。

我朝克絲婷揮揮手，拔腿準備開跑，忽然想到什麼，臉脹紅，低頭看看自己身上那件寬大老氣、模樣說不出有多拙的舊式漂白夏季西裝，躊躇半晌，一咬牙終於將它脫下來，三步併兩步跑回克絲婷身邊，一古腦兒塞進她懷裡。我那洋姑媽蹙起眉頭，板起臉孔，眼上眼下把我掃個五六遍，驟然伸手擰住我的耳朵，將我狠狠揪過來，二話不說就把我父親的西裝穿回我身上，猛一推，催促我上路。

——這樣才像個大男人呢。去！姑媽坐在這兒等你帶著她回來。

清早河上起大霧。

蹬，蹬。蹭蹬蹭蹬。

霧中空盪盪柏油馬路上不住綻響起一串高跟鞋聲，閃閃忽忽時斷時續，遊絲般。我豎起耳朵，緊緊跟住那足音，走進河堤下新城區一大片光禿禿簇新鋼筋水泥街坊中。一路追躡，穿街過巷。可那條孤零零俏生生的紫藍身形，髮絲飛飀，魅影般，只管漂漾在漫天風沙一城紅霧裡，倏現倏隱忽東忽西，像個調皮的叢林山妖或水仙子，促狹地遊走在我周遭，睞啊睞只顧不住逗弄我。

眼前驀地一亮。霧中聳起一支血紅水晶十字架。街角一幢紅磚小禮拜堂，靜悄悄燦亮著兩窗日光燈，炯炯守望一町寥落的燈火。我走累了，思念起克絲婷來，心頭一酸，把身子挨靠到禮拜堂水泥圍牆下，蜷縮著，將自己隱藏在黑影地裡，打算歇口氣，再循著原路走回三岔路口，找我那半夜獨坐在小公園的姑媽，一起回旅館，趕在天亮前睡個覺，明天一早搭乘我期盼已久的伊班長舟，溯河而上，繼續我們的大河之旅……我剛闔上眼皮準備打個小盹，悄沒聲一股香風襲來，那條紫藍小長裙窸窸窣窣早已挨到我身旁。水白白一張瓜子臉，路燈下，挑起兩道細黑的眉尖。

——先生，你要找旅館嗎？

——哦，是。

——要不要找個女孩陪伴你？

烏黝烏黝，兩隻眼瞳子睏倦地撐起一抹陰藍眼影。她仰起臉龐瞅乜住我，往我頭上腳下只管端詳，忽地眉心一皺，垂下頭來，伸手抓住我的西裝領子使勁扯兩下，嗒然笑了笑：

——原來是個孩子！

霍地把頭一甩，她邁出腳上細伶伶一雙三吋高跟銀鞋，搖曳起她那身水紫裙，橐，橐，橐，踩著人行道的紅磚，沿著道明會女子修道院那一堵高聳的蛇籠鐵絲網圍牆，蹭蹬蹭，月下走進那火紅火紅，一蘗蘗從圍牆內探出頭來的石榴叢中。

她走了。喝醉酒似地一步踉蹌著一步。

——等一等！小姐，請留步！

——噯。什麼事？

——請問歐羅拉旅館怎麼走？

霧裡，只見一只俏麗小黑皮包掛在她手肘上，兜著兜著，轉眼就隱沒在街頭。好半天，空盪盪街心上沙啞地傳出了她的回應聲：我不知道——你去問警察——過兩個街口有一間警察派出所——聲音漸遠，她又走過一盞水銀路燈，身影一閃，那把水柳腰肢猛然折了兩下，風中飛蕩起一蓬子枯黑髮絲，跫，跫，隨著她的足音，漂失在月迷濛河堤下荒漠漠颳捲起的一漩渦飛沙裡。

我怔怔佇立街頭。

城外，只聽得大河滔滔流淌，整個新唐鎮靜悄悄籠罩在清晨大霧裡，連平交道口不時綻響起的風鈴聲，霎時，也聽不見了。

霧中兩條人影躥動。空盪盪柏油路面上驀地迸綻起一片呼喝聲，隨即一串皮靴聲響起，鼕，鼕，鼕，擂鼓也似沿著大街一路盪響過來。我扣上西裝襟口，整個人瑟縮在街燈下，跂起鞋跟伸長脖子，抖簌簌朝向紅霧深處眺望。嗶——嗶——嗶——哨聲大起。那兩條人影穿著簇新筆挺米黃卡其警察制服，腰紮黑皮兵帶，足登黑皮靴，蹦著躥著，只見頭上那只黑色宋谷帽頂端一束紅絲穗，血影樣，飄忽在漫街沙霧裡。嗶——嗶！水銀燈霧中紫粼粼一裙飄颺。踉踉蹌蹌，兩隻峭尖的小高跟鞋硌磴在殭冷柏油路面上，沿著城中通衢大道，八線蘇丹夏立夫・阿都拉曼・艾爾卡德里大街，一路蹭蹬顛走過來。躂躂躂一串皮靴聲逼近了。猛一仰臉，小女郎倏地煞住腳步，佇立街心，睜著眼睛茫茫然四下搜望。燈下兩隻腮子蒼冷冷。我從人行道上黑影地裡竄出來。我和她相遇在街心。兩下裡，驟然打個照面。路燈中只見她那兩隻漆黑眼瞳，骨碌骨碌有如受驚的小鹿，凝睇著我不住竄閃。汗湫湫濕答答，她身上那條紫藍長裙包裹住瘦伶伶一個小身子，衫子裡，兩隻肩膀一聳一聳哆哆嗦嗦，只管抖盪著手肘彎上掛著的小黑皮包。不知怎的，我心中絞痛，慌忙別開頭去伸出脖子望向街口。嗶——嗶——陰魂不散，那兩條米黃人影飄晃著頭頂一束紅絲穗，只管一路追跟，槖躂槖躂，這時已經闖進街口，朝向我們直撲過來。我伸出手爪牢牢攫住她那條生冷的小胳臂，拖著她拚命奔跑下蘇丹大街，黑裡，拐進一條小衖衕。簷口下一環霓虹，凌晨兀自兜眨不停。我挾住她的身子，攬著她的腰，一頭竄進騎樓，鑽入樓梯間那條突紅突紅只見蕊蕊彩燈閃爍的甬道。

霧裡，兩雙大皮靴雜沓奔騰，一疊聲兀自迸響在大街上。

——妳別害怕。

——好，我不害怕。

窄窄的一個樓梯間挨擠著兩個人，面對面，心貼著心，兩腔子忑忑亂跳。我只覺得胸口一霎熱一霎冷，好像瘧疾發作一般。細簌細簌搔癢似地，那兩片溫熱的小紅唇只管在我胳肢窩裡呵氣。樓梯口風潑潑。我懷裡那隻細瘦的身子只顧打著哆嗦。顫巍巍，她跂著腳上那雙三吋小小高跟鞋，昂豎起兩粒花苞樣小乳頭，摩摩挲挲倚靠到我心口，半天動也不動只是喘息。鼽嚏！猛一嗆，我悄悄鬆開她的腰肢，把一雙胳臂抽出來，伸根手指頭，撩開她那黏搭搭不住搔弄我胸窩的兩叢汗濕髮絲，總算透了口氣。燈下她那張小瓜子臉仰了起來，眼瞳轉兩轉，睄了睄我，睞啊睞，兩蓬子睫毛烏黝黝只管眨巴著，那副神態還真像個淘氣的丫頭。我笑了笑。噗嗤，她抿住嘴忍住笑，舉起手腕勾起一根指頭，挑開眉心上濕湫湫一綹劉海，抹掉額頭上兩顆汗珠，睜圓眼睛，仔細端詳我的臉龐。滿窟紅燈映照下，只見一蕊汗珠亮晶晶，花露般，閃爍在她袖口下黑萋萋腋窩裡。風中一股辛酸氣從她身上漫漾開來。好久，兩個人躲藏在樓梯間互相廝抱瞅望著，怦怦，諦聽彼此的心跳聲。水簷外，清早大河颳起的風濤中，只聽得鏘鏘鏘，那兩雙鐵釘皮靴兀自逡巡在衚衕裡，搜尋半天，終於穿越過了十字路口，橐躂橐躂一雙追隨著一雙，逐漸遠去，那血影樣飄忽在漫街飛沙中的兩束猩紅絲繐，路燈下驀一亮，終於隱沒在滿城瀰漫起的晨霧裡，再也看不見了。空窿空窿，我又聽見一列森林火車從深山竄出來，悠悠鳴著汽笛，嗚嗚嗚奔馳過新唐鎮。嚀叮叮嚀叮叮，城心又綻響起一串又一串風鈴。我看看手錶：凌晨兩點十分。懷裡，那條小身子水蛇樣滑溜溜蠕動了五六下，隨即緊緊貼住我心口。眨著睨著，兩隻漆黑眼瞳只顧瞅住我，忽然，清靈靈狡黠一亮，放射出兩道奇異的、淫蕩的、讓我心頭倏地一抖的光芒。

我呆呆端詳她的臉龐。

——我好像見過妳。妳幾歲啊？

——猜。

——十五歲。

——錯。十七。

——騙人！半夜兩點鐘，妳一個女孩子獨自在外遊蕩……

——你，小男生，不也是一個人半夜在外遊蕩？

——我和我姑媽逛街，不知怎麼就失散了。

——真的嗎？我好像也在哪裡見過你哦。你今年幾歲呀？

——過了這個暑假，十八歲。

——撒謊。十五。

她睜大眼睛猛然搖頭，伸出一隻蒼冷的小爪子，狠狠一揪，揩住我身上那件拖拖沓沓土里土氣寬大得出奇的白西裝，使勁扯兩下。

——嘿，大男人，我今晚陪你睡覺好嗎？

——我要去找我的姑媽。這會兒她一個人坐在公園裡等我。

我垂下了頭。噗嗤，她咧開嘴唇上那滴血般一蕾口紅，綻露出兩枚沾血的小白牙，歪著頭，睨著我，猛一甩耳朵上吊掛的兩只白金小環，咯咯咯縱聲大笑。我的頭垂得更低了。她別開頭去，繃起臉孔，望著簷外黎明前渾黑一片的天空，自管怔怔出起神來。

簷口妖妖嬈嬈一環紅霓，兜啊兜，眨啊眨，朝向衚衕外空落落的大街，半夜凌晨，兀自招徠那三三兩兩鬼影般飄忽出沒在滿城沙霧中的路人。

蹬。蹬。蹬。

紅燈蕊蕊灑照，夢娜按摩院樓梯幽深處兩條人影忽一閃，驀地，迸響起一簇腳步聲。

——朋友，請讓讓路。

兩個狎客一黑一白，邊扣著褲襠邊哼著歌兒，汗膻膻，帶著一窩子狐臭和滿身餿掉的古龍香水味，趺趺撞撞搖搖晃晃，一路扭擺著臀子走下樓梯來，迎著梯口一渦冷風，哈啾，打了個大噴嚏，猛抬頭，看見蜷縮在樓梯間摟個小姑娘的我，登時怔住，咧嘴笑了笑，雙雙綻開嘴洞中兩排白森森大門牙，向我親暱地打個招呼：

——強尼，你今晚快樂嗎？

——放輕鬆哦。

燈下那兩雙白堊眼珠四粒血絲瞳子骨涤涤一轉，涎瞪瞪，勾住了我懷裡的小女郎。狼狗樣咻咻喘，嘴洞中吐出一根猩紅舌芯子，咂巴咂巴舔了舔嘴皮。我趕緊抱起小女郎，側過身子讓出一條路。兩個狎客道聲謝謝，蹬蹬蹬，邁著腳上那雙沾滿紅泥巴的叢林野戰靴，自管走下樓梯，一路哼哼唱唱搖頭晃腦，脖子猛一縮，伸出手爪子搔搔卵泡，扣好褲襠，迎著滿城風濤一頭鑽出樓梯口。哥倆勾肩搭背，互相依偎著，踱進了衖衕口晨霧縹緲的街頭。

不聲不響，兩肩子髮梢只一甩，蹦地，小女郎就掙脫了我的懷抱，拔腳躥出樓梯間，風中飄搖起她身上那條水紫小長裙，兜盪起手肘上那只小黑皮包，蹬起高跟鞋，哆嗦著身子走進大霧中，獨自個，追跟上那滿臉酒氣渾身脂粉味、一黑一白兩個逃亡的越戰美國大兵。

她走了，頭也不回。

我心頭颼地一冷，愣瞪了半晌，跑出樓梯口，望著她的背影扯起嗓門厲聲呼喚。

——喂，妳叫什麼名字？

——謝謝你！再見。

霧裡三條人影二前一後，走著走著，轉眼就隱沒在大清早新唐鎮的空寂街頭。

黑人的歌聲，飄渺在城心。

英瑪・伊薩——嗳——伊薩
曼巴喲・瓦喀兮・帕蓋矣
英瑪・伊薩——嗳——伊薩
坎嫩恩坎達特・巴巴喀喃
英瑪・伊薩——嗳——伊薩

巴巴喀喃兮・帕蓋矣……

*　　*　　*

霹靂帕啦，衚衕口闖進了一輛蛋黃金龜車。德士司機搖下車窗，笑嗨嗨探出頭來。方額闊顙，黃蒼蒼滿面風霜兩眼瞇瞇的一張南洋華人臉膛。

——小頭家，坐德士不坐？

——不坐不坐。

——找旅館不找？

——唉，不找不找。

——深更半夜一個人站在這裡等人嘎？

——等我的姑媽。

——你姑媽，她長什麼樣子咩？

——紅頭髮藍眼睛白皮膚，穿一條藍底小黃花連身洋裙。

——哦，一個番鬼婆！沒有看見唷。

——我也在等我的細妹。

——細妹長啥樣？

——十五歲，瓜子臉，細腰身，皮色白淨，梳一根長長的烏溜溜的粗油麻花大辮子，額頭紮條花手帕，肩上揹個漂亮的黃籐簍。

——普南細妹仔！沒看見喔。

就著簷口一盞霓虹燈，我從簷下伸出頭來，看看司機手腕上那只龜卵般大的仙力時夜光錶。兩點二十五分。我呆了呆。滿眼狐疑，司機隔著車窗打量我，倏地縮回脖子，猛一踩油門闖過路口紅燈，忽然回頭揉揉眼睛，又凝睇我兩眼，這才兜盪起車中照後鏡下吊掛的一尊白磁觀音像，啪啦啪啦絕塵而去。四下又沒了人聲，風飛沙，只聽得窸窸窣窣蹦蹬蹦蹬，街上只見一縱隊又一縱隊雪白西裝身影，挺著腰桿飄忽遊走，清早荒野中趕屍一般。君為代呢千代呢八千代呢……浪人歌一聲纏綿一聲，悽悽惻惻唉唉唧唧，好久只管在霧中繚繞飄嫋。衖衕口外，八線新闢大馬路上，光溜溜孤零零矗立一幢簇新玻璃水晶高樓，乍看好像一座海上仙山樓台，燈火輝煌載浮載沉，在這天將破曉時分，盪漾在滿城雲海般飄漫起的霧靄中。高聳的屋頂天台上，譬啊譬眨啊眨，美目盼兮，兜旋著四個用孔雀藍霓虹光管紮成的巨大日本漢字：雲月別館。門外車道上，只見一簇紅白雙色小旗飄飄，無聲無息，停泊著八輛黑色官家別克大轎車。司機蜷縮在駕駛座中低頭打起盹來。百無聊賴，我撿起路人剛丟掉的半截七星菸，擦了擦菸嘴，叼到自己嘴上，吸著嗆著，站在夢娜按摩院屋簷下，眺望滿天煙嵐中殘月下那一眨一眨、兀自燦笑的四個狐媚的藍水晶方塊字。

雲。月。別。館。

今夕何夕？陰曆七月七日七夕。

婆羅洲內陸叢林，陌生的一座蠻荒城鎮。

清早，我佇立空茫茫街頭，穿著我父親的老西裝，吸著別人丟掉的菸，眺望著一幢縹緲的燈火樓台，思念我的克絲婷姑媽——和那個不知名的十五歲普南姑娘。

黑裡一輛警用吉普車兜閃著篷頂的警示燈，靜悄悄，盪開一衚衕迷紅的燈影，細簌細簌擺動兩支雨刷，掃撥著滿車窗沙塵和露水，慢吞吞駛過來。一側身，我趕緊閃躲進樓梯口。車中駕駛座上那張黧黑的年輕爪哇臉孔，凶巴巴，霍地繃起兩腮糾結的筋肉，圓睜起眼睛，往夢娜樓梯口掃視過來。座旁，五十開外荷蘭老警官聳起蒼蒼白頭，探過臉來一疊聲問：沒事吧？你沒事吧？我慢條斯理拂拂身上的西裝，吸口菸，朝簷外哈個腰搖搖手，隔著簷口霓虹下一簾紅霧，目送警車靜靜盪出衚衕口。心中一動，我慌忙丟掉菸蒂，躥出樓梯間拔腳追跟上去：請問長官，墨迪卡路、蘇加諾路和蘇丹夏立夫•阿都拉曼•艾爾卡德里路，三岔路口，怎麼走啊——我嘶喊著直追到衚衕口，只見大馬路上長長兩排水銀路燈涳涳濛濛，早已淹沒在滿城大霧裡，天際那瓢水月望不見了。偌大的馬路心只剩得一盞紅警燈，熒，熒，飄飄忽忽鬼眼似的逡巡街頭，好半天才悄悄隱沒進霧裡。

雲月別館大理石門廊兩扇黑水晶大門，颼地滑開了。門洞中，一窩了花蝴蝶般，搖曳出一簇花花鳥鳥的和式衣裳來。吱吱喳喳二三十個少小女郎，十五六歲，嬌嫋窈窕，個個手裡拈著唇膏補著妝，才鑽出旋轉門，就款漾起小蛇腰來，兜甩著小黑皮包，簇擁住一顆油光水亮笑眯眯彌勒佛似的斗大頭顱，夜深沉，一瓠殘月斜照，在一群頭戴黑宋谷帽、身穿夏威夷花襯衫、腰繫一條緋紅紗籠的印尼官員拱衛下，五人一車，分成八組，匆匆鑽進門口停泊著的一排黑色別克大轎車。車頭燈大亮。風中，紅白雙色小旗獵獵響，一縱隊呼嘯而去，盪進那八線新闢大道上一叢叢荒涼的霓虹中。拜拜！澳西叔叔。莫忘了倚門盼望的伊曼。

嗚噗——嗚噗——城外深山中猿啼聲越發峭急，一波迴響一波，連綿不絕隨風傳送到城心。天將破曉。我得趕回三岔路口那座小公園，找我的姑媽，依約跟她會合，一起回到歐羅拉旅館，打個盹，明天一早搭乘伊班長舟繼續我們的大河旅程。這會兒，她正坐在公園鞦韆板上，趿著她那雙亮麗的兩吋半高跟銀鞋，雙手揝住鞦韆索，盪啊盪，伸長脖子狩望眼前空落落的三條大街，焦急地盼著我呢。

我慌忙躥出衚衕，走上大街，沿著筆直的一條新鋪的紅磚人行道，蹦蹬蹬連跑帶跳，走過蒂薇．蘇加諾女子工藝學院新校園。雪白鐵蒺藜水泥圍牆上，鮮豔地漆著一行朱紅色標語。邦薩．亞細亞．迭拉．穆萊伊．勃西達爾！（亞洲民族已經覺醒了！）筆走龍蛇端的氣象萬千，我忍不住駐足觀賞。這三十個阿拉伯風羅馬字母，一群飛天仙女般，旋舞在簇新八線通衢大道上，神采飛飀直欲破牆而出，奔騰上天。校門內花木蔥蘢，紅瓦白牆掩映。月下滿園水銀燈光幻漾。校門口花壇上佇立著民族救星蘇加諾銅像，昂藏七呎，頭戴傳統馬來宋谷帽，身穿歐式陸軍元帥制服，抬頭眺望大河口，一臉肅穆若有所思。颼！疾駛中一輛蛋黃金龜車驟然減速，在我身旁停下。車中照後鏡懸吊的一尊白磁觀音，喝醉酒般搖晃起身子，顛顛盪盪只管浪笑不停。司機朝窗口探探頭，一照面，怔了怔，低頭看看他那隻龜卵大的夜光錶，隨即搖下車窗伸出脖子，呵呵笑。

——小頭家，還在尋找你的紅毛姑媽和普南細妹仔？

我正要開口問他，賈蘭蘇丹夏立夫•阿都拉曼•艾爾卡德里三岔道口怎麼走，搭他的車到那兒要多少錢，可他老哥牙一齜，笑嗨嗨，綻開腮幫上兩朵肥油油的酒渦，把手伸出車窗外，在我臉孔上揮一揮：收工嘍！隨即轉身撥大收音機的音量，載著金嗓子周璇，兩個兒在車廂中對唱起情歌來——菊花瓣兒多——桃李花兒亮——百合花的姊姊妳——茉莉花的衣裳……卿卿我我鳥語花香中，司機大叔猛一踩油門，搖醒正在打瞌睡的觀音老母。一家子晃晃盪盪，迎向曉風殘月，飛馳下婆羅洲心臟空落落荒漠漠一條新闢林蔭大道，頭也不回，把我孤零零拋棄在城中。

我獨自個茫然站在街頭。雲破月湧。一張皎白臉膛從漫天大霧中悄悄探了出來，笑吟吟俯望著我。在月娘指引下，我循著來時路只管回頭走，一路豎起耳朵，捕捉那嚀叮叮，嚀叮叮，三不五時綻響在城心平交道口的風鈴聲，躡手躡腳，冒著滿城飛沙，穿過老城區一條條杳無人蹤，凌晨時分睞啊睞，兀自閃爍著一轡一轡花霓虹的黑衚衕。

蘇拉巴雅街。梭羅巷。芳伯路。賈蘭蘇丹夏立夫・阿都拉曼・艾爾卡德里大道。

兜了半天，我終於回到三岔路口那座小小的街坊公園。

*　*　*

濛濛路燈下，曉風中，魅影般飄蕩起一蓬子枯黑髮絲。兩支鞦韆叮噹響。鞦韆板上一裙水紫，飄飄颼颼咿呀咿咿呀。燈下只見一把髮鬘濕答答披散了開來，無聲無息，一張小瓜子臉水白白，歪靠到她那瑟縮成一團的肩窩裡。硌磴硌磴，兩隻銀色小高跟鞋亮晶晶跂在殭冷的水泥地上，只管蹬過來又蹬過去。獨自個，盪啊盪。

我整整身上的西裝，踟躕了半晌，邁出腳步踩著自己的步履聲走上公園。鞦韆索上，兩隻緊握著拳頭的小手倏地一抖，鬆開了。她豎起耳朵諦聽一會，反手猛一撩額頭上垂落的兩綹劉海，燈下回過臉孔來，瞅著我，血絲斑斑睜起兩窠子枯黑眼眸。霎時我看見她腮幫上，橫七豎八，一窩子交纏的紅蚯蚓似的，被人用指甲硬生生抓出了十幾條血痕。

曼巴喲・瓦喀兮・帕蓋矣

英瑪・伊薩——嗳——伊薩

巴巴喀喃兮……

霧裡，新唐城中蘇丹大道荒漠漠街心上，一聲淒厲一聲，纏纏綿綿如泣如訴，不斷飄忽起那一黑一白兩個浪人鬼魅般的歌聲。

城天湧出一弧月，皎皎冷冷，只管灑照著叢林環抱下大河畔一座燈火妖媚、破曉前闃無人聲的城鎮。鎮心小公園，鞦韆板上一盪一盪，佝僂著一條細瘦的紫藍身影。我打著哆嗦，呆呆杵立在公園中央街燈下那灘水銀清光裡，望著她的背脊，傾聽著這首旅途中不知聽過幾遍的春米歌／搖籃曲，心中一痛，邁出腳步稟稟走前兩步。

——妳被那兩個美國大兵欺侮了？

——嗯。

——是誰下的毒手？白的？黑的？

——兩個。一黑一白輪流上來。

格格笑，那張蒼冷小臉孔從肩窩裡探了出來。兩瞳子淚光眨啊眨，瞅住我。猛一咬牙，她撥開肩上亂髮，朝我亮了亮她頸脖上那齧一塊掐一塊青青紅紅的血痕。我和她，兩下裡隔著水泥地上一灘月光，對望著。她勾起小指頭，挑起臉頰上血漬漬的髮絲，一綹一綹撥到耳脖後，一轉身，背向我弓下腰來，撈起裙襬張開腿胯，綷綷綷綷不知處理什麼東西，忽然將兩隻手死死掐住心窩，掙紅著臉孔，噁噁噁，望著空盪盪的大街呼天搶地只顧乾嘔起來。掙扎了半天，把胃裡的鮮紅血絲都嘔出來了，她才喘著氣，坐在鞦韆板上歇息良久，怔怔想心事，然後雙手揝住鞦韆索，慢吞吞撐起膝頭挺起腰身，一步一顛，蹬著她那雙搖搖欲墜的三吋小高跟鞋，挽著小皮包，頭也不回自管走出公園。

鞦韆板下遺留一塊白紗布。一蕊猩紅。黑白浪人的歌聲兀自飄嫋在城心大霧中。哆哆嗦嗦，我亦步亦趨只管跟隨在她裙子後頭。

——妳身上流血。

——嗯。月經來了。

——這種日子妳半夜還出來遊蕩。

——嗯。我的頭家趕我出來，找客人。

——妳膽子不小，敢招惹兩個美國逃兵。

——嗯。我請求他們帶我去美國。

街燈下猛一轉身。河風吹拂，那一捻水柳腰肢飄飉著一襲血漬斑斑的紫藍小洋裙，踉踉蹌蹌，喝醉酒般不住搖折起來。

——小男生，你不是在找你的姑媽？

——妳看見她啦？妳知道她？

——嗯。我看見過她，跟你走在一起。

——她到哪裡去了？我們約好在這座公園見面的呀。

——你跟我來。

不知怎的心中一慌，我拔起腳來三步併兩步追跟上她。天一黯，月沉落。城頭洶湧起了滾滾彤雲。霧，鋪天蓋地，霎時又籠罩住了黎明前一片漆黑的新唐鎮。霧中城外深山裡，嗚噗嗚噗，哀婉地、淒清地又飄送出了母猿們的啼喚，如影隨形一聲聲只顧繚繞在我的耳際，緊緊追躡我的腳步。我加快步伐。濛亮濛亮一排街燈下只見那條水紫裙影，飄飄搖搖兜盪起小黑皮包，一霎明一霎滅，忽現忽隱，穿渡過石板路上一灘又一灘水銀燈光。她蹭著高跟鞋顛著步子穿街過巷行走了一程，忽然腰肢一折，整個人拐進了老城區黑魆魆一條巷衖。風中一把髮絲蓬飛，轉眼漂失在霧裡。嘶嘶啞啞一條嗓音，遊絲般從深衖中飄出來。

——小男生，瞧，那可不就是你的姑媽？

我果然看見克絲婷獨自個迎面走來。電殛似地，我硬生生煞住腳步。一時間整個人彷彿殭掉了，只管愣愣瞪瞪杵在路心上，動彈不得。

丫頭！我那平日飛颺佻撻，赤道一輪大日頭下，滿肩火紅髮毬子迎著大河的風不住飛撩旋舞的姑媽，克莉絲汀娜•馬利亞•房龍，這當口在這子夜凌晨的婆羅洲內陸城鎮，荒漠漠街頭上一團迷濛殘月下，彷彿遭受了魔咒，剎那間變成了個醜怪的老番鬼婆。街燈下，只見她一臉衰颯滿頭蓬鬆，弓腰，駝背，行屍走肉也似，拖曳著她身上那襲亮麗的天藍底小黃花過膝長裙，一步一蹭蹬，趿著兩吋半高跟鞋，沒聲沒息走出城心那條黑巷子來。

我哭喊著，蹦地一個箭步躥上前，攔腰一把抱住她。

——克絲婷克絲婷，妳到底怎麼啦？誰欺侮妳？我要殺他！記得嗎？我曾向妳許諾過，這一生我要為妳殺一個人。

——永，你要殺我的仇人？你想知道誰欺侮我？哈哈呵呵，他們成群結夥排隊欺侮我，一個接一個輪番進入我的小房間，在兩蓆大的榻榻米上掏出他們的傢伙，像一匹獸爬到我身上踐踏我。每天進來二十匹獸，一年七千三百匹獸，兩年中總共來了一萬四千六百匹獸，像一挺日夜運轉不停的機關槍，噠噠噠輪流在我體內發射精蟲，把我的子宮捅破，害我這輩子不能結婚，不能生自己的孩子。那時我是個十六歲的處女，永！你要替我報仇，殺一個侮辱我的人。這一萬四千六百隻豬都侮辱過我，都是我克莉絲汀娜‧馬利亞‧房龍的仇人。永，我的好姪兒，你要替姑媽報仇，姑媽感激你。但這一萬四千六百個仇人，你要為我殺哪一個呢？一四六〇〇！你記住這個魔術數字。一四六〇〇、一四六〇〇、一四六〇〇……

克絲婷甩起頭髮哈哈大笑。街燈下一臉慘白，兩隻海藍眼眸子水汪汪勾乜著我，瘋婆子般骨碌骨碌轉動眼珠。忽然眼眶紅了，她轉身背向我，攏起裙襬一屁股就蹲在街心上，披頭散髮，把臉孔埋藏在臂彎裡，像個受了委屈無處投訴的小女孩那樣，躲在自己懷中，抽搐著肩膀哀哀啜泣起來。我慌了手腳，渾不知如何是好，膝頭一軟當場也在街心上蹲了下來，伸出一隻手搭住她的肩膀，不住搖撼她的身子，呼喚她的名字。

——克絲婷，妳剛才到哪裡去了？克絲婷，我們不是講好在三岔路口公園見面會合，一起回旅館的嗎？

——永，你不要理睬我，讓我獨自一個人躺在這裡死掉。

——不可以！妳一定要告訴我剛才妳上哪兒去了？克絲婷，說！

——我待在公園裡，盪著鞦韆等你回來，盪著盪著，忽然就想起我十六歲那年太平洋戰爭爆發，我被困在婆羅洲，回不得家鄉，跟一群荷蘭姊妹一起被送到新唐鎮拘留營，離公園不遠，所以我就決定走過去，看看我住過兩年的房子……兩年！我騙人說只待過半年……

——原來妳剛去過那個地方，難怪那麼傷心！妳住的房子如今還在嗎？

克絲婷蹲在街上兀自把頭臉蒙在臂彎裡，抽抽噎噎的越發哭個不住，哭到後來，衣衫濕透了，她使勁一甩頭，伸出手爪狠狠撥開腮幫上黏搭搭的一綹濕髮絲，擤擤鼻子擦擦眼睛，怔了半晌，這才舉起一隻手臂來，頭也不回，就朝她身後巷衖中黯沉沉的一堆房子，指了兩下。我順著克絲婷的手望去。原來只是一座普通的兵營，外表看來，跟我在沙勞越見過的英軍兵營並沒啥兩樣，同款的木構磚造營房，成排羅列操場四周，堅固，樸實耐用，荒廢了十多年，如今在一枚殘月映照下滿園荒煙蔓草，有點鬼氣森森。曙光熹微。操場上豎立著一尊簇新的巨大碑石。光溜溜冰冷冷一根大理石柱，打磨得十分晶瑩尖挺，昂然直刺入婆羅洲的天空，碑身上張牙舞爪鐫刻著三個車輪大的猩紅漢字。慰。靈。塔。底下有三行朱砂恭楷小字。我凝起眼睛就著曙光仔細一瞧：昭和三十七年八月六日，終戰紀念，西渤泥嶋拓植株式會社立。營門外一條小衚衕中，有一座用蛇籠鐵絲網圍成的院落，裡頭悄沒聲，蹲伏著一排三十幾間黑瓦矮簷日本樓，一櫺子挨著一櫺子，溫溫婉婉，好似一群扶桑小婦人屈著膝哈著腰，恭迎貴客到訪，只是廢棄多年，渾身花皰斑斑，早已長滿各種奇形怪狀的熱帶黴菌，晨曦中，驀一看，好像叢林古墓中剛挖出來曝曬在天光下的一具具蔭屍。

——克絲婷，那兒就是妳住過兩年，被一萬四千六百匹野獸凌辱的地方？

——嗯。

——一四六〇〇。我會永遠牢牢記住這個數字。

我往前一蹲，把身子挨靠到克絲婷身旁來，伸出雙手攬住她的肩膀，摟著她，悄悄將她的臉龐埋藏在我的心窩。好久，就這樣子，一動不動，我們姑姪倆互相依傍著蹲在凌晨空無一人的街心上，誰也沒再吭出一聲。

破曉前，黑天茫茫，大霧中忽然綻響起了雷聲。

那一滾滾小悶雷發自城外深山，轂轆轂轆，好半天只管哽咽著踟躕著，驀地霹靂一聲，迸開了河畔大霧，鬨窿鬨窿震響在城心上。我豎起耳朵，伸長脖子回頭眺望。五六條街口外，城心小紅町霓虹孑孓閃爍，一窩蜉蝣般霧中兀自兜漩流竄，嬉鬧不停。平交道口只見烏鰍鰍一長串鐵殼車斗，顛顛盪盪，馱運成百株婆羅洲圓木，一條黑火龍似的扯起破鑼嗓門，仰天嘶叫，闖開清早滿城飄嫋起的煙嵐，火亮火亮不斷飛閃過我們眼前。嚀叮叮嚀叮叮。風鈴聲沿著長長一條鐵道，傳遞烽火般一路搖響。嗚——嗚——凌晨森林列車綻起一陣陣汽笛聲，冒著大霧，抵達新唐港碼頭終點站。荒漠漠，城中區新闢的一條八線通衢大道，氣象萬千墨迪卡路，長長兩排簇新歐式水銀路燈，兩條鑽鍊似的燦亮在晨霧中，一路綿延到城心小紅町。簷口環環紅霓下，只見條條人影飄躥出沒。不知什麼時候，那雙獨自蹭蹬躑躅在子夜街頭的三吋小高跟鞋，箜，箜，早已拐進了河堤路。一裙水紫，隨風飄颺。霧中漸行漸遠，終於漂失不見。她真的走了。河堤下，正在興建亞洲最大木材集散場的遼闊工地上，紅土飛颺，嘩喇嘩喇颳起了清早的沙塵暴，驚醒那一群垂著血漬漬的鋼爪，闔上白森森的鋼牙，熄燈滅火，正在齁齁沉睡中的幾百匹黃色鐵殼怪獸。科馬子。小松推土機、三菱怪手、日野堆高機、五十鈴超級重型十輪大卡車。天亮，該起床啦。幽靈指揮官一聲號令之下，牠們正準備發動引擎，爬出巢穴，鏗鏘鏗鏘浩浩蕩蕩上工去。西渤泥嶋拓植會社（株）今天又有一項新任務交付牠們。

陰曆七月陽曆八月，婆羅洲旱季，大河呼號，新唐鎮轉眼就被籠罩在那一漩渦漫天飛滾的紅色塵土中。一城樓台縹緲花燈紛陳，燈下虆虆人頭攢動，霧中條條人影飄忽，彷彿叢林新神魔科馬子變戲法，口中念念有詞：英瑪・伊薩——噯——伊薩，曼巴喲瓦喀兮帕蓋矣，君為代呢千代呢八千代呢……念著念著，倏地舉起祂那支雪亮的大鏠刀，只一揮，嚇！就在婆羅洲心臟莽莽叢林中搭蓋出一幢巨大紅色迷宮。新・新唐。

嗚噗！嗚——噗！嗚嗚嗚——噗！城外深山中猿啼聲大起，哭靈似的隨著河上驟起的大水，浩浩瀚瀚連綿不絕，沿著大馬路一濤濤傳送到城裡來。天將破曉。我拂拂身上沙塵，幫克絲婷整理她一頭一臉濕湫湫的亂髮，牽著她的手，攙扶她，哆哆嗦嗦從街心上站起身來。

——克絲婷，我們離開這個鬼地方吧。

——現在就走？

——對，趁早走！搭乘伊班長舟溯河而上。

——此去，還有五百公里水路呢。

——恰好是我們大河之旅一半的航程。

——我跟隨你，永，你要走我就走。

——妳跟隨我一直到峇都帝坂？克絲婷。

——是，直到卡布雅斯河盡頭達雅克人的冥山，峇都帝坂。

（上卷終）

二〇〇四年八月至二〇〇七年十月
花蓮東華園——淡水觀音山

國家圖書館出版品預行編目資料

大河盡頭．上卷, 溯流 / 李永平著．-- 初版．
-- 臺北市：麥田, 城邦文化出版：家庭傳
媒城邦分公司發行，2010.09
面；　公分．--（李永平作品集；1）

ISBN 471-770-207-239-1（平裝）

857.7　　97009099

李永平作品集　1

大河盡頭（上卷：溯流）

作　　者　李永平
責任編輯　胡金倫　林秀梅

副總編輯　林秀梅
編輯總監　劉麗真
總 經 理　陳逸瑛
發 行 人　涂玉雲
出　　版　麥田出版
104 台北市民生東路二段 141 號 5 樓
電話：(02)25007696　傳真：(02)25001966；25001967
E-mail：bwps.service@cite.com.tw
發　　行　英屬蓋曼群島商家庭傳媒股份有限公司城邦分公司
104 台北市中山區民生東路二段 141 號 2 樓
書虫客服服務專線：02-25001990・02-25007719
24 小時傳真專線：02-25001990・25001991
服務時間：週一至週五上午 09:30~12:00；下午 13:30~17:00
劃撥帳號：19863813；戶名：書虫股份有限公司
讀者服務信箱E-mail：service@readingclub.com.tw
歡迎光臨城邦讀書花園　網址：www.cite.com.tw
香港發行所　城邦（香港）出版集團有限公司
香港灣仔駱克道 193 號東超商業中心 1 樓
電話：(852)25086231　傳真：(852)25789337
E-mail：hkcite@biznetvigator.com
馬新發行所　城邦（馬新）出版集團【Cite(M) Sdn. Bhd.(458372U)】
11, Jalan 30D/146, Desa Tasik, Sungai Besi,
Sungai Besi, 57000 Kuala Lumpur, Malaysia.
電話：(603)90563833　傳真：(603)90562833
設　　計　蔡南昇
排　　版　紫翎電腦排版工作室
印　　刷　前進彩藝有限公司
初版一刷　2008 年 8 月 1 日
二版一刷　2010 年 9 月 7 日
二版二刷　2016 年 1 月 21 日
售價：NT$420
ISBN：471-770-207-239-1